人间乐

上册

古里果
GULIGUO
作品
WORKS

作家出版社

图书在版编目（CIP）数据

人间乐 / 古里果著 . -- 北京：作家出版社，2016.7
ISBN 978-7-5063-8784-2

Ⅰ . ①人… Ⅱ . ①古… Ⅲ . ①长篇小说–中国–当代
Ⅳ . ① I247.5

中国版本图书馆 CIP 数据核字（2016）第 051558 号

人间乐

作　　者：古里果
责任编辑：如　舟
装帧设计：粉粉猫
出版发行：作家出版社
社　　址：北京农展馆南里 10 号　　　　邮　　编：100125
电话传真：86–10–65930756（出版发行部）
86–10–65004079（总编室）
86–10–65015116（邮购部）
E–mail:zuojia@zuojia.net.cn
http://www.haozuojia.com（作家在线）
印　　刷：三河市九洲财鑫印刷有限公司
成品尺寸：140 × 210
字　　数：423 千
印　　张：18.5
版　　次：2016 年 7 月第 1 版
印　　次：2016 年 7 月第 1 次印刷
ISBN　978–7–5063–8784–2
定　　价：48.00 元

目　录
CONTENTS

幕起

圆寂

寺庙的钟声响了三下。

余音抹过山顶的松柏，掠过屋檐下夜露浸湿的青苔，安静地栖息于胭脂河面的团团白雾上。撞钟的老和尚确定这钟声飘得足够远，远到那苏镇里的女人都在梦中默念经文，远到他前世的魂儿听到回声又眷恋了回来。

远处，一轮明月悬挂在黛色山巅之间，因为被山峰遮挡了部分，呈现出如同拱门的形状，仿佛那月亮的背面，还隐藏着一个如同月色般纯洁的世界。老和尚伸出枯槁的手，不舍地摩挲着青铜梵钟。这口钟从他十七岁上山剃度时就在了，它和这寒清寺一个年龄。方丈换了一代又一代，梵钟只是添了不易察觉的几抹锈迹。这钟若是人，定是智周万物的女性，像母亲一样的。不同的是，母亲给的是生命，这“宛若女人”给的是灵魂。很快，他就会和这青铜梵钟合为一体了，天上人间、日月星辰、万物苍生，全在这一口气中吞吐，咽下去，魂儿就活了，就自由了。

他平静地坐到梵钟之下——月光在半山高高低低的青灰色屋顶铺了霜白，雾气环绕于山间，寺院如同沉浮于水中的孤岛，海水从四面八方涌来。头顶的梵钟好像漂了起来，似乎是颠倒了。他觉得自己正坐在层叠打开的莲花座上，檀香从脚至上收拢，母亲的怀抱、佛的手、天和地正在合拢，他的皮囊和灵魂正抱在一起。恍惚中，他像是回到了道光二十九年（1849）的夏天，正和那座记忆里永生的小岛告别。彼岸花猩红的血液染红了墨蓝色的大海，缓缓地流向大地的心脏。有谁在说："种子开遍大地时，莲花船会载着你穿过人间，我们还会在月下再见的……"

他抬起头，月亮明晃晃的，好像并不遥远——他瞬间明白了。

老和尚双手合掌，平静地笑笑："阿弥陀佛，再见了！"

梵钟旁边，叫觉空的弟子双膝跪下行过大礼，起身举起手中的刀，迅速割断了钟的绳索。明晃晃的刀光照亮了夜空，惊醒了沉睡中的僧众。半山上传来密集仓促的脚步声，像大迁徙的角马，乌泱泱碾压过，溅起尘土飞扬。血色染红了青山，染红了胭脂河——老和尚大彻大悟的眼睛闭上，嘴角一抹慈悲的笑，凝固成天边的残月。

月色清辉，静悄悄地洒满大地。

善忍，俗名马竹，圆寂于民国元年（1912）。

一日梦

“我看见你了。”

“我是谁？”

“你是——男人们朝思暮想、女人们唾弃妒忌的那个人，这就是你——妓女，你唯一的名字。”

海浪卷起黑色的高墙，像是天地这猛兽张开了巨嘴。那发声的东西连挣扎一下都没有，只冒了个泡，发出最后两声如同打嗝的“咕噜”声，就被海水淹没了。被喊作妓女的女人寻到声音的源头——一张陈年的雕花沉香床，正如同活物似的垂死挣扎，每个木孔都在流血，将周围的海水也染红了。床身雕刻的春宫图似乎复活了，一个个小人像脱落的鳞片，转瞬就融化在了海水里，床身上的图案也随即消弭了。

这张古床终于流不出东西了，它被掏空了，停止了无用的挣扎，任由着下沉。床头镶嵌的镜子折射出盛世尽头的光辉。女人在下沉的镜子里，终于看见了自己——赤条条的通透的身体，犹如一尾闪烁着磷光的鱼，无数泡沫在她周围明灭。她正像先前的小人一样幻灭，她看见自己的一只脚已经不见了。

女人感到恐惧。她打了个寒战，毛孔逐渐膨胀开，痒酥酥的。先是几只蛆虫从孔洞里钻出来，脱离她的身体后迅速膨胀成男人。继而，越来越多的蛆虫从毛孔里钻出来，蠕动着，膨胀着，很快海里就漂浮着一大群男人。他们紧闭着双眼，白晃晃的肉体像一条条死去的人鱼。没有思维，不知苦痛。

这些男人的身体，朝着水面浮上去，漂到临近海面，光一照，就次第消失了。她迷茫地望着他们，能认识的脸没几张。她吞噬过太多男人，没有长心的皮囊，横竖都一样。那么多的男人，一眨眼都没了踪迹。她感到孤独。一阵哆嗦后，钻出最后一个男人——她终于认了出来。

她伸手想要抓住他，他黏在她手上，仿佛一颗水珠般瞬间破裂、消失了。

古床沉入海底，四周漆黑。女人听见海的深处传来绵延不绝的狼嚎，荡气回肠在自己心跳的夹缝里，由远及近，像是从自身发出来的。一头狼在黑暗中紧紧地抱住了她，毛茸茸的，温柔的，野蛮的，像极了男人。男人。

“你知道天地间什么最擅长……吞噬？”

“大海。”

“不，是女人的身体——就是你。”

醒来时，沉香床的香气弥漫了整间屋。窗外的院子里，月桂树上知了叫得正欢，苍翠欲滴的绿色似乎浸染到了天的尽头。凝脂在这个生机盎然的夏日，莫名而不安地触摸着自己，总觉得，这是个意味深长的梦——很多年后，她记起这个梦——具体时间她记不清了，但月桂树上鸣叫的知了，让她清楚地知道，大概时间是同治七年（1868）小暑前后。

那时，她嫁入昭家，尚不满一年。

第一章　大梦觉

一

每个月的初一和十五，沈荷都会随丈夫许清源一早去寒清寺礼佛。这座寺庙建在离苏镇十里开外的青山上，始建于康熙四年（1665），至今已有两百多年历史。在一代代方丈的努力下，逐渐形成了今日这占地十几亩的规模。青松翠竹环绕着亭台水榭、庙宇楼阁，从山脚下的寺门望上去，依山而建的大殿似是稳坐云端，气势恢宏。因此，寒清寺颇受百姓敬重，常年香火不断。山脚下，修葺了一排茅屋，约莫十几间独立屋，这是专为留宿的香客或居士们提供的临时住所。

其中，最边上那间门前栽种着菩提树的茅屋，是沈荷和许清源固定的留宿房间。

七月，茶香在燥热的空气里缭绕。傍晚的薄暮下，橘红色的霞光投影在清澈的茶水里。屋里一共三个人：沈荷、许清源，还有一位是寒清寺的首座善忍大师。

往年，方丈莲生师父身体还硬朗时，会亲自接待这夫妻俩。如今，方丈年事已高，独居山顶禅房，接待事宜便由善忍代劳了。他是莲生最器重的弟子，不但在佛学上颇有造诣，医术也很了得。他长着一双尾梢上翘的细长丹凤眼，如同凋零的一对蝴蝶翅膀。笑起来时，那翅膀震颤着，有一种与身份不符的妖娆——沈荷总觉得善忍的笑中暗藏玄机。这种奇异的感知，她自个儿也未发觉是何时生出来的——待她发现时，已经扎根入心底，长势茁壮。

薄暮萦绕着屋外苍翠的松柏，菩提树郁郁葱葱的树叶尖儿上，挂着夕阳璀璨的光亮。风吹时，枝叶涌动，那些奇异的光芒也跟着闪烁不定。几颗光点投影在善忍的眉梢上，似是蝴蝶的翅膀俄顷之间，又动了动。

“听镇里来的香客说，姑娘就快大婚了？”得到许清源肯定首肯后，善忍继而又问，“那打造婚床的匠人，可是朝廷御用的？”

“确实听亲家说起过，据说年轻时号称‘小鲁班’。亲家真是煞费苦心呀！”

因为这桩婚事称心合意，许清源说起时神采奕奕，显得极为高兴。夕阳的光辉在他宽厚的额头和浑圆的脸颊上流淌，令他看起来温和极了。

“鱼来了……”

这句不太清晰的话，跟随着善忍吐出的呼吸，犹如从山顶滚下去的雪球，迅速消音在了茶杯里。

沈荷冷不丁抬起头，惊愕地发现，茶水像明镜照亮了僧人的眼睛。那狭长的眼梢朝着天空飞起来，犹如一只栖息着的血色蝴蝶。那种隐晦在内心洞穴里的不祥，宛若从针眼里流淌而出的溪流，潺潺地流向她平静的担忧里。不远处，山的巅峰置身于瑰丽的晚霞之中，一丝乌云的阴影也看不到。

沈荷费解地问：“师父，没有雨呀！”

然而，善忍却什么也没有说，只是含蓄地笑了笑。

很多年后，沈荷在回光倒影中看到当时那一幕，方才后知后觉，顿悟出此“鱼”非彼“雨”。姜太公不卜卦，不算天晴下雨，姜太公生来只是钓鱼。这“鱼”是拥有世间最美皮囊的女人，正是她的姑娘。

二

起先姑娘是不打算谈婚论嫁的。

两年前，她就失贞了。没有传说中撕裂腰斩般的痛，云淡风轻的，也没有传说中要死要活要成仙的极乐，不痛不痒的。只有某一瞬间像是被蜜蜂蜇了，拔丝般痛了几秒。整个过程，就像是发生了一件与己无关的事情。只有在看到白色棉纱布上夺目的落红时，才刺痛了下——好像失去了一件珍藏的贴身之物。

“真是草率了些呀！”姑娘站在十六岁的门槛边，想起那晚，忍不住叹息，用了“草率”来形容——终究是有些悔意了。但也只有姑娘自己知道，她悔的是什么。这所谓的“悔”，自始至终，和那个男人是没有关系的。

最初的悔意是从她目睹殷夫人自尽开始。那时，离她失贞还不到半年。

那天她记得特别清楚，正月十五元宵节。日子似乎都是殷夫人蓄意算计好了的。傍晚时分，暮霭里飘浮着依稀的雾气，天气阴冷冷的，但这丝毫不影响节日的气氛。苏镇的男女老少，纷纷穿上最体面的衣服，三五结伴地去半水街看花灯。每年的元宵节都有大型的花灯祈福活动，姑娘幼时去过几回，过了十二岁，父母就禁止她再去了。说是姑娘家就得有姑娘家的样子，大家闺秀不能像个野丫头。

院墙外，人们走过时的脚步声都透着热闹，姑娘的脚几次三番忍不住想要加入进去。远处的烟火次第盛开，像是在朝她挥手，招呼她赶紧去。再说，和爹娘过节日无非是吃吃再聊聊，她素来和他们没有共同话题。与其凑在一起勉强，不如各自欢喜。

“可以让我去看看花灯吗？”

姑娘难得对爹娘用了请求的语气。她生来就性子倔强，我行我素惯了，让做的看着心情做，不让做的想做也做。尽管是许家老爷夫人唯一的女儿，却从来不喜欢撒娇，与父母之间总显得有些生分。她宁可和丫鬟画眉谈天说地或者将心事告诉五尘，也不愿和沈荷分享。

许清源抿了下嘴，胡子朝两边翘起来。他一遇见为难的事情，就是这个表情。这表情对姑娘来说，等同于委婉地拒绝。她放弃了向爹爹求情，将目光盯着沈荷。沈荷立刻就心软了——难得女儿今天用这种柔软的眼神望着她，她倒有些受宠若惊了。

沈荷讲不出拒绝的话来。她喊过来五尘和画眉，一番叮嘱，算是允许了。出了许府，姑娘立即丢掉了“大家闺秀”这铮铮盔甲，一只手拎起马面裙的裙摆，飞快地朝着半水街跑去。画眉惊得张大了嘴，赶忙也跟着飞快地追了过去。

五尘倒没觉得吃惊。他七岁来许府，就一直服侍姑娘，算得上是和她走得最近的人。姑娘啥性子，他比谁都清楚。五尘追上去，在前面替她开路。他长得瘦嶙嶙的，脸白白净净，眉毛胡须清清淡淡，分外清秀。他说话也是柔软的，虽说是个男人，但大声说话听着就有些女气了。所以，五尘总是尽量压低声音说话，久而久之，反倒多出来温润的气质。尤其他站在阳光下，清澈剔透的，府里的人都说五尘是个粉雕玉琢的精致人儿，只可惜没当真生成女人。

那天真是喜庆的。

青石板路两边的树上挂满了各种灯笼，用线牵起来，红彤彤的次第延伸到无尽黑夜里，像是挂到了天边。远处起伏的黛色山脉，笼罩在浑浊的夜色里。胭脂河岸边，围满了放祈福花灯的人们。河面上漂浮着大大小小的花灯，像是天上的星星一部分倒在了河床上。

小商贩们抓住这机会，兜售各种小玩意儿。姑娘经过卖糖葫芦的妇人时多看了两眼，五尘立即心领神会，买来两串跟上去，一串给了姑娘，一串给了画眉。画眉是姑娘的贴身丫鬟，比姑娘小两岁。这里面就属五尘最大，也不过刚满十六岁。但他少年老成，心思细密，做事又严谨，深得老爷和夫人的信任。当然——姑娘也是最信任他的。

姑娘大名叫凝脂。

沈荷曾说，第一眼见到她，就被她周身雪白的皮肤震惊了。真是像阳春三月的阳光，明晃晃的照人。凝脂，凝脂，肤若凝脂，这名字配姑娘真是再恰好不过了。后来，凝脂发现这世上，还有个属于自己的更美的名字，细细咀嚼之下顿悟出沈荷话里的破绽——刚出生的婴儿皱巴巴的，又岂会皮肤漂亮若阳光？当然，她这静悄悄中知晓的秘密，转瞬就被她放进了内心深处，就像珍藏在地窖里的老酒，不见天日。就算是对最信任的五尘，她也是打算缄默一辈子的。

画眉舔一口糖葫芦，闭上眼，满足地咂巴着嘴，细细回味唇齿间萦绕的酸甜。她讨好地说："真好吃呀，谢谢五尘哥哥。"

"好吃你就多吃些，不够我再去买两串，你和小姐再吃就是了。"

"你为何不吃呀？这么好吃，难道你不喜欢吗？"画眉咂巴着嘴，好奇地问。

五尘回头看她，这小丫鬟吃得还真是认真，连核都要放在嘴里吮吸得没味儿了，才舍得吐出来。她那一脸满足的吃相，让人产生就算吃的是泔水，也无比美味的错觉。五尘抿着嘴唇，咽了一口口水，悄悄摸了下兜里干瘪的钱袋。

"我是男人，怎么能吃这女人才喜欢的零嘴儿。"

他昂着脖子振振有词，像一只努力扮演着天鹅的土鹅。

画眉光看着他好笑，她笑里的意思很明显，五尘长得美，美得都失了男人味。这一笑，令五尘顿时觉得她和府里的丫鬟嬷嬷毫无区别——她们哪里看得到他有一颗真男人的心呢？他没有了说话的兴致，一言不发地扭过头，这才震惊地发现，刚才还在前面走着的小姐，连个人影也见不着了。

"小姐呢，小姐去哪里了？"五尘着急地喊起来。

画眉也急了，嘴里含着的一颗核直接干咽了下去。她费劲地哽着喉咙，眼珠子都快瞪出来了，那颗核终于下去了肚子里，能正常发声了。她第一件事情倒不是找小姐，而是开脱道："刚才明明还见她踮着脚看鲤鱼灯，咋说了两句话就不见了。"

五尘听她说这话有些反感，忍不住想训斥她，但还是忍下了，他不想再跟她多说无用的废话。与其说，不如找。

两人沿着挂满花灯的街焦急地找着。满街挤满了黑压压的人，灯笼照得水上水下一片红彤彤的盛世。少的老的，男的女的，除了笑的还是笑的，就算心里想哭的，这会儿也是笑的。像他们这样神情严肃是稀绝的。

但这日，没想到还有更稀绝的人。于是——这个更稀绝的人，也成了元宵节一道残酷的风景。其实只要是泪桥上站着不正常的女人，大多数苏镇人都知道即将发生什么——这座连接苏镇两岸的桥，最先是叫胭脂桥，不知从何时起，这里成了贞烈女人寻死的“风水宝地”，渐渐这“泪桥”的别名就代替了原先的名字。

只见，拱桥栏杆边站着个苗条清瘦的女人，穿着白色寝衣，披头散发的看不清楚脸。桥上桥下注意到的人，都纷纷围拢了来看热闹。凝脂就挤在桥下的人群里。那日她穿着红色的棉袄，马面裙也是红色的，整个人看上去就像个人型的漂亮灯笼，把周围枯死的草木都映红了。

五尘听见突起的聒噪声，看见人群黑压压朝着泪桥涌去，猜想凝脂是跟着看热闹去了。他带着画眉飞快地跑去，果不其然，一眼就发现了凝脂。此刻，她正茫然地仰着头，糖葫芦的汁水沾了些在唇上，乍看上去，好像流血了。但她脸上却没有一丝血色，和刚出府时的活泼样子简直是天壤之别。好像一瞬间，热闹繁华像河水将她远远地隔开了。

两人分开人群，挤去凝脂身旁站着。画眉松了口气，愉快地继续吃着糖葫芦。间或没心没肺地瞅着桥上的女人，就跟看戏似的。

“小姐，太晚了，老爷夫人怕是要着急了，我们回去吧！”五尘催促道。

他听说过泪桥的传说，但亲历是第一回，尤其挑在这种时间的，更是头一遭。但凝脂不知道，没人会告诉她这些恐怖的事情。

寒风掠过河面，吹得桥头的灯笼摇来晃去，照耀在女人脸上的朱红色光晕也跟着水波似的晃动，好像她周围的空气都潮湿了。凝脂突然产生恍惚的错觉。她迷茫地抬起头，头顶的拱桥在她的视线里晃悠悠地打开成一把伞。于是，伞上站着的女人成了落下来的雨滴。“雨滴就是泪呀，这泪就是冤屈的女人呀！”凝脂想着，倏然之间理解了“泪桥”的含义。她禁不住悲从中来，意识到这并不是桥上那女人的悲哀，也不是所有在这桥上冤死的女人的悲哀。这是身为女人，这个性别之下集体的悲哀。

“小姐，我们该回家了，老爷夫人要着急了！”五尘又说了一遍。

凝脂充耳不闻，站得笔直，像扎根进土壤的一棵树。

五尘眼见着凝脂的脸色煞白下去，一着急，架起她的胳膊就走。凝脂倔着不走，被拖急了，一口朝着五尘的小手臂狠狠咬了下去。画眉吓得一把捂住了嘴。五尘也怔住了，这个突如其来的动作咬碎了他的心。

他蓦然站到她身后。

“这是哪家娘子，过节跑出来装鬼吓人？”胆小的人抱怨道。怜香惜玉的这样说：“姑娘生得貌美，寻了短见真是暴殄天物，万不能做傻事！”好心肠的就说：“姑娘，快回家呀，你这样多危险，死了也要下地狱，菩萨都不会保佑你！”桥头好像成了舞台，观众成了热闹闹的角儿，角儿倒是成了冷眼的旁观者。

桥上的女人朝着河岸边看了一眼，她一只脚翻过栏杆，双手抱着骑上去。两只脚凭空甩着，鞋也没有穿，一双裹过的小脚冻得通红，甩起来就像飘着的两朵花团。人群发出惊呼，劝说的声音也少了，生怕一吱声救人不成反倒成了催命。偶尔零星泛起几声叹息，一些说不吉利的也没有走的意思。

元宵节赏灯，变成了赏女人，到后来，又演变成赏生死——沿着河岸传来一溜马蹄声，为首的男子高呼道："殷夫人，有事请回府说！莫要出来丢人现眼！"人群顿时鸦雀无声。桥头上的被喊作殷夫人的可怜女人，听到这呼唤，就像是听到了特赦令似的，笑着抬起头，伸手把遮挡住脸的头发捋到耳朵后，捋得一丝不乱。桥头的灯笼，映红了她仰起的脸，像是漫天惨绝人寰的晚霞。

凝脂远远地看着她，第一次知道红色不只是喜庆，还可以是让人活不了的绝望。

一直沉默的殷夫人突然笑出了声，这凛冽的笑声，飓风似的飕飕穿过冷空气。她把声音提高了八度，一字一顿，不卑不亢地说："我是殷夫人，不是淫妇！这满河的胭脂水会佐证我的清白！"话音甫落，她就松开了抱着栏杆的双手，须臾之间，便如同一只断了翅膀的鸟坠落进胭脂河里。连最后撞击河面时发出的破碎声，也是轻飘飘的。

凝脂只觉得心坎被砸出一个洞穴，发出空洞的回声——她什么也没有看见——五尘的手适时地从后面伸过来，轻轻盖住了她的眼睛，滚烫的温暖融化出两行泪水，一眨眼就融进了他的手心里。

她双手拽着他的小手臂，扯开了他的手。

桥头已经空了，人们的尖叫声在夜空里甩来甩去。凝脂木讷地站着，好像突然失聪，听不见了。拱桥像一把收拢一半的伞，伞下的河面上漂浮起白色的衣角边儿。桥上识水性的人下饺子似的跳下去救人。凝脂看见有只手似乎抓到了衣服，却又被那个女人强行推开了。那最后一点白色像一颗巨大的泪珠瞬间破碎，不见了踪影。

凝脂的脑海里闪过失贞时的那一抹落红。水涨过她的头顶，四周突如其来的寂静，风在胸口奏响着哀歌——好像掉下去的不是殷夫人，而是她自己。

次日，人们在下游的岸边，找到殷夫人的尸体。她的牙齿咬得死死的，咬断了的半截舌头掉了出来，被鱼儿啃得烂糟糟的。她是抱着必死的决心的。

后来的传闻是，殷夫人洞房夜未见落红，县令的三公子说她是不干净的淫妇，要她交出奸夫。殷夫人哭着说，她之前并没有男人，如何交？公子是不相信的，他觉得自己倒霉，娶回个淫荡撒谎的脏物。家里出了这档子事情，又是有头有脸的人物，自然是要隐瞒的。县令的公子无处发泄怒火，就打她，也不打她脸，专挑藏着掖着看不到的地方打，乳头都被拧了一边下来。殷夫人不顾羞耻，挑着人最多、最热闹的地方殉命，也是精挑细选的——但，后来经常去给知县家看病送药的陆大夫听闻后，悲伤地解释说，殷夫人做姑娘时就喜好骑马，处女膜极有可能是在骑马时破裂的。

元宵节之后，凝脂就不爱说话了。

她突然多出来一项看书的嗜好，尤其爱看野史、传说故事类的书。有时候，她整整一天都把自己关在书房里，除了允许画眉和五尘进来沏茶，其余人是不准进来打搅的。

许清源和沈荷大为惊喜，以为姑娘突然醒事，懂得读书明礼的重要性。先前他们先生没少请，唐诗宋词、琴棋书画，学了个遍，却一样都不合她心意。上课不是瞌睡就是和先生顶嘴，气得教书先生长叹“朽木不可雕”。走时个个吹胡子瞪眼，裤腿卷起一阵风似的逃之夭夭。许清源唉声叹气，沈荷劝慰说：“咱们姑娘就不是做学问的料，会点皮毛，像个大家闺秀，许个好人家就行了。”他这才不得不接受这个现实。

却没料到，会毫无征兆地出现大转机。凝脂不仅爱读书了，还很是用功。

但对凝脂而言，读书从来不是她人生里的大事，她实则是在寻找答案——在殷夫人那壮烈一跳里，她初次窥见女人的命运。这事关她的一生，要活着，且要活得很“好”。怎样的人生才算得上她说的好，凝脂自有她的见解。

但她看了很多书，记载的主角都是男人，女人终究是陪衬。男人们三妻四妾只道是寻常，但换作女人就成了耻辱，该以死谢罪。贞节牌坊只是给女人的，可是为什么不给男人也立呢？没有一本书给她答案。直到有一天，她读到《左传》和《列女传》中都有记录的夏姬，第一次感觉到密封的天地，透进来一丝光亮。

三

许府陆续有上门提亲的，这家媒婆前脚走了，那家的后脚就来。媒婆一来，凝脂就一反常态，喜怒无常。伺候她的画眉琢磨着，莫非是那天在泪桥上撞见不吉利的事儿，招惹了邪物？画眉把这猜测告诉了五尘，她是想让五尘告诉老爷夫人，好找个和尚来做做法事。何况老爷和夫人原本就是信佛的人，和寒清寺高僧的关系也非同一般。

“我这也是为咱们小姐好，老这样怄气伤肝肺，可如何是好！”她说得情真意切，五尘却并不领情。他没好气地说：“以后小姐发脾气时，我来伺候。她骂，我听着；她打，我忍着。”画眉虽然巴不得有这样的好事情，嘴上却说：“伺候小姐是我的本职，这怕是不大好吧？”但五尘一眼就看出她是怕老爷夫人发现她偷懒，责备她，先前说的“为了小姐好”，也不过是想让小姐温和些，自己服侍小姐的时候能省心点。“咱俩都是服侍小姐的人，你一旁歇着，若老爷夫人来，我就说咱俩轮班，刚好轮到你休息就是了！”画眉也就不再提请和尚做法事的事情了，但她总觉得有哪里不对劲，又似乎哪里都挑不出个破绽。她琢磨不出个所以然，便心安地谢道：“画眉先谢谢五尘哥哥了。”——几年后，长成大姑娘的画眉才幡然醒悟，哪有男用人进小姐闺房服侍的道理。但那时的画眉看男人就跟雾里看花似的，并不懂男女之别的实质。她自己和五尘相处都没轻没重，又怎会想到这一层去。

再有媒婆来，五尘就静悄悄地跨过凝脂卧房的门槛。画眉见他进来，喜上眉梢，悄然出去了。只有这个时候，她能得到短暂的自由。许府不算大，但也是不小的，足够她一个村野丫头撒欢了。

沈荷是出了名的好脾气，不管是干果瓜子，还是核桃糕点，总会拿出来几碟待客。媒婆自是乐意，讲上一会儿，吃点喝点，于是聒噪声时断时续地从堂屋里飘出来，好像那一块地方之上的云朵都厚重了。凝脂压抑得发慌。她坐在卧榻边上，无聊地摆弄着一把团扇。见五尘进来，就更不想说话了。

两人就这样局促地保持着距离。

后院的桃花开得前程似锦，好像都忘记了它是会凋谢的。就像面对初生的婴儿，你只想到生的祝福。画眉在树下追蝴蝶，裤子挽到了膝盖上。她刚进府时，管事的梅嬷嬷说她不懂规矩，恰好路过的凝脂看到，她瞅着这丫头，虽然低着头逆来顺受的样子，眼睛却时不时趁着空当，野叉叉地盯着梅嬷嬷。她那不知天高地厚的灵动的眼神，使得凝脂几乎没思考就道："这丫头我要了，等她啥规矩都懂了，也就不可爱了。"

梅嬷嬷黑着脸连连答应。她知道姑娘在家里的地位，老爷夫人都让着她，她一个下人又敢怎样呢？画眉从此就正式成了凝脂的丫鬟。凝脂也不调教她，由着她的性子。不过她干起活来倒是手脚麻利得没得说。

于是，原先照顾凝脂的丫鬟碧娘，很快就被调去照顾老夫人了。老夫人是许清源的母亲，八十几岁的高寿老人。她常年卧病在床，吃喝拉撒全得人伺候。虽不轻松，但碧娘很喜欢这差事。老夫人老了，当真成了小孩，甚至比小孩还像个孩子。她喜欢说话，絮絮叨叨的，想起哪里就讲哪里。她每次讲话，碧娘就在一旁安静地听着，偶尔陪着说上几句。她觉得老夫人就是一本书，连她身上衰老的气息里，都藏着动人的故事。

凝脂从二楼的窗户望去，就能看见画眉。灼灼桃花里，她正无拘无束地追着蝴蝶玩儿，貌似没心没肺的。她似乎非常嫌弃那双绣花鞋，不时用脚蹭着地面。凝脂猜想，若不是在这许府里，画眉她早就把鞋子脱掉光脚撒欢了。凝脂喜欢画眉的最大原因，就是她不像府里别的丫鬟、嬷嬷那么正儿八经的，死气沉沉，连作为人的那点乐子都没有了。

五尘也注意到桃花下的画眉，她就像桃花里最有灵气的一朵。五尘试探地问："小姐，要不要也下去散散心？"

凝脂摇摇头，无精打采地扇了几下手里绣着喜鹊的团扇，问："那人走了吗？"

五尘知道"那人"指的是谁。他站到走廊里望过去，媒婆的油纸伞还放在门口。这媒婆也是怪得很，任何天气都见她打着把伞。他进来屋里，摆手示意还没走。

凝脂脸色阴沉下去。她把团扇一扔，那团扇轻飘飘地落到了五尘脚边。五尘捡起来，怜爱地弹着扇面。其实地板画眉清晨才擦过，哪有啥灰尘。但他弹时万般垂怜的动作，好像团扇上真沾了什么脏东西。

五尘递过去团扇，鼓起勇气，心痛地试探道："小姐，你是在怕……要嫁的男人？"

凝脂倔巴道："男人有啥怕的？我只是为我身为女人感到悲哀。"

五尘道："这话怎讲？"

凝脂心有不甘地反问："书里都说女人要洁身自好，女人自个儿也以当烈妇为荣……你听说过给男人立贞节牌坊吗？男人三妻四妾倒是光荣又体面。为何女人要这般可悲？"

凝脂的言论是大逆不道的。五尘听得不免胆战心惊。他惴惴不安地劝道："小姐……你以后还要嫁人的，这话传出去不好。"

凝脂偏说："有啥不好？大不了不嫁。嫁人和寻死有什么区别？你是希望我像那个殷夫人一样吗？"最后一句，她是愤然吼出来的。

五尘怔住，心都碎了。良久，他小声地说："小姐，你不要怕，我会誓死保护你的。"

"你若是皇帝，兴许能保我周全。"

"小姐，其实……你只需让他洞房夜睡过去，就能蒙混过关了。"

"可是，他睡了还会醒来的。"

"醒来就好说了，就说他睡了你，他也说不出什么。洞房花烛夜宿醉，小姐不埋怨，他更没有去追究的道理！"

凝脂心里敞亮了一些，但她就是想抱怨他。她生气地说："我嫁人了，府里倒是没人管你了，你巴不得这样才好！"

五尘吓得双膝一软，跪在地上，真诚地乞求道："小姐若是真肯带着五尘同去，五尘愿永生永世做小姐的牛马！五尘早已想好了，若小姐洞房之夜出任何差池，五尘舍命也要救出小姐的！小姐不要有丝毫害怕，你想做什么就放手去做！"

凝脂便不再说话了。五尘的这一跪，在她心里撞击出痛快的漩涡。这漩涡将她托举得高高的，高得令她在恍然间产生出错觉，仿佛自己真成了大殿里被万臣朝拜的帝王，一脚踏出去就是君临天下。——原来，这才是自己一直渴望的——主宰男人，就像男人主宰女人一样，戴上贞操的牌坊。牌坊上写上她许凝脂的名字。嫁人从来不是她的梦想。也许，原本就是不打算嫁，所以才会"草率"地交出贞操，逼迫自己不嫁人的。

凝脂踱到五尘跟前。他匍匐着，鼻子和嘴似乎要亲到她的脚背。

“站起来，把手给我。”

她大赦天下似的，伸出慈悲的手。

五尘抬起头，立即会意了——这是他们从小玩到大的戏码，凝脂但凡要奖赏五尘，若是需假以时日才能兑现的，便提前拉钩允诺。十岁前，因为觉得好玩，两人经常拉钩。十岁后就少了。过了十二三岁，明白承诺的重量，就更少了。近两年来，更是一次也没有过。

但过去玩这把戏的凝脂，只是如画眉那般带着野性的小孩子。此时的凝脂，眼神里静悄悄地长出野蛮的霸气，好像就是在这半年光景里开始改变的。难道读书真的如此有用？五尘想。他琢磨不透，却还是激动地伸过手去。

“不管我嫁给谁，都会带着你的。”凝脂发誓道。

五尘听到她小声却坚定的声音，那话语一个字一个字地像鹅毛似的飘过来，轻盈柔软地簇拥着他。小拇指拉钩，大拇指盖章。那指尖触碰蜻蜓点水般的温暖，一圈圈荡漾开去。五尘情难自禁地将自己拧出两行滚烫的泪。

四

过了芒种，梅雨不断。屋外雨帘漫天漫地，烟雨暮色润泽了青天。那几日正好赶上凝脂来月事，小腹里像是有个小人在跳舞，扰得她不得安生。她喊了声：“画眉。”卧房里空荡荡的没有回应，这才想起吃了饭后派画眉去裁缝那里取新做的衣裳。五尘被许老爷喊过去陪他下围棋了。跟着凝脂陪读这几年，五尘倒是长进很大，除了看书写字外，还学会了弹琴下棋。当然，他下棋的水平根本不是钻研了棋艺几十年的许清源的对手。也许是因为受沈荷影响学佛多年的关系，许清源并不觉得和下人下棋是件丢人的事情。许府的用人侥幸又骄傲地说，整个胭脂河都找不出比许家老爷夫人更宽厚待人的当家的，能进许府的都是有福气的人！因这关系，许府家的丫鬟用人很少变动，进了门的，除非是年纪到了要嫁人或者是家里有事必须得走，否则没有一个愿意主动离开的。

凝脂打算自个儿去厨房，让厨娘做点红糖姜汤。若是再配点杏仁酥和蟹黄包就再好不过了。她打着油纸伞穿过院子和回廊来到厨房。也不知厨子去了哪里，屋里空荡荡的，连个人影也没有。瓦罐里的姜汤正小火慢腾腾地煨着，一股甜腻的辛辣味暖烘烘地扑面而来。凝脂觉得好闻，索性把伞靠在炉边，坐了下来。这一坐竟发现热气扑打在肚皮上，痛感也减轻了，像是温柔的手按摩着，舒服得很。她便不走了，坐在火炉边打起瞌睡。迷迷糊糊中听到屋檐下有人在聊天，闲谈中扯到某个女人因为婚前失贞被夫家发现，送去了官府。凝脂顿时来了兴致，瞬间清醒了。她听到梅嬷嬷的声音，啧啧说道："那姑娘真蠢，只要男人是个生蛋子，塞点鸽子血准能蒙混过去！"凝脂把这句牢牢记在了心里，这可比五尘出的那馊主意强多了——即便没醉，滴酒不沾也是万无一失的。

厨娘进门见到姑娘坐在里边，吓得惊声问："小姐，你怎么能来这种地方？五尘刚过来吩咐做姜汤给小姐送去呢，小姐怎么亲自来了？！"

屋外的一干嬷嬷奴婢闻听，顿时鸦雀无声。凝脂再顺着窗户望过去时，见她们已经踩着小脚离开了。

凝脂说："再来点杏仁酥和蟹黄包吧。"

厨娘立即过去打开橱柜翻找食材，边找边说："姑娘你先回，等下做好和汤一并送去姑娘屋里头！"

凝脂是在回廊拐角追上梅嬷嬷的。她故意超过她，回头笑着朝她大声道："谢谢呀！"梅嬷嬷吓了一跳，以为自己闯祸了，连声回道："对不起，对不起呀，小姐！"凝脂笑得快岔气了。直到她跑出很远，梅嬷嬷还能听见她那高亢的笑声。

梅嬷嬷纳闷地看着她的背影道："真不知道那么温和的老爷夫人，怎么生出个这么没规没矩的野丫头，和那画眉快一模一样了。"她琢磨着是不是该去找老爷夫人换掉画眉，先前的碧娘多好，这样下去，小姐是连大家闺秀的体统都不要了。

当然，她也就敢这么想想，老爷夫人就小姐这么一个宝贝疙瘩，怕是皇帝的太子都不见得如此得宠。这许府若是天，那么姑娘堪称"一手遮天"，谁又能奈何得了她呢?

没过几日，媒婆又来了。她打着油纸伞，轻车熟路地走向堂屋，裹过的小脚翻得飞快，踩得水花四溅。还没进门，她就夸张地喊道："哦哟，许夫人，这回我可给姑娘寻了个好人家！"

她聒噪的大嗓门穿过雨帘，像投进耳朵里的大小冰雹子。但这次凝脂可是底气十足，还特意趴到窗台上，俯瞰着堂屋聆听。那媒婆她见过几眼。此时，光听她的声音，都能想象出她丰富又夸张的表情和与之配合默契的肢体动作。沈荷笑得爽朗又舒心，不用说，这次介绍的人家，她是很满意的。

五尘在一旁默默地注视着凝脂，本来就清癯的身材似乎被雨帘压垮了半截。

当天晚上，凝脂就知晓了提亲的那家公子。她认得他。确切地说，是苏镇每个怀春的女人都认得他——日昭绸庄的公子昭灵山。他和他的家族在这一带很有名。他祖上曾在朝廷做大官，后来引退归乡经商，几代绵延下来，织成了一张巨大的关系网，积攒下可观的财富。日昭绸庄作为最著名的丝绸老字号，年年向朝廷纳贡，富商巨贾也以穿他家绸缎做的衣服为荣。抛开家世背景，昭灵山也是一表人才，就犹如夜空中的北极星，有着一眼就能辨识出的鲜亮。

两年前，江南一带有位画师见过昭少爷，惊为天人，回去后以他为原型画成画像，竟引起热销，画到手软也供不应求。凝脂没见过昭灵山本人，他的画像倒是见过。她的小姐妹里有昭少爷的崇拜者。那张画像被她的小姐妹放在闺房里，日日拿出来看，几乎到了茶饭不思的地步。凝脂去找她玩时，她正抱着昭灵山的画像看得出神，并感慨道："昭公子是男性的巅峰，这世上只怕没有人能够超越他了，就算是潘安在世，也只能望其项背！"凝脂拿过那画像一看，画上的男子阴柔却不失阳刚，眉黛秀丽，眼含春水，鬓发萋萋，身材却高大魁梧。不知是这男子本身将衣服撑得阔气，还是这画上的衣服令穿着的男人显得阔气。

她在思索的瞬间，好友的伤感的夸赞都听不见了。在这突如其来的寂静的境界里，似乎正生长着什么，那一点一滴弥漫开来的幽暗香气，令她心旷神怡。

当沈荷说出昭灵山的名字时，藏在凝脂回忆夹缝里的暗香又游离出来，她整个人都因此灵活生动了。这真是玄妙的缘分！就在不久前，她才知晓如何隐瞒失贞，跟着昭灵山就来了。姻缘到了，天时地利人和加起来，也不过是螳螂当车。

凝脂窃喜地说：“知道了，娘做主吧！”沈荷纳闷着，为何今日姑娘一反常态，非但不躲避婚姻话题，还心平气和地答应了。但她还来不及思考，疑惑就被喜悦冲跑了——快十七岁了，是该成婚的年纪了！答应总比拒绝好，再不出嫁都成老姑娘了。

“那我明儿让媒婆替咱家回个话去。”沈荷盯着女儿平静的脸，又忍不住悲从中来，感慨道，“时间过得真快呀！我的女儿真的已经长大了，要嫁人了。这以后呀……要多回来看看！”

凝脂压着喜悦，皮笑肉不笑地说：“我都还没嫁人呢，你就喊我回家！”

“你这脾气！昭家可比咱家有头有脸，在昭家老爷夫人面前，可得懂点规矩！”她长叹一口气，又道，“我还是不让你经常回家的好，若是因为不识体统被赶了回来，可不是好事情！”

凝脂本想说“懂规矩有何难？只是觉得用人设立的东西来框人，挺可悲的，所以不如佯装不懂”，但她话说出来，却成了：“我就是当真被赶出来，也绝不会厚着脸皮回来，我有地儿去！”——这要去的地儿，她在做昭夫人不到半年光景时，就明白并非一时的气话，而是心有所往。但此时，沈荷甚至是她自己，也只当说出这样的话是不认输的天性使然。

凝脂这冒犯的话，连画眉这野丫头也觉得过分了，尴尬得臊红了脸。她觍着脸过来，恭敬地问：“夫人，要不要喝点茶？”

“不用了，喝了晚上睡不着。你们早点休息吧！”

沈荷沉着脸，似是习惯如此。她抬眼望了望凝脂，然后默默地跨出了门槛。画眉觉得夫人那一眼里，有种耐人寻味的绝望。像被乌云遮挡住赫然阴沉下来的天色，温柔地浸润到云端，看不到头，也望不到头。

她于心不忍，闷不作声地跟去相送。

凝脂盯着两人一前一后消失在夜色中，自己坐到床榻前想着心事。沈荷显而易见的痛苦，她是看在眼底的。可是，她那颗心就像是被冰冻住了，不能自控地无动于衷。虽然自己非常想配合一下，演得动容一些，但就是做不到。或许，成家后去了婆家，见不到父母了，双方就都不必再煎熬了。逢年过节回来一两次应付下，这就不是什么难事儿了。

“嫁人还是有点好处的，不知道那边会是一种什么样的生活，真是很期待呀！”凝脂这么想着，顿感一身轻松，好像那万里挑一的好爹娘真成了她急于卸掉的包袱。

昭家对这门亲事也是相当满意的。

许清源虽只是苏镇乡绅，却琴棋书画无一不精，威望也颇高。已过世的许家老爷，曾官拜州同，也是小有名气的诗人，说许家是书香门第并不为过。加之夫人沈荷的贤惠慈善，在这一带有口皆碑。娶许家唯一的女儿那是比娶达官贵人的千金还划算的。——当然，这只是面儿上的意思。凝脂嫁过去很久才知晓，家大业大的昭家，岂会在乎她的出身？人家压根儿就没考虑过这点。昭家大老爷昭墨要的，就是她倾国倾城的皮囊——几年前，昭墨在元宵节看花灯时，一眼见着还是小姑娘的凝脂，随后就派人打听了她是哪家的姑娘，势在必得。

六月里，昭府的裁缝和丫鬟托着沉甸甸的嫁衣过来许府，让准新娘试穿。沈荷和老爷因为去了寒清寺礼佛，所以错过了姑娘第一次试穿嫁衣。他们并不觉得可惜，姑娘穿嫁衣的样子婚礼上就可以看见。错过礼佛，对佛不敬，才是大事。

昭家送来的嫁衣，由用于进贡朝廷的顶级丝绸所制。昭家夫人特意请了胭脂河一带最好的手艺人，不分昼夜赶制。绣娘一针一线绣出满身的富贵牡丹、鸳鸯戏水。它华丽得如同坠毁前的太阳，沉重得似是战士的盔甲。

画眉加上昭府的裁缝和两个丫鬟，四个人帮忙，凝脂方才穿上这沉重的嫁衣。她金枝玉叶般的娇贵身体，转瞬淹没于一片猩红。再披霞戴冠出来时，好像房间里平地升起个红日，照得人睁不开眼。裁缝感激涕零："我做的嫁衣能被这样的新娘穿，实乃我三生有幸。""少夫人真是闭月羞花、沉鱼落雁之貌。"她已经把称呼改了——说话的这个长得瘦、牙尖腮削的叫忘忧，是伺候昭少爷的丫鬟。"是呀，回去可得禀报昭少爷，咱府里要来个大美人了，昭府可要满室生辉了。"另一个夫人的丫鬟也不甘落后。

似乎现在就开始比着讨好主子了。

五尘一听，就明白了昭少爷在家里的地位。他心底暗暗为姑娘寻了个好夫君而高兴，想必小姐嫁过去后必是不会吃苦的。

凝脂挺着胸，脖子伸得直直的，不动声色地审视着两个丫鬟。她伸出一只手指，远远地指着五尘说："这位是我的家仆，叫五尘。日后他随我过去昭府，还请姑娘们多多关照！"

两人虽然对这个眉清目秀的书童模样的男子有些不屑，但还是殷勤道："哪里说得上关照，以后还得请五尘多包涵。"

五尘朝着两位丫鬟微微颔首以示感激，却始终一言不发。姑娘出嫁的模样，他不是没有幻想过，但这次亲眼看见，心中翻腾的酸涩，还是仿佛一张口就会喷涌而出。他紧闭着嘴唇，唇纹像是缝合住嘴巴的细线。隔着空气，这屋里的人都能感觉到五尘将自己凝固成坚冰所散发出的丝丝寒意。

前一刻还盈盈笑着的画眉，脸色突然煞白。恍惚之间，她就成了被皇帝打入冷宫的嫔妃，措手不及，委屈不已。前些天给小姐梳头时，听她小声说要带个贴身侍者过去，她还偷偷欢喜了好久——自从知晓自家小姐将嫁给昭灵山，去见识下那阔气的大宅院，还有传说中惊为天人的昭少爷，便成了她隐秘的梦想——此时，她只觉得心里拔凉拔凉的，怎么也不会想到姑娘会带个男人过去。

她心里闷得发慌，憋屈得想哭。但无论画眉如何心有不甘，五尘要陪嫁去昭府这件事，就这么板上钉钉儿了。既没通过老爷夫人的嘴，也没有正儿八经被列入陪嫁的单子。对于这一安排，昭家甚至比许家的老爷夫人还要知晓得早，并且早早就备好了房间。

婚礼定在十月初十，但七月婚讯就已经传遍了大街小巷，整个苏镇人尽皆知。默默无闻的许凝脂因为赫赫有名的昭灵山，一夜之间成了整个江南女人的公敌。好比她一个人把好山好水圈起来设了森严门禁，只准自个儿欣赏，却将余下女人统统挡在了门外——女人们想起就掏心挖肺般的肉疼。

许府围墙外突然多出来转悠的女人，小到十二三岁少女，大到四五十岁老妪，她们那嫉妒的眼神，仿佛巴不得把许府都吞了吃掉。五尘寸步不离地守着凝脂，她去茅厕，也必定蹲在外面守着。一点风吹草动都令他胆战心惊，唯恐凝脂伤及毫发。虽有五尘杜微慎防，院儿里却还是危如朝露。常有莫名其妙的东西从天而降，譬如：石头、砖块、扫帚，揉成一团的恐吓信，甚至还有穿过的破鞋，大概是希望砸到凝脂，让她倒霉三年，三生三世便是更好。

打扫卫生的嬷嬷每日骂骂咧咧的，动不动就朝着墙外河东狮吼。

关于昭府的传闻，就更像是在听故事了。单家具就动用了十余名能工巧匠，木材全是上好的红木，领头的工匠据说是专门在紫禁城内，替大清皇室打造家具的。最神奇的是那张婚床，所选木材是从南洋大费周折运回来的沉香木。女人们个个都渴望在这张神奇的婚床上睡上一宿，再被昭灵山“临幸”一次，如此便不负做一回女人。

凝脂迫不得已只好待在房里。沈荷时常来看她，再过两三月，她能见到她的时日就屈指可数了，总觉得看不够。她掏心窝似的眼神，犹如一张撒开的网束缚着凝脂。她急于挣脱，连话也不愿意同沈荷多说。她想不明白，沈荷怎么突然那么多闲时间，若真没事干，去佛堂上香也比在这里碍她眼好。但除了凝脂，整个许府的人其实都知晓——许夫人很忙。她忙着给凝脂准备嫁妆，吃的穿的，体面的首饰……甚至还精心地抄写了一份《心经》，放在嫁妆里，以求凝脂嫁过去平安幸福。

五

七月十五日，又是许清源和沈荷去寒清寺的日子。

沈荷一早备好香烛，同时还带了几包今年刚采摘的明前新茶——这是给方丈莲生准备的。一早，沈荷照旧去老夫人屋里，询问她可有话要说与菩萨。每次他们去拜佛，老夫人都会派丫鬟请她过去，她捎得最多的话是——老爷子几时来接我？其余的话也多是与老爷子有关：有时忧心忡忡地问老爷子可有人请他去吃花酒，有没有被漂亮小丫头把魂儿勾去了？有时问老爷子在极乐世界里是怎样个乐法，会不会又纳妾了，把自个儿给忘记了——她一直坚信老爷是去了极乐。偶尔她也会问及自己：我会去哪里——她生怕自己去不了极乐。

沈荷踏进高高的门槛时，碧娘已经替老夫人梳洗好了，因为知道夫人今天要来，还特意点了一炷沉香。暗沉沉的屋子里香雾缭绕，盖过了平日空气里老年人散发出的腐朽味儿，以及从角落里冷不丁窜出来的中药味儿。碧娘在床榻一侧端正地站着。她先前侍候小姐时还偶尔穿些艳色的，过来服侍老夫人后终日和药罐打交道，素衣素服素面朝天，倒是浑然天成般合适。她越发沉静反倒越发惹眼，像一汪无欲无求的水——而上善不过若水。她站在哪里，哪里就成了一座佛堂庙宇。

碧娘服侍老夫人起来坐好，又在她的肩膀上盖了一条翠绿色的丝绸坎肩，衬托得她气色很好。

沈荷双手叠放着，弯腰恭敬地施礼："老夫人早。"

老夫人微微欠着身子，和颜悦色地问："听说姑娘寻了好人家，几时出阁？"

沈荷道："姑娘好福气，确实是好人家，日昭绸庄的公子昭灵山，日子定在十月初十。"

老夫人满意地点头说："嫁妆可准备周全了？"看见沈荷含笑点头，这才放慢语速又说道："我也没什么好给姑娘的，就把这跟了我小半辈子的翡翠镯子给她吧。"

碧娘立即捧着镯子，双手呈上。这镯子通透莹润，满绿色如一汪流动的春水。沈荷连连摆手说："老夫人，这么贵重的东西，可使不得！"

"我这当奶奶的，怕是不该给吗？"老夫人佯怒。

"那我先替凝脂谢谢老夫人了。改日，再叫她单独来谢您。"沈荷难为情地收下镯子。

"不用让她单独跑一趟了。姑娘见我怕是让她为难的事。"老夫人话里有话。

似乎是怀里放进去的翡翠冰凉一沉，沈荷的心也跟着沉下去一截，她小心地试探着："老夫人为何要说这样的话？"

老夫人和颜悦色地笑着说："姑娘长得是姑娘的样子，心性儿可不像姑娘的心性儿！"

"可她终归还是个姑娘！"沈荷说。

老夫人审视着沈荷：她也悄然老了，却似乎比刚过门时更清丽脱俗了；纤瘦的腰肢是一点未见变化，看背影完全不像快五十岁的妇人。转念又一想，沈荷一心向善，越过一天越纯粹。这样的人心无城府，内外通透，自是老得慢的。

她想告诉她：你太善良了，有时难免看不清真相。这善就像是良种，你不能四处播撒。落在好土壤上，必能结出好果子。但若是落进去一片焦土里，什么也长不出来，就是白糟蹋了。善良的人是沃土，凉薄的人就是焦土，你得长点眼神，分清楚了。

她还想告诉她——凝脂这孩子，生得就是男人的极乐——两年前的春节，沈荷一大早带着凝脂前来请安。她们一年见不了几回，除了逢年过节祝寿时过来请安，其余时间凝脂几乎是不过来的。那天请安完毕，她突然注意到了凝脂正细细打量着自己，她便招呼她走近一些。凝脂听话地站至床榻前。老夫人抬头望着凝脂，她也直勾勾地回看着她。那眼神穿过空气里飞舞的尘埃，似刺过来的一把刀。刀光里凝脂的脸，美轮美奂的，仿佛暗沉沉的房间也随之亮堂了。老夫人当时就震惊住、困惑住了：这张脸既不像她爹许清源，也不似她娘沈荷，一时间，她都忘记了她们在同一个大院里生活了十几年。眼前这姑娘，疏陌又熟稔，仿佛从天而降，又似乎瞬间成为女人。她身体里似乎潜伏着某种惊人的力量，那种力量老夫人年轻时体会过、臣服过、癫狂过——那是可以让男人和女人合二为一的，本能的、原始的力量。有些人多，有些人少，而凝脂，一根汗毛、一个眼神里都储蓄得满满的。

沈荷常年过着清心寡欲的生活，她哪里知道她养了个世间少有的姑娘。女人一旦长成这番自成风景，离福不远，离祸也近。沈荷是不知晓的。

老夫人与日俱增的担忧，在沈荷明艳的眼睛里波纹似的荡漾开。于是，她长叹一声，说："是呀，终归还是个孩子。"停顿了下，又话里有话道："你比姑娘还似个孩子，一辈子就这样也好。"

翡翠沾了人的体温，跟着变得温润了。沈荷淡然一笑，小声地问老夫人："今儿您要给菩萨带什么话？"

"给姑娘求个福吧，求她稳稳妥妥地待在昭府，哪里也别去。"

沈荷听完就捂着嘴笑起来，打趣地说："您也是担心她不识规矩被赶回家不成？我们家这姑娘，还真是不让人省心！"

老夫人看着心无城府的沈荷，发现只要谈及凝脂，她整个人就像沐浴在金灿灿的阳光里。老夫人当然懂，这是慈母爱的光辉。她自然也懂，凝脂对沈荷，怕并非如此。

“不早了，去吧。”老夫人叹了口气，催促道。

“那我这就回了，您老得保养好身体，这才是我们许家的福分。”沈荷朝老夫人鞠了一躬，就出去了。碧娘赶紧跟了出去相送。

老夫人目送着沈荷跨出大门：她今天穿了件青白色的素衣，马面裙也是极为素雅的灰白色，就连刺绣都是不易看出的清浅莲花。她一脚踏出去时，就像一朵飘出去的灰云。

“凝脂这姑娘，终于要走了，就盼着这一天哩。”老夫人说。

沈荷上完香烛后，跪在大殿的蒲团上，面朝着佛像虔诚地叩拜。礼佛完毕，天色尚早，沈荷便打算和许清源回茅屋休息。他们走的是中路，一路清风徐徐，漫山翠绿松柏，随风齐刷刷地摆动着枝叶细细吟唱，又从更远的山坳里传来密匝匝的回声。寺里和尚在道路两旁的山地上开辟出一块块田地，种着稻子和各种时令蔬果。三两个和尚正在地里劳作，有人浇水，有人锄草，一片祥和宁静。许清源忍不住感慨道：“陶渊明笔下的世外桃源，也莫过如此。”

善忍是在傍晚下山来看望这夫妻俩的。此时，夕阳艳丽如血，茅草屋里三人盘腿坐在竹席上欢饮畅聊，好不惬意。远处，暮钟自山顶传来，和着山野清风、草木芬芳，仿佛已远离尘世般悠然自在。

善忍吃完茶，在等着烧水的间隙里，习惯性地拨动起佛珠。这串菩提佛珠一看便是年代久远之物，每一粒珠子都饱满圆润，色泽红润，像玉石一般温润。沈荷看着善忍手中的佛珠忍不住夸赞道：“善忍师父手上的珠子，可真是好珠子。”

善忍拨动佛珠的手戛然而止。

“这只是最普通的菩提佛珠罢了……”他的声音很小，很快就被窗户吹进来的风，吹跑了。

但沈荷却来了兴致，紧盯着珠子不放，继而又说道："颜色这样漂亮的佛珠，我还是头一回见着。这些珠子看起来像是活的，真是不可思议呀！"

"是吗？是活的？"

善忍的脸色在霞光中泛白，他声音微弱得怕是只有他自己才能听见。

"想必是善忍师父虔诚向佛的真心，令这佛珠佛光照人！"沈荷说。

许清源也赞同道："我们得向师父学习呀！"

善忍一言不发，悄悄用袖笼遮挡住佛珠。他抬头眺望着窗外快坠落的太阳，霞光将他藏蓝色的僧服染了层红光，他的身形和夕阳合为一体，三分人，六分佛，还有一分说不清的妖娆。

沈荷看得有些入神，一时竟忘了壶里正烧着水。水开了，咕噜咕噜地泛出来，洒了一地。她慌乱地熄了火，但为时已晚，水已经煮老，不适合泡茶了。

善忍看着满地水渍，不慌不忙地站起来，说道："善忍先告辞了，改日再叙。"

沈荷站在门口，目送着善忍清瘦的背影踏上寺庙的台阶，逐渐消融进红光闪闪的庙宇深处，像一团消失于夜空的火焰。那种一直困扰着她的奇异感觉，又升腾了起来。

翌日傍晚，善忍再次前来。因为再过一日沈荷二人一早就要启程返回苏镇，所以善忍提前来与夫妻俩道别。他这次仍旧是踏着暮色而来，除了带来经书，还挎着个包裹。他进门后一落座，便将包裹小心翼翼地置放于腿上。

沈荷一声不吭地去烧水泡茶。茶叶是好茶叶，水是许老爷从山里背回来的泉水，仅作泡茶之用。茶水是她守着煮得恰到好处的。这茶自然和别处不一样。沈荷倒了一盏递给善忍，又给许清源和自己各倒了一盏。茶汤自舌尖咽下去，如同泉水落入崖涧，沁人心脾。

善忍放下茶杯，赞道："许夫人泡的茶实乃一绝。"

"师父若喜欢，就多饮几盏。"沈荷真诚地说着，又给他沏了一盏。

窗外夕阳照进来，红光落进茶杯里，善忍双手捧着，一口一口很享受地小啜进嘴里。沈荷又开始走神了，她恍然觉得此时的善忍不是在喝茶，而是在饮血。

大概是感觉到了这束扎人的目光，善忍有些难为情。他光秃秃的头顶因为慌乱渗出了汗珠，但好在头顶总是被忽视，他的窘迫并没有被发觉。他越来越惧怕沈荷了——这个女人先前只是偶然用这样的目光看着他，现在却越发无所顾忌了。她那疑惑审度的眼神，总是令善忍莫名其妙地惴惴不安。尤其，当她昨天对他的佛珠产生了兴趣，并认为这佛珠是活的……他几乎都不敢来见她了。若不是莲生师父嘱咐，但凡许氏夫妇过来，一定以礼相待，他是打算避开的。

"月初时，听你们说起凝脂姑娘大婚的事情，具体是何时呢？"善忍问。

沈荷仓促地收回目光，又恢复了从容。她为自己的失态，感到有些尴尬。

"难得师父还记得小女。婚礼定在十月初十，亲家说是十全十美，十分合意。”沈荷回答得十分得体。

“日子挑得极好。”

善忍说着，用双手将腿上放着的包裹拿了起来，呈到许清源面前，道：“这是我寺的一点心意，劳烦二位定要转交给那位号称‘小鲁班’的工匠。”

许清源接过包裹来，打开见是一个精致的红色瓷瓶，形状似婀娜的女人身体，通体微透，置于光下，能看见水银般流淌的液体。打开瓶盖，一股奇异的芬芳扑鼻而来。他顿觉周身轻盈，犹如置身于空中，整个人都悬浮在了未知的美妙境地里。然后，他只觉得眼皮沉重，迷迷糊糊的，差点睡着。好在沈荷及时将瓷瓶拿了过去，盖上瓶盖，许清源这才慢悠悠地呼出一口气来，悬着的身体落了地。

“善忍师父，这香气姑娘应该会喜欢。只是它是何物？又为何要交予匠人？”许清源好奇地问。

“它能有何用呢？是寺里种的花吗？”沈荷谨慎地跟着问道。

“这瓶里是真正的彼岸花，存放有些年头了。是一位世外高人赠予的，他交代，定要交给最好的工匠。实不相瞒，我是领人之情，受人之托……说来，还不知老爷夫人能否帮这个忙？”善忍表情诚恳。

沈荷凝视着瓷瓶，瓶子里的液体正像血液似的流动着。她感到脊背有些发凉，有种莫名的恐惧。她正犹豫不决，却听到旁边的许清源已经开口道：“这算什么帮忙，师父送姑娘礼物，该说谢谢的是我们。明儿我就派人给亲家送去，交给‘小鲁班’师父。”

沈荷万般无奈，只得默许了。

善忍深感欣慰，他站起来双手合十，朝二人鞠了一躬。沈荷弯腰回礼时，注意到他抬头时一闪而过的笑。细长的眉眼如一弯新月，那弧度，就像是爬上去却没有回路的一座山。窗外，血色的夕阳染红了他的僧衣。沈荷又陷入了奇怪的幻觉里，她似乎看见那瓶子里的液体流淌了出来，染红了青山，又流向胭脂河，把天地也染红了。

六

鸡叫后不久，天就亮了。朝霞萦绕在屋顶上，好似给许府缠了一圈吉祥的彩带。凝脂身着水蓝色的长棉袄，裹了一条胭脂粉的大披肩，坐在圈椅上，美得像一幅仕女画。

画眉细心地给她盘好发髻，插好钗子。她打量着镜子里的小姐，忍不住赞道："小姐长得真美，难怪老爷夫人对您疼爱有加。"说完，又禁不住酸溜溜地叹息道，"只是，过了今晚，再见着小姐，就该叫昭少夫人了……小姐这一走，画眉失的是一座山。"

凝脂心里明白"一座山"的含义，却只是轻描淡写道："我已经交代过管家，没人会为难你的。老夫人和夫人房里都缺丫鬟，厨房也去得，你喜欢去哪里就去哪里，实在哪里都不想去，再过一两年出府也行。"

画眉突然跪下，似乎在做最后一搏，下了决心开口道："小姐，今儿画眉想勇敢地做一回自荐的毛遂——恳请姑娘让画眉一同去昭府。昭府家大业大，多画眉一张嘴不是个事儿。况且画眉也不会白吃闲饭，过去也自是会学着规矩，不会让人看轻了许府。退一步说，小姐若是不好意思，只想带一个人过去，画眉也自认比五尘合适：一来画眉可以贴身服侍小姐；二来小姐刚嫁过去就带着个男仆，传开来也遭人笑话……”

凝脂不动声色地看着画眉，她目光里的肃杀，惊得画眉盯着她好几秒才反应过来，跪着不敢起来。

“贪玩可以，贪婪就不好了。你想去昭家服侍我，替许府捞个好名声是假，去看昭灵山是真……”她走到画眉跟前，脚半悬在画眉手背上方，画眉立即筛糠似的哆嗦起来。凝脂当然懂得，要驯服一个吃惯苦头的人，一开始你就给她药吃，她不觉得苦。但你给了糖吃再喂药，她就知晓什么是苦了。

凝脂悬着的脚慢慢地落下去，快挨着画眉的手背时又慢慢抬起来，如此反复几次。画眉抬起头，满脸恐惧的泪水，哽咽着求饶道：“小姐，画眉会好好待在府里，哪里也不去……”

就在这时，门外响起五尘的声音：“小姐，夫人来了。”院子里随即响起脚步声。凝脂收回脚，重新端坐在椅子上。她盯着镜子里的画眉，冷冷地说：“你过来，这钗子位置不对，替我重新插好。”

画眉战战兢兢地站起来，取下钗子，再插进头发时，她的手止不住地颤抖着，眼睛一直盯着姑娘满头乌黑的头发，未敢再看镜子一眼。

拾掇得光彩照人的凝脂，站起来迎接沈荷。画眉低着头向夫人请完安后，默默地站在凝脂身后的阴影里。沈荷瞟了一眼画眉，不禁吃了一惊——这个令梅嬷嬷头疼的小丫鬟，此时一改往日的活泼灵光，死气沉沉的，倒和先前的碧娘有几分相似了。

沈荷的注意力只在画眉身上停留了须臾，就又回到她的心头肉凝脂身上了。明天女儿就正式出嫁了，有一些事情是必须先讲清楚的，老夫人给的翡翠玉镯也是要先交给凝脂的。沈荷絮絮叨叨地讲着，姑娘间或回以“哦”“好的”“知道了”就算是打发了。她不喜欢听这些四平八稳的规矩礼节，房中之事也不用讲——她早就知晓了。所以，沈荷当成重中之重来讲的，在凝脂看来，不过都是多此一举，浪费时间，但她还是得装模作样地耐心听着。

“……你那直脾气兜不住事儿，去了昭府说话得有分寸。公公婆婆都是体面人，你可得乖巧些……娘今儿就说到这里，去了觉得哪里不明白，回来时娘再给你讲……”听到这一句，凝脂长舒了一口气。但还没等她彻底放松，沈荷又小心翼翼地从怀里掏出个东西，递了过来。

“这是……奶奶的镯子……”

凝脂惊恐地从椅子上站起来，不自觉地后退了一步。

沈荷以为凝脂是感动得不知所措，安慰道：“这是奶奶送给你的结婚礼物。这镯子跟她几十年了，从未取下来过，她让我转交给你，算是她的一番心意。你戴着肯定好看，娘这就给你戴上。”沈荷拿着镯子欢喜地上前一步，凝脂却惊恐地睁着双眼，向后退。沈荷手里举着的镯子，在凝脂看来，就是一块晦气的不祥之物——老夫人瘫痪多年，吃的药，拉撒的脏物，那间散发出腐烂味道的房子……这令人作呕的一切都凝聚在这镯子里，更何况，她是如此讨厌领他们的情谊，好像被迫欠债似的。

沈荷是在凝脂坚决地推开她时，才发现她并不是感动得不知所措，更不是因为贵重而不敢接受，她是实实在在地因为厌恶而拒绝。

“这是奶奶的心意。你这孩子，是怎么了？”沈荷生气地问。

“我就是不想戴着它！”凝脂脸色阴沉沉的。她退到床榻边坐下，对画眉说道，“送夫人回吧！”

她冰冷的语气，终于激怒了沈荷。她几步走到凝脂跟前，将凝脂从床榻上拉起来，痛心道："跟我去当面与奶奶说清楚！"

"说就说，好像是我会怕似的。"

凝脂从沈荷的手里挣脱出来，怒目相视。

五尘站在门口，也意识到情况好像有些不对劲。他忧心忡忡地朝里看。这一望，没见着屏风挡着的凝脂和夫人，倒是见着像尊雕塑似的站着的画眉。他一眼辨别出她跟从前不一样了，但具体哪里不一样，他也说不出来。夫人在里屋，他也不好意思过去问，只好心不在焉地继续候在门外。

不一会儿，他就看到凝脂跟着夫人出来了。许夫人的唇角向下撇着，似是忍受着巨大的悲痛。他正默默地为凝脂捏把汗，却看见她调皮地朝他吐了下舌头。

母女俩一前一后往老夫人的住处走去。在第二个回廊衔接第三个院落的拐角处，凝脂听见身后传来乌鸦沉闷的叫声。她下意识地回过头，只见一只乌鸦从空中飞过，像坟前燃烧成灰烬的纸钱被卷过屋顶一样，飞向明晃晃的太阳里。

凝脂停下来凝神地看着，阳光晃得她眼里白茫茫的一片。沈荷已经先转过回廊，发现身后没了人影，又倒了回来。她也没喊她，光是冷冷地看着她。凝脂一言不发地又跟了上来。

穿过院子就是老夫人的卧房，沈荷突然停了下来。凝脂也停下脚步——她还在想着屋顶上飞过的乌鸦，她觉得自个儿也快成乌鸦了，周身散发着不祥的气息。没准儿，老夫人知道她拒绝了她的一番好意，而她拒绝的又是如此珍贵之物，真被气死也难说。老夫人身体本就不好，一气之下一命呜呼也不是不可能。

沈荷脚下好似生了根。院子里的空地此时似乎变成了一条宽阔的大河，她站在河岸，暗暗思忖着告诉老夫人后的后果。在权衡利弊之后，沈荷果断地下了决心，不惊扰老夫人，自个儿气一气就过去了。

但凑巧的是，碧娘正好端着痰盂从屋里出来，看见了沈荷母女俩。大概是因为端着脏物，明日又是小姐的大喜之日，她远远地冲着两人请了安，就绕道走开了。接着，屋里传来老夫人低沉的声音："是沈荷在外头吗？进来吧！"

沈荷只得领着凝脂，硬着头皮进了老夫人房里。老夫人眼神充满期许地望向她——她却突然想哭，这十几年来她苦心经营着和女儿的感情，任由着感情像瀑布似的坠落，坠落。可是落下来的水，能倒流回去吗？幼时的姑娘是本能地排斥，长大后的姑娘却是刻意为之，把她封闭在心门之外。这些，所有人都以为她不知晓的事情，沈荷其实比谁都明白，只是不愿意承认罢了。

沈荷像往常一样站在老夫人的床榻前，怀里的翡翠镯子沉甸甸地拽着她朝下坠去。她觉得自己这身皮肉快兜不住这颗心了，这一砖一瓦辛苦搭建起来的城墙，此时，一粒石子就能击垮。沈荷弯下腰，挤出笑容，道："沈荷给老夫人请安了。"

很快，沈河听到身后响起嗡嗡的声音："凝脂给奶奶请安！"

老夫人凝神细细看着母女俩，沈荷僵硬的脸上，那紧闭的嘴唇费劲地扯出笑容，又费了更大的力气才合拢；凝脂仰着一张清冷薄凉的脸，眼神不偏不倚地晃过来。老夫人已经猜到个七八分，凝脂这孩子天赋异禀，怕是已经知晓了沈荷死死隐瞒的身世真相，她自是不愿意再欠许家情分的。这样也好，任何结局，无外乎都是自然而然中的必然结果。

老夫人平静地端详着凝脂，试探着问：“你明儿就大婚了，礼物可还合你心意？”

凝脂点点头，盈盈地笑着说：“奶奶给的礼物，凝脂喜爱至极，那会儿试戴了下，大小正好。我舍不得戴，放匣子里了。”——她知道沈荷不会揭穿，带着没来由的歹毒，朝着这个妇人的底线高举着旗帜，策马扬鞭碾了过去。

果然，她话说完，沈荷的腰身又佝偻了一寸。

碧娘倒完痰盂回来，轻轻跨过门槛，绕过屏风里去放好，又悄无声息地站到了老夫人身后。她偶尔滑过凝脂的视线，快得像闪过的一道光。

“你喜欢就戴着，无妨无妨。物尽其用，是人享受物，而不是物约束人。再好的镯子也不过是个物件，可人就不一样了。”但具体哪里不一样，她就没细说了。

凝脂细细盯过去，觉得这老妪的眼睛深不见底，像是深潭翻搅起的漩涡将她吸了进去。有一刹那，她甚至觉得老夫人看出了端倪——她老得褶皱层叠、寿斑丛生的脸上，唯独那双眼睛清澈似泉水。老夫人长着一双婴儿似的眼睛。好像什么也不懂，又好像什么都能看透。

凝脂似乎听到老夫人嘟囔了句什么，前半句说的是“姑娘是越长越像……”她声音渐渐低下去，后面的话就像消了音似的，凝脂一个字也没听清楚。很多年后，早成为江南传奇名妓的凝脂，才从碧娘的嘴里得知，那天老夫人嘟囔的下半句是——像男人的极乐——原来那时的老夫人，已洞见她薄凉的天性，还有骨子里的不受羁束。

沈荷感到深深的罪孽感。

不仅是因为她欺瞒了将死之人的好意。更是因为，她眼见着自己亲手养大的姑娘，竟然在众目睽睽之下堂而皇之地撒谎，而自己却只能选择替她圆谎。虽说这是为了避免刺激老夫人，为了她的健康着想。沈荷仍旧无法原谅自己，她心碎了一地，就算自个儿长出一千只手来，也拼凑不回去的完整。她痛心疾首，却也万般无奈。

从老夫人屋里出来，沈荷越想越难过。她走得飞快，完全没有要等凝脂的打算。风吹过她的脸颊，凉飕飕的。但凝脂却自个儿跑到沈荷前面，转过身挡住了她。

她静静地盯着沈荷憔悴的脸，渐渐有了笑容。接着，她听到自己用无比柔软的声音挑衅地说："娘，明儿一早我就要嫁去昭府了，能把爹爹的鸽子煮了给我吃吗？我想吃肉。"

沈荷已经很久没听到女儿喊她"娘"了。这一声柔软的呼唤，令她激动得眼泛泪光。

她望着凝脂，猜不透她在想什么。但那一声"娘"，确实让她无法拒绝。

"嗯。"

沈荷听见自己妥协地应了下来。

这天中午，许清源养了三年的鸽子，就被厨子宰杀了。沈荷在自家的小佛堂里，跪着流泪，默默忏悔了整个下午，晚饭时也没见人影。

凝脂趁着厨子去添柴火时，悄悄拿碗装了鸽子血带去了闺房。晚上，鸽子血凝固成暗红色块状，塞一小块进身体里便暖化了。凝脂多了个心眼，找来空的胭脂盒，装了些鸽子血进去，又拿针线吃力地缝到裙摆里。她心想，如果万一不够用，借口上厕所再塞点。

翌日，天刚蒙蒙亮，五尘就来敲凝脂的房门。

打开门，凝脂小声地告诉他：“不用担心那件事了，我有更好的办法。”五尘不明白。凝脂指着碗里剩下的鸽子血，五尘立即心领神会。

第二章　春日

一

同治六年（1867）十月初十，十七岁的许凝脂，嫁给了大她三岁的昭灵山。

那天，老天像是额外开恩，天蓝似素布，十月日光极尽温柔。花轿当街而过，凝脂从帘子的罅隙里望出去，整条半水街张灯结彩、舞狮游龙，跟过年般热闹。全苏镇的人好像都跑了出来，街道盛不下这些热情的人，一些爬到了树上，一些挂在了窗户上。昭府的丫鬟挎着喜篮沿街派发喜饼、喜糖，天女散花般地撒进沸腾的人群里。馋嘴的小孩子吆喝着跟了一路又一路。鞭炮响过后的石板街道，红纸屑铺得满满的，似是铺了一层红地毯。

凝脂扫了一眼扶轿的五尘，府里做的红马褂尺寸大了些，套在他瘦小的身板上空落落的，显得滑稽又可怜。不知怎的，她突然没有了做新娘的喜悦。到了昭府，落轿，接着是烦琐而庄重的婚礼仪式……昭府的丫鬟一人一边引领着她。她们喊啥，她就做啥：一拜天地，喊她跪，她就跪；二拜高堂，又喊跪，她又跪……直到月上梢头，婚礼才算结束。

凝脂被丫鬟忘忧搀扶进了洞房，她站在屋子中央环视了一圈。四周新制的红木家具被烛光照得亮堂堂的，哪一件都是下了功夫的。中间靠墙放着的一张大婚床尤为气派，她猜测这就是坊间传说的神奇的婚床。她的眼珠子落在床上，红盖头下专注的视线和床的奇异香气在空气里水乳交融——仿佛是在进行一场古老而庄重的辨认仪式。

凝脂坐上床沿，床呻吟了一下，就像两个熟人相遇，没有多余的客套话。

凝脂忍不住伸手去触碰这张床，从指尖绵延开去的温润触感，像极了人的肌肤。很快，她就更加震惊地发现，满床猩红的色泽竟然不是涂抹的油漆，而是木纹自身的颜色。每条木纹都如同人的血管，安静地涌动着生命的气息。凝脂吃了一惊，再仔细一看，发现床上还有不少雕刻，各种男欢女爱的春宫图——仿佛这张床都在叫春。

这床不像是家具，它更像是——有血有肉的活物。凝脂瞬间红了脸。

拱门下，枝藤投下斑斓的阴影。醉醺醺的昭灵山被人搀扶着穿过拱门，踏着青石板路进了院子，晃悠去了洞房。五尘在洞房门口不安地来回踱步，这一股子酒味，令他稍微安心了些。搀扶昭灵山的丫鬟，正是上次送嫁衣去许府的忘忧。

五尘认出她，待她将昭灵山送进屋，他紧着凑过去，压着欢喜问道："少爷喝醉了？"

忘忧说："可不是吗，我都以为我搀扶的是个大酒瓶子，熏得我都快醉了。"

五尘悬着的心踏实了，但他还是不敢睡去，就在门口的月桂树下蹲守。这晚的昭府淹没在一片红光中，屋檐回廊下，大红灯笼高高挂着，仿佛没有穷尽。楼宇亭台、山墙檐角、窗棂门楣，处处张灯结彩。但是对五尘而言，只有树下的这方阴影，让他稍感安全。他的双眼死死地盯着洞房的窗户，朱红色的微光，如同拂晓将至的曙光，微弱而隆重。

五尘难过地想：这柔和的红光，看着都暖和。昭灵山是否会这样温柔地对待凝脂?

但，洞房里的昭灵山可不是这么想的——事实上，他身上的酒是故意洒的，他一点儿也没醉。他这样假装，只为了一个目的——保持清醒。洞房花烛夜醉得一塌糊涂，这可不是他想要的。婚前昭墨就曾叮嘱过他，这是爹为你千挑万选的黄花大闺女，不同你以往招惹的那些庸脂俗粉，别怠慢了。一想到爹的话，昭灵山就头疼。他这诚惶诚恐的心思，凝脂是毫不知晓的。她诚心诚意地坐在床榻上，满心期盼等着那动人心弦的时刻。透过红盖头，她朦胧地看见昭灵山正朝着自己走来。她紧盯着他起落的双脚，这双脚正载着这男人靠近她。某一种笃定却又朦胧的渴望，正将她的身体一寸寸地融化掉。当他终于站到面前时，他男性的气息，压迫得她快不能呼吸了。她陶醉地闭上眼睛，但令她失望的是，却只等到他一声叹息。

凝脂睁开双眼，红盖头仍旧如水般覆盖在头顶，纹丝不动——而昭灵山已经坐到了床的另一侧。

凝脂尴尬地蹭着脚。此时，裹脚这种陋习刚刚废除不久。沈荷心疼凝脂缠脚遭罪，便任其生长。但庆幸的是，凝脂的脚天生娇小，满月形状的脚心，凸起的脚背弧线优美，即使藏在绣花鞋中，也难掩其美。

她这不自觉的小举动，被昭灵山注意到了，他的眼里顿时有了光亮。昭灵山不喜欢裹脚女人病态的美，这女人的脚穿着鞋子都看得出，定是美若弯月。这点发现让他稍微兴奋了点，但当他想到处女的鲜血和因为疼痛而发出的惨叫，又完全没了兴致。昭灵山的这番苦恼，源自他天生晕血的缺陷，这是其一。

其二，是因为他多年的隐秘——他喜欢妓女。

沉香床散发出蛊惑人心的香气。它的每个孔隙都在一张一合地呼吸着，像吃到第一口奶的婴孩。它释放香气的方式也很特别：当你需要浓重的气味刺激时，它便浩浩荡荡地笼罩过来；当你需要清淡的气味舒缓时，它就徐徐缓缓地轻吐轻放。这张床，仿佛具有洞察人心的本事。

昭灵山像个打坐的僧人般闭目思考时，第一次领略到这婚床的神奇——如同莲花般轻盈的香气，顺着鼻孔钻入口腔、喉咙，再至五脏六腑，他感觉自己好像双脚离地，悬空飘浮着，就剩下一个清醒无比的大脑。大脑里，装着一双藏了十几年的眼睛。这双眼睛，带着他回到了十几年前的苏镇。

那时的苏镇并不大。最繁华的就是胭脂河畔上的半水街。这条街离码头不远，青石板路一侧是一长溜商铺，另一侧便是胭脂河。沿岸是一溜儿垂柳。这条街上最醒目的建筑是由一座三层船屋改成的妓院“十里春”。这船原先是官船，废旧后被私人买下，修饰一新后建成妓院，固定在了岸边。时日久了，竟成了半水街的标志性建筑。

昭灵山跟随着那双眼睛，来到船屋甲板上——

这里是一片歌舞升平的享乐世界。年轻的姑娘们，身着艳丽的绫罗绸缎，轻歌曼舞间，水袖拂转出万种风情。四周摆了十来张茶桌，座无虚席。各种糕点、水果堆成小山丘，有核桃酥、绿豆糕，还有从南洋运来的热带水果。盛满美酒的银杯碰撞，发出脆响。女人的打闹娇笑，男人的吹嘘调情，远处街道上小贩的吆喝，被空气揉捏成乱糟糟的一团，再不管不顾地扔进每个人的耳朵里。

四周闹哄哄的，没有人注意到一个小男孩已经悄悄溜上了甲板。他以前从未来过这里，哪里看着都新鲜。有姑娘发现了他，见他穿得堂皇气派，以为是某个爷带来的小公子，自是不敢轻薄。小男孩踮着脚尖，像是在寻找什么——他也确实是在找人，找他的爹爹昭墨。前一天，爹爹答应他今天带他去骑马。岂料今天爹爹对带他去骑马的事只字未提，吃过饭就自个儿出门了，好像早把约定忘到了九霄云外。小男孩心里压着气，悄悄跟了上去，他倒是要看看，有什么事儿能比他们的约定重要。

他远远看见爹爹正在吃酒，刚想过去，却听见人群中发出起哄声。只见从船舱里出来位女子，男人们顿时像被使了定身法似的，只有眼睛瞪得老大，大得眼珠子都蹦了出来，齐刷刷地砸向那个女人。这些兴奋的黑眼珠子里，有一双是属于他爹爹昭墨的。

这个小男孩，就是五岁的昭灵山。在他后来的记忆里，再没有见过比这天更好的艳阳天。哪里都闪烁着耀眼的光斑，云层里飘浮着，屋顶上铺着，树叶上挂着，河面上闪着……她穿着水蓝色的绸缎长裙，腰收得细细的，束腰上的祥云团绣都在发光。人群自动让开，她抱着朱色琵琶穿过人群，坐到甲板中央自弹自唱，好像光都聚拢在她身上，万物黯然失色。那场面，即便已经过去了十多年，细到她当时微皱的眉、小碎步牵扯着蓝色裙摆时露出的红色绣花鞋，以及她轻抿嘴唇时跟着唇上的纹路晕染开的口红……灵山都记得清清楚楚。这个被喊作“春十娘”的女人，就这么住进了他的心底，一年比一年更加根深蒂固。

昭灵山已经忘记了他冒险跟来的目的。接着，他看见爹爹跟着这女人进了船舱，上了楼。此时他先前的怨气已烟消云散了。他甚至有些感激爹爹，让他发现了比骑马更美好的东西——女人。

他跟着爹爹上了楼，远远的，他看见爹爹从门的缝隙塞进去一把折扇。他一眼认出，这把折扇是爹爹的心爱之物，上面有爹爹亲笔写下的诗句。他不认得字，不明白上面写的是什么，但他清楚地记得，爹爹曾说，这是为了铭记，所以万分珍贵，小孩子千万不能碰。如今，他就这么轻易地把它塞进了那个女人的房间。

那折扇就像一把恰好合适的钥匙，门随即敞开一条缝，爹爹的身体泥鳅似的滑了进去。然后门重新严严实实地合拢，仿佛从来就没打开过。

空荡荡的回廊里飘满了脂粉香气，红帘子妖娆地撩动着。昭灵山站在爹爹进去的房间外面，带着强烈的好奇心，在窗户纸上抠了个窟窿。只一眼，他便被活生生地拎进了成人的世界。从此以后，昭灵山就有了两双眼睛，一双和孩童无异，另一双专门做偷窥之事。他把这双眼睛藏在大脑里，但凡需要时就把眼珠子甩出去，久而久之，这双眼珠子练得贼精贼精的。

很快，他的眼睛就跟先前甲板上的男人们发生了一样的反应——眼珠子蹦了出来，滚到房间里，砸在屋里女人的裸体上。两具白花花的肉体在光里翻滚着，像岸边搁浅挣扎的鱼儿，以死亡般的热烈黏在一起。分不清哪个是男人，哪个是女人，好像这才是一个人。

昭灵山没有敲门将爹爹喊出来，这秘密像千斤巨石压弯了他，他出来时佝偻着腰，没有一丝孩子的灵气，突然老得不像话。但他的秘密并没有埋藏多久，当昭墨在儿子房间发现他描绘的春十娘画像时，顿时什么都明白了。其实，灵山画得并不像，但或许是对笔下的女子充满爱慕，环抱琵琶的神态却极为相似。再联想起他最近的反常行为，昭墨就更加确定了自己的猜测。

他比谁都清楚，灵山貌似高贵的身体里，流淌着欲望的血液。他冥思苦想了一夜，做出了惊人的决定——半个月后，又是和春十娘幽会的日子，他精心打扮了一番，从灵山窗前经过时，故意咳嗽了几声，以便引起他的注意。直到看见灵山像上钩的鱼儿般，猫着腰摸出来跟上他，这才若无其事地朝前走。他走得不快，看见街边小贩兜售的小玩意儿，还会停下把玩两下，也不买。就这么走走停停，昭灵山也走走停停、再躲躲。

昭灵山开始以为是爹爹要买送人的礼物，但直到上船他还是两手空空。他就这么空着手上了船，丰盈的女人很快会装满他的手。

灵山第二次见到春十娘，还是在船屋。上次抠开的窟窿居然还留着，他望过去时，觉得她比先前更美了。爹爹背朝着他跪着，肩线绵延成山脉。红色帘子映红了女人的身体，美得像一条在光影斑驳的水里嬉戏的红鲤鱼。床是一片浪，地面成了海，海里只有两条赤条条的鱼儿在翻滚。

不知过了多久，海面平静了，房间里寂静下来。

爹爹从床上下来，朝着门这边花窗的位置走来，若不是中间隔着一道门，昭灵山真会误以为爹爹正朝着自己走来。他吓得大气也不敢出，心脏骤停似的。爹爹弯腰拾衣服，起身时扭头看了一眼孔洞里的眼睛——他儿子的眼睛。昭灵山顿时明白了，先前的走走停停，是爹爹特意等他呢，他的脸唰地红了——这种事情，大概只有他的父亲昭墨能做到。

后来的很多年里，他陆陆续续又见过数次这样的事。

有时是在船屋，有时是在胭脂河边的某个小树林里。每次都如出一辙，但凡他跟上，爹爹都有所预感似的走走停停，刻意等他。这件事成了两人心照不宣的秘密。但春十娘是否知道暗处这双偷窥的眼睛，他便不得而知了。

或许，情欲就是催长剂。昭灵山十一岁便迎来首次梦遗，十二三岁就已经成熟得像青年男子，五官轮廓长开，嘴唇周围长出细密的胡须。只有眼睛越发清澈，像含着一潭春水。

他一直不缺钱。原先这些钱都用来买些小玩意儿，现在却大多数都贡献给了妓女。他虽然早熟，却终究是个孩子的年纪，逛妓院时总是喜欢花钱讨女人欢心。他并不知道，像他这样俊美的男子，妓女们倒贴钱都愿意。

灵山的第一次是和一位年轻的渔家女。

苏镇郊外是大片水乡，河湖相连，水产丰富。经常有摆渡的小船出没这片水域，采菱角、挖莲藕，捕捉鱼虾河蚌，拿去集市换钱营生。一天，十三岁的昭灵山在胭脂河边看见一条破旧的小渔船，船头蹲着一个女子，正弯腰清洗竹筐。蓝色的粗布衬得她的背影有种朴素的美，长长的秀发随意扎成一束，额前没扎住的几缕随风飘舞着，温婉动人极了。昭灵山看痴了，不由自主地下了河堤，朝那女子走去。女子察觉到身后有动静，回头看到昭灵山，吓得一个趔趄，手一松，竹筐落到了河里，顺流而下，片刻就不见了踪影。女人急得直跺脚，眼眶随即红了。

昭灵山拉过她的手，把她因为生气而握成拳头的手指一根根用力掰开，又从自己腰上取下沉甸甸的钱袋，摁到她手里。这动作一气呵成，霸道得让她连本能的反抗都忘了。后来的一切都是水到渠成。渔家女划着船往下游人少的地方驶去，昭灵山心安理得地坐在狭窄的船舱里，看着船头划桨的女子。这女子约莫十六七岁，生得白皙，腰肢也越看越有味道。

船行到一片芦苇丛，女子把船泊好后，蹲在船头对着河面整理头发。

她的背影像火焰点燃了昭灵山。

他几步走过去，将女子横抱进了船舱。她身上散发着海腥味，呼出的鼻息暖烘烘的，让他觉得哪里都热。某一刻，灵山甚至感觉自己正乘着一条美人鱼乘风破浪。然而，在最后一步时却出现了突发事件——女子突然发出惨烈尖叫，像是被搁置在菜板上将死的鱼，疼痛令她急需拉个垫背的。这垫背的，正是灵山的手臂——女子抱住饥不择食地一口咬下去。

昭灵山从巅峰里坠下来，撞见菱芰面如死灰的脸，猛然意识到了什么。他哆嗦着喊出一声“你是处女”就晕了过去。

待昭灵山醒过来时，太阳已经落到了地平线上，粉紫色的晚霞倒映在湖面上，水波潋滟。女子一直守在他身边，见他醒来用木瓢打水来喂他喝。

昭灵山小声问：“你叫什么名字？”

“菱芰。”

“好听。”顿了顿，又一语双关道，“也是好吃的。”

菱芰红着脸垂下头，小声问：“你没事吧？刚才你晕过去，可把我吓坏了……”

“我天生晕血，和你无关。倒是我很抱歉……”

这个叫作菱芰的渔家女，有些悲凉地笑着摇头，默默地划船把他送到苏镇半水街。

灵山上岸后，还想跟她说些什么，却终究不好意思，一个字也未说出口。他目送着小船消失在河的下游，方才如释重负地往家走。

之后，昭灵山再也没见过这个名叫菱芰的渔家女。他常常在苏镇的市集闲逛，却从未再见着过她，仿佛人间蒸发了一般。但这一带却成了他的福泽之地——他没事就在此出没，寻找身上带着海腥味的娼妓。他出手阔绰又长相英俊，女人们都渴望遇到他。但过了没多久，他突然对腥味产生过敏反应，连吃海鲜都觉得作呕。就这样，妓院成了他最终的归属之地。

昭灵山去逛妓院时也是儒雅的文人风范，不说低俗的话，不当众做下流动作。他待妓女如知交，彬彬有礼，即便遇到不喜欢的妓女，也委婉开脱，替对方保留住颜面。因而，人人皆知昭少爷风流倜傥，名声却很好。

昭灵山十五六岁时已声名远播，成为胭脂河上最出名的贵公子，有赛潘安的美誉。据说有情窦初开的少女见过他一面后，竟茶饭不思得了抑郁症，最终不得不了断红尘做了尼姑。尽管这天赐的皮囊帮了他大忙，倾慕他的女人不计其数，但春十娘仍旧是他念念不忘的美梦。或许是心中藏了见不得人的秘密，他从不敢靠她太近，只能在她出现的地方远远地观望。他那死死追随的目光，也难得换来她匆匆一瞥。

在这长期压抑的缄默之中，昭灵山终于想明白，为什么爹爹在他面前能如此坦然——因为人一旦入了心，嘴就舍弃了，爱得越深越沉默。他面对春十娘是如此，爹爹面对他也是如此。爹爹在他面前不害臊，那是因为哪有自己对自己害臊的。爹爹信任他，就像信他自己。

二

凝脂许久没见动静，斜睨见昭灵山正打坐似的一动不动，觉着受了莫大的轻视和委屈，倔脾气一上来，自个儿扯下红盖头站了起来。她轻轻踱步到昭灵山面前，发现他正闭着眼睛，似睡非睡。再一凑近，一股辛辣的酒香扑面而来。她像一只嗅觉灵敏的小狗，仔细辨别后，发现酒味儿是从昭灵山身上的衣物散发出来的。五尘告诉她瞒天过海的第一个办法时，她就想过这招了，灌醉灵山，再往自己身上也涂抹上酒。没想到，她觉得不妥抛弃的办法，竟然被这愚蠢的男人捡起来用了。

凝脂轻蔑地冷笑，寻思着，是什么原因使得他也要在大婚之夜装醉？难不成和自己如出一辙，是为了逃避行房？确实，没有比这更合适的答案了。可是，一个正常的男人，逃避行房的原因是什么呢？凝脂细细盯着他紧闭的双眼，他的睫毛苍蝇脚似的动了几下。显然，他没真的睡着。那么，他是在沉思。而男人一旦在这种特殊时刻陷入沉思，无外乎是因为——她不是他想要碰的女人。

她快速地思考完，得出这令她感到耻辱的答案。自己费尽心机，佯装处女，照旧只是得到一个男人的空皮囊。若是没有长心，天下男人的皮囊，是毫无区别的。

凝脂遭此冷遇，也懒得装了。她站起来，把缝在裙下的鸽子血费劲地扯下来，朝着昭灵山扔了过去。这一砸，顿时砸醒了昭灵山。他睁开眼，吃惊地发现，凝脂已经自己掀开了盖头，眼神发狠地盯着自己。那砸中自己的东西已经滚落去了床边。

昭灵山并不生气，她的愤怒他能理解。可他委实不敢道出实情，大丈夫怕处女，这不是遭人笑话吗？他想朝她示好，哄着她，但面对着这貌似忠烈的良家姑娘，他确实没辙了。他有自知之明，自己先前那套手段，只能应付下烟花女子。

昭灵山手足无措，尴尬地回望着她。凝脂就站在距他一尺开外的地方，这也是灵山第一次近距离观察她。这姑娘皮肤薄而透，像阳春三月里的桃花，也难怪取名凝脂，真是贴切得很。她的五官也是精雕细琢的，一双细长的丹凤眼流转出万种风情，让人浮想联翩。她天生就是男人的敌人，啥也不做，单就看你几眼，你就能为她赴死。

“爹爹真是独具慧眼呀，爹爹就没有错的时候！”昭灵山心里感激地想。

凝脂扬起下巴任他看。那水波流转的眼梢，像弯月把灵山内里藏着的眼珠子给勾了出来。他内外两双眼齐刷刷盯住这张脸，瞬间他就被点燃了。

“灵山，你在想别的女人……”

昭灵山发不出声音来。他下意识地告诉自己，她说的是对的。这个理由，总好过害怕未开苞的女人。这可是多少男人求之不得的好事情。

见他缄默不语，凝脂冰冷着面孔，一言不发地夺门而出。昭灵山以为她是受到刺激想不开，赶紧追了出去。但院子里空落落的，哪里有新娘的影子，倒是见到个瘦小的人影蹲在树底下，跟个鬼魅似的。白天见过他，听岳母介绍过他叫五尘，是凝脂的贴身用人。灵山对这长得漂亮得似女人的男人，毫无好感。他委实想不明白，许家也算体面人家，不带个好好的丫鬟，偏带这样一个男人过来。

昭灵山原本想避开他，但见五尘已经站起来鞠躬行礼，也不好意思直接走开，只好先问："见过少夫人吗？"

"她去屙尿了。"

五尘见昭灵山好端端地出来，吓了一跳。他一慌张，顾不上细想，话就蹦了出去，那语气熟得就跟兄弟似的。他的声音比女人粗糙，又比一般男子纤细，在夜里听起来尤为诡异。

昭灵山没来由地感到厌恶，一刻也不愿意和他一起待着。他打算先回屋了去，等凝脂回来，再好好赔礼道歉。他刚往回走几步，又听到五尘喊：

"昭少爷，留步……"

"你有什么事吗？"

灵山颇为懊恼地停下脚步。

"我们家小姐……请你温柔待她呀！"

说话时，五尘迅速地用眼睛打量着昭灵山，那躲闪而坚定的眼神，犹如夜间游离的飞虫。灵山没好气地说："我的女人，我当然会善待她。"说完，他心想：这男仆真是个奇怪的人，就算是护主也似乎过头了。倒更像是交接仪式，把他的心爱之物转交到我手里。可他有什么资格对我说这些话呢！

"昭少爷，假以时日，五尘愿用命报答你的好。"五尘深深地朝灵山鞠躬。

昭灵山从俯视的角度看过去，这瘦盈盈的男人仿佛正往泥土里坍塌。他只要伸一只脚，甚至只需啐口唾沫，他就到地底去了。他心又软了，道："我明白你的心意了，放心吧，昭灵山不会亏待你家小姐！"

"五尘谢谢昭少爷！"又是深鞠躬。

昭灵山反倒不好意思了。凝脂能得到如此忠贞的用人，是她的福气。自己还计较什么呢！

"回去睡吧。"

"遵命。"

五尘听话地走开了。他住的房间挨着厨房，原先用来放柴火，因为听说少夫人要带个男佣过来，便腾出来略加整理后作卧房用。这间屋处在阴面，门前种了几株芭蕉树，长得枝繁叶茂，在夜晚里投下的黑魆魆的树影，似是几只张牙舞爪的妖怪，显得阴森森的。

多年后，昭灵山回忆起洞房之夜见到的五尘，他穿着肥大的红色马褂走向夜色中的小屋，就像一盏快熄灭的红灯笼飘向他的归宿。而让他始料未及的是，他和五尘的宿命，竟然会在同一个点上重叠。

不一会儿，凝脂自个儿回来了。昭灵山正坐在小桌边的椅子上，桌上摆着的正是装着鸽子血的胭脂盒。昏暗暗的烛光下，灵山面色惨白。

"这里面装的是什么？"灵山侧过头，心有余悸地问。

"好奇是吗？这就是女人的血呀……好玩吗？"凝脂恶作剧得逞似的得意，先前被漠视的气焰也平息不少。这简直是大快人心的事情，她难得这么高兴！

凝脂并不知道，此时她的笑容，加上她那双妩媚勾魂的眼睛，营造出了一种放浪的坏女人形象。灵山简直看傻了——妓女勾引嫖客时，才会这样笑。从这不羁的笑声里，灵山隐约捕捉到了些什么——或许凝脂，并非人们所说的贤良淑德的大家闺秀。

“那我们就先玩玩……”他坏坏地笑。

“你想得真美……心里想着别人，还想要黄花闺女！天下好事都让男人占尽了，可我偏偏不让你快活！这胭脂可不是胭脂，是处女血，你是不是很满意？”她皮笑肉不笑地拿起盒子，凑近灵山。灵山顿时大惊失色一掌打过去，砰咚一声，胭脂盒就掉到地上滚远了。

“怎么，你怕了？”

凝脂戏谑地冷笑几声，豁出去了。她一手摘掉发钗，长发齐刷刷散落下来，再一颗颗解开盘扣，白花花的肉体跟着扔出去的衣服晃悠着。衣服落地，那身肉也不晃了。昭灵山的眼珠子，却又跟着晃起来，脸上的眼睛晃醉了，大脑里那双又跑了出来。他的目光沿着凝脂的发梢由上而下，停在唯一未脱去的绣花鞋上，道：“鞋子好看！”

“我没有鞋子好看吗？”

“不……你太好看了，鞋子再好看都成了多余的。”

凝脂朝着灵山伸过来一只脚：“你给我脱了。”她本是想要羞辱灵山，没想到，他却十分乐意地替她脱下了鞋子。他抚摸着她玲珑可爱的小脚，爱不释手，那陶醉的神情像是把玩着名贵古董。

“脚拇指好看，指甲盖都长得好看。”话毕，她的脚趾已经在男人的嘴里。她只感觉到突如其来的濡湿，仿佛是窜出来一只泥鳅缠绕在了脚上。一簇奇异的火光从脚趾燎原到发梢，头发似乎一根根竖了起来，汗毛也竖着。她的身体颤抖着，某个地方突然间凹陷下去一块。

屋里的香味令人如痴如醉，红烛的光芒舔着墙壁。昭灵山把不知所措的凝脂抱起来，扔到床上。沉香床跟见到美味似的，心满意足地接住了她。

“我得好好看看你。”灵山道。

烛光穿透红帐帘，将凝脂白花花的身体染出绯红色泽，像冬天某个清晨的霞光，被风刮下来一片落这儿来了。她可真美，美得他都忘记她身体里储蓄着一片令他惶恐的腥红海洋。等他回过神时，已经淹没在这海里，他低着声问：“疼吗？”

凝脂舒展开笑容，眼睛亮晶晶的：“不疼。”

这回轮到灵山震惊了，他纳闷地问：“难道疼不疼也分人？”

“你傻呀……处女才疼，可我不是。”

“你真不是处女？”

“我可不会让你这花心的人得到我的第一次，别做梦了！”她冷笑着，坏得令人爱不释手。

昭灵山激动得快流泪了，他如释重负地长吁了一口气。他的新婚妻子，这叫凝脂的美丽姑娘，她说的话句句属实，句句真心。他在心里把各路菩萨都感谢了一遍，高兴地想掐死她的心都有了。他抱着她的头，扯着她的头发。

凝脂吓得退到了里边，惊恐地问：“我不是处女，你就要杀了我吗？”

“是呀，我真的很想杀了你。你真是哪里都刚好合适，你不是处女真是太好了……太好了……”

他热烘烘的话震颤着她的耳膜，在他温柔的亲吻里，凝脂终于明白了，他并非真的是要杀了她。这回轮到她迷糊了。她睁开眼睛想确定这是不是又一个陷阱，却看到昭灵山悬在半空中的脸：紧紧咬着的牙齿使得两颊悬崖似的凹陷进去，脖子上凸出来的青筋像是缠绕的细蛇，支撑着他身体的手臂上肌肉浑圆结实。他的吻覆盖过她的眼睛，视线里红彤彤的一片，摇曳着，好似在海面飘荡着，四周是缤纷盛开的蔷薇花，粉的、白的……密密匝匝地落下来。恍惚的幻觉里，她听见他小声说："把眼睛闭紧了……"很快，更加温柔的风吹过来，更加温柔的水覆盖上来，继而是密匝匝的雨点、冰雹，碾压过身体。

她在四分五裂中醉得个稀烂。

人醉了，床也醉了，床上的小人们跳下来也醉了，烛光里飘浮起丝丝血色，如雾如幻。山塌了，石裂了，海枯了，人间荒芜了，只剩下这张床和床上的两具肉体。他们共同发出第三种声音，这声音仿佛不是来自他们各自的喉咙，而是来自一头饥渴的野兽。这野兽一直叫到天亮。

三

几日后的一个傍晚，忘忧陪着凝脂在府里转悠，不知不觉中行至后花园。

彼时，菊花开得正是时候。几个丫鬟正在采摘，准备用来酿菊花酒。忘忧介绍着菊花酒的好处，凝脂却没听进去。远远的，她注意到红砖封起来的后院，围墙上留着一扇小小的拱门，淹没在爬山虎的绿色里。拱门深处也只见得茂盛蓊郁的绿色，野花杂乱无章地点缀其间。这院子一看就是任由着生长的，散发着一种原始古老的气息，充满了神秘感。

凝脂注视着那扇门，不由自主地走过去。忘忧冷不丁发现了她的企图，为难地说："少夫人，我们还是先行回屋吧，这里去不得的。"

这反倒更加激发了她的好奇，索性停着不走了，问道："里面是什么？"

忘忧咬着嘴唇，又看看周围的其他丫鬟，面露难色。

凝脂黑着脸问："昭府还需要对少夫人隐瞒什么吗？"

忘忧吓得大气也不敢出，环顾四周后，才小声道："少夫人，忘忧不敢。只是，少夫人刚大婚，老爷说先回避，怕是讨了不吉利。"

"如何个不吉利法？"

"回少夫人，这里是清心园，住的是灵山的姐姐昭清清……"

"这有什么不吉利的，既然是自家姐姐，我正好去拜访拜访！"

忘忧不安地解释道："少夫人有所不知，昭姑娘快三十岁了，却还未出阁，人们都说她是被诅咒的……少夫人还是先行回避，日后再来拜会吧。"

两人正说着，突闻院内传出悠扬的琴声。凝脂辨别出曲调是嵇康的《广陵散》选段，教她弹琴的先生第一次给她演示的就是这曲。昭姑娘弹得行云流水，令人闻听忍不住悲从中来，技巧之娴熟精妙，甚至远超教琴先生。凝脂大吃一惊，以为是遇着天人。对这素未谋面的姐姐，她是真来了兴致。

她不顾忘忧劝阻，像一只欢快的麋鹿似的轻巧地闪了进去。拱门里面是一片崭新的天地，一溜儿排开的红瓦青砖房，院里的花草荒蛮地生长着。树木未曾修剪，西红柿刚落蒂，栅栏上挂满了青绿色的小黄瓜。她一脚踏进去，惊起几只栖息在草丛里的麻雀。

琴声戛然而止，门槛里踏出来一个丫鬟。这丫鬟约莫十八九岁，眉毛清淡，眼睛细小，长得一副干净模样。此时，她正站在屋檐下，警惕地审度着凝脂，仿佛她是冒失的入侵者，实际上，她也确实如此。直到跟着追进来的忘忧喊着“少夫人”，屋檐下的丫鬟方才鞠躬行礼道：“少夫人好！”

“听说这里住着灵山的姐姐，我特意过来看看。”凝脂亲热地说。

门口的丫鬟左右为难地站着，却听到门里有人说话：“请她进来！”

“是。”那丫鬟这才走过来，引领着凝脂进去。

屋子里的摆设极其简单，家具比寻常老百姓家里还要少，虽陈旧，却拾掇得一尘不染。桌椅板凳都是原木的，连油漆也未曾刷。窗下的茶几上，洁白细长的瓷器里插着一束新鲜的野花。四周檀香缭绕，传说中的昭姑娘穿着一袭白色长裙，水蓝色的束腰上刺绣着简洁的花卉。屋正中摆放着一张古色古香的七弦古琴，她盘腿坐在琴后，长发浓密、漆黑，月光似的流淌下来，整个人寒浸浸的，透着一股凉森森的气场。

若不是忘忧先前说过她已经近三十岁，凝脂只当她比灵山大个一两岁。

凝脂是自个儿进去的。忘忧来府里时日不短，知晓昭家大小姐的秉性，她未曾说请她，她是不敢踏进去的，只在门口候着。

丫鬟沏上热茶，给凝脂和昭姑娘分别倒上一盏。凝脂捧着热乎乎的茶水，恍惚觉得是回到了许府的佛堂里，旁边坐着的是沈荷。但奇怪的是，当她心里很清楚这是昭府时，竟对先前她无比排斥的这种清心寡欲的环境，并不反感，甚至觉得这里比哪里都安全。

昭姑娘静悄悄地喝着茶，凝脂知道她是在审视自己。莫不如说，是在审视她是否适合昭灵山。凝脂也回望了她几眼，她发现，昭灵山和昭姑娘长得没有一处相似。

"你是想问，为何我与灵山一点也不像，是吗？"她有一双能洞察人心的眼睛。

凝脂只能点头，她发现面对这样的一个女人，她半个虚假的字也说不出口。

昭姑娘坦然地笑着说："我们本来就不是亲姐弟。灵山是爹爹和小妈生的。我娘在我很小时就去世了。"

"昭姐姐，触碰你伤心事了，真是不好意思。"

"这没什么，不必往心上去。你有所不知，我其实一点也不伤心，母亲与其日复一日痛苦地活着，不如趁早走。早走一天，悲伤就少一天。若不然，她留给我一座悲伤的大山，我就是愚公，也移不走的。"

昭清清目光移向门外，院子里的植物自由地生长着。晚霞堆积在绿油油的围墙上，更远处是昭府层叠的屋顶，似乎延伸进了远山的阴影里。昭清清被霞光照着的清澈的脸，薄得似是半透的。她想，昭姑娘心里悲伤的山，一定都移干净了，才会看起来这样柔和透彻。这个女人，已经抵达精神上的某种境界，这是她所没有且羡慕的。

"昭姐姐这么想得开，怕是先夫人也会少些惦记了。"

"人间没有她惦记的人，如果她还有丝毫惦记，就不会走了。"昭姑娘凝视着她，幽深的眼神笼罩在睫毛的阴影里。她冷冷地说："我娘唯一惦记的，怕是只有爱了。可惜我爹爹早就断了对她的念想。她傻乎乎地跟着就把自己和人间切断了……我娘真是个极其可怕的女人！"

凝脂发现昭姑娘说话时一直微笑着，好像在讲着一个听来的事不关己的故事。她薄凉与隐忍的语气，让凝脂没来由地欢喜。"昭姐姐，这是不是你厌恶男人，不想出嫁的理由？"这嗅到的具有相同本质的东西，使得凝脂说话口无遮拦了。

昭姑娘听完又笑了一声，双手却出其不意地放在琴弦上，顿时，刺耳的响声像尖刀把空气切割开来。凝脂耳朵里像是奔腾过一匹马，马蹄踏得她耳膜阵痛。她非常清楚，自己已经触碰到了昭清清的内心深处……竟然如此之快。或许，在她独自闯进来那一刻，昭姑娘已经先于她，嗅到了相同的秉性，所以，她才如此迅速地将自己融化成了坦诚的水。

半晌，昭姑娘收回放在琴弦上的双手，安静地叠放在膝盖上。她脸上绽出清浅的笑容，缓缓地问："少夫人，你也厌恶男人？"她这自以为一眼看穿的骄傲气焰，刺激到了凝脂，她不乐意似的一哆嗦，手里的茶杯溅出来几滴茶水。凝脂悄悄用袖子抹去，促狭地笑笑："我可是真喜欢男人，尤其是你的弟弟昭灵山！"

昭姑娘将凝脂的举动看在眼里，默默地喝茶。沉默了一会儿，昭清清放下茶杯，从鼻子里发出鄙视的轻哼："男人这玩意儿，喜欢就喜欢天下女人。蒙在鼓里的女人哪个都是幸福的，清醒的没有哪个不在痛苦——可我娘，是个例外。她大梦初醒，直接被现实杀死了——

她死于纯粹。”说完，她凄然一笑，重新坐在古琴旁边的席子上。

凝脂正琢磨着昭清清这番话，却见一旁的丫鬟，已经适时地移步到跟前，她欠着身子鞠躬，礼貌地说：“少夫人，小姐要练琴了，您请回吧！”

凝脂识趣地站起来，跟着丫鬟到拱门下。她喊住丫鬟，问：“你多大了，叫什么名字？”丫鬟小声说：“回少夫人，兰芷今年十七岁。”

凝脂心想，这姑娘竟这么小，只是小小年纪为何看起来如此老练，真是不讨喜。她用一种模棱两可的语气说道：“你长得这么清秀，该给起个更好听的名字才是，这名字乍一听，还以为是‘男子’呢。”

丫鬟轻声道：“这是昭姑娘取的。”她说话时一直半弓着身子，低着头，看起来谦卑而谨慎，仿佛做什么事情都怯生生的。

凝脂俯视着低她一头的兰芷，不由得替她感到可悲——伺候这样古怪又乖戾的主子，性子都打磨得不像个人样了。也不知是出于个什么目的，她突然就伸出手，扣在了她头顶。兰芷当即哆嗦了一下，动也不动。她突然觉得好玩儿，扣在她头顶的手动起来，轻轻地、安抚小动物似的来回抚摸着：“哎，做姐姐的丫鬟，不容易呀！”

兰芷闻言抬起头，眼神柔软地注视着凝脂。她脸上渐渐出现陶醉的表情，像是漾着连绵微澜的湖面，继而，堂而皇之地闭上了眼睛。这表情，就好似一条趴在门口晒着太阳时被主人抚摸舒服的小狗。凝脂越揉越轻，兰芷的反应令她诧异的同时，也莫名地有了恶心之感，也便不觉得好玩儿了。

凝脂轻轻拿开手，又说：“好好跟着姐姐吧。”

每天清晨和傍晚，清心园的琴声都会响起。

昭府的人都习以为常。早晨琴声响起时，忘忧就来敲门了，小声喊："少夫人，该起床吃饭了。"傍晚琴声再响，忙碌的一天就宣告结束了。忘忧打来水，声音中带着松懈的欢喜说："少夫人，该洗洗休息啦。"这琴声似乎成了昭府人已经习惯的日常所需，一日听不见，反倒极不适，好像这一天缺失了什么，不圆满了。

但刚过门的少夫人却是例外。随着时间推移，她越听越熟悉，却越听越别扭。琴声从空气里一个猛子扎过来，好像千万只毛毛虫正顺着声音爬向她。自初次见面后，她再没主动去找过昭姑娘，昭姑娘也一次未曾来拜会过她。

府里大小丫鬟、伙夫、车夫等一众人，对这少夫人都很尊敬。尤其男用人，若是被她喊到干活，简直是巴不得的、幸运降临般的好事儿，浑身使不完的劲儿。久而久之，府里一干人的热情，更是和昭姑娘的冷淡形成鲜明对比。她觉得这些时日，和昭清清乍见时的欢喜已经稀薄得快挥发完了。

这几个院子之间的距离，似是无法渡过的大河，令她多少有些失落。

到了十二月，一片天寒地冻。枯萎的树叶飘零在胭脂河水面之上，无精打采地流向远方。

一日隆冬的傍晚，昭灵山从院儿里进屋，适逢琴声奏响，这原本就悲伤的琴声在寒气的衬托下，更显得清冷。凝脂冷得打了个寒战，原本很快就该停止的颤抖，却随着绵延不绝的琴声，持续不停。于是，这便令她产生错觉，好似她发抖的原因不是寒冷，而是琴声，是琴声的制造者昭清清。

灵山见凝脂眉头紧蹙，脸色甚是不好，以为她是患了伤风感冒。他免不了怜香惜玉道："你这小身板呀，真是弱不禁风，我让忘忧给你做碗姜汤暖暖身子吧！"他说话时，一只手自然地搭在凝脂肩膀上，顺势又绕过她的脖颈，像是一条暖和的围巾，突然裹在脖子上。凝脂陶醉地磨蹭着他的手臂，像一只可怜的小猫狗，令他冲动地想要扔她去床上。就在这时，却响起不合时宜的敲门声，紧接着听到忘忧在门口喊："少爷夫人，昭姐姐送东西来了！"

凝脂一听是昭清清来访，立即推开灵山，整理好衣衫去堂屋候着。但令她失望的是，昭清清并没有来，来的是她的丫鬟兰芷。她捎来了新鲜的海棠果子。进了屋，兰芷有些拘谨地鞠躬道："昭姑娘让我送来给少爷和少夫人尝尝鲜。"她声音冷得发颤。

灵山客气地招呼道："过来坐着暖和暖和吧！"

昨夜刚下过一场小雪，屋外面的世界覆盖了一层薄薄的白雪。房间里生着暖炉倒不觉得冷。忘忧不等主人吩咐，麻利地从兰芷手里接过了篮子。

兰芷双手空出来，却更不知道放在哪里合适，只好像个老夫子般双手互相握着。她拘谨地小步走到火炉边站着，见凝脂面带笑容，这才放心地伸出手烤火。从清心园到这里，隔了四五个院子，她衣着单薄，手和鼻子都冻得通红。

忘忧再回来时，端着洗好的海棠果子，一颗颗红彤彤的煞是好看。凝脂坐在圈椅上，裹着一件厚厚的貂皮大衣，她蜷缩着，好像是一只从森林里跑出来的野兽。她尝了一颗，随即被酸得吐舌头。灵山倒是吃得津津有味，也难怪昭姐姐会送来，想必她是很熟悉灵山口味的。这点发现，令她多少有些吃惊。她先前以为，昭清清对灵山，即便没有恨，喜欢却是不可能的。但是，从昭清清送果子这细节来看，她又貌似很在意灵山。

凝脂若有所思地站起来。兰芷小心翼翼地观察着凝脂的神情，她发现这个女人，即便眉头紧锁，仍然别有风情，令人赏心悦目。她不禁想起昭姑娘曾发出的感叹："这女人，不是吾弟能驾驭得了的。"——兰芷就是从那时知晓，少夫人是个不寻常的人。所以，当凝脂笑眯眯地喊过来忘忧，招呼她一起吃海棠果时，兰芷是有几分羡慕的。她自个儿待着时，常常想起少夫人抚摸她额头时的温柔，好像有无穷无尽的魔力在召唤着她。她觉得，少夫人就好像一枚磁石，让人忍不住想要靠近。她多希望，能再获得这样的抚摸，而这却是她难以启齿的。

让兰芷失望的是，凝脂并没有要和她聊上几句的意思。兰芷待了会儿，暖和了许多，也不好意思再久留，便主动说道："兰芷要回去了，怕是昭姑娘久等，要责怪了。"

灵山客气地说："回去替我谢谢姐姐，海棠很好吃，谢谢她的好意。"

兰芷却似乎并未在意灵山，她单朝凝脂鞠躬，尽量掩饰着失望，道："少夫人，兰芷先回去了。"她走了几分钟，灵山才不悦地说："这兰芷看你的眼神真是奇怪呀！"凝脂闻言，不禁又想起在清心园的门口，兰芷陶醉的脸。

她不自在地笑笑。

四

凝脂嫁入昭府的第一个年，隆重而热闹。厨子早早开始准备节日所需的各种食材，杀鸡宰猪，腌制腊肉香肠。从腊月底持续到正月十五，每天造访者络绎不断，亲朋好友，远亲近邻，一些想攀附昭家的人，也趁此机会，打着拜年的名号，进进出出于昭府。昭灵山作为昭家未来的继承人，应酬客人是免不了的。但作为凝脂就相对轻松多了，没有人要求她必须去接待客人，她想去就去，不想去就不去，完全由着自己。

一天中午，凝脂正在小睡，忘忧急匆匆地将她唤醒，说是老爷吩咐她梳妆打扮，要见贵客。待忘忧服侍她收拾体面，还未开门出去，已听到五尘在门外喊："小姐，老爷和少爷带了贵客马上过来，说是要进去……卧房看看！"

凝脂吃了一惊，吩咐忘忧赶紧去备好茶水。她纳闷地想，府里近日访客众多，可这究竟是何人，竟能让昭墨和灵山一同作陪，还要特意带来卧房？卧房毕竟是私密的地方，对外人敞开极为不妥。她感到被轻薄了似的，心生不悦，但很快这小小的生气就被更强烈的好奇心冲淡了。凝脂抖擞精神，盈盈笑着开门迎客。门刚打开，就看见昭墨和灵山领着一个男人从走廊迎面而来。这个陌生人生得高大壮实，浓眉大眼，四方脸上蓄着络腮胡子，乍一看有些像西域汉子。他戴着一顶嵌着宝石的八角帽，一看即知非富即贵。昭墨兴致颇高，两颊色泽红润，看起来容光焕发。

到了凝脂跟前，昭墨自豪地指着客人介绍道："这是龙平，他可不是个简单的人呀！"又将凝脂介绍给龙平道："这便是儿媳许凝脂。”

龙平一句话不说，眼睛却忙碌地缠绕着凝脂不放，从头到脚，再从脚又看到头，他细致扫过的眼神令凝脂感到被冒犯的不悦，却又莫名的兴奋。她瞥了一眼灵山，希望他能替自己解围。但灵山也完全被这客人吸引了，根本没注意到她。

凝脂正踌躇着说点什么，这一走神，发现三人已经进了卧房。她也跟着进去，站在屏风旁边，往里观望：只见昭墨和灵山分别站在床的两侧，龙平绕着圈子观察沉香床——从床上雕刻的一幅幅“春宫图”到沉香木的细微纹理，他看得分外细致，还不时凑近用鼻子闻闻。很难想象他粗犷的外表下，会有这番细心。就在惊讶之时，却见龙平竟然跪下来，伸出舌头去舔了下床身。凝脂惊愕的同时，身子却为之一紧。

查验完，龙平面露喜色。也许是极力压抑着喜悦，他的鼻翼轻微地抽搐着。

“这床活了，活了！”龙平说。

凝脂这才知晓，原来龙平就是这张神奇的床的缔造者。凝脂对他的崇拜之情顿时油然而生——这不是普通的床，是稀绝的宝物，她作为体验者和拥有者，比谁都知道这床的特别。

平日里惜字如金的昭墨，更是毫不掩饰地夸赞道：“怕是鲁班在世，见到龙平，也不得不服啊！”

龙平也毫不自谦地认领了这番夸赞。他的目光在屋子里扫视一周，最后停留在门口的凝脂身上，顿时眉也欢了，眼也笑了。他喜不自胜地说：“这床没白做呀，今儿高兴，上好酒！”

灵山也兴趣盎然，当即表示必喝个痛快。

其实灵山早就见过龙平了——几个月前的一天，府里的劳力统统被召去码头，不多时搬回来一批木材。据回来的下人说，这是老爷托人好不容易从南洋运回来的上等沉香木。木材被搬进后院的当夜，就被封了起来。随后，一批工匠进驻昭府。除了每日端茶送饭的下人，其余闲人一律不得入内，连昭灵山也在门禁之列。但他的房间挨着后院，从后窗里刚好能够看见院子里的情形。因而，也能经常见到龙平。他时常蹲在木头堆成的三角形的小山丘前思索着，似乎是在想如何制作，也或许是在挑选木材。总之，他的表情严肃极了，触、摸、嗅、尝，招招用上。直到七月中旬的一天，府里来了个许府的小厮，郑重地将一个包裹交给了龙平。他打开闻了下，继而仰天笑起来，疯魔似的，吓得窗帘后的灵山诚惶诚恐。几日后，他在梦里，迷迷糊糊闻到一股奇异的香味，竟踏踏实实地做了一夜春梦。

翌日起床，他问爹爹："这是要做什么家具？"

爹爹回答："做柜子、梳妆台、茶桌、大椅子小椅子。"

灵山又问："为何有奇异香气？"

爹爹又答："那是婚床，床上的女人香。"

昭墨把珍藏的老酒拿了出来。龙平兴致颇高，也不客气，就跟在自己家似的，大口吃肉，大口喝酒。他那满脸的络腮胡子跟随着咀嚼的嘴巴一颤一颤的，像个十足的山野草寇。和他相比，其余人就显得斯文多了。昭灵山象征性地动了动筷子后，就饶有兴致地观察起这汉子，难得和这样粗野气息的人同桌共食，他那肆无忌惮的吃相，在灵山看来都是非常有趣的。

昭夫人只作陪了一盏茶的工夫，仅仅喝了一小杯酒，便不胜酒力，被丫鬟搀扶着回房休息去了。至宴席快结束时，桌上一干人除了凝脂，其余都喝醉了，说话就口无遮拦了。龙平向凝脂举起酒杯：“少夫人倾国倾城，你睡活了我的床，龙平当敬你一杯！”凝脂虽说是清醒，却也是微醺，被这奇才奉承，也不免飘飘然。她举起酒杯，豪爽地干了。旁边的五尘看着替她捏了一把汗。若不是因为他的身份所限，他真想冲过去抢过杯子替她喝了。凝脂每饮下一口酒，五尘的心就像被爪子挠了一次。在许府的凝脂，可是滴酒不沾的。

男人一旦喝到一定程度，话就多了。三个男人各抒己见，谈论着各色美人，那架势仿佛已经阅尽天下女人。让凝脂吃惊的是，灵山对女人的见解并不输给两位长辈。凝脂初次意识到，或许灵山，并非像在自己面前表现出的那样温顺忠贞，只怕是也藏了她不知晓的另一面。想到这里，她便内心焦躁，坐立不安了。

远处琴声若有若无、时断时续地传来。凝脂恍然间又想起厌恶天下男人、宁可孤独终老也不愿妥协的昭清清。这更增添了凝脂心头的烦乱，她索性开始自酌自饮。五尘从她转瞬阴沉下去的表情，察觉出她心绪的变化，趁她不注意，悄悄将酒换成了清水。凝脂喝了一口，立刻发现了异常。她恼怒地抬起头，只见五尘正目光担忧地凝望着自己。她明白他是故意这么干的。他是一片好心，又有客人在场，也不便发火，凝脂只得闷不作声地憋屈着。

此时，话题转到了一名叫春十娘的女人身上。桌上三个男人的神情顿时都起了微妙变化。每个人的脸上都散发着光辉，神采飞扬。凝脂仔细听了一会儿，总算听出这个女人的来头：这就是先前红遍胭脂河，被称为“名妓终结者”的大美人。凝脂听了会儿，发现春十娘和爹爹昭墨关系匪浅；灵山也时不时插话，夸赞春十娘的绝色姿态，言谈中流露出难以掩饰的欣赏，不难发现，他与春十娘亦是老熟人了。看来，灵山是真喝醉了。

凝脂苦闷不堪，有种被灵山蒙骗的羞辱感。她见男人们句句离不开春十娘，也失了兴致，借口醉酒头痛，先行退席。

室外天寒地冻，凝脂刚踏出门，一股寒气扑面而来，顿时清醒了。五尘捧着她的貂皮披肩，急忙忙地追上来，迅速给她披上，生怕她冻着了。凝脂看着五尘，忍不住悲从中来，感慨道："这世间真心对我好的，怕就只你一人了……"

"昭少爷也是对姑娘好的人呀……五尘希望他能一生对姑娘好！"

凝脂抬头仰望着萦绕在屋顶上空铅灰色的云朵，怅然道："都是不会长久的……就像这天上的乌云，太阳一出来就散了……"

"姑娘，你又伤感了！"

"但愿只是因为阴天惹上的坏心情而已！"她裹紧了披肩。

"姑娘，少爷会一直对你好的。五尘也生死都是姑娘的人！"

凝脂听到这誓言，稍微宽心了些。两人沿着走廊返回，听见清心园传来的琴声，在这开阔的屋外分外清晰。五尘道："我在府里日日听这琴声，真是越听越觉得妙不可言。"

凝脂不屑地接过话："琴弹得是甚妙，但这弹琴的女人不讨人喜欢。"

五尘诧异地问："你见过昭清清了？"

凝脂便道："是呀，相处起来真是费劲。这么大年纪还未出嫁的女人，性情就是古怪。"

五尘见凝脂面若冰霜，识时务地不再说话。两人沿着走廊，一前一后紧挨着，不紧不慢地走着。风吹来院子里刚盛开的蜡梅花的清香味。凝脂突然停下来站住，回头认真地问五尘："你是想见昭清清吧？"

五尘当然是想见的。凝脂学琴那段时间，他也学会并喜欢上了。在这偌大的府邸，能遇见知音是求之不得的好事。好几次都想过去见见，只是苦于一个陪嫁过来的下人，贸然见府上未出阁的小姐不合体统。今天凝脂提及，这正是再好不过的机会。只是，他又唯恐是凝脂在试探他的忠诚，怕说错了引起凝脂误会，那便是大事了。于是，五尘只好选择了模棱两可的沉默。

凝脂也不再为难他。在他难得的沉默里，她也懂了，于是一声不吭地调换了方向。五尘困惑地站着，看到凝脂擦肩而过飘远的背影，正是去向清心园的方向。他心中涌上来难言的感激，加快步伐跟了上去。

五

自昭清清记事起，昭府的新年就是冗长而烦琐，人来人往的，吵吵闹闹再吃吃喝喝就过去了。她素来对新年没有什么兴趣，清心园外的昭府再热闹，也是跟她没关系的。她照旧过着和平日无异的生活。但——她记得这一年。让这一年如此特殊的，是一个微不足道的男人。用她的话来说——那是一场颠覆的宿命。

这个男人，就是被凝脂怀着一种作弄的恶意，在蜡梅花初放的日子里，突然带至清心园的五尘。那天，她刚好喝了不少酒，那些肚皮里的酒成了亢奋药，她鲁莽地闯了进去。兰芷正在给蜡梅浇水，见到少夫人醉醺醺地进来，那一声“少夫人好”还没从喉咙里发出来，接着就看见了跟在她身后进来的五尘。这胆怯的小丫鬟，一句话也说不出来，扔了水壶就急匆匆地跑进去禀报了，她惊慌地站在门口，用变调的声音说道：“少……少夫人……带……带着个男人进园了！”

昭清清的手落下去，古琴发出脆响，边上最细的一根琴弦断掉了。她蓦地站起来，断掉的弦蜷曲在琴面上，看着不禁觉得烦乱。后来，她回忆起五尘时，把更多的因素归咎在了那根断弦上。她自欺欺人地认为，先搅乱她心魄的是弦，不是人。

凝脂带着五尘跨过门槛。

兰芷沉默地站到了屏风后，进退两难，索性就真把自己当成了一根柱子。昭清清看了一眼凝脂，兀自坐在琴边，也没打声招呼。屋里的人都注视着跟进来的五尘，谁也没有说话，空气似乎尴尬地被冻住了——对昭清清的过往一无所知的五尘，并没有意识到自己成了这屋里颠覆性的冒犯者。他还在门口就听到了琴弦断裂发出的声音，这进门看到古琴，规矩都忘记了，直奔去琴边，看着断掉的琴弦，叹息道：“可惜了，可惜了……”

凝脂自顾自地在椅子上坐下来，如同主人般招呼兰芷道：“上茶。”

兰芷瞟了一眼昭清清，见她没作声，便泡好一壶茶恭敬地放在凝脂面前的桌上，又悄然退到了一边。凝脂吃着茶，优哉地拉开了看好戏的架势。

“昭姑娘好。”五尘恭敬地站到昭清清面前，为自己进门没先请安道歉道，“五尘刚失礼了！”说完，深深地鞠了一躬。

五尘的声音和一般男人区别很大，温柔得如同挂在叶尖上的细雪。这样的声音，加上他晶莹剔透的相貌，仿佛他呼出的气息都带着兰草的味道。昭清清惊讶地发现，自己对这男人完全讨厌不起来——凝脂此番带个男人来，无非是想试探或者戏弄她，她心里很清楚，这番情况下，她应该不留情面地起身回避或者将他赶出去才好。

但当她仰起脸，撞上五尘温柔的目光，顿觉像是被一束暖光照耀着。她什么难堪的话都说不出来，唯有静静地、欢喜地看着他，摇摇头。

“要我帮你修好它吗？”五尘礼貌地又问。

昭清清暗暗吃了一惊，停顿了半晌，才又点头。她很好奇一个下人莫不是当真会修琴？

琴弦只是在蜻蜓结的地方断掉了，接上并不麻烦。原先在许府时，五尘经常给教琴的先生端茶倒水，得到他不少指点，这次算是学有所用。在他灵巧的手指下，琴弦很快就接好了。为了调试琴音，他主动弹奏了一曲《高山流水》，技法娴熟，琴声时而清澈悠扬，时而低沉如呢，连不懂琴的兰芷也陶醉其中。

这琴声从五尘干净的手指间流淌出来，像是一汪清泉，清澈而热烈地流进了昭清清的心中。仿佛这清寒的天气，都因他的出现，变得温暖了。昭清清站在一旁，出神地凝视着弹琴中的五尘。悄无声息中，她心中长久对男人形成的偏见的坚冰在融化，似乎春天不期而至。她聆听着，连自己都未察觉到竟一直在笑。

昭清清悄然中的变化，凝脂看在眼里，她感到万分诧异。昭清清和五尘相处融洽，这是令人措手不及的，就好比凝脂自个儿搬个石头砸自个儿的脚。她正找不着发泄之处，一眼瞧见屏风后露出来的兰芷的脚，便冲着她找茬道：“这茶凉了，给我换热的！昭姐姐，你家丫鬟好不体贴……”兰芷急忙忙从屏风里走出来，端走了茶水，很快又端了热茶小步跑过来。凝脂小啜了一口，不满地又说：“太烫了，舌头都给我烫麻了！”兰芷小心翼翼地赔礼道：“少夫人，这就再换去。”她端着茶水仓促地又退了去了——谁都看得出来，这是凝脂故意找茬，故意在刁难人。

“今儿府里来了贵客，少夫人因为陪客人喝多了，还请昭姑娘多体谅。”五尘小声地替凝脂开脱道。

昭清清见这男人温润如玉，又识得大体，难得地生出好感：“没事儿，我这当姐姐的，怎么会和弟妹计较。”

“谢谢理解！”五尘腼腆地笑了。

昭清清发现五尘笑起来很美，光的色泽跳跃在他柔和的脸上，周遭的一切似乎都跟随着变得明亮温和了。她情不自禁地产生想要和他攀谈的兴致，于是主动找了话题：“看你修琴的样子，似是行家？”

五尘顿时羞红了脸，道：“我这算哪门子的行家，不过是少夫人学琴时，我偷学了些皮毛。”昭清清眼见着他脸红了，耳朵也红了，像个娇羞的少女。她第一次发现，男人可以是如此美好的。

“你就是随凝脂从许家过来的吧？”

“正是，昭姑娘有事可随时吩咐。”

昭清清注视着在她面前将头低垂下去的五尘，会心地笑了。

凝脂敏锐的视线，隔岸观火般审度着笑得如沐春风似的昭清清。心想：“真是不一样了。”

这天离开清心园时，昭清清难得地亲自出来送客。经过寒风萧瑟的小院儿，凝脂彻底清醒了，她看了看前面的昭清清，下意识又瞅了眼自己身旁的五尘。这两个南辕北辙的人同时出现在自己身边，她有些茫然了。她喊住昭清清："昭姐姐，妹妹有个问题想要请教你。"昭清清站住，见凝脂表情肃穆，于是客气地点头，又挥手示意兰芷和五尘去门口等着。

凝脂便敞开了问道："昭姐姐，你觉得对一个女人来说，怎样才是圆满的一生？"

昭清清沉思片刻，认真地说："妹妹问得好，首先我们是女人——女人立个贞操牌坊，以为是自己的荣耀，殊不知那是男人给戴的枷锁。只是男人的荣耀。反之，能让男人给女人立一个，那才叫圆满。这太难了，毕竟我们是女人是不？"

"那我想再问姐姐，有这样的男人出现，你会不会接受呢？"

"为什么不呢？"

昭清清慧黠地笑笑。

"妹妹我是明白了——昭姐姐要的，是世上绝无仅有的东西。"

"唾手可得的东西就不值得找了。人就一副皮囊，一颗心。为皮囊而活的人最轻松，胃饿了就给点吃，困了给张床，都好伺候。心就不一样了，有的没的，看不到也摸不着，也许难于上青天，也许眨眼间的顿悟就得到了，说不清楚。病了要吃药，药得下对，人生也是如此，你想要什么人生，就服什么药。最怕的就是，要去找长生不老药的人，没有的药却非得去找，这不是夸父追日吗？"

"姐姐找的想必就是这世上没有之药吧？"

一阵寒风吹过，昭清清用力地吸了下鼻子，缓缓说道："即便真没有，我也会是我自己的药。"

凝脂一怔。她隐隐意识到，自己同昭清清，都有自己理解的"好"的人生。既不拘泥于世俗，也不会随波逐流。这无形广义的

"好"，犹如洞穴出口隐约可见的光明，虽然并不清楚要多久才能走出去，可是，只要认识到这样的"光"还存在着，就会义无反顾地坚持下去。

她理解地笑笑，体贴地说："昭姐姐快进屋去吧，外面天凉，别冻着了。"

几日后，一个下着小雨的夜里，万籁俱寂中，雨声如同沉睡的天地打出的小呼噜声。凝脂躺在灵山的臂弯里，静静地听着雨声，听着灵山的心跳。她不由得又想起几日前在清心园的院子里，和昭清清的对话，忍不住想：也许每个女人都奢望过得到个身心只忠于自己的男人。哪个女人愿意跟别人分享一个男人呢，只是迫于现实罢了。若是灵山这样的男人身心都属于我，那我岂不是得到一个女人最圆满的一生了？转念又一想，昭清清得不到有她自己这颗药，我若是得不到，我的药又是什么呢？她眉头紧锁，想得入神了。

"在想什么呢？"昭灵山盯着臂弯里的她，看了一会儿了。

凝脂回过神，佯装吃惊地问："你还没睡？"

"没有。你不睡，我岂敢先睡。"

他在讨好她，凝脂不笨，听得出来。

"我前些天去找昭姐姐了。"

"我知道你去找她了。但愿她没有说让你不高兴的话，姐姐可是个性情古怪的人。"他的担忧总是慢了几拍，后知后觉得让凝脂都听不出他曾担忧她。

但她还想继续这个话题，于是道："怪人和怪人相处，就不觉得彼此奇怪了。只是，我很好奇，她为啥会成这番脾性。"

“你当真想知道？”灵山了解凝脂这一根筋，与其遮掩，不如坦诚。何况这也不是见不得人的事情。看见凝脂笃定地点头，他也不拿她当外人，诚恳地讲起了这个昭府人人回避的女人。

灵山说，姐姐不嫁人，是因为早逝的先夫人，从此视天下男人为洪水猛兽。他未曾见过姐姐的生母，但昭家年长的用人，都说先夫人是值得敬重的贞烈女性。昭墨当年苦追才求得美人，并发下重誓，不纳妾，不再碰任何别的女人。这场婚礼，一度传为佳话。但良辰美景并未持续多久，昭清清三岁时，昭墨的各种风流韵事就成了苏镇人茶余饭后津津乐道的佐料。先夫人常年深居府内，并不知晓外界传闻，她毫无征兆地——以为昭墨是上天赐给她的恩惠时——撞见了昭墨野合的情形，就在苏镇外河岸边的小船上。她也说不清楚，那天为何要回娘家，又为何要步行。她看见船在动，本打算跟丫鬟避开走，却发现船外的一双鞋，鞋面上绣着一朵小巧的兰花——那是她亲手绣上去的。那一刻，这个女人绝望至极。也许，就是那一刻，她动了放弃爱，放弃男人，也放弃自己的想法。

昭清清平日里都是由奶娘哄着睡觉的，那一日，从娘家返回的先夫人，难得地亲自哄着昭清清入睡。昭清清快沉沉睡过去时，听到先夫人凑在她耳边小声说：“莫要爱。男人若爱了，就是爱天下女人。”她带着那句还听不懂的话进入了梦乡。黎明时分，昭清清被冻醒了——抱着她的先夫人的身体已冰凉发硬——大夫检查后说，先夫人喝了毒酒，是在幻觉里死去的，并不痛苦。也的确是如此，她脸上带着微笑，平静而安详，比她活着时还好看。

那句话，成了先夫人的遗言。长大后的昭清清，又目睹了继母玉蛾和生母如出一辙的命运，逐渐理解了话里的含义。值得庆幸的是，继母更加坚韧，她还留恋人间。昭清清一日比一日沉默，和爹爹几乎形同陌路。只有在先夫人的忌日里，两人才会走到一起，说上几句。灵山说，他听见过他们的对话，冷冰冰的让他在一旁都觉得尴尬。

昭墨问："有啥需要的尽管说。"

昭清清回："物尽所需，没有欠缺。谢谢。"

昭墨又问："有心上人吗？"

昭清清又回："没有。"

昭墨就不再追问了，祭奠完回府，又形同陌路。再后来，他便不问昭清清有无心上人，而是直接说："有人来提亲了，你看你喜欢什么样的，爹爹帮你挑。"昭姑娘照旧是那副拒人于千里之外的冷淡，不急不躁地说："没有符合我条件的男人，您还是别费心了。"

昭清清十八岁时，昭墨是真的着急了，于是，协商的语气变成了命令的口吻。昭清清听得出来，第二日便收拾了包裹，不声不响地去了青山上的尼姑庵。昭墨收到她留下的纸条，说要出家为尼，连忙派人将已经跪在佛前蒲团垫上的昭清清给追了回来。从此，他再也不管她婚嫁的事，权当家里养了个闲人。昭墨的不闻不问，加剧了昭清清对男人的排斥。

灵山说，他听爹爹说过，姐姐是在用她的命折磨他的命，所以，他认命。

潘玉蛾嫁入昭府后，意外地成了第一个走进昭姑娘内心的人。她教她古琴诗词，尽着一个普通母亲的本分。昭清清也目睹她从美好的少女，日渐成为失了灵气的妇人。她对继母潘玉蛾的怜惜，后来都反馈到了灵山身上。灵山也成为昭姑娘第一个愿意亲近的男性。

凝脂听完，不免觉得昭姑娘可怜，再联想起泪桥上悲壮一跳的殷夫人，更觉得“生为女人”已然是个悲剧。她叹气道：“女人的可悲，就在于没有驯服男人之前，就先付出了爱。这份爱才是罪魁祸首……若驯服了，男人又怎能是洪水猛兽！”

“那么，你爱我吗？”灵山严肃地问。

凝脂笑着反问：“我只爱身心都属于我的男人。如果你是，那就爱；你不是，那就不爱。”

“你是在交换。”他一针见血。

“看你愿意不愿意交换。若你想从我这里得到爱，就非得是这样。换句话说，你得给自己立一座贞节牌坊。”

灵山诧异地低头看她，这个女人的瞳孔在烛光下粼粼发光，像某种兽类要吞噬猎物。他骇然地发现，她和先夫人竟有几分相似。或许凝脂要的，正是先夫人曾向爹爹讨要而不得的。灵山被这生野的目光震慑住了，这目光令他心有余悸。坦白说来，灵山是极其爱凝脂的，但他也喜欢着别的女人。他自认为，这并不矛盾。自古以来，皇帝都有三宫六院，坊间男人三妻四妾也是寻常。何况像他这种大户人家，只娶一个才是不正常的。“哪有给男人立贞节牌坊的？这女人真是疯了。”他嗤之以鼻地想。

凝脂看出他的不情愿，生气地说：“难道你做不到吗？”

灵山只当是凝脂在跟他开玩笑，他不屑地笑笑：“这有何难？不就是只有你一个女人吗？你这么美，我还能有什么别的想法呢？”

“我要派信任的人，监督你。你怕不怕？”她使了激将法。

这招对大男人做派的灵山来说，果然有用，他拍着胸脯道：“我昭灵山天不怕地不怕，我还怕人监督不成？”

几日后，他就为这句敷衍话悔青了肠——凝脂当真派了个油盐不进的人来监督他。这等同他自个儿备好绳索，再将自己捆绑结实奉上，悬挂在让女人引以为傲却令男人蒙羞的代表贞操的牌坊上。

凝脂给昭灵山上的枷锁，正是她的心腹五尘。她特意找到他，口吻严肃地对他说："我要你去做一件事情，这是我想要的人生中，极其重要的一部分。"五尘听出她话里近乎发狠的渴望，也不问是什么就答道："我定能做到。"

凝脂说："我要昭灵山身体是只给我用的，心里是只想我的。"

五尘会意地点头，从此，除了照顾凝脂，他又添了新的用处——他五尘的身体即将是困住昭灵山的笼子，他的手脚是枷锁，皮肤指甲是镣铐，血管肠子头发是缰绳——就算，某天掉得七零八落的腐肉，也是他昭灵山甩不开的黏液。想到自己对于凝脂，又赋予了新的意义，五尘充满了感激。就好比长在山岩上的植物，扎根到了土壤里，它的生命更加牢固。

但昭灵山冥思苦想，还是突破了五尘的严密防线，找到了寻花问柳的办法。

他通常选择大清晨，这个时候店里最忙，爹爹会把家里闲着的下人都叫过去帮忙，五尘也在其中。这个时间妓院又刚好关门。谁也不会想到昭灵山会另辟蹊径。

凝脂的习惯是睡到日上三竿，他便早起借口去散步，出门绕到巷子里，喊上车夫，迅速赶去集市，专找那种独自从水乡摆渡来赶集的姑娘下手。这种女人家境清贫，又多是已婚妇女，没有大姑娘的扭捏造作，很好上手。

他们通常划船去胭脂河隐秘的河段，芦苇丛、水草、湖边废弃的茅草屋，都是他们野合的地方。昭灵山每次交欢完，不论那女人是否令他尽兴，均会大方给钱。他取出钱袋，摸出钱放在她们用来兜售东西的箩筐里，再就着河水将自己清洗干净。昭灵山把自己收拾得一尘不染，回到船上悠闲地坐着。女人便任劳任怨，感恩戴德地把这英俊的财神爷送回苏镇。

极少数时候，他也会找个渔夫乘船去下游的村镇水乡，见着岸边泊着的挂着香艳门帘的破旧船屋，就进去试试运气。这种女人姿色中上，对客人百般殷勤。但有次他见着岸边停泊着一艘这样的小船屋，大喜之下，鲁莽地撩开了帘子，见那娼妓正在为一个白发苍苍的老者服务。那老者的皮肤像犀牛似的皱巴巴的，似乎每道褶皱里都藏了寄生虫。他连声道歉，当下觉得恶心不已。这件偶然撞见的小事，日后竟在他心里留下阴影，他便放弃了这流动的娼妓，重又钟情于水灵灵的渔家女。

因为昭灵山做事谨慎，所以一直未被发现。他总是从小巷出去，到了僻静处，车夫早已候着。偷欢完回家正好赶上凝脂起床，所有人都只当昭少爷有着良好的生活习惯。也许是心有愧疚，昭灵山经常抢了忘忧的活儿，亲自服侍凝脂洗漱更衣，引得府里上下都分外羡慕少夫人的好福气。一段时间下来，灵山也一跃成为众人夸赞的模范丈夫。

六

昭墨念及凝脂正是最需要雨露滋润之时，所以对店里、府里的大小事务他都亲力亲为，尽量不给小夫妻俩添麻烦。昭夫人也是善解人意的人，唯恐每日辛劳的儿子身体抱恙，隔三岔五送来用鹿茸、人参、虎鞭精心熬制的汤药。

这些药材都是昭墨托人弄来的上好补药，原本是给自己用的。却不想吃了不少，那不争气的玩意儿却犹如害羞的小姑娘蜷缩在他日渐发福的肚皮底下，更不中用。昭墨受此打击，一气之下全给扔了。

昭夫人捡回来悄悄送去了厨房，正好赶上灵山结亲，便嘱咐厨子每周定时定量送过去。灵山连喝几月后，似乎第二次发育了，他的技巧也越发娴熟。这样一来，原本青涩懵懂的凝脂也跟着日渐开化，逐渐摸索出这一身皮肉的享乐秘诀。

她日日盼着夜晚——夜来了，狂欢就开始了。天亮时，她那颤抖得七零八碎的肢体又拼凑完整，跟着阳光一起重生。也许是因为得到爱露的滋润，她出落得越发妖媚：乳房和屁股隆起一圈，形态婀娜动人，连服侍她沐浴的忘忧，见到她都移不开目光。作为公爹的昭墨，和她一同用餐时，也时常因为光顾着欣赏美人，而忽略了满桌子美食。有她衬托，迟暮之年的昭夫人就更显得寒碜了，像是被风吹去了犄角旮旯里发霉却无人问津的树叶。

偶尔，凝脂也会撞见昭夫人瞅着自己的目光，直直的，惘惘的，在被她发现时又快速地闪去别处。那眼神复杂又深意，令凝脂没来由的好奇。恰逢有日绸庄老管家的妻子来府里送东西，她想到府里的夫人小姐，就顺趟子给捎了些新款布料过来，布横竖都是昭家的，总归是借花献佛的美事。

管家妻子没见过少夫人，光听人说少爷娶了个绝色美人。想着一睹芳容，就亲自托着布料过来了。忘忧征得凝脂同意，引她进了堂屋。凝脂瞟了一眼布料，花里胡哨的，艳俗不堪。以这管家妻子的老眼光来看，当然是好看的，但却入不了她眼。她吩咐忘忧先收下，见管家妻子时不时悄悄地瞅着自己，正想着敷衍几句好打发走。却听那管家妻子说："少夫人果真名不虚传，先前我一直觉得，我们昭夫人年轻时已无人能比，没想到灵山少爷更是好福气！"

凝脂闻言，饶有兴致地问道："那夫人先前啥样呢？"

管家妻子不置可否地说："夫人刚过门时人美，性格又开朗，怀孕后才变了个人的。"

凝脂连忙招呼忘忧泡茶，又请她上座。这管家妻子受宠若惊。凝脂只是淡淡暗示了下，想听听夫人的故事。她就兴致高昂地把知晓的都说了。

昭夫人本名姓潘，名玉蛾，取自诗句"暖玉生烟，两蛾凝黛"。年轻时的昭夫人，倒真没辜负这名字，长得极其美丽。她十五岁就嫁到昭府，不出三月就有孕了。昭府上下过节似的欢喜，府里的好东西都优先贡献给了她，贡献给了她肚皮里成形中的昭灵山。她摸着日渐隆起的肚子，觉得自己就像蜂巢里只管繁衍生息的蜂后，整个昭府的人似乎都眼巴巴盯着她的肚皮。小灵山也争气，五个月就将他娘的肚皮撑成了八个月的模样。到孕晚期，昭夫人的肚皮算是彻底被毁了，原本细致紧实的皮肤被撑成半透明状，裂开出一道道丑陋的纹路。这些纹路似是茁壮生长的野生爬山虎，从她的大腿爬上屁股、小腹、后腰，再爬到乳房。

临盆前，昭夫人被用人搀扶着去洗澡。之前她便感觉到身体里的小东西正在撕裂她的身体，每次沐浴都草草了事。这日她站在大木桶前，不经意间看见水中的倒影——这肥胖臃肿的女人陌生得让她不认识，她不能相信这个女人就是潘玉蛾。

昭夫人喊用人搬来镜子，命她们在帘外候着。

寒冬腊月，穿得厚实，昭夫人像剥粽子似的解开烦琐的衣服，那膨胀的身体露了出来。她低头看着自己硕大的乳房，再往下是巨大的西瓜一样的肚子，那双她娘费心费力缠出来的、令她引以为傲的小脚不见了。她全身筛糠似的颤抖起来，哆嗦着抬起头：热气氤氲起乳白色的水雾，银包镜面上铺了一层密匝匝的水滴，照出个半透明的庞大剪影。从胸到腰肢，到胯骨，再到双腿，形成两条外扩的弧线。玉蛾鼓起勇气上前，疯了一样擦拭着镜面，但她擦得越干净，镜子里的人影就越丑陋；越丑陋，她擦得越疯狂。

镜子上的雾气都散尽了，昭夫人终于看清里面的女人：乱糟糟的头发堆在头皮上，硕大的乳房上扣着两枚黑枣，暗红色的条纹爬到胸前，它们还长势喜人，似乎快要绕到脖子上将她勒死。那双紫红色的小脚可怜兮兮地藏在水肿的小腿下，没了脚样。

昭夫人像见到鬼一样双手捂住自己的脸，发出凄惨的尖叫声。

帘子外的用人惊慌失措地跑进来。昭夫人浑身赤裸地倒在地上，肚子绞痛，子宫阵阵收缩，羊水流了出来。她顾不上疼痛，只想着用手遮丑。但身体太庞大，那一双小手遮了这里，露出那边。就像被人翻个底朝天的乌龟，四肢在空气中张牙舞爪地乱抓。她觉得变成千手观音也遮不住这无边的丑。

用人见到她下身流出的羊水和血，呼天抢地地尖叫起来。浴室里乱作一团，尖叫声和脚步声淹没了昭府。昭夫人听着这闹哄哄的声音，记忆错乱地回到了她大婚那日：也是闹哄哄的，各种夸赞声震得红盖头下那双耳朵颤栗着。还是少女的昭夫人不慌不乱、气定神闲地入了洞房，骄傲地脱光了，她的身体犹如世间珍贵的艺术品明亮了昭墨的眼睛。

她知道她这身肉，很美。她留在窗户上的剪影，让躲在外面闹洞房的男人都癫狂了。她流出的新鲜的处女血，照红了夜空，连月亮也羞得躲进了云里，一整夜没好意思露面。

这美好的景象就像昙花一现，短得昭夫人日后想起都觉得是失真的幻觉。

灵山钻出的黑黝黝的头颅初见天日时，昭墨赶了回来。他推开帘子，就看见赤身裸体的他的夫人，她那被小生命折磨得肿胀充血的下体正对着他。昭墨站在帘子下，双腿软得挪不动，好像腿没了。昭夫人的目光穿过喧嚣，看到了昭墨。他整个人好像被透明的城墙封闭了起来，一双翅膀正从那颗心里长出来，飞远了。昭墨的空壳陪着她。

接生婆举起发出第一声啼哭的灵山。他黝黑的软发湿漉漉地服帖在挤压变形的脑袋上，一哭脸就挤成个皱巴巴的小老头样。那小小的躯体上长着细小的四肢，只有胯间那玩意儿不成比例的大——昭夫人突然就想哭了。

灵山断奶后，昭夫人把他交给了府里新来的下人，也就是后来灵山的姆妈。她年轻时因为不能生育被丈夫卖到昭家，仅仅换取了几匹绸缎，隔日便送去裁缝店做了他新媳妇的嫁衣。姆妈很爱孩子，对灵山视若亲生。奶回完了，她跟着就瘦了下来，只是，身体就犹如被撑大后再放气的气球，蔫了，皮松松垮垮的。薄薄的一片人，像是凛冽的冰片。从此千娇百媚的潘玉蛾成为永远的过去时，昭府却多了一个怨妇昭夫人。

后来的年月里，昭夫人一直对此耿耿于怀，对那稍纵即逝的青春万般怀念。这瑰丽的记忆更衬托得现状寒碜。痛苦加速了她的衰老，但她仍然愿意麻痹自己，沉迷于流光里美艳的潘玉娥。

凝脂听完，纳闷地说："倒是没见过灵山的姆妈。"

管家妻子说："那姆妈，在灵山十五岁时染了风寒恶疾而死，昭夫人也三十几岁了，跟她同龄的女人都开始人老色衰，她心态也就平衡了。她原先对灵山一直不冷不热的，府里人都说她是怨恨灵山掠夺了她的美貌。昭夫人想通了后，就换了个人，巴不得把心都掏出来给灵山，好像要把前面十多年里缺失的母爱都给补偿回去似的。"

凝脂站起来，走到忘忧旁边，轻轻抚摸着她捧着的布料。她眼里噙满泪水，幽幽道："女人就是苦呀——那么美丽的昭夫人，生个孩子就成了现在这干涸蜡黄的女人。最可怜那姆妈，就值了区区几匹布，还是做了别人的嫁衣！可悲呀！"

"人各有命，少夫人长得这么美，那是被天都眷顾的人！会一辈子好命的！"管家妻子谄媚地奉承道。

"只怕就长相这一样，就把福气用光了。"

"少夫人哪里的话，您会一辈子好命的！"

管家妻子听出凝脂话里有话，语气怪怪的瘆得慌。她不敢再乱说，又说了些奉承话起身告辞。忘忧将她送出去，再回来，凝脂还坐在桌边发呆。她悄悄退了出去。

不久就是端午节，苏镇照例举办一年一度的龙舟比赛。

这天，姑娘们一早起床对镜贴云鬓，穿上平日里压箱底的衣服，吆喝着结伴去胭脂河岸边。她们身上佩戴着塞满茱萸的锦囊，浓郁的香气飘满了整条街。到了晚上，还能闻到聚拢在河面上没散去的香气。

昭家大小分乘两辆马车前往。途中有小姑娘认出这是昭府的马车，竟不顾形象地拎着裙摆，跑着跟了一路。她们哪怕看一眼昭少爷的脚，也会兴奋不已，说那脚长得不同凡响，穿着布鞋都能看出形状美好。偶尔昭灵山撩起帘子，探出头来看看走到哪里了，立即引来旁边姑娘们搔首弄姿地抛媚眼，全然不顾这男子已经是别人的丈夫。凝脂坐在旁边，不动声色中目睹了灵山的巨大魅力，这让她感到窃喜和刺激。

到了岸边，一排龙舟泊在河中蓄势待发，两岸早已人山人海。昭灵山牵着凝脂从马车上下来，那些原本落在灵山身上的目光，纷纷凶猛地砸向凝脂。她们惊讶地发现，这女人被滋润得饱满圆润，皮肤晶莹剔透。而多日未露面的昭家少爷，英姿勃发，举手投足都透着一股子熟透的男人味。女人们只是看一眼，便春心撩动，臆想连连。但是她们毫无办法，凝脂长得日月都失色，配昭少爷是正好的，除了嫉妒羡慕，她们只能恨自己爹妈没给她们一副好皮囊。周围男人不多，仅有的几个却是早早注意到了凝脂，有意无意往这边瞅着。有个老头子最好笑，瞅着凝脂就跟犯病似的，张着嘴巴，哈喇子都流出来了。若不是昭灵山就陪伴在身边，起色心又有色胆的男人，一定不会放过搭讪机会的。

龙舟节过去大半月，凝脂去清心园见昭清清时，还忍不住特意描述了当天的盛况，以及一干女人对灵山的崇拜。她颇有几分得意地说：“这么多人想要得到的男人，却独我一人享有，我倒是成了厉害得不得了的人物。”

正在写书法的昭清清，搁下笔，问道：“灵山未必能真正做到心中只有你一人，但你用枷锁换来的，并非发自真心的言行，又有什么用呢？”她从五尘嘴里听说了凝脂监督灵山的事情。

凝脂也不生气，相处下来，她已经习惯了昭清清这种带刺的说话调调，便笑着道：“过程是其次，结果才是重要的。谁又能不介意结果呢？”

她飞舞的黛眉下，笼罩着强烈的占有欲。

昭清清不悦地说：“你爱灵山更多一些，就不会在意结果了。”

“那先夫人不爱老爷吗？可她为何要为一个没得到的结果，欣然赴死？”凝脂不甘示弱地反诘。——这是她们第二次谈及先夫人。

昭清清拿笔的手颤抖着，黑色的墨汁洒在宣纸上，晕染开一朵朵黑色的凄美的花。她哽咽着说：“我娘伤心是因为她一颗真心付出给了假象。爹爹，也如同灵山今日对你这番，对我娘好过。”

“姐姐的意思是……”

“男人动了那副皮肉，就忘记心长哪里了。长了一颗衷心的，那身肉长得又不像个男人。你说可笑不可笑？”她语重心长地劝说道，“妹妹，你不该动心魂儿，只动动身子，对你和灵山都好。”

很多年后，凝脂才明白昭清清说这话里的意义——男人上了床，就忘记心在哪里了，身心忠贞的，却又连上床的本事都没有。这是表面的意思，更深层的意思是出于她对灵山的爱与了解，她岂能不知道灵山花心。只是在不露痕迹地在规劝她，不要以爱之名去捆绑她的弟弟罢了——动动身子，想来确实是好，得到快活，简单到连吹灰的力气都不用出。

七

自从五尘进入昭清清的生活，她自己弹琴时，就益发觉得无趣。她时常找让五尘过来的理由，比如琴弦断了，想学点新曲子，等等——她在做这些事情的当下，自个儿是兴致勃勃，察觉不到任何不妥的。事后细想才发觉，是太刻意了，反倒有了欲盖弥彰的嫌疑。有日，她实在找不到好的借口，便直接派遣兰芷去喊凝脂。凝脂心知肚明，叫她作陪是假，欲见五尘是真。她便随她心意，喊上了五尘大大方方去清心园——这对灵山来说，简直是天大的好事，五尘一走等于枷锁解了。

灵山收拾一番，叫上车夫就出了府，直奔十里春。

隔着老远，灵山就认出春十娘闺房的小窗户，窗边一抹倩影，身影婀娜，似乎正若有所思地凝视着远方。这清冷的身影，惹得他又怜又爱，迫切地催促着车夫快点，再快点。婚后的灵山，自觉已长大成人，可以像那些寻常客人一样花钱买她作陪。虽然两情相悦的幽会，他更加向往，但目前境况，也只能退而求其次。

门口杨柳树下的圈椅上，坐着位上了年纪的老鸨，正怡然自得地晒着太阳。灵山上前鞠了一躬说明来意，老鸨委婉地下了逐客令：“姑娘今儿有约了，客官改日再来。”

灵山吃了个闭门羹。寻思着机会难得，不想空手扫兴而归，只好使出爹爹这张杀手锏。春十娘和昭墨的关系，整个苏镇人尽皆知。他得意地想，老鸨就是手握再大权力，也是得罪不起的。

却不料，他刚使出这张王牌，先前还客气的老鸨陡然面若寒霜。她将他上下打量一番，问道：“你是昭墨什么人？”

灵山以为是试探，故作神秘道：“老相识了。”

老鸨斜睨他一眼，埋怨道：“他很久没来了，惹得姑娘伤心，我看他还是别来了！”说完见昭灵山杵着没有离开的意思，不耐烦地催促道，“小爷也走吧！”

昭灵山灰头土脸地出了妓院，站在河岸的扶栏边，眺望着偶尔闪现在窗边的人影。春十娘思念着昭墨，昭墨的儿子却念想着春十娘。这真是绕不开的千千结，理还乱。灵山暗自回忆，大约是从他结婚前半年起就没见着爹爹去找春十娘了，老鸨说的很久，是从那时就开始的吗？又想，龙平上回说因着爹爹才抱得美人归。难道，春十娘和爹爹已经断了联系，龙平代替了先前爹爹的位置吗？想到柔香软玉的春十娘，被这相貌粗俗之人长期霸占着，他顿生嫉妒。

但他还是多了个心眼，打算留下来再看看，春十娘除了龙平，是不是还有其他固定的客人。灵山让车夫到对面隐蔽的巷子里等候。他自个儿越过栏杆，到岸边的树下坐着等。等得无聊，就开始琢磨起爹爹和春十娘的往事，莫名又联想起经常送来的补药。私底下他问过厨子：“可是做一锅分两碗？”厨子答：“只一锅一碗给少爷一人吃。”再问：“爹爹为何不吃？”厨子答：“老爷先前也吃，不知为何再不吃了。”——那么，是什么原因让他突然就不吃了？难道是娘突然激发了爹爹的欲望，他只钟情于娘了？很快他就否定了这个想法，能想到的原因就只剩下一个——爹爹性事不行了，补药也无济于事。人至暮年，最骁勇的器官总是最先衰竭，无药可救。昭灵山越想越觉得这是正解，越想越觉得难过——他初次感到爹爹老了。

可是，谁能不老呢？一年更替出个四季，草木枯荣转去一个轮回。树要落叶，水不会倒流，石头不死却开不出花。一个人的生命再长，也是长不过一辈子的。灵山禁不住又想：自己也会老去，像爹爹那样丧失欲望，有天成为命根子废了却还活着的昭灵山。如此想来，不免心酸。一阵凉风吹来，满河床日光在水波褶皱里闪烁着。河还是这条河，天还是那片天，万物却悄然在变化着，生老病死，同生同灭。新的踏过旧的躯壳，一茬茬，生命用这样平凡的传承抵抗着时间，可歌又可泣！

昭灵山想着，不觉泪湿眼眶。他抹了把眼睛，眺望向远方，只见白云深处，一大团乌云正悄然朝这边游窜过来。半水街的青石路上响起急促的脚步声，一个身影正朝十里春奔去，这五大三粗的身材和标志性的络腮胡子，正是龙平无疑。他也看到了树下的灵山，笑笑指着十里春，脚步却片刻不停地飞了过去。

昭灵山眺望着龙平被老鸨殷勤迎进去的背影，觉得自己像是被推入了冰冷的地窖里。

很快，下起绵绵细雨，雨滴砸得头皮酥痒。远处春十娘房间的窗户也关上了。昭灵山内里的那双眼睛，从脑海里翻出春十娘赤裸妖娆的身体，细细看着。这双眼睛引领着昭灵山的舌头、嘴唇、手……和脑海里供奉的女神缠绵，和泛着腥味的空气合欢，和落在身上的雨滴亲吻……他越想越寂寞，好似身体每个器官都是孤独的。想着想着，竟情不自禁地哭出声来。

为了宣泄心中的悲痛，灵山让车夫找家酒馆，借酒消愁。店小二一见灵山这架势就喜上眉梢，殷勤地推销起酒。灵山听他絮絮叨叨就烦了，豪气地一挥手："别说了，上最贵的酒！"小二脆生生地应声着，屁颠颠端着酒上来了。

这酒果然是好酒，酒香浓郁，如饮琼浆玉露。灵山一杯接一杯喝闷酒，直喝到醉得趴在桌上不省人事。车夫知晓少夫人管得严，不敢贸然将烂醉的灵山带回家，先去通知了昭老爷。

昭墨将灵山安顿在一家客栈。这家客栈，他早年曾带春十娘来此偷欢住过。店家还认得他，见他带了个小伙子来，正觉得纳闷，却听到灵山迷迷糊糊中喊了声："春十娘……"店家只当是昭墨风月场合认识的朋友，笑着感慨道："春十娘魅力就是大，这小伙子连睡着都在喊她！"昭墨无奈地摇头，和车夫一起将灵山搀扶上楼。梦里的灵山仍然时不时喊着春十娘的名字。

他眼角的泪光宛若千万根银针刺痛着昭墨。

昭墨也是想十娘了。他静静地守着灵山，不由得就回到了两年前的隆冬。

江南这一带的冬天，即便下雪也是温柔的细雪。但那年却难得下了一场大雪，天地间白晃晃的，地面堆积了厚厚的一层。庭院里一树梅花开得正欢，远望去，像是冰天雪地里一簇燃烧的火焰。也就是在这天，昭墨带着他的情人春十娘，去见一个狂妄有趣的怪人。这个人不是别人，正是他的挚友龙平。

龙平的怪，怪在他只做床，几乎不做别的家具。他做床到了出神入化的地步，皇宫里大大小小的床，大半出自他之手。多少嫔妃和皇帝在他的床上合欢，又有多少阿哥格格在他造的床上诞生。他的床见过中国最有权力的男人以及最尊贵的女人的裸体，全国只有他有这等本事。因此，他不仅怪，还狂妄不羁。他自觉这只不过是恃才傲物，因此能被他看上的人少之又少。昭墨能成为他的挚友，显然不是单凭显赫家世，达官显贵他见得可比寻常百姓还多。除了性格上的契合，昭墨本身也是个自恃清高的才子。当年，正是折扇上一首《茗香记》的小诗，便使得冷美人春十娘打开了门。全诗如下——

冬时暮色飞白絮，秸秆檐下发琼枝。
转纤指，蹙眉黛，翡镯映照碧波浅。
红烛点亮，疏影断望。
雪融春回兮，红颜新妆君归兮？

远山微茫残里照，庭院旧梅落新红。
风萧萧，它独娇，一树对弈天地绝。
怜它茕茕，她影清清。
雪融春回兮，红颜迟暮君归兮？

釉色青青，梦回向年。
朱唇壶光一点红，赖醉假寐欺君吻，未央昂昂兮。
云鬟萋萋，梦回向晚。
泛煮对饮三春绿，良辰静水夕曛淌，无央昭昭兮。
萧郎猗猗，梦中向前。
面若莲开净如雪，雁回君至潋滟笑，夜央切切兮。

实际上，这首诗是昭墨为纪念母亲所作——昭老夫人嫁到昭府之前已有心上人。一日，昭墨的父亲乘船外出，看见正经过河上小桥的昭墨的母亲，他若有所思地盯着她，目送她走远，对身旁的小厮说了句，去找她。一个月后，这个可怜的女人已经成了昭夫人，那伶俐的小厮几乎没费什么劲，仅出了一些银子就促成了这桩婚事。昭墨记忆里的母亲几乎没笑过，总是哀怨地趴在窗前想着心事。长大方知晓，母亲是在盼着见她真正爱的男人，一直等到白发苍苍，也没能见他一面。昭墨在昭老夫人的忌日里思念母亲，想着幼时飘满茶香的房间和母亲趴在窗边的背影，一时百感交集，写了《茗香记》，并用小楷抄于折扇上。

昭墨在甲板上听春十娘弹奏曲子，就知道这事十拿九稳，因为这个女人唱的正是他作的词。他认定她应该对“昭墨”有所耳闻，所以悄悄把印着自己大名的折扇从门缝里塞了进去。果不其然，他的猜测是准确的——春十娘拾起地上的折扇、打开，默念着扇面上的诗。一字一句仿佛从天而降的细雪，飘入她心扉就融化了。她在学艺时，就开始读昭墨的诗作，对他仰慕已久。只是碍于他身份高贵，而自己虽然做到了头牌，也不过是个妓女，贵贱悬殊，只得作罢。如今，他主动找来，简直令她喜出望外，毫不犹豫就开门放他进来了。

年轻时的昭墨，抛开其他不说，单长得就像是女人幻想出的一场梦。春十娘见到他就陷入了醉生梦死之中，一醉就是十几年。想来也是奇怪，昭老夫人忠贞的血液竟未能遗传给昭墨哪怕一星半点。相反从母亲的悲剧里，这慧黠的男人早早就悟出爱的真相——爱情，就如同一根上吊绳，谁先爱了，谁的脖子就挂了上去。

昭墨后来特意将母亲等待至死的故事讲给了春十娘听，加之他的好口才润色，十娘感动得潸然泪下，发誓生是昭墨的人，死是昭墨的鬼。

春十娘听昭墨说起过龙平，原本只是抱着好奇的心态，去见识下这御用工匠。但龙平却是单刀直入，直冲着美人来的。

这两个曲高和寡的男人，他们的投缘不仅表现在趣味上，连对女人的赏鉴都如出一辙。龙平还未见着春十娘的面，只远远地透过窗户看到她妖娆的背影，就已然春心荡漾。一杯酒下肚，他坦诚地赞叹道：“得春十娘这等美人，昭兄不枉今生生而为男人！”说完，又意味深长道，“兄弟我也想做一回真男人。”春十娘当即拉下脸。

昭墨却只是微微一笑，道：“甚好，甚好！”说完，将酒一饮而尽。

送走龙平，春十娘一言不发地出了屋，踏着雪慢慢走到蜡梅前。梅香并未使她心情好转，反倒因见这树花开在天地间，形单影只，分外可怜，不由得又想起昭墨《茗香记》里的昭老夫人。如此这般，更觉身临其境，止不住地悲从中来。昭墨轻轻走到她身后，将她圈进了怀里。春十娘听到他幽幽地说：“是时候了。”眼泪瞬间落了下来。她知晓他的意思。上一次在船屋行欢，他突然不行了，当下她就有一种不好的预感——昭墨早前就提过一嘴，若是哪天他们做不动了，就分开。

“我不在乎！”她倔强地表明了态度。

“十娘，你看天有阴晴，月有圆缺，有光就有影，天地万物都在一个恰好的度里。我俩这十来年锦瑟调和，唱了，也醉了，该结束了。现在正是天时地利人和的好时候，你要去阳光里。女人可以缺衣少穿，却不可缺欢爱。这事儿就跟植物需要雨露一个理儿。这女人就是植物，男人就是浇灌的水，不喝水，植物就得枯了。”

“你不嫌弃我，我也不怕你老。”

“我只愿你怜悯我俩这十几年的情分，花都开了，就不要目睹它凋谢时的丑陋。我们应该在最后的巅峰里全身而退，不能再等了，再等巅峰就过去了。我年纪大了，身体也大不如前，让我保留更多的美的光景，以此来抚慰将来孤独的岁月吧。”

“还有余地吗？”

他默默地看着她，理智地摇头。

春十娘凄然一笑：“好吧，我答应你……”

寒风吹过满树盛开的梅花，白的雪，红的花。暮色渐渐合上，他们以肉体分离的永不相见，成全了记忆里完整的美好。很快，春十娘便投入了龙平的怀抱。这个伺候过无数男人的女人，原本只当是去完成爱人交给的最后使命。在她堆积如山的男人的阅历里，再添上一页，这对任何一个以“妓女”为职业的女人来说，都是不痛不痒的事情。但随着时间推移，春十娘却在不知不觉中对他动了真情，从何时开始改变的，她自个儿也想不起来了。如果说昭墨是精心烧制的青花瓷，龙平就是粗糙浑厚的陶土罐。精妙细致的美和大气粗犷的美，截然不同，却有着相似的本质。这两个男子，一个引领着春十娘在回忆的海里沉沦，一个牵着她在现实的河里泅渡。犹如镜子的正面和反面，真相和虚像，却合成了她的前世今生，一个完整的春十娘。

昭墨暗自算了下时间，不觉竟有快两年没见过她了。

偶尔跟龙平一起喝茶聊天，也会听他说起春十娘——他俩是渐渐处出来感情了。昭墨若无其事地笑笑，等龙平走后，却要独自怔怔地发呆很久才缓得过来。他心里还是惦记她的。他也知晓，龙平除了春十娘还和其他两三个女人，保持着类似暧昧的关系。他隔几天会选择其中一个幽会，绝不拖泥带水，除了睡觉不发生别的瓜葛。龙平总结的经验是，对女人，要保持在一个安全的距离内，这个距离，就如同拿捏火候——太近会引火烧身，太远又失控跑了。

有次两人喝酒，借着酒劲儿，昭墨清醒地问龙平："春十娘可在这距离内？"

龙平笑笑，说："昭兄忍痛割爱，我岂能还计算距离。唯独十娘，远近全凭她高兴，她远，我就遥望；她近，烈火焚身也在所不惜！"说完，举起酒杯。

昭墨爽快地碰上去，尽在不言中。好像那各自喝下去的酒，就是各自想说的话，不说，都懂。

天快黑时，灵山醒过来，见躺在陌生的地方，酒和瞌睡顿时都醒了，他仓皇地坐起来。再一看守在床边的父亲，窘迫地红了脸。他小心翼翼地问爹爹："我睡着还算安静，可有打搅到你休息？"

昭墨知晓他潜台词是在问，他有没有酒后胡言乱语。他从椅子上坐起来，伸着懒腰，道："我见你睡了，也坐椅子上睡着了！"

灵山舒了一口气，起身走到窗边，屋外天已经快黑尽了，一些店铺门口挂着的灯笼亮了起来，时间不早了。他晕沉沉的，只想早一些回家，舒服地躺在沉香床上。凝脂一定会问下午去哪里了？他立马想道：到时就说跟爹爹去绸庄看了看，遇到熟客，大家一起喝了点小酒——他撒谎已经到了顺手拈来的地步，只要有这方面的需要，谎言就自动蹦出来，都不用他主动去思考。反正只要脱离五尘的监督，他去哪里都有"名正言顺"的理由。

就在这时，门外响起叩门声，有声音说："昭老爷，给您送饭菜来了！"

灵山急匆匆穿上衣服，去开门。跑腿的小厮端着饭菜汤水跐溜就进来了，麻溜地将碗筷盘子一个个放在桌子上。昭墨举起筷子，招呼灵山：“过来先吃饭，吃了回去吧！”

屋里氤氲的腾腾热气里，飘满了饭菜的香味。但灵山因为喝多酒伤到了胃，一点胃口没有。他摇摇头，说：“爹爹，我不饿。”顿了顿，又补充道，“回头凝脂若是问起，就说我跟你去了绸庄。”

昭墨放下筷子，暗沉沉的光线下，他表情凝重又有种说不出的温柔：“灵山，一辈子和一个女人过，是万分艰难的。不管多美的女人，久了都会腻，不如新的好……爱情的兴盛衰亡是自然规律，它并不足以摧毁女性，但谎言可以。你爹我不是个好男人，你姐她娘……就是被爹爹的谎言杀死的……”

灵山听得心情沉重、烦躁不安，更加迫切地想要离开。他连连应着敷衍，正打算走，却见昭墨走到了自己面前。

他望着他，突然像他小时候那样，温柔地伸出手替他理了理领口，开口道：“灵山，忘了春十娘吧！”——这是他第一次当面跟灵山提起春十娘。

灵山愣住，眼里渐渐浸润出泪水，半晌才说道：“好。”

第三章　痴人梦

一

谁也不曾想到，这个以春暖花开、万物丰美开始的好年景，竟会在小暑节气后遭遇大旱。一场暴雨后，老天爷就病入膏肓，再没出来降雨过。河床像口巨大的锅，煮得河水温热热的。河面隔阵子漂起挺得笔直的死鱼，睁着浑浊的眼珠，翻着白花花的肚皮。河床装不下这庞大的腥臭味，溢出来，飘得整座城都在发臭。

沿河的青楼画舫，第一次出现门可罗雀的景象。外来的画舫船屋进进出出，今天走几艘，明天又开来几艘。勉强坚持了大半月，小户的船屋都趁着河水断流前走光了，只剩下几家大户在苦苦支撑着灰头土脸的门面。

昭夫人执意要去外地避暑，老去的昭墨幡然醒悟，这才是要陪伴他一生的女人。他觉得亏欠她太多，欣然同意了。除了不喜欢外出的昭清清，打点绸庄生意的管家和几个心腹家仆外，其余丫鬟、厨子等一干人都带走了。他们上了昭家的大船，昭灵山只朝父亲使了个眼色，他便心领神会地要求凝脂陪同。昭灵山被留下的理由也充分得很："灵山是继承人，得留下镇守家业。"

昭墨在家里的地位不可撼动，而那时还未展露出桀骜本性的凝脂，顾忌还是颇多的。虽然百般不情愿，还是一声不吭地上了船。但她也多了个心眼，理直气壮地留下了五尘。她的理由比昭墨更充分："其他人我不熟，只有五尘照顾少爷我才放心。"

昭灵山又朝昭墨使眼色，昭墨只能回避他的目光，表示爱莫能助。五尘领命，自是明白"照顾"的本意。

从此，昭灵山身边就多了个寸步不离的"影子"。他花了不少心思想甩掉他，但五尘总是会出其不意地从某个地方冒出来，阴魂不散地缠着他。有一次灵山和五尘行至郊外，看见草垛旁交合的野狗，顿时性致大发。于是，他借口说要方便，让五尘回避。五尘刚躲开，灵山就撒腿开跑。到了路边，见着个马夫，赏以重金直奔半水街。刚踏进一家隐蔽的小妓院，屁股还没坐稳，就看见沿着河岸狂奔着追来的五尘。灵山只得垂头丧气地出来，装作在路边小摊挑选东西。

连续这样耍伎俩跑了几次，都被五尘找到，灵山泄气了。

但很快他又想到了新的办法，五尘是人不是神，他晚上总要睡觉。于是昭灵山白天睡得饱饱的，趁着夜深人静时从后门溜出去。刚到门口，五尘早已未卜先知地等候在此。见到灵山，他诚心诚意地问候："昭少爷好。"灵山气也不是，笑也不是，只好垂头丧气地打道回府。

到后来，昭灵山快有些神经质了，低头看见地上自己的影子，也诚惶诚恐，以为是五尘跟着。昭府大船开走已近半月，灵山一次甩开五尘的机会都没有，这简直要将他憋出病了。他人瘦了，皮肤也干了，天天盼着凝脂回家。这样，他又可以像从前一样，晚上抱着娇娘，运气好的话，还能白天外出偷腥，好不快活。可是，胭脂河的水位日渐降低，别说爹娘乘坐的豪华大船，就是娼妓低矮的船屋也难见踪影。

昭灵山每天傍晚跑一趟河边，查看水位情况。

五尘问：“少爷，你为何天天去河边？”

昭灵山答：“水位上去了，凝脂就回家了……我想她了。”

五尘闻言，喜上眉梢，他觉得昭少爷是真心爱着凝脂的。何况凝脂的情况他比谁都清楚，能有惊无险地度过洞房夜，他已深感庆幸。没曾想到，昭少爷不但既往不咎，还对她情深义重，这怎能不叫他感激。灵山落寞的身影，憔悴的神态，哪里都似是无声诉说着思念。那一瞬，五尘产生了错觉，他想：怕是凝脂疑心太重，错怪了好人。昭灵山作为苏镇第一少，出去喝茶消遣岂不是正常，自个儿为何要如此约束着他？物极必反，好人被逼迫紧了，反倒容易变坏。

适逢那段时间，昭清清经常让兰芷叫五尘过去陪同练琴。五尘不忍拂逆她的好意，也就自然而然地放松了对灵山的监督。昭灵山察觉到五尘的变化，想这执拗的下人似乎相信了他的那番无意中说出的情话，顿时喜上眉梢，觉得偷情的道路重又一片光明。

他便重施故伎，嘴里常常念叨着如何思念凝脂，说到动情处，潸然泪下，连用人、丫鬟看了都心生怜悯。众人说起昭少爷，都免不了夸赞一番。只有车夫蹲在角落抽闷烟，一言不发。这车夫约莫三十来岁，戴着宽边草帽，穿着坎肩褂子，结实黝黑的肌肉铺了层汗水，像刷了层清油，油光锃亮。有时丫鬟起哄喊他也说几句，他便敷衍似的道：“昭少爷真是好，难得的好人呐！好人呐！”他说话的腔调有种戏谑的滑稽，惹得一阵哄笑。昭少爷的那些花花行径，车夫自然是最清楚不过的，他和哪家姑娘幽会，去了哪家妓院，逗留了多久，他都一清二楚。也因此，昭灵山经常会赏赐他些银两。车夫拿了好处，口风就紧了，生怕走漏，一家老小还靠他养活呢。他嘴上不得已地奉承着昭少爷，心里却委实对他这种敢做不敢当的行径不屑一顾。

这天傍晚，琴声刚响了几声，就传来一阵刺响。昭灵山听闻，立刻从书房椅子上兴奋地跳起来，他猜测是姐姐的琴弦又断了，如此，她定会叫兰芷找五尘过去修琴。按照惯例，他们还会聊上一阵儿——灵山觉得纳闷，两人有那么多可聊的话吗？是姐姐对男人的厌恶突然消失了？还是喜欢上了五尘？这念头在灵山脑海里绕了片刻，就被他自个儿的欲念冲淡了。

春十娘有龙平陪伴着，他贸然前去显然不合适，得找个确定龙平不在的好时机。但别的姑娘他随时去都可以的。半水街妓院不少，除了十里春，还有两三家妓院，虽然门脸寒碜些，个把好看的姑娘还是可以随便挑出来的。

果不其然，没一会儿，灵山便看见五尘跟兰芷朝清心园的方向而去。经过书房时，他敲了敲门，朝里小声说："少爷，清姑娘琴弦又断了，我得过去一趟。"灵山窃喜不已，他抑制着喜悦道："早去早回。"五尘回道："好，煲的汤还要等一会儿才好，忘忧稍后会给您端过来。"灵山迫不及待地说："知道了。你忙你的事情去吧。"

五尘一走，昭灵山就匆匆招呼上车夫，趁着暮色奔赴半水街。远远地看见了十里春，又免不了惆怅，便让车夫停下，自己去跟老鸨耳语了一番，又悄悄地塞了些银子。老鸨见这年轻人很懂人情世故，喜上眉梢，一再承诺会将公子交代的事情当自个儿事情去办。告别老鸨，昭灵山旋即上车。此时夜色刚至，红灯笼的影子投影在低下去大半截的水面上，那红光像是从深不可测的地底发出来的，着实诡异。

就连蚊虫也似乎长了脾气，见人就叮，但唯独半水街上的男人，眼里是没有蚊子的。他们和姑娘们打情骂俏着，哪里还顾得上蚊子，没准被咬出几个包，回去还当作某个姑娘赐给的吻痕。

昭灵山经过其中一家，见门口站着个年纪尚幼的姑娘，觉得新奇，就进去了。寻欢作乐了一个时辰，热得大汗淋漓，这才心满意足地给钱走人。月上西楼，灵山意兴阑珊地回了府。进了卧房，忘忧忙端着洗脚水进来服侍，他随口问道："五尘几时回来的？"

忘忧道："五尘还在清心园，琴声今儿响了已经快两个时辰了。"

昭灵山喜不自禁道："看来我姐姐真是遇见知音了，喜事，喜事！"

二

这天，直到戌时，太阳才恋恋不舍地落进地平线。昭灵山在院里的一株月桂树下乘凉，乍听墙外有人沿街叫卖"冰杨梅"。这是一种解暑汤，将冬天的冰块放在地窖中保存好，到了夏天取出来加上杨梅、桃子、红花等制作而成。灵山他娘就好这口，以前到了夏天都自家制作。今年爹娘外出避暑，昭府除了几个看家的仆人，其余都跟去了，这年年不可少的解暑汤也断了。

灵山很久没吃过冰杨梅了。这大旱多日，街上商贩骤减，冰杨梅也不多见了。灵山喊了两声五尘，没听见回应。墙外的叫卖声逐渐远去，昭灵山当即开门追了出去。

买卖人这时已把担子摆在街边，担子旁边站着个打扮奇怪的异乡人。在他身边是几个穿着粗布马褂的小孩子，眼睛都直勾勾地落在担子挑着的冰水里。买卖人将冰水一碗一碗盛出来递给外乡人，外乡人再递给小孩子。第一个小孩伸出去的手刚碰着碗，又胆怯地缩了回去，他的口水滴在凉水里，冒出朵小漪花。外乡人霸道怜爱地将碗塞到他手里。

第二个小孩看也不看外乡人，双手接过来就吸溜吸溜地喝起来。

后面几个小孩见状，欢天喜地地接过碗，绕着担子围成个圆圈，凉水下了肚子，额头的汗珠也跟着收敛进了皮肤里，清清爽爽的。异乡人喝口冰水，抬头看一眼这个孩子，再看看那个孩子，张张小脸都笑得跟沾了露水的花朵。

昭灵山走近时，担子里的冰杨梅早已见了底。他有些懊恼地站在旁边，对这异乡人倒产生了兴趣。他长得英气十足，中等身材，前额至头顶的头发剃成半月形，头顶的一撮头发扎成了三岁女孩的小毛丁。他光脚踩着一块木头，大拇指和食指夹着木头前端套着绳索，灵山从未见过这么奇怪的鞋子。

和灵山同样好奇的还有孩子们，他们喝完凉水才发现这男人和他们之前见过的所有男人都不一样。

异乡人见孩子们好奇他的发型，便笑呵呵地蹲下来，低下头，让孩子们尽情地观赏他的头发。大胆的孩子伸出手摸了摸，滑溜溜的都不像头发，像绸缎。他们又凑近闻了闻，发丝间传出淡淡的松脂味。最后，孩子们的目光从他的头顶到了脚上，就更好奇了。

“这鞋子好奇怪，能穿着走路吗？”

“这是木屐，穿着凉快。”

“你说话听起来怪怪的？”

“我是日本人，你们的话我说得不好。”

“日本是哪里？”

异乡人踮着脚尖，朝东方指着道：“日本在离中国很远很远的地方，在海的另一边。”

“天下之大，莫非王土。再远也是朝廷管得到的地方。”有个看起来很有学问的小孩反驳。

“是日本天皇管的地方。”

“日本天皇是谁？”

“是天照大神的子孙，永不落的太阳神的子孙呀！”

小孩们眯着眼睛，抬头看着头顶高悬的太阳，哄笑起来。他们想，这人在编造故事呢。太阳神在天上再不落，庄家树木结不出果实，人们都得饿死。小孩们觉得这异乡人是坏人，给了他们免费凉水吃也还是坏人。现在，胭脂河两岸，人人都盼着日落呢。日不落——那是多恐怖的事情！

小孩们现在看这异乡人，哪里都像传说中的不祥之物，活生生的怪物。他们连连后退，刚冷却下去的热气又卷土重来，汗珠从他们的脚心、手心、鼻尖、额头、毛孔里嚣张地钻出来，汗湿的衣服贴着皮肤黏糊糊的……他们集体退到墙角处，甩开两腿就跑了。

《旧唐书》曰：“倭国者，古倭奴国也。去京师一万四千里，在新罗东南大海中。依山岛而居，东西五月行，南北三月行，世与中国通。其国，居无城郭，以木为栅，以草为屋。四面小岛五十余国，皆附属焉。其王姓阿每氏，置一大率，检察诸国，皆畏附之。设官有十二等。其诉讼者，匍匐而前。地多女少男。颇有文字，俗敬佛法……”又云：“其国界东西南北各数千里，西界、南界咸至大海，东界、北界有大山为限，山外即毛人之国。”

昭灵山想起早前在爹爹书房读过的手抄本旧书。当时他还小，好奇地问爹爹，毛人之国，是因为他们人人都生着毛发，宛若猿人吗？

爹爹答：他们不是猿人，和我们一样。自称大和民族，他们的国家叫日本。

昭灵山顿时想起年幼的自己和爹爹在书房的讨论，他明白这异乡人没有说谎。苏镇是离皇帝天高地远的小地方，很少有外国人。这里多数乡亲生计都顾不过来，自己国家的事情都很少管，更别说天远地远的国外了。

昭灵山瞅着这异乡人，就好像看到《旧唐书》里的介绍活了过来。这倒是件很有趣的事情。他似有预感，这异乡人的到来会改变他近期以来单调的生活。于是，他主动和异乡人聊起来。

“你是日本哪里人？”

“我来自江户城，城里有个叫吉原的地方，跟这里一样，因妓女而闻名。”

“你喜欢妓女？”

“比喜欢还多，是爱……”

他两眼发亮，双手坦荡荡地放在胸前，虔诚而认真。

“什么？”

昭灵山没听懂，却从他的表情里看出来这是好话。

“爱！我爱妓女。”他用中文又解释了一遍。边说边配合着动作，双手叠放在胸前，指着心脏的位置。

昭灵山从未见过任何人对妓女用这样尊崇的手势，就好像她们是信仰、是追求。他一直以为喜欢妓女是见不得人的私隐，从这个时刻起，好像密室突然打开了一道缝隙，透进来温暖的光。他看着这虔诚的日本人，一时间，激动得眼睛湿润了。

“我叫昭灵山，幸会！”

“千叶信，你喊我信就可以了。”

“信，你来中国多久了？”

“我从釜山转去东北一带，那时北方一带的树木还是光秃秃的，一路乘船南下，脚上的棉屐换成了木屐，算上在这里住的光景，大约有小半年了。来苏镇也是缘分，原本打算在这里待些天就换到沿海去转转，结果生了一场病，等病好了，这里发生了大旱，船已经开不出去了。好像上天要我留在这里。”

“半年时间，中国话说成这样，很不错呀。照这样说来，若不是天留你，我俩还不能相遇呢，真是莫大缘分！”

“是的，所有的相遇都是缘分。至于中国话，我在吉原时就会了，一个从中国来的妓女教我的……”千叶信说到这里，声音轻了下去。

“原来这样，那个中国妓女长得美吗？”

“很美。”

“她跟你一起回中国了吗？”昭灵山顿时充满了期待。

“很遗憾，并没有。”千叶信情绪低落下去，灵山识趣地不再说话。

沉默了半晌，灵山主动问：“你住在哪里呢？”

“沿着这河下去，挨着岔口的小村庄，进村口的岸边，有一座小木屋，我就住在那里。”

“那地方我原来去过，倒是记得有这么座小木屋，好像是一个村妓住的。”

“你记得没错。这姑娘福气好，寻了好人家，见我没地方住就把这小房子赠给我了。但她丈夫管得严，后来也没见过她了。”

“这还真是个重情义的妓女。”

“是呀，我真得好好感谢她。想到她，就觉得自己也是个有福气的人。虽然总是和妓女打交道，却遇到很多有情有义的妓女。甚至从尊贵的‘太夫’那里，也得到了珍贵的情义。我真是个被眷顾的人。”他说着，又虔诚地双手叠放在胸前。

“太夫？是开药治病的人吗……”

昭灵山好奇地想：难道是说，妓女是男人的药，能治男人的病，这意思吗？好像是，又好像不是。现在，他觉得这日本人浑身上下都是等待他开发的秘密。热浪一波波袭来，他浑然不觉。

“‘太夫’是吉原地位最高的妓女。她们都是从游女中选出来的，自幼精心培养，周身任何一处都是精雕细琢。入浴的水要放入菖蒲，衣服也经过熏香处理。但光有这样美妙的身体是不够的，内在修为也要精心调教，琴棋书画、歌舞茶道，样样精通。在我们日本，这是受人尊敬的职业，只有最完美的女人才能胜任。”千叶信解释道。

“听起来，像是我们古代说的花魁。”

“是的，‘太夫’后来也改称‘花魁’，相当于中国的名妓。不过我还是喜欢‘太夫’这个称呼，大概我是个怀旧的人吧！但其实意思都是一样的呢。”他说完，若有所思地眺望向天空，那神情就像是在瞭望着隔山隔海的故乡。一阵热风吹来，他擦了一把额头渗出来的汗珠，松开和服绸缎的腰带，领口露出小麦色的结实的胸膛。

“那花魁的美貌怕是见一眼都会醉了……”

“我见过一位叫百合的……花魁，不满十六岁，却出落得丰满婀娜，美得不可方物。那日刚好她被封为日春屋花魁，我隔着人群遥望她——她穿着鲜艳的中国绸缎和服，露出来玫红色的衬裙，衬托得她的皮肤像是樱花色。从日春屋到扬屋并不长的一截路，她走了很久。两边挤满了人，尽是男人，闹哄哄的。天气也阴沉着，她走过的地方似乎都亮堂了起来。当时我心里真实的想法是：仙女若真的存在，就应该长成这样吧。”

昭灵山听着信娓娓道来，浮想联翩。这样的女人，怕是见一眼也死而无憾了。没来由的，他幻想那绝代花魁的芳容时，竟不自觉地出现了凝脂的脸。

“世间竟有如此美貌的女子？”昭灵山疑惑地问。

“半字不假，美得不像人间母亲生出来的女儿。中国也有这样的女子。”千叶信很肯定地说，“也许，她过着平常的生活，养在深闺里，一般人难得见到罢了。”

昭灵山再次想起了凝脂。他的凝脂不就是这样的绝世美女吗！除了昭府和许府的人，其他人又有几人见过。他感慨道：“这样的女子，确实是天生尤物，如此美丽应该被世人共享才对。”

千叶信大笑起来，为在中国能找到投缘的知己而高兴。他附和道：“我也这样认为。否则很多男人活一辈子，都没见识过如此美色，岂不遗憾！”

三

过了两天，昭灵山闲来无事，突然兴起想找千叶信聊天。他便不避讳地喊了五尘，两人一同前去。他依稀记得千叶信所说的地址，决定去试试运气。

小船载着昭灵山沿河直下。河水很浅，船前进的速度比往常慢了一半。穿过大片白花花的芦苇丛，不时有被惊着的虫子发出鸣叫，鸟儿扑闪着翅膀，惊慌失措地飞到空中。到了离苏镇最近的水乡，果然看见孤单矗立在岸边的小木屋。

昭灵山让五尘和船夫在船上等他，自个儿下了船。千叶信从窗口已经看见了他，欢喜地挥动着手臂。灵山钻进低矮的木门，有些局促地站着，环视四周：房间呈狭窄的矩形，摆设简陋，除了一张床，就是窗前的原木桌台。屋里最醒目的就是墙壁上一袭华服的女人像。那女人眉目清丽素雅，脸型小巧饱满，低头那一抹娇羞，即便是在画里，也让人心生怜爱。

灵山觉得这女人有几分面熟，却又想不起来。他便将这熟稔当成了男人对美女产生的亲近感。他长久地站在画像前，恍惚之间，竟觉得这画像上栩栩如生的女人复活了，她眼睛眨了眨，唇角似乎也笑了笑。再看下去，这女人好似也注视着自个儿。昭灵山竟被她盯得双颊灼热，如痴如醉。

千叶信站在灵山身后，不经意间窥见他发红的脸，好奇地问道：“你很热吗？”

昭灵山尴尬地摇头，退到长案桌一旁，将包裹里的食物一样样拿出来，摆在桌上。这些都是昭清清吩咐兰芷准备的。她听五尘说少爷要下乡拜会远方来的客人，唯恐地方偏僻饿肚子。她便让兰芷拿了一瓶新酿的菊花酒，把厨子一早给她送来的糕点也备上了，还不忘吩咐厨子煮一些熟食。她对这唯一的弟弟，还是尽着长姐的责任的。

过了午时，昭灵山便招呼千叶信一起用餐。千叶信原本正打算烤条鱼吃，却不想有现成的饭吃，自是求之不得。他找出碗筷，又拿出两个清酒小杯倒上美酒。千叶信坐到窗边的椅子上，不经意间看见船上的五尘和船夫，赶忙分出一些，给两人送过去。

昭灵山举起酒杯，先祝贺两人的相识和友谊。千叶信抿了一口酒，忍不住赞美道："棒极了！我喝到了菊花的清香！"

"对，这就是菊花酒。用菊花、糯米加酒曲酿制而成，是重阳节必喝之酒，所以又叫吉祥酒。对身体有很多好处的。"昭灵山兴致颇高，能得到国外友人的认可，他也免不了自夸一番。两人就着糕点和熏肉下酒，千叶信还找来了些炒花生，这就更妙了。

昭灵山坐的位置，正对着墙上那幅令他念念不忘的画像。借着酒兴，他又问："这画像上的女人可是花魁？"

"正是我前几天跟你提过的百合花魁。我花了好些时间才绘制完成，因为太过喜欢，走到哪里都随身携带着。"

"跟百合真人相比，能有几分像？"

"外形八分像总是有的，神韵我倒觉得画得很准确。"

"想必真人定是国色天香，倾城倾国。有机会我真想去你家乡见见她！"

千叶信刚拿了一块绿豆糕，听闻此言顿时僵住，过了半晌，才神情哀伤地说道："你去也见不到她了。"

昭灵山大吃一惊，说道："她不满十六岁就做了花魁，现在应该还年轻。”

“庆应二年，也就是你们的同治五年（1866），吉原发生了一场火灾，她没能逃脱……”千叶信说不下去了，眼中似有泪水。

“很抱歉，我不该提到你的伤心处。”

“昭公子言重了。假以时日，我再与你细说，没准还得请你帮忙找人。”

“只要你要找的人在这江南一带，我就一定可以帮你找到。”

昭灵山亲自替千叶信倒了一杯酒，两人一饮而尽。千叶信逐渐平静了下来。昭灵山抬头看了眼画像中红颜薄命的女子，忍不住发出一声悲悯的长叹。

千叶信把刚才放下去的绿豆糕重新拿起来，仔细咀嚼，边吃边说：“我在中国很少吃到这样精致的食物，民间的美食好吃却显得粗糙。这一吃就知道不是普通人家的饭菜。”

“是我家厨房自制的。厨子擅长正宗京味儿菜系，下回请你去我家尝尝。”

“谢谢，我真是太有口福了！”

两人又聊了一会儿，之前的悲伤气氛逐渐缓和，话题又回到他们都热爱的妓女。昭灵山直接地问道：“你好过多少个妓女？”

千叶信不懂“好”在这里的意思，但他天生悟性高，仅从后面的几个字也能分析出个大致，他回答：“笼统来说不下一百个。但能在我脑海中留下印象的只有极少数。”

“能说说你印象最深的女人吗？”

千叶信吞咽下口中的熏肉，又轻啜了一口菊花酒，接着说：“在说妓女之前，我先介绍下我的职业，这很有必要。我幼年酷爱绘画，经常折了树枝在地上涂鸦，后来跟了个浮世绘的画师正统地学习。学成出师后，我却爱上了在人体的皮肤上绘画，这才是我的终极信仰。吉原妓女众多，有些作风大胆的喜欢在身上文漂亮的图案，这样身体会变得独具特色，也更容易勾引起男人的性欲。我的手艺在吉原算是为数不多的上乘，来找我的妓女很多。她们都赤身裸体毫无羞耻地躺在我面前，我一看到这些年轻美妙的身体，浑身都会充满创作灵感。那个我印象最深的妓女就是我的客户之一。”

“我们中国也有刺青，原来是一种酷刑，后来竟演变成受欢迎的潮流。我记得《水浒传》里的九纹龙史进就在肩膀和胸膛上，一共刺了九条龙。但据说很疼，这刺青的女人也是勇敢之辈。”昭灵山打量起收在桌面上的一堆各种工具，猜想这应该就是用来刺青的。

“刺青是一种会上瘾的疼痛。”千叶信小啜了一口酒，借着酒兴又说，“那女人叫千雪，大概二十来岁，长得小巧伶俐，比较害羞。她来那天穿着素色和服，进门跪在凉席上很是拘谨，我过去问她是要刺青吗？她点点头，立即垂下去。我觉得这女人挺有意思，看起来不像是妓女，但平民姑娘刺青是很少见的。我猜测着她的身份，她四下张望着，确定只有我俩，这才指着衬裙下，害羞地说：‘我想在这里刺青，可以吗？’我当时甚是吃惊，我还是第一个遇到在那里文身的。于是我喊她去了里面的房间，她躺下去，解开和服，撩起衬裙。她羞涩地慢慢张开双腿，那羞答答的模样让我想起花丛中受到惊扰的蝴蝶。一刹那，我脑海中便有了灵感。于是，我在她大腿根部各文了一扇翅膀，闭合腿时就像蝴蝶收拢翅膀，分开腿就像蝴蝶展开翅膀，那美妙的器官就如同天生的蝴蝶的身体，整个完美地结合在一起。”

“光听起来就妙不可言，令人向往。”昭灵山赞叹道，禁不住心猿意马。

“完成后我拿镜子让她看，她看到第一眼就激动得热泪盈眶。她对我感恩戴德地说：‘千叶君，多谢你的好手艺，让我变成了一个与众不同的女人。’我已经有预感，男人看见会疯掉的。这时我才明白她的职业是妓女。她离开时付了比原定多出一倍的钱，一直走出很远，她还在不停说着谢谢的话。隔了一个月她又来了，这回她穿得很奢华，和服里外都是中国的绸缎，这在江户吉原最受妓女欢迎，只有上等妓女才穿得起。她进来眉飞色舞地跟我讲述了很多，大意是因为刺青让她拥有了更多的客人，超过了比她美貌很多的妓女。但凡跟她上床过的客人，都会回头过来再找她，甚至为争她而大打出手。她强烈要求以身相酬，我禁不起这诱惑，跟她发生了肉体的关系。这时我才知道，这看起来娇小柔弱的女人，疯狂得很……我简直上瘾了。索性把店门都关了，和她昏天暗地地缠绵。到天亮时，我已经被掏空了。千雪倒是看起来面色红润，比先前还要妩媚动人。”

千叶信停顿了下，喝了口酒润润喉。

昭灵山却听得正在兴头上，连忙问：“那后来呢？”

“后来，她陆续又来找过我几回，一次比一次光鲜亮丽。但她总是拒绝收我钱，反倒是令我非常不好意思。她刺青的钱已付双倍，身体的回报更是超出了我给予她的。我觉得这样对她很不公平，后来她再来我就借口有事要做。拒绝几回后，她便不再来了。她最后一次来见我，剪下了头发和指甲，包裹在香囊里赠送于我，并说：‘千叶君，你自己都不懂你有多好，请你把它佩戴在身上，我便也能日夜有个想念。’我来中国前，向认识的妓女打听过她，很遗憾，她得病去世了，一夜暴毙，令人唏嘘。”

“她是喜欢你的。也许你当时不拒绝她，她的结局会好些。”

“也许，世间充满无常，谁又说得清楚呢？”

“那这样绝妙的文身，你还给其他妓女文过吗？”

“没有。我希望我的每一个刺青都是独一无二的，这是我的职业操守。”

昭灵山顿时对千叶信肃然起敬。这个男人身上有种独特的东西，吸引着他靠近。酒不知啥时便喝空了，带来的食物也吃得差不多了。窗外，先前挂在高空的太阳已经落到了半空中，河面正是光影对比最强烈的时候，落日的余晖让天地显得恢宏壮丽。五尘和船夫已经在乌篷船里等得睡着了，鼾声起伏。

四

从此，昭灵山便成了小木屋里的常客。有时千叶信也会到苏镇找他，住上几日。一来二去，两人成了无话不谈的挚友。他在昭府住的日子里，时常听到悠扬的琴声，逐渐对弹琴的人产生了好奇。于是，趁着某日傍晚，霞光旖旎，千叶信循着琴声踏步至清心园。他那身行头打扮，刚踏进去半只脚，就把院子里的兰芷吓了一跳。她站在一丛蔷薇花里，盯着这个陌生人战战兢兢地问道：“你是谁，来做什么？”千叶信此时也意识到自己的闯入失了礼节，忙鞠躬赔礼道：“姑娘对不起，我是昭灵山的朋友，来府上小住，闻听琴声旋律动人，不免产生好奇，想过来拜访这弹琴的高人。”兰芷便让他稍等，待她进去禀报。

不多时，兰芷出来了，她身后还跟着五尘。千叶信心中大喜，两人互相问候，五尘便引他入了堂屋。

昭清清见到陌生人，仍旧是一副拒人于千里之外的冷漠，只是面无表情地微微颔首，就算是打过招呼了。倒是五尘，又是沏茶又是倒茶，殷勤周到。再听五尘介绍昭清清是灵山的亲姐姐时，千叶信便更觉吃惊——五尘不过是随少夫人陪嫁过来的用人，在这清心园，却俨然像男主人般自由自在。

出于好奇，在清心园待的半个时辰里，千叶信一直很留意地观察着昭清清。他发现，这个女人只有同五尘说话时才是有温度的。她长得其实并不算漂亮——但当这份温柔只对一个男人展露时，就非同凡响了。这强烈的境遇对比里面，令她多出来一种与众不同的，甚至可以称之为魅力的吸引力。她纤手抚琴，浓密的长发从一侧耳边瀑布似的泻下来，一部分被瘦削的肩膀温柔地捧着，一部分流向更深的后背。琴声瑟瑟，她是如此的高雅，哪里都浑然天成般恰到好处。千叶信看一眼觉得一般，看两眼觉得美，再多看几眼，已然是天人下凡了。

千叶信一边品茶，一边欣赏着美人、美景，不免浮想联翩。尤其是，在看到昭清清和五尘亲密无间地小声耳语时，终于衍生成了酸溜溜的妒忌。

出了清心园，千叶信决定去书房找好兄弟灵山，打听点他胞姐的情况。

千叶信主动询问，且言辞之间不乏夸赞和欣赏，让灵山觉得万分意外，他猜测千叶信应该喜欢窈窕年轻的姑娘才是。转念又一想，或许是爱屋及乌也不一定，不管什么原因，喜欢总比被厌恶好，也是好事一桩。他便兴致勃勃地叙述了一遍。中间讲到昭清清不喜欢男人时，千叶信插话进来，忧心忡忡地问：“五尘也是男人，为何能与她走得近？”

昭灵山皱着眉头思索了片刻，猜测道：“也许，是因为他会弹琴，跟她有共同爱好。”

但千叶信很快就否认道：“天下会弹琴的男子多如牛毛，若只是爱好相同，那是多寻常的事情。”

昭灵山打趣地说：“有话叫知音难求，若真是寻常之事，又如何难遇！不管怎么说，我倒是很感谢五尘。他来后，我姐姐的转变都是好的。”

千叶信灵光一闪，突然压低声音问：“那你想不想让姐姐转变得更好？”

“你说的更好是指……”

“这男人和女人，不就像磁石的正反两极吗？他们就该相互吸引才正常，你姐姐应该喜欢男人，找个男人才对。”他话锋一转，认真地分析道，“按照你的叙述来推断，昭姐姐恐怕至今仍旧是处女。她都没尝过男人的滋味，就先屏蔽了这扇门。我们为何不能替她打开呢？或许，她知晓这男欢女爱的滋味，就正常了。”

昭灵山细想了下，觉得他说的不无道理，肉体的最高享乐不就那一刻吗？或许，像姐姐这种性情古怪之人，就需要下猛药。但他仍旧担忧地说：“方法倒是值得一试，只是，万一弄巧成拙，让姐姐更加故步自封，岂不更糟？”

千叶信笑着道：“没有更糟糕的，她至少体验了一回身而为女人的乐趣。再说，你的担心还真是多此一举，没准她频繁换男人让你头疼，也说不定。”

昭灵山认真思索一番，默许了好朋友的建议。总归自己是为了姐姐好，这颗真心是值得肯定的。至于千叶信，如果既能解开姐姐的心结，又能满足朋友，这不是两全其美的吗？

隔日，苏镇突发了一起盗窃事件，传得沸沸扬扬。起因是一个女乞丐饿极了，趁着晚上粮仓轮班时，钻进去偷了些大米。原本做得干净利落，却不料装米的麻袋有个窟窿眼。知县府里的衙役顺着米粒，很快就将她抓到了。审讯时才发现，这个女乞丐竟然已经怀胎八个月了。她穿着破破烂烂又肥大的衣衫，看不出丝毫孕妇的臃肿。知县感慨万千，一个母亲即便活到这份儿上，也是想着要周全腹中的孩子。知县不仅毫发无损地将她放了，还赠送了足够她吃到出月子的粮食。

这事情当天就通过府里丫鬟、嬷嬷传进了昭府，千叶信闻言顿觉眼前灵光一闪，有了主意。大旱仍旧在继续，苏镇和临近的大小村镇，都陷入了恐慌。河里不多的水被农民抽起来灌溉庄家，日渐低下去的河水浑浊见底，腥臭的淤泥从河底泛出。枯木的落叶飘到河面上，没几日就腐烂在淤泥里。集市上经常能看见脏兮兮的乞丐，像嗅觉灵敏的小狗，寻找落下的能吃的食物。

到了秋天，庄稼产量势必骤减。若再不下雨，饥荒将会以喷涌之势席卷方圆几百里。这个时候，有人提议找僧人前来祷雨，不止灵山，昭清清也定会同行。她身上那种清丽脱俗的气质，与他在江户见过的悲天悯人的尼姑，有着异曲同工之妙。

千叶信当即就找到了昭灵山，说明来意，试图制造这次和昭清清同游的机会。昭灵山也听闻了孕妇乞丐为腹中孩子盗窃粮仓的事情，若真有祈雨这种事情，他当然愿意竭尽全力，为苏镇人民去做这件好事。他们很快就拟定好了时间，去的地方不用挑，寒清寺就是不二之选。灵山让五尘去一趟清心园，告诉大小姐，准备好一同前去祈雨。

五尘捎话过去时，天色将晚。黄昏的落日，蓬勃出一种宛若新生的力量，那些因为缺少雨露半死不活的树木，在这光芒中似是容光焕发。五尘踏着霞光，穿过长长的回廊，远远便听见熟悉的琴声。

他一只脚跨进拱门，兰芷已等候在门口，笑着说："大小姐说今儿你要来，还真来了。"

五尘打趣地问："她可是有未卜先知的本事？"

兰芷道："这就不晓得了，你可以进去问问大小姐。兰芷也是盼你来，你来了大小姐的脾气都好多了，我存着私心，伺候也省心不少。"

"我便常来就是。也怪这府里懂琴的少，大小姐又内向，否则也轮不到我这等下人来做朋友。"五尘谦虚道。

昭清清见进门的是五尘，便喜不自胜地问："是来找我弹琴的吗？"

五尘道："今儿是来替昭少爷捎话的。这大旱闹得民不聊生，少爷想上山求佛祈雨，让大小姐也一同前去。"

"你要一起去吗？"

"我当然得同去。这儿离寒清寺也有十几里路，忘忧怎么说也是女人，脚力和劳力都不如我。我得跟着去伺候少爷。"

"可是，我也是女人，万一路上拖你们男人后腿怎么办？"她是故意这么问的。问完，她自个儿先惊讶地发现，竟然会做这无知少女才做的欲拒还迎。

五尘连忙说：“这事您就不用担心了，别说拖后腿，大小姐要是走不动，我背也会背您回府里。”

“这话我可记住了。”昭清清垂下眼帘，蜻蜓点水似的笑了笑。她站起来活动着筋骨，欲盖弥彰地说：“我还真是该出去走走了，闷得真是够久的。那地方我去过，差一点就真做了尼姑。”

五尘惊讶地问：“大小姐好端端的，为何会差点做了尼姑。老爷不得着急疯了呀？”

“是呀，幸亏没做尼姑，否则有些人是遇不到了……”

昭清清话里有话。

原本昭清清以为只有他们姐弟二人和五尘一起去。出发时，却发现还有千叶信这个外人。她顿时不悦，但碍于此人是弟弟的挚友，她自己也没有事先问清楚，只好以沉默来表达不满。不过，只有五尘感觉到了她对千叶信的不满，其余两人均以为是昭清清过于羞涩。

高香和水由五尘背着，他清癯瘦弱，烈日一晒，不多时，汗水就将他的衣衫湿透了。昭清清几次停下来等候他，要帮他拎东西，都被拒绝了。昭清清震惊地发现，她竟然对五尘产生了爱怜，他的辛苦她看在眼里，心疼不已。她并不清楚，这对她意味着什么，是好还是坏，她不愿往深里想。

一路上，千叶信对她也是呵护有加，时而给她递水，时而替她打扇。但她总是嫌他碍手碍脚，不如躲远一些讨个清净。

为表明诚意，四人从清晨徒步出发，将近正午方才抵达。

从青灰色的山门进去，过了三道院门，上了阶梯，便是大雄宝殿，殿内供奉着金色的如来佛像。朝着山顶上去依次是藏经阁、僧房、斋堂、钟楼……几人顺着中路朝山上走去。一路上，不时遇见优哉地挑着水上山的僧人。水是从山下一口井里打的，许是得佛庇佑，水质甘甜，一年四季都未曾干涸过。不止寒清寺，挨临的尼姑庵也是饮用这口井水。盛夏的日光照得漫山遍野的花草蔬果鲜嫩娇艳，鸟和蝉的鸣叫此起彼伏，当真如同世外桃源。

进了檀香缭绕的大雄宝殿，几个人烧了高香，跪在蒲团上虔诚地求雨，昭灵山又向功德箱里捐了不少银两。然后，小和尚引领着他们去见善忍大师，却不想碰上了前来寺里短修的许清源及夫人沈荷。昭灵山大喜，沈荷听明女婿来意，大为感动，连连夸赞他慈悲为怀，心系苍生，庆幸凝脂有福气，找到个好归宿。

沈荷向善忍介绍道："这是我小婿，昭灵山。"再由昭灵山向善忍介绍其余人等。听说千叶信来自日本江户，倒是勾起了善忍的感慨："那是个好地方呀！"

"我来中国，也是因为得到了净闲寺僧人的指点，他告诉我，往东边走。"

善忍一怔，良久才感慨地说："我年轻时去过净闲寺，那里的僧人给我很多关照，至今仍然不能忘怀呀！"

"师父，我来中国前一年，附近的吉原游郭发生了一次大火灾，很多妓女丧生。净闲寺僧人怀着一颗慈悲之心为这些可怜的女人诵经超度，也是深深打动了我。"

善忍合掌鞠躬道："南无阿弥陀佛！"

沈荷听闻善忍去过日本，脸色骤变，她不禁想起两年前的一件小事——当时，年事已高的莲生大师，难得约他俩见面。她途经中路时，见牌子上写着寒清寺大事年纪，其中提到一条：道光二十九年，方丈莲生带领一众弟子东渡日本，与净闲寺僧众进行了为期长达半年的佛事交流。见到莲生时，沈荷似是无意地问起：“那年东渡日本做佛法交流，路途遥远，可还顺利？”莲生良久方才挤出两个字：“海啸。”“你们怎么逃过海啸回来的？”沈荷问完，莲生大师痛苦地闭上了眼睛，叹息道：“有些人逃过了，有些人没逃过。生与死，都是天意。”

沈荷至今记得莲生那一刻的表情——好像刚升起来的太阳突然间被乌云遮住了光芒。说话时还精神矍铄的莲生，俄顷之间，面露倦色，苍老得没了模样。他缓缓地起身拉开竹帘，日光照得房间透亮，但那朵乌云却一直跟随着他，照得他面如死灰。沈荷知趣地不再多问。她隐约有一种预感，那次东渡日本除了海啸，一定还发生了什么，以至于寒清寺的大事年纪里，只有寥寥几笔的记载。

善忍提及净闲寺，先前那种被团团迷雾困住的奇怪感知，再次包裹住了沈荷。

或许，真是心诚则灵。当善忍带着客人参观寺庙时，未同行的昭清清率先发现了“福迹”。她常年缺少锻炼，极少外出，跋涉十几里早已寸步难行，索性坐在半山一棵大树下乘凉，等候其余人。留下作陪的是五尘，原本千叶信是有意要陪伴的，但昭清清委婉地推托，加上善忍师父殷切地邀请，他只得不甘不愿地跟着在寺里闲逛。

昭清清坐在树下，知了聒噪地叫着，她百无聊赖地消遣着时光，却不经意间发现——许多只蚂蚁正排成一行从树根处沿着树干向上爬，整齐有序，像一条细细的黑线延伸到树上。

她惊喜地喊道：“蚂蚁搬家，要下雨了！”

五尘低头一看，果然周围都聚满了蚂蚁，因为被他俩挡了道，一条线上的蚂蚁全乱套了，有些已经爬到了他的身上。五尘欢喜地站起来，慌忙把昭清清也拉起来，给蚂蚁让道。他小心翼翼地将身上的蚂蚁掸掉。那条断掉的黑色细线，很快又重新连接了起来。

昭清清见五尘对一只蚂蚁，都能如此仁厚，暗自庆幸自己遇见了世间稀绝的男子。

天色跟着就暗了下来，黑压压的乌云，穿过青灰色的天空飘了过来——真要下雨了。

一行人大喜。善忍仰望天空，双手合掌，道："阿弥陀佛。"见此情景，随行的众人都纷纷合掌，感谢佛祖。

昭灵山决定提前返回，否则雨下了起来，还得等停了才能走，就不知道是什么时候了。他们在寺庙门口匆忙告别，三个男人倒是体力旺盛，唯独昭清清脚疼得走不动路。她脚后跟磨破了泡，血肉和袜子粘在了一起，每走一步都痛如针扎。下了山，千叶信见她面色苍白，主动蹲在石阶上要求背她前行。昭灵山也帮衬着说道："姐姐，你就别逞强了，他有的是力气。"昭清清目光却盯着五尘，但五尘碍于昭灵山发话，只得懦弱地退到了一边。她顿生怨气，倔强地站着，不肯走了。

千叶信见昭清清迟迟没有反应，慌了，他急于表现，站起来强行抱住了她。昭清清哪里见过这等架势，大惊失色地叫出声，当即毫不留情面地推开了他。她也不知从哪里生出来力气，拎着裙摆，完全不顾形象地往前面狂奔而去。千叶信朝昭灵山使了个眼色，便如离弦之箭般追了上去。五尘紧接着拔腿要跟过去，却被昭灵山及时叫住："你就别追过去了，千叶信追得上的。"

五尘只好悻悻地停下来，望着昭清清消失的方向，万分沮丧。

五

如果不是那场突如其来的大雨，昭清清或许永远不会知晓五尘的秘密。

这难以启齿的隐秘，就如同一场突袭的龙卷风，将毫无准备的她卷了进去。等从漩涡的中心出来，她才在一片狼藉中明白，这似乎成了蓄谋已久的捉弄。昭清清不知道是该感谢那场雨，让他们至少亲近过；还是应该憎恶它，因为在那之后，她和五尘开始了真正而又漫长的疏离。

那天，雨将至，天地陡然阴沉下来，阳光浮动在灰色的云雾之下，不清不楚。昭清清眼见着快被千叶信追上，她忽然发现不远处有片小树林。树林像是青绿色的屏障，后面还有什么，就看不真切了。她估摸着藏身不是问题，急中生智，顾不上羞耻地朝千叶信喊道："我要屙尿，请你回避下！"

千叶信听闻先是一惊，他怎么也不会想到"屙尿"这种词会从昭清清嘴里讲出来。他一面觉得不可思议，一面又觉得这小玩笑甚是可爱。他怀着激动而害羞的心情，停住了脚步。为了让她放心，千叶信好心地转过身，双手捂住了眼睛。

他背朝着她喊："昭姑娘，你要注意安全呀！不要误会，我完全是出于一片好心和对你的欣赏，没有任何的恶意！"

昭清清忍着脚痛，一边朝目标快速跑去，一边大声喊："我知道你是好意，我心领了。你千万闭紧眼睛，不要转身。完了我会叫你的！”

千叶信便信誓旦旦地大声回答：“你放心吧，我千叶信绝不会偷看的！你不喊我，我就一直闭着眼！”

在这方面，千叶信确实是个值得敬佩的君子。他就一直这么捂着眼睛，原地不动地站着，等待着昭清清的召唤。另一边，昭灵山为了给两人多创造点单独相处的时间，也是想方设法拖延着时间。直到黑压压的乌云飘到头顶，眼看大雨将至。五尘因为迟迟不能上路，充满怀疑地看了灵山几眼。昭灵山不得不继续赶路。

走了没多远，昭灵山就吃惊地发现，他所有的拖延都是白费力气——因为，千叶信此时正双手捂着脸站着，一动不动，犹如插进地里的桩子。周遭在暗沉沉的天气显现出灰绿色的灌木丛，生机盎然，似是要把形单影只的千叶信淹没似的。而昭清清，早已不知去向。

一开始，千叶信并不相信昭清清会骗他。三个人扯着嗓子，喊了半天也没人回应，叶信嘴上仍旧说着“姐姐只是害羞，故意跑远一些”，但他心里却早已败下阵来，承认了被欺骗的事实。他甩着酸痛的手臂，眨巴着酸痛的眼睛，颓丧地坐在树下。昭灵山意识到兄弟受挫了，也顾不得高贵的身份，昂贵的衣服，一屁股在他旁边的位置坐下陪着他。寻找昭清清的任务，自然就落在了五尘身上。

五尘猜想她是在生自个儿的气，埋怨他出尔反尔，不背她。以她的身体状况，定走不远，就近寻找就是了。他便沿着方圆附近挨着找，也不喊她。他心里明白着，一个人若是不想被找到，存心想隐藏起来，喊破喉咙也是没用的。

五尘找人也是温雅的，找出一种闲庭信步的悠然。却不想，这自在被尿急打断了——他是真尿急，昭府也缺水，上面的主子们是感觉不到，他这下人却天天被口渴困扰着。所以，寒清寺端上来的好水好茶，他喝了不少。这半路内急，一来就迅猛无比，好像洪水马上要冲垮快坍塌的闸门。虽说这周围荒无人烟，他还是觉得不妥，随地大小便那是牲畜才干的事情。

五尘正憋得烦躁不安，却看见树林后面有间破烂的小茅草屋，泥墙裂出不规整的罅隙，屋顶上的茅草东倒西歪。这屋子一看就是被废弃，无人看管的，正是遮蔽的好地方。五尘小跑着钻进了茅屋，里面暗沉沉的，堆放着不少草垛，潦草杂乱的，散发着腐烂的、发霉的味道。五尘解开裤绳，憋了太久的尿，窜出来欢快地打在草垛上。他闭上眼睛，小身板畅快地抖擞着。

尿到一半，却听到草垛里传来异响。五尘只当是野猫、老鼠，旁若无人地享受着排泄的快感。但那响声却并未停止，他睁开眼睛，发出声，想要吓唬这不识趣的小动物，却看见草垛旁正蹲着一个人。这突然抬起头露出的一张人脸，吓了他一大跳。墙壁罅隙里透进来的光亮聚拢在这张同样惊愕的脸上，五尘稍加仔细，就认出了正是他要找的昭清清。五尘的尿溅落在她的脸上、衣服上……更让他难堪的是，她似乎并不介意那些尿液，注意力全集中在他裸露出来的下体上，保持着目瞪口呆的姿态——时间尴尬地静止了。只有那泡没有完成的尿，继续条件反射地完成着使命。尿完了，五尘哆嗦着恢复了清醒，他顾不得呆若木鸡的昭清清，迅速提上了裤子，满脸羞得通红地撒腿跑了出去。

几分钟后，昭清清钻出草垛，终于明白发生了什么事情。那个男人闭着眼睛时干净如雪的脸，以及含羞草般蜷缩着的下体，永远留在了她的脑海里——像一枚未成形的种子，被剥离了生长，远离了情欲、肮脏——这是一个器官脱离母体时最原始的模样，它有多好，只有她知晓。

从那一刻起，在这个女人的心里，他的缺陷成就了他的完整，成就了他的独一无二。以后的日子里，但凡她想起世间存在着这样一个男人，仿佛老天为她量身定制，就忍不住感恩，忍不住想念。

六

大雨下了整整三天三夜，天上的雨下得欢腾，地上的人乐开了花。小孩们提着小木桶，举着木盆在雨中嬉戏；老人们伸出皱巴巴的手享受雨点落在皮肤上久违的触感，他们抬头仰望苍天的脸，分不清是泪水还是雨水。草绿了，花开了，河水一天天涨高——胭脂河又恢复了从前的水位。这场刚过去的大旱似乎从未发生过，一切又悄无声息地回到了从前。

气温在大雨后骤降，冷清多日的半水街日渐繁盛。各地的船只陆续驶来，胭脂河又恢复了往日的灯红酒绿、莺歌燕舞。

只有昭清清感觉一切都不一样了——她知晓了他的秘密，但这共守的秘密，却并未将两个人拉近，反而越推越远，开始了真正的疏离。回府后的五尘，几乎再也没去过清心园，而千叶信也再没有去打搅过她。前者的止乎于礼令她心碎，后者却正让她求之不得。她时常怀念和五尘相谈甚欢的日子，越是怀念，就越是急于想要找个机会，向五尘解释一番——她虽然是处女，春宫图却是看过的，成年男人不该长那样子。她清楚，可她并不介意。甚至，这令她对他的感情，从喜欢直接升华到了爱。她一面觉得自己疯了，竟然会爱上男人；一面又自欺欺人地想，这是个没有情欲的男人，是可以放肆付出、纯粹用灵魂来爱的男人。

她意识到这些时，已经由不得她自己了。

五尘的远离，使得她对弹琴突然失去了兴趣。她心里很清楚，这次是真正意义上的断弦。

几天后，千叶信也发现了昭府的改变，先前早晚能听见的琴声，销声匿迹了。他还是会在那个时段，习惯性地侧耳倾听，但空气里除了雨后此起彼伏的虫鸣鸟叫，什么多余的声音也没有。在这寂寥的日子里，他开始反省自己——确实是太鲁莽、太冲动了。在这自责中，他的心境也随之悄然变化着。喜欢来得突然，去得也痛快。此时，昭清清在他眼里，已经不再可爱了。只剩下点滴蜻蜓点水似的回忆，用来缅怀。

原本，千叶信打算等昭家大船回来，见过灵山的爹娘和妻子再离开。受到昭清清的影响，他住在这里不免尴尬，分外想念小木屋，于是决定提前回家。

他把这想法告诉了灵山。灵山也觉得自家姐姐如此戏耍挚友，心有愧疚，不便留他。但他临时决定，要给他个补偿，去见识下苏镇的名妓。五尘很信任千叶信，有他跟昭少爷一起，他从来都是很放心的。当然，五尘并不知道，这两个男人是因为共同的“爱好”而结下深厚友谊的。

春十娘年老色衰隐退后，这一带其实就再没出过声名显赫、才艺俱佳的名妓。老一代的妓女，有的红颜薄命香消玉殒，有的运气好，遇到好人家嫁人生子，还有些因为熟悉妓院规则又会察言观色，给头牌做起了姆妈。春十娘红了十年，出现了可怕的断层。有人甚至预言：胭脂河的春十娘将成为绝唱。

昭灵山脑海里将认识的妓女一个个排除，最后剩下的还是春十娘。她虽芳华不再，神韵和气质却是独一无二的。也许，这个名单也是带着私心的，毕竟这个女人是他从幼年持续到现在的一个梦。虽然答应了爹爹忘记她，但实在是这梦做了太久，已经超出了生理范畴，升华成一种心理需求，他想忘也做不到了。而千叶信也不愧是一个理直气壮的挡箭牌。

昭灵山刚把这个想法说出来，和千叶信不谋而合。于是，趁着暮色就出发了。

到了十里春，两人刚进门，已经有姑娘认出昭灵山，兴奋地喊道："贵客来了，贵客来了。"妓女们闻声而起，见是个清新俊逸的公子领着个打扮怪异的异乡人，瞬间都兴奋了。

"姑娘们，把好吃好喝的端上来！"老鸨也认出了昭灵山，扭着圆滚的腰肢谄媚地吆喝。她踱步至灵山跟前，凑近小声说："今儿你运气好，我们家姑娘有空，那位爷儿最近几天都不会来。我都替你打听好了，正寻思着告诉你，你倒是会挑时间，自个儿来了。"她边说边领着昭灵山和千叶信上了楼。两人刚落座，姑娘们已经将糕点、水果摆满了桌子。她们围在周围伺候着两人吃喝，不时打量着千叶信，大概是以为这异乡人听不懂地方话，她们便口无遮拦地讨论着。这个妓女说"他的衣服真奇怪，活生生宽大的黑蝙蝠，又矮又粗"，那个妓女接"矮粗才销魂哩"，这个妓女又说"你看他那脚板，夹着走路不疼吗"，那个妓女接"看他皮糙肉厚怎么会疼"，另一个再补上一句“看那头型真像咬缺了半截的烧饼”。

姑娘们像一群麻雀叽叽喳喳地说个不停，浓烈的脂粉味经热气烘烤，刺激得千叶信连打了几个喷嚏。一群姑娘大笑不止，千叶信尴尬得红了脸，再打喷嚏时用手捂住鼻子小心翼翼的，更显得滑稽。

昭灵山咳嗽了几声，老鸨立即心领神会地喊：“姑娘们，出去吧。今儿这贵客不是来找你们的。”

于是满屋水灵灵的姑娘们意犹未尽地出去了，房间里终于恢复了安静。老鸨赔笑道：“我这就去替爷儿请姑娘来。”她说完利落地出了门。

昭灵山待门关上，赶紧整理着衣衫，又问千叶信：“我今晚看起来可还不错？”

千叶信看出他的紧张，也猜出这个即将出现的女人，在他心中的分量。千叶信打趣道：“还有令你见一面都会紧张的女人？看来我今晚有福了。”

昭灵山眉毛都乐得飞了起来。他无限崇拜地说：“春十娘可不是一般的妓女，二十年前她的名字是胭脂河的标志。虽然现在上了年纪，却依旧是风华绝代的美人。”

“你说的我真是万分期待了。”先前被一群庸脂俗粉扫了雅兴的千叶信，重又提起了精神。

两人正聊着，门打开了，进来一位姑娘。她乌黑的长发上随意地系着一根头绳，松松垮垮地垂在脑后晃悠着，柔软而光滑，像是裁下来的一捧月光。淡紫色纱衣衬托得皮肤娇嫩如雪。她摇着折扇从门里缓缓进来，仿佛她的脚下，一步踏出个春天。昭灵山脑海里顿时闪出“螓首蛾眉，巧笑倩兮，美目盼兮”的诗句。他惊叹春十娘驻颜有术的同时，也认出她手里这把扇子，正是幼时爹爹的寸步不离手的那把——记忆盘旋在五岁的上空，他蓦地想起爹爹将这折扇塞进春十娘闺房的情景。也就是那日之后，他再没有见过这把折扇——原来是爹爹当信物赠送给了心爱的姑娘。它既见证了他们的爱，也见证了昭墨离开后她的思念和泪水。

想到这里，昭灵山竟然有些羡慕她手中这把折扇。

“是你们要见我。”春十娘在他们对面坐下来。她坐姿端庄，风情万种。

“是我要见你。”昭灵山鼓起勇气说。

烛光明晃晃地闪烁着，春十娘隔着光晕凝视着对面的男人，继而眯起眼睛细细地看着他，问道：“我们是否在哪里见过？”

昭灵山眼前欣喜的一亮，坦诚道：“是见过，但你或许不记得了。”

春十娘笑笑，仍旧想不起来，便欠着身子，给两位客人倒满了酒，又给自己也倒了一杯。

“真想不起来了，为此我惩罚自己一杯！”她说完，盈盈微笑着举起酒杯，先干了。

她坦然的承认与充满人情味的笑容，像是塞进昭灵山嘴里的一枚包裹着甜蜜的药丸，他不得不囫囵吞下去。苦涩从心中蔓延开，他郁郁寡欢地端起酒杯，跟着干了。他喝完半举着酒杯，却无意间发现隔着杯子，光晕里模糊的春十娘更加妩媚动人。那若隐若现的姿态，就好比他闭上眼睛时从脑海里看见的女人，走了出来。

春十娘又敬了千叶信一杯，喝完抬头就见着灵山从酒杯后露出来的一双眼睛。她吃了一惊，在记忆里搜索——昭墨身后那双似有似无、若隐若现的眼睛。它漆黑漆黑，滴溜滴溜地转，清澈的眼神里藏满了不相符合的娴熟的欲望。

她曾经问过昭墨：你见到有其他人吗？

昭墨答：没有。

她自言自语又说：我总是看见一双眼睛，形影不离地盯着我。

昭墨默不作声地笑笑，用力地摇晃着身体——很快，他就将她摇晃得醉了，飘到了云朵上。别说那双眼睛，就连她自个儿是谁，也忘记了。

按照时间推算，当年的男童也有现在这小爷的年纪了。为了印证猜测，她佯装无意地问："两位公子，如何称呼？"

昭灵山放下杯子，指着千叶信说："这位是千叶信，来自日本江户。我叫……"他停顿了半晌，眼神直勾勾地看着春十娘，轻声却笃定地说，"昭灵山。"

这名字，激活了春十娘的一部分记忆，将她脑海里的昭墨，以及恍惚中见过几次的小男孩打成了个结。她试探地问："是昭墨的儿子吧……我和你，可算得是老相识？"

灵山突然心跳加快。对于偷窥这事，他既希望她知晓，又有几分害怕她知晓。这担忧和兴奋冲击着他，就像是含着一颗炸弹，既渴望吞下去，成为哑炮；又迫切地想要吐出来，轰烈地炸响——他正左右为难，却听到自己诚实却兴奋的声音，在萦绕着酒香的房间里响起："我们，算得是老相识了！"

春十娘唇角微微翘起，似是在笑——答案在她意料之中，这点她是有几分欢喜的，但想到面前这男人成为他们"私事"的旁观者，她情不自禁感到难为情。她那笑尚且冰冻在脸上，眼神却严肃地审度着他。她压着火气，尽量平和地问道：“你看够了吗？”

昭灵山顿时听出弦外之音——他偷窥这件事她是知晓的。他先前的担忧，顿时烟消云散，仅有的一点儿难为情也被这快喷薄而出的喜悦冲淡了。他真诚地赞美道：“百看不厌。”也许是听惯了夸赞，春十娘完全无动于衷。

她淡淡地瞥了一眼昭灵山，凄凉一笑，感叹道：“这就是昭墨呀！”

——她又开始想念他了，想念他们热烈的开始。那时她成为十里春的头牌时日还不长。有一日和昭墨溜出去偷欢，正在兴头上下起了雨。若有若无的雨珠滴落在他俩的眉毛、睫毛、胡须及长势萋萋的体毛上，她伸出舌头，青蛙那样的一舔，雨滴就卷进了嘴里。那时的昭墨，不早不迟，刚好熟透。穿着衣服是儒雅的白面书生，气宇轩昂；脱了衣服是下山的野兽，骁勇生猛——年轻的欲望犹如饥饿随时随地发生，皮肤触碰着就点燃了。

而如今，岁月这大河终于浇灭了所有的火焰，那个人活着，却仿佛在心里堆了一座坟茔。

想到回不去的过往，春十娘锁紧了眉头，显得心事重重。昭灵山借着她思量时，悄悄地细看她。面前这女人，皮肤白是白，眼角和唇角却也有了细微的皱纹，她低头想心事时脖颈处深深的颈纹，一看便是皮肤松垮了，衰老的迹象。春十娘也只能远看，细看就出老态了——岁月旧了她的身体，却擦亮了她的灵魂。她比年轻时更有女人味了，举手投足间散发着花果熟透的甜蜜的气息。

昭灵山一时心疼不已，竟有些想哭。春十娘身上悄然多出来岁月的陈旧气息，犹如一朵过了花期，却仍旧有露珠眷恋的花朵。而他，就正是那一滴在阳光下久久不愿消失的露珠。

一直在旁沉默着的千叶信，也在悄然打量着春十娘。她华裳下未生育过的身材依旧凹凸有致，那美好的气息从她身上源源不断地散发出来。她和昭灵山说着话，眼神却时不时直勾勾地看向他，柔情似水——这分明是不再年轻的女人，却哪里都透着少女一般率真的可爱劲儿。她既可以像母亲般体贴入微，又可以像女儿似的天真懵懂，那温柔却火辣的眼神也流露出她狂野不羁的一面——她从每个男人那里都学到了些东西——她老了，那些男人们教给她的点滴，终于汇集成对“男人”这个群体的了如指掌。

千叶信被她看得有些醉了，迷离惝恍中，他情不自禁地赞叹道：“今日一见，果然名不虚传。”

听这异乡人蹩脚的汉语，春十娘顿觉明白了——昭灵山是在将她像地方特产般向友人展示呢，便道：“春十娘属于过去了，现在这个年代，胭脂河没有了名妓。你选错了时间。”

“每个女人都会变老，年轻时你的身体是名妓，老了你的灵魂是名妓。”千叶信温和却有力地说。

“或许，你是对的。”

春十娘那张僵着的脸，猝不及防地绽出欢喜的笑容，像是冷浸浸的夜空里炸开的绚丽烟花，光彩照人。她就这样笑着，在昭灵山目瞪口呆的表情中，朝着千叶信高举起了酒杯，不等他回过神，先喝了。她直勾勾盯着僵化一般的千叶信，嘴里含着酒，似笑非笑的，猝不及防地拱起身子凑过去，吻住了千叶信。她撬开了他的嘴，将嘴里的酒喂进了他嘴里——千叶信在飘飘然中吞了下酒，笑容冻在他红润的脸上——他是真醉了。

好时光总是过得很快，不觉已临近午夜，打更人的吆喝声凝结在青石板上。昭灵山和千叶信站起来，拱手告辞。

春十娘将他们送到门口，忽而小声地问："他还好吗？"她没有说出名字，但灵山一听就明白。

他望着在灯火阑珊的背景里言笑晏晏的春十娘，心境开合处，像是有一轮明月正在冉冉升起，那光辉清冷又温柔。他心情复杂，想要抱着她、安慰她，但最终，他只是莞尔一笑，轻轻道："他很好。"

子夜，两人醉醺醺地回到了昭府。昭灵山万分兴奋，意犹未尽。他唤醒忘忧，拿来酒，和千叶信就在卧室接着喝开了。杯盏交碰间，几瓶酒已见底，两人都醉了。灵山搀扶着千叶信来到沉香床边，拍着床道："兄弟，这是一张神奇的床，保准你没睡过。"

千叶信醉眼迷离地趴在床边，尽量睁大眼睛，伸长脖子，凑近床身看。这一看，顿时震惊了。那木头里的嫣红色木纹似乎在流动，像血管里的血液一样。细小的木孔仿佛开合收缩的毛孔。满床都是精雕细琢的小人，成双成对交欢着。奇异的香味源源不断地钻进他的鼻孔，他在惝恍中，似乎听见从地面涌上来的喘息声。

他难以置信地问："这是什么床？"

灵山看着他惊讶得合不拢的嘴，带着几分炫耀的得意劲儿，道："索性今晚你就在这床上睡吧！还有更神奇的事情会发生。"

千叶信当下就激动地脱掉木屐，平躺在床上。似乎这样不过瘾，又从这边滚到那边，试了试舒适度，确定一切都合乎心意后，他双手放在胸前闭上了眼睛，放慢呼吸，让全身松弛下来。一种他从未闻过的奇异花香随着他睡眠深度的加深越发浓烈。一缕缕的香气穿过衣服，舔着他的皮肤……在这令人沉醉的气味里，他似乎寻到了记忆深处最刻骨铭心的味道。

静谧的四周，渐渐有了声音和光。混沌的世界里开出一道天窗，窗户里爬进来个小姑娘，她爬到他面前，站起来，冲着他轻轻笑着。她刚开始发育的稚嫩身体，在白色和服下微微隆起，有种干净的性感。她就这么心无城府地笑着，笑得抖落一地亮晶晶的雪片。她那细长的丹凤眼弯成了月牙儿，唇边两个小酒窝，盛满了热腾腾的欢喜。“哎呀，和子妈妈，信哥哥在这里……”红的蓝的光圈在她周围闪烁着，她刚一张嘴，那些色彩缤纷的光圈就消失了——黑暗中，她也不知所踪。

千叶信感到锥心刺骨般的剧痛。黑暗在减弱，红彤彤的烛光在他眼皮下不安地攒动。他艰难地睁开眼睛，怔怔地望着天花板，继而身体蜷缩成球状，颤抖着、抽搐着、痛哭着。千叶信的过度反应，把昭灵山喝下去的酒也吓醒了。他仓促地摇晃着他，费了很大的劲儿才把他推起来坐着。

千叶信渐渐地清醒过来，看见烛光下昭灵山因为担忧而紧绷的脸，眼泪再次涌了出来。暗沉沉的地面被透过窗棂的月光照得白晃晃的，也不刺眼，像是晨雾叆叇的某个黎明时分。

千叶信倒头又睡下去，头枕着双臂，平躺在床上。昭灵山也紧挨着他，顺势平躺下来，睁着眼睛，全无睡意。过了小会儿，他听见千叶信柔软而沙哑地喊他：“灵山。”

不等他开口，他缓缓地又说道：“我给你讲个故事吧，那个小妓女的故事！”

七

百合的故事——

夜色降临在江户，灯光亮了起来，樱花铺满望不尽的长街。这是男人醉生梦死的天堂，也是妓女卖笑流血的囚笼。觥筹交错，推杯换盏，哭泣的魂儿躲藏进放浪的笑里。没有爱，没有恨，也没有自己。

七个情死了，六个欲还活着。

活着，活得只剩个皮囊。

今晚又来了新客人。我们交欢过的房间里，旧客人的情话堆积如山。每个男人离开时，这山就高一寸。日复日，年复年，高得仰断头也望不见顶，高得今生来世都爬不出去。我在喊救命，却没有人听得见。

没有救赎的手。没有一只手伸进来。

文久二年（1862），吉原。

黎明刚过去，阳光渗透进逐渐稀薄的黑暗中，赭石红的光辉渐次洒向大地。一路上樱花次第盛开，遮天蔽日，绵延出一片粉红色的花海。

和子提着盖着布的篮子急匆匆地穿过樱花树。篮子里装着新鲜的饭团、寿司、刺身，是给日春屋的花魁弥生送去的。昨夜来了位位高权重的大名，今日一早要离开。弥生交代做好了要早些送去，以免他饿着肚子离开。像这样尊贵的客人，日春屋得罪不起，和子更得罪不起。

不时有樱花落下来，散发着清淡的香气。此时，正是吉原游郭最安静的时刻，也是浮华落幕的片刻寂静。快到日春屋时，和子远远看见一棵樱花树下蜷缩着一团影子，只看到背影，分不清男女，娇小的身形让她能确定是个孩子。和子顿时心痛了一下，年近四十的和子也是位母亲。她的独生爱子千叶信，这年十七岁，正跟着一个浮世绘画家学艺。信是她在小山村做村妓时怀上的，不知父亲是谁，但她还是勇敢地选择生下了他。和子从小就羡慕当娘的人，能自己生个血脉相连的亲人，从此脱离孤单，是件多美妙的事情呀！所以当她妈妈桑端来打胎药让她喝下时，她借口放凉了再喝，拿着攒下的钱，趁机逃了出来。走了几天几夜，方才逃到江户并生下了信。半年后，她带来的钱用光了，只得谋求生计。和子虽只是村妓，闲暇时却喜欢阅读，对茶道花道无师自通，加上生育得早，她身材容貌变化不大，吉原的日春屋便雇她做了照顾妓女的用人。有时碰到她喜欢的客人，也会暗地里做娼妓。但她总是叮嘱客人要保守秘密，她的儿子将来会是体面人，她不能给他抹黑。客人怜惜她的爱子之心，不但会多给她钱，出去后也都是绝口不提的。

和子看见樱花树下的孩子，与生俱来的母爱被激发，她不顾形象地拎着和服下摆跑过去。树下躺着个蓬头垢面的小女孩，衣着单薄，脏兮兮的脸通红，不知是睡着还是昏迷了，像被丢弃的小猫似的蜷缩着。和子伸手摸了一下孩子的额头，热得发烫，应该是发烧了。也许是感觉到这温柔的触摸，小女孩半睁开眼睛看了眼和子，又沉沉地闭上了。

和子来不及多想，索性脱下脚上的木屐，一手提着篮子，一手提着木屐朝日春屋狂奔而去。她把饭菜送去弥生的房间时，大名刚醒来，也许是昨夜如沐春风，心情大好，看见袜子上沾满泥巴来为自己送早点的和子，感动不已。他热情地夸赞了她一番，又赏给她不少钱。和子弯腰道谢完，来不及解释这滑稽的脏袜子，就去楼下叫了相熟的保镖一起去抱孩子。

他们把小姑娘抱回来，放在茶屋的席子上，和子端来热水喂她喝下，又打来热水清洗她身上的污垢。这时，保镖已把妈妈桑叫来，那五十岁的老女人听说和子抱了个小叫花子进来，连梳洗都顾不上，顶着乱蓬蓬的头发就跳了下来。茶屋的门被推开，屋里的人看见妈妈桑那张怒气冲天的脸，都不敢直视她，低垂着头，大气也不敢出。妈妈桑嚣张地分开众人，一眼看见了正睡着的小姑娘。让人出乎意料的是，她那张因为愠怒而夸张扭曲的脸，突然如同中国川剧里的变脸艺术似的，瞬间换成了欢喜的笑脸。她蹲在小姑娘身边，仔细检查她的脸，撩开衣服和衬裙检查四肢，又分开她的嘴查看了牙齿。她将小姑娘仔细研究了一遍，立即慌慌张张地召唤人来。很快，有的被派去做料理，有的被派去找医生，有的被派去找衣服。

傍晚，小姑娘醒来了，整个日春屋欢天喜地。妈妈桑和颜悦色地带她去照镜子，镜子里的小姑娘穿着漂亮的和服，头发梳理得整整齐齐，像个精致的瓷娃娃。小姑娘陌生地望着镜子里的自己，完全没理会这漂亮的衣服，她眼神落在空荡荡的脖颈上，慌了神。妈妈桑摊开手，手心里是一枚长了白色花纹的菩提佛珠。最奇怪的是，穿过去的绳索是用头发编制成的。

妈妈桑问："你在找它？"

小姑娘双手垂着，点点头。

“是很重要的人留下的吧！”

小姑娘看她一眼，又点头。

“把手给我，现在起，它物归原主了。”

小姑娘双手接过来，将菩提珠握捧在胸前，眼泪跟着大颗大颗地滚出来。妈妈桑最见不得女人的眼泪，小女人的眼泪更见不得，顿时乱了分寸：“停停，不要哭了！”小姑娘收住哭，手里的珠子却握得更紧了。

妈妈桑以为她吓着了，走近蹲下身，柔声问：“你几岁了？”她面无表情地伸开双手，再收起来留下一根食指，意思是十一岁。妈妈桑着急了：“你是哑巴？会说话吗？”小姑娘抬起头，沉默着，深深地望着她。她在确定这老女人是善还是恶。

妈妈桑急不可耐了，若是哑巴，这一天算白折腾了。她压不住性子，双手摁住小姑娘瘦削的肩膀，凶巴巴地问：“你要是会说话就点头，不会就摇头！”小姑娘害怕地后退了一步，才点头。妈妈桑提到嗓子眼的心放了下来，也意识到自己刚才失态吓着她了。她笑笑，尽量柔声地问：“你从哪里来？”小女孩眼神斜斜地看着窗外，伸出一只手，指着高远的天空。

她小声地说：“很远，大海东边。”

妈妈桑迅速思考了一番，想不出大海东边是何地，但有一点她是意会了——连具体地名都不清不楚，只知晓个方向，一定是非常遥远了。不管她来自哪里，越远麻烦越少。她带着几分谄媚的笑，亲热地又问：“你的家人都还好吗？”

“他们都走了，只有我。”小姑娘毫无心机地回答——她不知晓，她方才这回答，等同于宣告自己是免费的——她更不知晓，以她这样的条件是能卖大价钱的。

妈妈桑闻言极力憋着内心的狂喜，发出像是笑声的叹息，她安慰道：“这真是太不幸了。”她说着弯下腰，伸手抚摸她的脸，先前和子替她擦了些猪油膏，这小脸滑溜溜的。她越抚摸越高兴，这脸生得真俊俏，五官长开了定是倾国倾城之色，几年后成为花魁也说不准。她怪异的举止，让小女孩警惕地连连后退。妈妈桑这才意识到自己现在的样子，就像挑选到了好牲口的庄稼人。她放开她，轻轻地说：“别怕，以后这里就是你的家。”

小姑娘环视四周，她不知道这里是干什么的，但看起来很不错，总好过流浪，好过居无定所。面前这老女人貌似喜怒无常，但总是会笑的，比陌生的路人好。她短暂衡量了下，一声不吭地点头。

这温顺的小动作，令妈妈桑那颗在俗世中被打磨得圆滑坚硬的心脏，也难过得柔软了片刻。这女孩纯洁得如初开的百合，她顿时来了灵感：“以后你就叫百合吧。”

和子因为是发现这活宝的第一人，又受到了妈妈桑的奖赏。小女孩很害羞，但看见和子却显得很亲昵。妈妈桑便让和子照顾弥生的间隙，也多关照下百合。如此，百合便把和子当成了唯一的亲人。

和子第一次带百合回家是四月份，她牵着她的手走过开满樱花的街道，百合偶尔抬头看一眼和子，就会心地笑了。她觉得这感觉像是被妈妈领回家似的。

和子的家在游郭的边角位置，挤在吉原气派建筑的夹缝里，寒碜得很。但和子是个贤惠的女人，里里外外都收拾得一尘不染。唯一显得杂乱的地方就是千叶信的画室。这是一件用木板隔出来的小单间，堆满了颜料和画具。和子请百合坐在席子上，端来亲自做的海带汤和纳豆，还有从小摊点买来的天妇罗和烤鳗鱼，摆满了小桌子。她隔着木板喊千叶信出来见客人。

信出来时百合正拿着勺子小口小口地喝汤。日春屋对她进行了例行的培训，包括日常的行为举止。信觉得这女孩的模样和动作，都像极了中国古代的仕女，有种含蓄古典的美，对她颇有好感。

百合早就听和子说过信的各种事情，虽是第一次见面却并不生疏。她放下汤碗，亲昵地喊道："信哥哥好。"十七岁的信反倒被这称呼里热烘烘的亲热熏红了脸。和子和颜悦色地说："以后你俩要像兄妹一样相处。"信坐到百合对面的位置上，微微颔首，对和子道："妈妈放心，我会照顾好妹妹的。"

百合感动得眼泛泪光，她跪在席子上，朝和子和信行了庄重大礼。这仿佛一种仪式，三个人从此便像真正的亲人一般相处。和子做了好吃的，总是不忘叫百合一起过来吃。有时候，上完日春屋规定的课程，她也主动跑去和子家找信玩。要是和子不在家，她一般就守在画室看信绘画。信的绘画素材很广泛，受到热爱中国文化的浮世绘老师的影响，也画一些中国古代的仕女、龙、民风建筑等，但画的最多的还是妓女。

在吉原花街长大的千叶信，每天出门就能看见满街打扮得香艳的漂亮女人。夜幕降临，男女的欢笑调情声穿街越巷，消逝在空气里，整个吉原的土地都似乎在发春。至夜深，情欲从地底下破土而出，发芽开花，满街都是暧昧的呻吟。这声音信从小听到大，在他很小时就知道这是男女做爱的产物。

和子对信管束很严格，她希望儿子能过上体面的生活，成为受人尊敬的人。除了百合，她从未带过任何姐妹回家，更不允许儿子和妓女过多接触。可和子越是这样做，信却越是对妓女着迷。闲暇时，他最喜欢做的事情就是趴在窗口观察街上的妓女，她们走路时摇曳多姿的形态，笑起来娇俏可爱的模样，哪里他都觉得赏心悦目。

不知不觉中，妓女已成为千叶信生命里根深蒂固的信仰。他一直有个心愿，在女人的皮肤上绘画，这简直成为他朝思暮想的头等大事。他暗自拜访过江户的刺青师，潜心求学。虽一直未曾真刀真枪地实践，但刺青的过程和技巧他早已烂熟于心。信觉得，若是再不能实现这愿望，他迟早要被折磨至死。

也许因为这个郁结，百合眼中的信是个沉默寡言且多才多艺的少年。但这并不妨碍他成为她体贴的好哥哥，比如：百合坐久了，他会一声不吭地去厨房给她端水来喝，水温每次都温热正好；若是听见百合肚子发出咕噜咕噜的小声响，信也会系上围裙亲自做料理。他做的寿司口味很好，百合一口气能吃十来个。好在她是吃不胖的体形，不像日春屋其他新造，饮食上定时定量。有时候他专注于绘画，百合看他画，看着看着便睡着了。信笑着叹息，小心翼翼地将她抱到床上，盖好被子。

百合身上散发着一股淡淡的香味，很好闻。信每次抱着她柔香软玉的身体，都能闻到这股香味。信曾经问过百合，是体香吗？百合说，大概是衣物被熏香过。信闻过她衣服上的香味，这分明是两种截然不同的气味。这样来说，百合天生自带着体香。

这种独一无二的体香，对女人来说，是造物主额外的恩赐，是被神眷顾的女人。

百合十二岁时，千叶信十八岁，已经正式成年了。

和子对他的管教放松了许多，他开始结交女人。和子希望信像他老师一样，做个本分的画家，找个好人家的闺女，过着平凡简单的生活。但千叶信讨厌这种中规中矩的人生，他更愿意为自己的信仰而活。

浮世绘老师有位叫樱井的女弟子，对千叶信半是赏识半是爱，主动暗示过好几次。她家在江户城里，父母经商，家境殷实。尽管她学了很久也画不出像样的东西，老师几次有请她离开的意思，但她父母总是赠予厚礼，这才使她得以留下继续学习。她学画的态度也是最糟糕的，完全是为了消遣。有次，老师的朋友前来观摩他徒弟的水准，翻到樱井的画时啼笑皆非，老师自尊心受到打击，决定无论如何要把这败坏名声的弟子扫地出门。她见老师心意已决，哭着离开。隔几日，信学画出来又碰见她，楚楚可怜地站在教室外面的樱花树下。她喊住他，鼓起勇气道："千叶君，我如此厚着脸皮学画，只是为了能经常与你相见。"

千叶信突发灵感，樱井相貌一般但其他条件均符合母亲的要求，是个理想的挡箭牌。千叶信遂带着樱井见了和子。和子见过樱井后，果然万分满意，认为是可靠的贤妻良母。

他们开始了正式交往，私底下千叶信却总是悄悄地去吉原附近的村庄，寻找村妓。有时候乔装打扮去离日春屋较远的妓院，隐姓埋名找一夜欢情的廉价卖春妇。

樱井无比地爱着千叶信，她知道千叶信家境普通，每次约会的花销都由她支付。她的父亲在吉原附近有处闲置的住房，先前租给妓女住，和信好上后，她便请求父母把房子收了回来。日后，这里便成了千叶信的第二个家。

先前租房的妓女是个很懂生活享乐的人，墙壁都用颜色艳丽的纸糊了一遍，看起来风情万种。房间里的气味也是与众不同，淡淡的脂粉味混迹着女人的体香，对千叶信是一种蛊惑。

第一次和樱井发生关系，千叶信觉得这房子功不可没，否则他对这样普通的身体是不会产生欲望的。有次做爱后，躺在席子上的千叶信感叹了一句："要是可以在女人的身体上作画就好了！"樱井认真地问："这可是千叶君的心愿？"

千叶信不置可否地点点头。

隔了几日，樱井又约他一早在小屋见面。信一推门就看见屋子中央的榻榻米上躺着个赤身裸体的女人。晨曦淡薄的光照在她的背上、高高隆起的臀部上，尘埃在她身体上纷纷扬扬地旋转、落下。房间里明暗不定，墙壁上艳丽的颜色被照射出颓废斑驳的年代感，仿佛时光突然倒转了百年。

樱井听到脚步声，趴在席子上，双手支起头，慵懒地回头喊了声："千叶君。"

千叶信第一次觉得这普通的女人，竟然可以这样美。他扑上去从后面抱住她，从她的后颈开始亲吻，湿漉漉的唇沿着身体曲线跋山涉水。一双手，将她揉碎又重组，重组再揉碎。两个人忘乎所以，探索着肉体所能产生的极致享乐。就在欲望将他催促成一只被追杀的麋鹿般狂奔时，樱井突然疯了一样抽离出来，用嘴迅速地含了下去。她温柔而热烈，好像要把这男人生吞活剥给吃了——她果真吞下了他。

"千叶君，以后你就住在我身体里了。"

信朝着痴情的樱井笑笑，手指温柔地抚摸着她的后背。

“你喜欢我的后背吗？”

他的手指走到臀部，停下，道：“我更喜欢这里。”

“我想它非常荣幸成为你的画纸。”

信一下子弹了起来，他以为自己听错了。直到樱井再次肯定地点头，并掀开桌上盖着的餐桌布，亮出一整套的刺青器材说：“你开始吧！”信这才激动地反应过来。他温存地把她抱起来，放到榻榻米上，点燃了油灯。光线扫过女人结实的皮肤，莹润发光，像是铺了层薄冰。他打开工具箱，取出手针放在火上细致地消毒。信做这一套活儿胸有成竹，娴熟利落。

“告诉我，你想变成什么？”

“我感觉到吞下去的东西在我身体里游来游去……嗯……我也想游到千叶君的身体里……”

信的手指在她身上来回抚摸：“像这样游来游去吗？”

“嗯……”

“……游来游去……鱼，一条红色的鲤鱼，游到我的身体里。好不好？”

“好，让它快点复活在我的身体上，我迫不及待想要游进千叶君的身体里了……”樱井闭上了眼睛，她的呼吸拉得长长的，长得时光跟着成了绕梁几圈的梦境，不真实。

信用消毒过的刺针，蘸上颜料，扎进了第一针。墨汁渗透进她皮肤的纹理，那些颜色跟随着她的皮肤起伏，好像变成了活物，钻进她身体里，迫不及待地合二为一。信的手越来越快，樱井臀上的图案在扩大，鲜血和颜料混迹在一起，空气里多出来新鲜的血腥味。樱井抱着木枕，咬紧牙一声不吭。细密的汗珠先是从她额头、鼻尖、手心、脚心渗透出来，后来全身的毛孔都同时渗透出大大小小的水珠，如同身体哭泣的泪珠。

从早上一直到日暮，两个人完全缄默，不吃不喝。信第一次刺青的作品终于完成。一条腾空跃起的红鲤鱼栩栩如生，占据着她的大半个臀部。鲤鱼微微张开的嘴凑近下体，尾巴卷起到后腰，在周围洒下几朵细小的浪花。

樱井站在镜子面前，欣赏着出自深爱的男人之手的新生的身体。她似乎闻到了空气中海水的味道，她觉得她的身体好像须臾之间长满了鳞片，分泌出滑腻腻的黏液。于是，她把头发披散下来，漆黑的头发缠绕着她的身体，像某种藻类植物。她突然觉得，现在的她，不再是人类，而是从海洋里爬上岸的两栖动物——她的皮肤干巴巴的，迫切地需要补充水分。

樱井跑去浴室，将木桶里放满了温热的水。这是她的习惯，但凡信要过来她便提前准备好水。这时的水放置了一天，已完全冷却掉。她踩进去，身体蹲在鱼缸里，感觉到水正在悠然之间吞没着她的身体，那条红鲤鱼沾了水如同复活了一样，跟随着她毛孔的呼吸和波纹的起伏游动。

"信，我在水里真舒服。也许，我前世就是被你放生的一条红鲤鱼。"樱井说。

从此千叶信一发不可收拾，若长久不在人的皮肤上刻画，他便像得不到鸦片的瘾君子，出现烦躁心慌、脾气火爆、虚弱无力等症状。

樱井见不得心爱的男人受苦，索性把这小屋装修了一番，改造成了真正的刺青屋。从这以后，信开始在这隐蔽地方接活儿，他收费低、技术又好，靠着口口相传成为吉原有名的刺青师。

有天，日春屋的妓女们饭后闲聊时，谈论起这相貌英俊、手艺超群、职业道德一流的刺青师。

“我准备去文一朵花，姐妹们有啥建议没？樱花太小巧，玫瑰又太俗气，真不知如何是好？”

“千叶君可不是一般的刺青大师，他会根据客户的身体和气质，文出最适合的图画。据说他的刺青，时间久了，和人就合二为一，跟活了一样。”

“那么神奇，真令人难以置信！”

“他还有个嗜好，从不给男人刺青，女人也挑客户，最喜欢的客户是……”那妓女卖了个关子，顿时引起好些“快说啊，到底是什么”的回应。于是那妓女用暧昧的喘息一样的声音说：“……妓女……”

“这不就是说的我们吗？这男人太特别了，怕疼我也得去文一个……”

“现在你就去，还来得及。最好文个夜叉回来。快去吧，去吧……”

妓女们纷纷捉弄起这小妓女。正跪着擦地板的和子，见姑娘们闹腾得欢乐，停下手中的活儿，随口问了句：“你们说的那神奇的千叶君，全名叫什么？”

“和子姐姐也想刺青吗？可惜千叶信大人从不给年纪大的女人刺青。为了保证他每个刺青的独一无二，他对顾客的身体要求极为严格。”

“千叶信？”

“嗯，千叶信。还不满二十岁，简直令人过目不忘。”

“他的刺青屋在哪里？”

“就在秋菊屋那条街，很好找。不过和子大姐问这些是要去刺青吗？”那妓女将和子上上下下打量一番，捂嘴笑起来，“和子姐姐怕是不符合千叶大人的标准！去也是白费力气！”

“用不着你管！”

和子噌地站了起来，扔下未完成的工作，不顾其他妓女们震惊的目光，穿上木屐就跑了出去。妈妈桑在后面扯高嗓门儿喊：“和子，你活儿还没做完，快给我回来！”

和子站住，抱歉地鞠了一躬，头也不回地跑远了。

和子一口气跑到妓女所说的刺青屋，刚推门而入就被樱井拦了下来，她拉着和子的手祈求道：“和子阿姨，这个时候千万不能进去，信工作时是不能被打搅的，否则他会受伤。”

“你让开，我必须见我儿子。他竟然背着我专门给妓女刺青，现在是他在伤害我。”樱井仍旧拽着她不放。

“等他工作完了，再跟你解释行吗？”

和子不依不饶，她单身多年的辛苦全仗着对儿子的殷切希望才熬过来，可如今她的希望被摧毁了。她不能忍受她亲爱的孩子再做任何与妓女有关的行当。在这之前，和子的妈妈，和子妈妈的妈妈，均从事与妓女有关的工作，如同一种魔咒，她希望能到此为止。她暴躁地大声说：“我一刻也等不下去，他必须停止这荒唐的工作。”

“就算信成为画家，他也会画女人的裸体，这有什么区别？”

“画家是尊贵的，刺青师是什么？天天在女人身体上绘画，那画都沾满了淫荡味儿……我们家是绝对不能再和妓女有关联！”和子索性对着里屋喊起来，“信，你给妈妈出来！回家去！”

和子连喊了几声，里屋的门纹丝不动。她气急败坏地推开樱井，快速打开暗室的门。灯光下躺着个赤身裸体的女人，信正聚精会神地在她皮肤上雕刻着，魔怔似的，对外界的动静毫无反应，他甚至连看也没看一眼和子。和子见此情景，悲恸欲绝。她控制不住，走上前朝信的左脸上就是一耳光。信没搭理她，那支刺入皮肤的手针照旧工作着。这沾着妓女淫荡血液的针让和子陷入了崩溃，她从信手中夺过就扔到了地上，疯了一般地跳上去猛踩。那床上的女客人吓得捂着身体尖叫连连。

“别怕，我换一支继续。”信从容地拿起另一支手针，轻声安抚着女客人。他重新开始在女人的皮肤上绘画，好像什么都没发生过，和子的存在不过是摆设或者空气。

和子震惊地看着陷入疯狂的信，她无比绝望，仿佛看见了儿子的宿命——这孩子是为这些女人的皮肤，为刺青而生，为皮肉而活的。

她大受打击，跌跌撞撞地哭着离开了。

隔了几日，信回家取了衣服，再没回过家，与和子的关系日渐疏远。

百合成了和子和信之间的桥梁，她经常去刺青屋看望信，每次来都带着和子做的各种美食。她轻手轻脚地将碗碟摆满小桌，坐在对面用手支着下巴，温和地看着他吃东西。他不看她，一声不吭地全部吃完，一星半点也舍不得扔掉。少数时候，百合会讲讲和子，信听着不时皱眉或点头，却终究一言不发。有天，百合说起和子被客人欺负，临走时信突然拽住百合的手，将钱塞到她手里，道："拿回去，让她不喜欢就别做了。"

百合低头看着手里的钱，表情是失望的——她多希望这牵手还能有别的意义。她目光期许地望着他，却听到千叶信淡淡地说道："回去吧，等会儿天晚了。"

百合捏着钱，走出几步又折了回来，小声说："她很想你，有空回家看看吧！"

"再说吧……"

信站在街边的樱花树下，母亲愤怒地扔掉手针的画面犹在眼前。他淡然一笑，内心却从来没恨过和子，他甚至很确定他对母亲的爱没有受到影响。可为什么非得这样呢……大概是他内心的倔强以及尊严导致的。其实，他也想念母亲了。

"和子阿姨虽然给了你生命，但却不能支配你的生命。信哥哥，你是自由的，按照你喜欢的生活方式，幸福地活下去。我想，和子阿姨也早就想通了。"十四岁的百合，说话像个大人，看起来也像个初熟的少女。她说话时，信低着头看着她，闻到她身上熟悉的体香，这才惊觉百合已经出落成尤物级别的女人。

"再过些日子吧……我还需要些时间……"

"嗯，有本画册想送给你，可能你会比我喜欢。"

"什么画册？"

"中国古代的《春宫图》，妈妈桑说让我先学习。"百合红了脸，垂下头。

"是吗，那真是太棒了，这书我听老师说过，早就想见识下了。

说起来，我对中国真是有无比好感的，能得到这样的一本画册，真是荣幸。”

“信哥哥貌似是真心喜欢中国？”

“当然，那是个神秘伟大的古老国度。”

“那你喜欢中国人吗？”

“爱屋及乌，都喜欢。”

信说完，迟迟没等来回应，冷不丁地抬起头——却看见百合正目不转睛地盯着自己看，逆着光，她白皙的脸更显得白净，眼睛深处似乎有星光在跳跃着。她见信在看她，羞赧地垂下眼帘，笑容旋即绽开。半晌，信听见她很轻很轻的声音：“信哥哥，我母亲就是中国人，她叫暮春，我的中国名字叫……暮冬。”她仿佛憋坏了，长嘘了口气，“终于，找到一个人能分享这个秘密了。”

信惊愕地注视着百合，见她表情隆重，充满喜悦，不得不信了。

“你会说中国话？”

“嗯！”她肯定地点头，当场证明似的改说中国话，“信哥哥，我是暮冬。你好。”说完她观察着信突然放光的难以置信的眼睛，捂着嘴偷笑起来。

“教教我，可以吗？”

“好的。但只能悄悄的，我不想让人觉得我是外国人，会被排挤的。”

“我保证谁都不告诉。”

做了千叶信中文老师的百合，来刺青屋的次数明显增加。每次百合一来，信便要求樱井回避。樱井虽然知道他们的关系，却还是对这尤物般的女人充满戒备，但信的话她不能不听。她的身心完全被这男人控制，一天也离不开他。

在那光线幽暗的小房间里，信不喊她百合，只喊暮冬。在这世界上，现在只有信会喊她的真名；也只有在信面前，她觉得自己丢掉了百合的面具，变为原原本本的自己。以至于在那严谨而正式的师生关系里，经常摩擦出几缕暧昧的火苗。

百合总是不厌其烦地纠正他的错误。她声音很轻柔，光听着都令人愉悦。有次教比较难的卷舌音汉字，信总是和平舌音混在一起，百合纠正了数次，一着急让这稍显愚钝的学生盯着她的嘴，留意慢动作。信将全部精力集中在她张开的嘴上，他看见了她嘴里柔软颤抖的舌头——不由自主地联想到她身体下面的那张嘴。他看得完全走了神，百合见他无动于衷正因此而生气，转眼看到他胯间突然耸起的小帐篷，最顶端的布料像快撑破似的。她当即半个字说不出来，脸羞得红到脖子根儿。

半年后，信和百合已经可以用中文简单地交流了。又过了半年，交流完全没了障碍。他们时常躲在二层的阁楼里窃窃私语，相谈甚欢。

这时，十五岁的百合，已出落成了大姑娘，茶艺、花道、书道、棋艺等均很出色。并且，她写的诗歌，连江户城里的文人都叫好。日春屋已经将百合挂牌的日子正式提上日程。那些早就盯上了百合的男人，已经迫不及待地攒钱希望能得到她的初夜。妈妈桑说："百合的初夜会刷新纪录，被记录进吉原的历史。"

百合的初夜最后被一位大名买走。为得到这一夜，他和他的情人花魁弥生早早就分手了。大名曾经听妈妈桑聊起过百合，知晓她离奇的来历，他一算时间，那天正好是他前脚离开日春屋，后脚百合就被抱了进来的日子，像是冥冥之中注定的缘分。后来，他专程来看过百合，简直惊为天人。

大名自从见过百合身体的秘密后，便成了她最忠诚的客人。他的花心一夜之间被治愈，成了世上最忠贞不贰的男人。但大名的正室来头不小，虽和皇室是远房，但也算得上皇亲国戚，不允许他再娶游女，于是大名一直在痛苦中徘徊。这种痛苦一直持续到百合离去。大名为求得和她灵魂相见使用了各种办法，连邪术也用上了。

但他一直未能见到她。

庆应二年（1866），清同治五年。

不到十六岁的百合取代上一届花魁弥生，成为日春屋新一代花魁，开启了她人生中短暂而又璀璨的巅峰时代。

这时的和子做了百合的专职仆人，只负责照顾百合的生活起居，加上还有其他侍奉的人，工作变得很轻松。凭着和百合的深厚感情，她获得了以前想都不敢想的尊重和讨好。信在百合的牵线中，也和母亲重归于好。

回到百合作为花魁第一次道中的情景。江户城里的男人来了大半，街道被围得水泄不通。前面是花车开道，侍从、仆人前呼后应。百合穿着艳丽奢华的和服，头发盘成硕大的蝴蝶，脚踩着黑色的高脚木屐。她迈着婀娜的八字步，缓缓地穿过低低的人群——男人们在她高不可攀的美色面前，像忠诚的信徒般敬之仰之。

信隔着人潮远远地眺望着她，第一次觉得这个看着长大的妹妹遥不可及。她经过他，低头看了他一眼，冻着的脸似乎软了些，淡淡地笑了笑。周围都是垂涎着百合的男人，闹哄哄的。信知道那个笑是给自己的，他却不敢直视她。他斜睨向别处，不经意间，却看见她露出来的纤纤玉手，散发着肉体神性的美好。信目送着百合熟悉而陌生的背影，心的寂静处，静悄悄开出一树繁花。

做了花魁的百合再也没来过刺青屋，她不再是能随便见得到的女子。信突然很想念她，这分开的时日里，他对她的亲情在减少，属于男女的想念却在增加。

有一天，他听日春屋的妓女说，花魁今天想吃河豚，和子阿姨去买了。这季节怕不好找。信问那妓女："和子几时回？"妓女答："怕得很迟了，现在这季节哪里有卖河豚的。"说完又无比羡慕地叹气，"做花魁真是好，要是有朝一日能像百合一样就好了……"

信沉默着不再回答，他的心迫不及待地想要拖着他的肉体去日春屋，去百合的香闺里。但他的职业素养还是督促着他，尽善尽美地完成了刺青。到了傍晚，他早早关了门，独自去了日春屋。他跟保镖报了自己的名字，那人很快就回来了，客气地领着他去百合的专属房间。她躺在席子上，周围是气派的家具，一切所需都极尽奢华。绣着大朵红牡丹的上等绸缎，温存地包裹着她的身体，樱花色的领口衬托着她光彩照人的脸。不动声色中，美成了令男人致命的洪水猛兽。

"暮冬……"

他进来有些生分和拘谨，但这生分并不是因为她身份的改变。而是作为男人的信面对一位倾国倾城的女人，荷尔蒙旺盛分泌的生理现象。信还不习惯这具将亲情转化为情欲的全新的身体。

百合也感觉到他神情中多出了羞涩，她亲昵地喊："信哥哥。"

信在她对面的小桌子前盘腿坐下。他先倒了一杯水，一口气喝了一半，才平静下来。

“能再见到你，我真是太高兴了。”

“你能来，真让我吃惊。”

她笑起来，露出贝壳似的小牙齿。那华服下的身体婀娜妖娆，露出来的脖颈细腻如陶瓷，这令千叶信不可抑制地产生想在这身体上作画的冲动。

“你想过要变成另一个自己吗？比如……成为我的画布。”他鼓起勇气道。

“我已经变成另一个自己了。”

“不，我是说变成你灵魂里的自己。你是暮冬，百合只是你披着的一张皮。”

“我已经变成了真正的自己，现在我才觉得做妓女很适合我。这就是我，名字只不过是一个代号。”

百合饶有兴致地看着信哥哥，她感觉到千叶信审视的目光，与以往有了不同——男人打量女人才有的目光——这很好，她悄悄地喜欢他很久了。

百合慵懒地躺下来，和服的疏密褶皱将她完美的身体曲线显露无遗，她斜睨着自己的身体，感到作为女人的骄傲。也许妈妈桑很早就知道她的身体会出落得这样迷人，但百合发现它的美好，是在初夜的晚上——那天夜里，高贵的大名和她面对面跪坐着，他温和地一件件褪去她的衣服。当她的肉体毫无遮拦地完全暴露出来时，她想也未曾想到的画面出现了：大名竟然像虔诚的信徒终于得以朝拜信仰的神灵，颤巍巍地匍匐在她脚下。他亲吻她的手，连她的脚趾缝都没放过。这样一个平日里高高在上的男人，竟然感动地说：“能得到如此天赐尤物，也不枉费作为男人来这尘世走一遭了。”原来，男人欣赏的目光，真是会让女人光芒万丈的——她从他的目光中，寻见了自己无与伦比的美丽。

百合尽情地享受着肉体带给她的实惠。就像这一刻，她笃定地相信她叫了几年哥哥的男人，会因这衣服下的身体抛却原来的身份。他们的关系应该还能有别的方式，比兄妹更加亲密无间的。她瞳孔里浮游着暗红色的欲望。

“暮冬……我很想在你的身体上绘画，请你答应我。因为，只有你的身体能让我描绘出代表我一切的刺青。”信确实被她的身体征服了，他想要在她皮肤作画的欲望也跟着兴奋地上蹿下跳。

“不，我绝不刺青。我不需要它。”

她不假思索地就拒绝了。比起在身体上作画，她更想接纳哥哥的肉体。

“可是，我的刺青会让你的身体更美。你知道，没有女人能超过你的美貌。只有你能符合我的要求。”信做着最后的努力。

百合缄默着。他们互相看着对方，想象着彼此衣服下的身体。她终于看见这男人胯下微小的隆起，芝麻开花一样节节往上生长，褶皱托举起光滑的顶端、快戳破似的。他的身体有反应了，还在持续反应着。

“我可以给你我的身体。”她觉得时机成熟了，暗示道，“结合的方式有很多，不只是你手里的笔刺穿我的皮肤，我更愿意是你身体上的针……刺穿我。”

“碰了你的身体，我便会对其他女人失去了兴趣，如果你不能成为我的画布，我和你做了那件事情，付出代价太大了……虽然，我如此梦寐以求着。”信极力控制着自己，他尽量不去看百合，他看她装满了新衣服的可以让女人疯狂的衣柜，看她放着各种化妆品的梳妆台……

他极力控制自己身体的模样，很是可爱。百合决定不再折磨他，她不想让他太失望，但也不想勉强自己。她绞尽脑汁，终于想到——她可以给他希望。如果他能去完成这件事情，不只帮了他自己，更是帮了她的大忙。

“这世上还有一个比我更美的女人。也许，她可以成为你的画布。我是不行，我没办法让别的东西依附在我的身体上。我对目前的生活很满意，也无须靠别的，比如文身来唤醒我。这里的一切已然成就了我。”她看着两眼重新绽放光彩的信，继续说，“但，这世上其实还有一个我。”

“她是？”

“她是我的亲姐姐。我母亲去世前告诉我：在这世界上你还有个唯一的亲人，在遥远的中国，江南一带的水乡。我经常能感觉到她的存在，有时候突如其来一阵亢奋，那不是我的思想和精神能左右的。应该是……来自她的。”

“你确定不是发自你自己的？”

“是的，我确定。我经常为自己身体里这股莫名其妙的力量困惑，那个时刻，好像这身体不属于我，并且毫无征兆地说来就来。后来知道有她的存在，我便理解了。我梦见过她，在一座空旷的寺庙里，她跪在金光闪闪的巨大佛像前，背影小小的……我还是一眼认出来她了。这大概就是血缘的缘故吧……”

“这样说来，也许她确实比你更适合。”

“你要去找她吗？”

“也许……”

百合压着欢喜站起来，从柜子里搬出一口樟木大箱子，又从里面取出个包裹，小心翼翼地打开。她双手托起呈到信面前，郑重地说：“若是有天你找到她，把这个给她。告诉姐姐，她不是孤独的，我和她永远在一起。妈妈和我都很想她。”

那是一枚菩提子佛珠，光滑圆润，散发着玉石质地的光泽和令人敬畏的年代感。赤红色的珠子上，有一块斑驳的乳白色斑点，恰到好处地点缀着。千叶信恭敬地接过来，被她这份信任感动。

“这上面的线真是特别！”

“嗯，是头发。”

“这头发是你姐姐的？”

“不，是我娘的。小时候我都戴在脖子上。每次想念她，就捧在手心，用力地吮吸。我娘的味道真是太好闻了。只是头发太纤细了，后来怕磨损就珍藏了起来。只有想念得无法忍受才拿出来。”

“这么贵重的东西，我怕自己保管不好，有个闪失，反倒好心做了坏事，辜负了你。再说，就算要去中国，也不知道什么时候能去。”他唯恐有失地递还给她。

她迟迟不肯接住，似乎他的回答伤了她的心。

千叶信于心不忍，安慰道：“你先放着，等我决定去的时候一定来找你要。”她这才含着笑意接过来，小心翼翼地放回箱子。

“实在抱歉，你姐姐离得真是太远了，需要些时日准备周全。”

“她很远，但我很近……”扯远的话题重新拽回正题，百合躺到凉席上，悠闲地解开和服，第一次像个接客的妓女似的挑逗他，“那么，你要放掉我的皮肤，要我的身体吗？”

信几乎快把持不住了，他的身体正和他的灵魂做着艰苦卓绝的搏斗。很快，灵魂就败下阵来，被这洪水猛兽卷了进去。

就在这时，门突然被推开，夹杂着几个日春屋用人的尖叫训斥声：“姑娘，你不能进去，花魁会生气的”“这里绝对不是你随便进来的地方，我喊保镖了”……女人们刺耳的声音，引起一片嘈杂，但楼梯上的脚步声却没有远去的意思，反倒越来越近——门“咣当”一声被推开了。

信和百合同时看到樱井出现在打开的门里。樱井的目光只看了他的脸一眼，就直勾勾落在他还未来得及穿好裤子的下体上。她怔怔地盯着它，牙齿咬得紧紧的，两颊因为用力而凹陷进去，令她的脸看起来冷漠而刻薄。泪水从她渐渐泛红的眼眶里一滴滴、不断线地滚出来，一点声息也没有。两个壮实的男人过来架起她的双臂，她悬空的身体，如同被打捞上岸的鱼儿般，徒劳地挣扎。

百合面无表情地打量了几眼癫狂中的女人，默默地站起来走到门口，冲着两个保镖，平静地说道：“放了她吧！”

“你今天放开我，你会后悔的。”樱井被放下来，但她并不打算认领百合的情谊——面前这女人侵略性的美，让她更加愤怒了，她瞳孔深处悄然升起杀气腾腾的光芒。

“不关她的事，是我把持不住自己。”千叶信坦率地说。

樱井深深地看着信：“你骗了我！”

“不，我没骗你。以前我们真的是兄妹，改变是从今天才开始的。你应该明白，感情是日积月累的，情欲却是瞬间产生的。”

“那么，你爱我吗？”樱井绝望地问。

信沉默地低下了头。

樱井扁平的鼻子抽动了几下，却没有哭，她目光森森地环视了一遍房间里的每一张脸，抽出几声呵呵傻笑。笑声止，人们听见一个女人沙哑的声音从这笑声尽头浮出来："信，你会后悔的。"她跌跌撞撞地跑了出去。

信站在门口，看见樱井消失在走廊的尽头。恍惚中，似乎看见她臀部的红鲤鱼，正瞪着凸出的眼球看他，一股子咸腥味儿扑面而来。信使劲揉搓着鼻子，那味道好像又瞬间消失了——他突然感到惶恐不安，丢下百合追了出去。

此时正是傍晚，灯在暗下来的天色里渐次亮起来，樱花大道热热闹闹的，猎艳的男子早早就挤满了街道。樱井早已连个人影也不见了。信有些沮丧地沿着街道漫无目的地溜达，倍感孤独，百合的体香若有若无地闻到，那只差一点就发泄出去的欲火卷土重来。现在，他和任何一个来吉原猎艳的男人毫无区别，甚至比他们要求更低——他只是迫切需要一具肉体，熄灭他身体里的火焰。

信想要回去找百合，可一算时间，和子已经快回日春屋了。他脑海里突然灵光一闪，想起那位在私处刺着蝴蝶的叫千雪的妓女。他与母亲一起住的小屋里，现在还私藏着千雪赠予的指甲和一缕头发。这代表情谊深重的纪念物，若被樱井知晓，定能将天戳个窟窿，这事儿她不费吹灰之力就干得出来。庆幸的是，她一半的时间还得回去江户城里的家，陪伴她那有钱有势的父母，否则他的日子够憋屈的。

千叶信不知不觉地就走到了熟悉的小妓院门口，他喊住站在门口打望的小娼妓，打听名叫千雪的女人。那小妓女惊魂未定地说："千雪姐姐都去世多日了，和她有过关系的男人最近都不敢来吉原。这位大人，您还是赶紧去看下医生的好。”

“她有留下什么话吗？”

她惊恐地摇头：“太突然了，一早上听她说肚子疼要去睡觉，还吩咐姐妹们莫去打搅。平日里，至多晌午她就会起床，那日等到傍晚还没动静。好姐妹按捺不住去喊她，推门见她时已经死去了，都凉透了。我们都跑去看热闹了，她在床上卷成一团，活生生成了煮熟的虾米，手夹在双腿之间，下体流出来好多血。胆大的姐妹掰开一看，才发现她那里竟藏了一只蝴蝶，翅膀沾满了血，像是要飞走了。可惜，那么美的一只蝴蝶，有只翅膀被她抓破了一块皮，残缺了……”

信只觉得肠胃痉挛，喉咙跟吞了一大包鱼刺似的难受。她留在他身体里的黏液包裹着他，她留给他的指甲掐着他的脖子，头发缠着他的身体。良久，他终于吐出一大口气，泪水跟着涌出来。他连告辞都没说，掉头就走。那妓女几步追上他，拍了拍他的后背，毫无羞耻地大声说：“大人是想来见识千雪独一无二的……吗？要不来看看我的……除了没那只蝴蝶，我不比她差！”

她的话将附近的几个男人都吸引了过来。

“改日来找你，我得先去找医生看病！”信拿开她的手，不留痕迹地拒绝了。走出几步，又回头问，“你知道千雪她葬在哪里吗？”

那妓女身边已经围了几个客人，都是听到她先前那露骨话的好色之徒。小娼妓见他心眼儿不坏，也想打发走，她好和其他男人苟合，很爽快地回答：“净闲寺。”

信从妓院出来，决定去看看那位重情义的妓女，尽快、马上。这个突如其来的决定，拯救了他的命，也许是那妓女泉下有知，特意召唤他离开吉原。就在那晚上，日春屋莫名发生了一场大火，等纵情于欲海的人们清醒过来时，火已经包围了出口。火借着风迅速蔓延，不多时，整个吉原游郭都陷入了火海。

临死前，百合似乎听见寺庙的阵阵钟声。她流着泪猜测是信佛的妈妈来接她了。

“妈妈，救救我……”她痛苦地喊着。

这个可怜的女人，死神已将她拖下去，只差撒一把黄土掩埋了。这举世无双的美丽肉体，到死都不知道是谁创造了她，关于她的父亲，只是一个名词。她的母亲暮春，只说了三个字：“他死了。”——这就是她知晓的全部。

死神张开手开始往她头顶撒黄土。她突然想起了什么，不顾一切地穿进更深的烈焰火海里，找到樟木箱子里的菩提佛珠，情急之中，塞进了窗台上一盆芍药花的泥土里。做完这一切，百合精疲力竭地倒在了火海里。

庆应二年（1866），吉原发生大火。信的母亲和子以及一代花魁百合，一起丧生于火海。

人们在废墟上搜寻着人和物什。信在日春屋烧焦干裂的花盆里，寻到那枚菩提佛珠。他小心翼翼包裹好，藏进了怀里。

又过了几日，人们在海边打捞起一具赤身裸体的女尸。女尸浑身上下被水泡得胀鼓鼓的，已没了个人形。因其特征不明显，只有臀部的刺青显眼刺目，但因发胀的皮肤而四分五裂、严重变形，难以辨识形状，无人能确认其身份。人们围着这女尸，猜测一定是吉原游郭殉情的妓女，便把她用席子裹着，和吉原大火中死去的妓女，一起送去了净闲寺。木板车来回跑了数趟，方才将黑炭般的尸体搬运完。这些发臭的躯体，分不清性别，谁美谁丑，谁是花魁，谁是谁谁谁……都无关痛痒。所有的尸体都被倒进净闲寺新挖的大坑里，被一视同仁地埋葬。

第二年春分，这是日本传统祭祀的节日。信特意去净闲寺祭奠亲人。他将一束新鲜的野花放在寺庙的墓碑前，又上了一炷香，双手合十，祷告母亲和百合在另一边获得安宁和幸福。三月温暖的日光普照大地，一派祥和之气。

“南无阿弥陀佛——生来苦界，愿她们在极乐世界安息！”

信回头看见离他不远处，站着位穿素色袍子和布鞋的和尚。他饱满的天庭和肥厚的耳垂，令他看起来像一尊活佛。

“请问大师何谓苦界？”

“这世间有三界，欲界、色界、无色界，又称苦界。居住在欲界的众生，从下往上分为六道。依次是天道、人间道、阿修罗道、畜生道、饿鬼道、地狱道。这些女人拥有美貌，却因自身和男人的欲望一生受苦，这世的因必会在来世中结果。我经常在此念经祈祷，以求佛度这些女子，不要再入轮回，遭遇今生的苦难了。”

“世上可真有轮回和转世？”千叶信纳闷地问。

“所谓‘有情轮回生六道，犹如车轮无始终’。瓜生瓜，豆得豆。生与死，业与果。没有轮回，哪来的平衡？”

“轮回真是深奥又恐怖的事情呀！”千叶信陷入沉思。

“你也算和我有缘。我和你身上的某物是老友，见过三次。送你一句话，朝着东走。但切记……不要再交予任何人，这里就是它最好的归宿。”

信将自己从肩膀看到脚面，百思不得其解地说：“我身上没有老物件。”

老和尚说着拨动起手上的佛珠，笑而不语。千叶信看见佛珠顿时明白了，他怀里真藏了老物。

“师父认识她？”

“何谓认识？以世间眼光，不过一面之缘，平淡如水。但佛说缘分皆是因果的产物。我和她说是认识，却不知姓名；说不认识，却又知晓她的苦难。和你一样，算是有缘分的人。”

“这样说来，那佛珠的主人是佛教信徒？”

信若有所思地问，他突然想起有几次和百合聊天时，谈及妓女的宿命以及安葬的净闲寺，百合突然一声不吭地陷入悲伤。彼时以为是她在感叹红颜薄命，担心自己步其后尘。现在一联想，倒觉得是在怀念母亲。

僧人点头默认了，继续缓缓地拨动手中的佛珠。

“那她还有位姐姐，你知道在哪里吗？我必须找到她。”

“有缘自会相见。中国有句‘众里寻他千百度，蓦然回首，那人却在灯火阑珊处’。不必寻找，这缘分呀，就像做饭，火候到了饭自然熟了。若你和她命里有，自会出现；若命里没有，她就在眼前也会擦肩而过。南无阿弥陀佛！”僧人说完鞠了一躬，转身踱步至墓碑前，双手合十，默默念诵起经文。

信望着僧人专注的背影，思考着他说的话：去东方不就是去中国吗？那么，中国也许就是自己宿命里的地方。

这年年底，千叶信变卖完家产，听从了净闲寺僧人的话，将那颗菩提佛珠重新又埋进了花盆里。他将花盆摆放在日春屋的一片废墟中，踏上了去东方古国的路途。

八

千叶信讲完，喉咙已经沙哑了。沉香床化不开似的浓郁香气，渐渐抽丝剥茧般散去。窗花里透进清凉月光，蜡烛早熄灭了。昭灵山侧过脸，看见千叶信平静地呼吸着，脸上铺着一层清亮的水雾，不知是月色的光辉，还是泪水。但灵山知道，自己已跟随着信的诉说，领略了一番吉原风光，隔着岁月，触碰到了百合的泪水。

就在沉香床的香味快要散尽时，昭灵山第一次闻到一缕酸涩的味道，像是咬下一口酸枣儿般苦涩难言。他想，或许沉香床也明白人间真情了。灵山似乎被这人情味儿给熏迷糊了，熏得醉了，他小声说："我会找到百合的姐姐的，这是誓言。"俄顷，他听见细细碎碎的声响，睁眼看见千叶信已经转过身，正面朝着自己——在不清不楚的光线里，信的脸像雕塑一般立体，只有那双比夜更黑的眼睛，亮得像是哭过。他声音很轻地、笃定地说："灵山，任何时候我都相信你。"

翌日一早，昭灵山还未醒来，千叶信就起床悄悄地离开了。他没有打搅昭府任何一个人，只有巡夜的小厮发现他离开。昨夜，昭灵山听完他的故事，发誓一定要替他找到百合的姐姐，那一幕赤诚真心，令他想起就忍不住落泪。能得此挚友，即便找不到，也不枉费来中国一趟了。

走出昭府大门，他恋恋不舍地回头，沿着昭府长长的围墙往河岸边走去。一簇蔷薇从围墙上探出来，初放的花瓣上沾着晨露。他抬头细看着蔷薇，方才想起这个位置里面正是清心园。他回忆起，昭清清的变化是从寒清寺回来开始的，琴声消失也是此时——大概自己真成了她讨厌的人，还是不再打搅为好。

他惆怅地想，怕是很久都不会踏入这府邸了。

到了岸边，千叶信叫醒了还在睡觉的船家。回到小木屋，天才刚亮透，付了船费，带来的盘缠已所剩无几。这个阳光明媚的清晨，他开始为生计思考。以前在日本做浮世绘画师时，他虽是肉笔派，但对雕画派并不陌生，加上又有刺青功底，灵机一动，索性自创出人偶木雕。

千叶信找来木头，雕刻成形态各异的人形，涂抹上颜料，于是，栩栩如生的美女就诞生了。他把这些美人偶拿到集市上去卖，这附近好几个村镇，轮流着去。这些人偶颜色艳丽、造型奇特，引得人们纷纷购买，供不应求。有了全新事业的千叶信，对刺青依旧念念不忘，一想起就心慌手痒。为了排遣这种深入骨髓的迫切需要，他只得沉迷于工作，但也正因着过度沉迷，时常出现把木头当成皮肤的情况。

八月底，千叶信正在屋里制作木雕人偶。这是一个侧卧的花魁，已经雕刻了八成，正在进行五官细节的雕刻。工作台上木屑成堆，一阵风不经意间吹过，木屑飞扬。有一颗细小的木屑吹进了他眼睛里，他使劲一眨眼，雕刻刀落在了左手食指上，他疼得叫出声来——伤口不大，却很深，血流不止。他当即放下木雕，出门去找止血的草药。

这一带村庄生长着许多艾草，以前他见过附近的村民采集艾草止血。千叶信在木屋附近也看见过这种植物，找起来不费事。很快他就找到一大簇艾草，他揪下来一把囫囵塞进嘴里咀嚼，再吐出来敷在伤口上，血很快止住了，他又用力扯下一截衣服包扎好。

千叶信正准备回去继续未完成的木雕，却见远处正驶来一艘大船。

阴天，日光稀薄，这艘金顶朱漆的大船在昏暗的背景里显得气派无比。他猜测着这难不成是朝廷派来巡视灾情的官员，姗姗来迟，或者是附近哪个城镇外出避暑归来的大户人家？正思考着，却看见甲板上多出个人影，从剪影看来，是一位姿态婀娜的小姐。

他顿时忘记了疼痛，情不自禁地沿着河岸朝船的方向走去。那甲板上的人影逐渐清晰，她站在甲板上眺望着远方，头发盘成童花式，穿一袭樱花色的对襟长袍，高雅清淡。

“她真像一朵清晨刚绽放的百合花。”千叶信目不转睛地看着她，脑海里不由自主地浮想联翩，继而，又想起了花魁百合——这是在吉原大火之后，他第一次因为看见一个女人想起她。

“不必寻找，缘分到了，你找的人自会出现。”

千叶信脑海里突然浮现出净闲寺僧人的话，顿时莫名地兴奋起来，他有种预感，船上的女人就是他要找的人。为了离她近一些，千叶信竟一脚踩进了水里，裤腿湿了一大截，湿漉漉地贴在小腿上。

船从他前面驶过，一拨热风吹来，加快了船的速度。那女人似乎扭头看了他一眼，那悠长模糊的视线直把千叶信的魂也勾了去。他因为极度的狂喜，心儿也跟着发颤。热风一浪浪吹来，船屋在他的注视下渐行渐远。

千叶信想也没想，立即脱掉木屐，赤脚朝船离开的方向狂奔着追去。一直跑到河岸被分汊的河水隔开，没有了路。船像金色的尘埃，消融进了阳光里。千叶信一屁股跌坐在岸边湿漉漉的草地上，面朝着船消失的方向——极度的悲伤包围了这个已经二十五岁的男人。

第四章　无花果

一

凝脂后来回忆起同治八年（1869），似乎这年的夏天只是途经苏镇，打了个照面就走了。避暑那地儿不冷不热的，是夏天却宜人得让人忘却了夏天。

事实上，凝脂回到苏镇时，离大暑还差些天。但这一年真是奇怪得很，接连的大雨之后，天气就变得不冷不热的。老天好像把一年的脾气，都在大旱的时日里发泄光了。倒是昭府那张神奇的沉香床上，又接着迎来了合欢之雨。他们像是一对终于吸食到鸦片的瘾君子，几乎足不出户地和床黏在一起，沉醉于皮囊所带来的感官刺激中，甚至连吃饭都是由忘忧把饭送进屋里。这丫头虽然尚未体验过成人那回事儿，但因为经常听府里嬷嬷闲聊男人，还是知道个七八分。那满屋子特殊的气味令她面红耳赤，把饭一搁下就脚下生风地出去了。

等这对瘾君子酩酊大醉醒来，走出卧房——夏天就真的过去了。

昭府又恢复了往昔的热闹，各种声音从天亮起就不消停，听久了，就感觉像是揉好发酵好的面团，带着一股子软乎柔韧劲儿，只管朝人的耳朵眼里塞。凝脂却总觉得少了些什么，又一时半会儿想不起来。

立秋一过，府里的菊花就接连开放了，每年这个时候丫鬟都会采摘新鲜的菊花酿菊花酒。凝脂闻着满园的菊花香，禁不住想起去年此时，初次见到昭清清的情景。就在那一转瞬，她恍然悟出昭府变化的根源——昭清清的琴声自回来后就再也没有响起过。她纳闷，是什么原因让昭清清放弃了这唯一嗜好，不由得又联想起昭清清的知音——五尘。回来后只顾着享乐，她倒真是没见过五尘几面。印象最深的是刚下船时，他混在一行搬运行李的伙计小厮里，见到自己，只是象征性地笑笑，然后就跟着众人拖着沉重的、比身材还大上几号的箱子，去了码头。后来也见过他几次，每次都是行色匆匆，他鞠躬问好，她回个点头，就算是打过招呼了。而今，她再细细回忆起与他见面的情形，不禁后知后觉地发现了异常。五尘和昭清清同时出现异样，总觉得他们之间藏了什么秘密。

她决定去找昭清清。回来也有些时日了，还没去拜访姐姐，确实是失礼——她是这么给自己找了个冠冕堂皇的理由。

既然是拜访，一份表示心意的礼物总归是不能少的。昭清清自小养尊处优，自己有的她不缺，她缺的又是自己给不了的。凝脂正思索着，无意间看见桌上的皇历，时间正好是十五日。她顿时想起每个月的这一天都是沈荷去寒清寺的日子。灵光一闪，凝脂想起灵山曾说过，昭清清差点做了尼姑，只怕是她心里也信仰着佛教。送一本《心经》，自是体面又有诚意的礼物。她不信佛，但《心经》还真有一本。这还是她结婚时，沈荷一笔一画手抄好，赠予她的礼物，嘱咐她在夫家切莫由着脾气。她哪对这些有兴趣，不过是前面才拒绝了老夫人的翡翠镯子，不忍再拒绝沈荷手抄的一番心意罢了。这本《心经》自从她嫁过来就放在抽屉里。别说看，她压根儿就没想起过。如今，借佛将它献给昭清清这朵禁欲的花，岂不是两全其美？

凝脂把经书从抽屉里取出来，掸去书上的尘埃，吩咐忘忧找来一块漂亮的布包裹好——一份像模像样的礼物就出来了。她旋即拎着它就去了清心园。

穿过拱门，凝脂一眼就看见了正在给树木浇水的兰芷。凝脂冷不丁喊她的名字，吓得她手中的浇水壶都险些掉了。兰芷一回头见是少夫人，慌忙鞠躬回礼。凝脂被她一惊一乍的模样逗乐了，但她不想把时间浪费在这些无关的事情上，不停步地继续走路。却听到兰芷在身后喊她。这丫鬟平日里对她眼巴巴的神态，她不是没察觉，只当是她见缝插针，想和自己攀些交情，便权当没听见她的喊声。很快，她就听到兰芷仓促的脚步声，从背后追了上来。她不悦地停住了脚步，还未等她询问，兰芷先开了口。她有些惊慌地说：“少夫人，昭姑娘最近奇怪得很。有时候一坐就是一天，一字不说。脾气不发就不发，一发起来就招架不住。您可得体谅她一些。”

凝脂心想，这丫鬟说话还挺仁义，但还是止不住好奇地问：“姐姐是从什么时候开始变化的？”

兰芷想了想，回答道：“要是兰芷没记错，应该是从寒清寺祈雨回来起就变了，琴也不弹了。”

凝脂警觉地问：“她和你去的吗？”

兰芷摇头：“小姐和少爷，还有少爷的一个朋友去的。对了，五尘也一起去了。”

凝脂紧锁眉头，若有所思地点了点头。

跨过门槛走进屋子，昭清清正侧卧在床上，似乎是睡着了，穿着鼠灰色的斜襟长衫，脂粉未施，头发上发饰也不佩戴，素净得令人生畏。凝脂轻轻踱步过去，站在床边，逆光投下她的身影，像一层薄纱悠然覆盖而上。昭清清对这微妙的光影是有感觉的，她迅速半睁开眼，又更加迅速地闭上了眼。凝脂走近一步发现，她的睫毛在阴影里蚊子脚似的震颤着，小拇指也不易察觉地动了动。

凝脂突然觉得很好玩，一个装睡的人，能睡到多久呢？她这么想着，轻轻退到了旁边的椅子上坐下。只要自己不出声，她哪里都是自由的，但躺在床上的昭清清可不自由。她一定已经后悔了自己的佯装。凝脂惬意地伸手，惬意地摇晃着脚，惬意地用眼珠子到处溜达，却冷不丁听到有人说话："凝脂，你啥时过来的，等了很久了吗？怎么不叫醒我？"昭清清已经从床榻上坐了起来，揉搓着貌似惺忪的眼睛——果然，聪慧的昭清清，刚察觉客人没有走的意思，就立刻给自己制造了一个好台阶。

凝脂道："我刚来呢，见姐姐正在睡觉，没好意思叫醒。"

昭清清顺着她的意思，道："妹妹真是善解人意。"说着，穿上鞋子走过来，在凝脂旁边的椅子上坐下。

凝脂这才发现她面色惨白，嘴唇黯淡，像是生了病。她想说些温暖的话，但无奈生来就不擅长爱人。越是暖心的话，越是难以启齿，像卡在喉咙的鱼刺，吞不进去、又吐不出来。

凝脂默默地把礼物在桌上摊开，一只手把它推到昭清清面前。

昭清清吃惊地问："是给我的？"

凝脂点了点头。

昭清清道了谢，小心谨慎地解开绸缎，拿出精致的金黄色画轴，打开。随着轴布逐渐展开，她脸上的笑容也越发的明显。“这小楷，写得真漂亮。”她掩饰不住喜悦又说：“你写这些花费了不少时间吧？谢谢妹妹的一番苦心！姐姐真的……非常喜欢！”她说着，猝不及防地靠在了凝脂肩膀上——凝脂只觉得肩上一沉，像是突然压下来一座山。她不敢动，仿佛稍加乱动，就会和这山一起粉身碎骨——她艰难地保持着僵硬的姿势，昭清清身上热腾腾的亲热戳得她浑身不自在。

凝脂本想说那是母亲沈荷的字，但她没搞清楚是出于一种什么心态，细想下，似乎也不能用虚荣心来形容。她听见自己口是心非地说：“只要姐姐喜欢，妹妹花点时间也是值得的！”

“说了不怕你笑话，我都不记得上一次收到礼物是何时了，好像那是遥远到天边的事情了……”昭清清靠着她肩膀的身子正了正。就在这罅隙里，凝脂紧着挪远了些，秋天里有些湿冷的空气包裹着她，就这眨眼的工夫，她觉得自己仿佛是由被压着的咸鱼翻身成了飞鸟。

“你要喜欢，我每天都可以送你礼物！”凝脂自在了，说话也没个分寸了。

“天天送呀，就成了和吃饭睡觉一样的寻常事情，就不稀奇了。”昭清清把画轴收好，细心地用红绸包裹好，当着凝脂的面，把画轴放进了柜子的夹层里。

“你抄《心经》，是因为信仰佛教吗？”

“我是不信的——但我家老爷、夫人都信得很，每个月都会去寒清寺礼佛。”她谈起沈荷和许老爷，话也多了，“我倒是偶然听夫人说过，我是个佛缘很深的人。只是，我长这么大也没发现跟佛有什么关系。唯一的关系，也就是因着他俩了。”——她开口闭口“老爷”“夫人”，自己没觉得有何不妥，听者却字字刺耳——怎么能这样称呼自己的爹娘，连起码的尊重都没有，像昭墨那样糟糕的父亲，自个儿虽从来不叫，和外人说起时，也素来以“父亲”相称。

昭清清忍不住听得反感，便道：“人这一生长着呢，妹妹现在还年轻，指不定日后会有什么深浅缘分。我倒不觉得这话有什么好笑的。”

凝脂也意识到自己说错话了。在外人看来有那么好的父母，自己却对他们如此称呼，确实大不敬了，便半开玩笑解释道：“姐姐，我这不是来这里以后，老爷、夫人叫顺口了，一时没改过来嘛！我爹娘……”她声音小下去，这才发觉，真是好久没用过这称呼了。

“听说你爹娘都是难得的大好人，人们提起都是赞不绝口的！”昭清清亲热地夸赞道。

“确实是大好人，只是，他们的缺点也是太好了。”她客观地说。

“这是……”

“坏人都是被好人给惯坏的，好得没个轻重，也就成烂好人了。”

“这话说得，这可是你的亲爹亲娘呀！”昭清清听得都感到难堪了。

“我这就随口说说……嫁人了，真是和娘家就生疏了呀！”凝脂给自己找了个牵强却也说得过去的理由。

昭清清皱了皱眉头，反驳道：“嫁人了，你也是许家的女儿呀！或许，你应该经常回去看看，况且隔得也不远！”

凝脂在心里说着：我可不是许家的女儿，自然是不亲的。但面子上，她还是亲亲热热地解释道："我还是老老实实在这里待着吧，省得经常回去，我爹娘还以为昭家不喜欢我呢！"她说完，急匆匆地转换了话题："好久没听到姐姐弹琴了，本想着回来就可以听到，却不想你这里清风雅静，是一点声儿都听不得了。"

昭清清轻笑着，举起右手道："不小心摔了一跤，也没什么大碍，就是手指僵硬，不方便再弹琴了。我也深感遗憾，可是与其弹出不好听的琴声，还不如不弹，免得既伤大家的耳朵，又伤我自个儿的心。"

她解释得合情合理，凝脂细细观察她，似乎也看不出来有何异样。或许，真的是自己疑心重，想多了。可是，为什么要想多，还大费心机地跑来试探呢？她在心里自问着，很快又自答道：五尘就像是自己的私有物品，就算自己不用，别人拿去用，也是不乐意的。这不是人之常情吗？

这么一想，凝脂就释然了。

凝脂回去时又在院儿里见到兰芷。她殷勤又谦卑地说："少夫人慢走。"

凝脂见她怯生生、热乎乎地讨好着自己，不禁一笑，仿若不经意地问道："五尘一般都啥时候过来？"

兰芷道："他有些时日没来了，姑娘不弹琴了，他也就没有来过了。"

凝脂听了一阵窃喜，心想，果然是知音，发不出音了，也就不成知心了。

一日，天清气朗，早春时节温度适宜，显得充满了善意。昭府来了一对夫妻，是老爷和夫人的旧相识，他们还领着一个七八岁的男孩。小孩淘气，闲坐不住，长辈们又相谈甚欢，气氛有些微妙的尴尬。潘玉蛾见这对夫妇眼神里流露出的对孩子的宠爱，体恤地吩咐丫鬟领孩子去府里转悠。他一出门就撒欢似的到处跑，丝毫不像个富家少爷的样子。丫鬟追着一路小跑，也是觉得这小孩太顽皮，憋了一肚子气。跑完大半个府邸，她已经累得脚发软。这丫鬟想出个省心又讨巧的方法，主动带孩子去厨房找零嘴，也好让他安生待着。小孩子家对零食自然是感兴趣的，兴高采烈地就跟着去了。因为小孩的父母和老爷、夫人素来交情甚好，厨子很重视，特意做了一盘色香味俱全的核桃酥饼。小孩吃了一口，端起碗欢喜地跑远了。丫鬟追得七喘八喘，却见他端着去孝敬父母了。堂上的长辈挨着喂了一圈，盘子里却只剩下三两个核桃酥饼。这么个貌似顽劣的小孩儿，却有如此孝顺的一面，这令潘玉蛾禁不住连声夸赞，也不由得心生羡慕，有了抱孙子的想法。

翌日，吃过晚饭，灵山就被喊去了厅堂。潘玉蛾见了灵山，满是期盼道："你这成婚也快两年了，也未见媳妇害喜。你俩都老大不小了，当了父母亲才算真正的成家、成人。"灵山见母亲日渐枯槁的身形，再联想起凝脂倾国倾城的身体，顿觉恐惧。他模糊地应付道："这事着急不得，顺其自然比较好。灵山明白娘的意思了，会尽力去做的。"——潘玉蛾闻言心宽了，另一侧椅子上的昭墨倒是没说什么，只是悠闲地坐着倾听，并不热心。外出避暑这些日子，昭墨略显发福，凸出的肚皮宛若刚显怀的孕妇，大笑时就颤巍巍地抖几下。他脾气较先前温和不少，一些下人也敢当面调侃他的肚皮。他也不生气，乐呵呵解释说："我这是吃饱喝好，修身养性，不胖对不起粮食。”现在，已经很难从他身上，看到过去那个名震胭脂河风流公子哥的风采。但他完全不介意，他已经彻底放弃了自己的皮囊，一门心思去追求他先前忽略的精神世界了。好事儿是——他连自己的皮囊都不再介意，又岂会介意别人的皮囊！

相形之下，昭夫人潘玉蛾的处境就惨淡多了。她焦黄苍老的脸，跟打过一层蜡油似的，那副从侧面看去呈现弓形的身材，似是提前出现了佝偻的征兆。灵山初见到避暑回府的母亲时，又是震惊又是心酸。只过了几日，他便从凝脂嘴里得知，母亲提前绝经了——是在回来的船上知晓的。以前每月都按时来的月事，突然就没了踪迹。昭夫人耐着性子等了几天，一直到船抵达苏镇，也没见动静。凝脂不放心地叮嘱：“最近你倒是要少惹夫人生气，她性情大变。回来途中，我见服侍她的丫鬟在甲板上偷哭过好几回了。”灵山理解她的好意，连连点头，称提醒得是。心里却免不了一阵伤感，虽然他得到母爱那时已经快成人了，但到底是骨肉至亲，这迟来的母爱却似乎并未影响他对母亲的爱。相反，对幼年记忆里郁郁寡欢的娘，他充满了怜惜。

从厅堂回来，灵山就将母亲想抱孙子这事抛却去了九霄云外，只字未和凝脂提及。太阳西沉，暮色像铺撒开的巨大渔网，打捞走了满满的光芒。凝脂半躺在床榻上，仅穿了一件薄薄的纱衣，姿态慵懒迷人。许是母亲之前的谈话激起了他想要守护住这美好皮囊的雄心壮志，自身的欲望，也跟随这壮志被撩拨到鼎沸。

他轻轻地踏步到沉香床边，温柔地说：“去洗个澡吧。”

凝脂抬头就见到他跳跃在双眸深处的火焰，像是夕阳的光辉都被吸收进了他眼底。她羞涩地垂下眼皮，温顺地说：“我这就喊忘忧去准备水。”

水不多时就放好了，浴室里的烛光映红了雾气，层层叠叠地升起来，如同神话里的仙境迷宫。凝脂光脚踩入这团橘红色的迷雾中，水蒸气铺满了她的皮肤，细软的小绒毛湿答答地贴着，泛着光泽。

她微微一笑，抖落下一屋子的湖光水色。再伸出小拇指，勾了勾，灵山就魂不守舍地飘过来了。

你见过美人鱼吗？

从深海里爬上岸，带着欲望的气息，原始的、生野的、黏糊糊的……拖着长长的尾巴，蠕动的身体拖着拍打的蒲扇巨尾，如同一条水蛭缓慢前进。她身后的每一摊液体，都潮涨出一汪欲望海洋。她爬过的每一片土地，都在播种春天。

你试一试这触感——抓一只蜗牛，让它经过你的皮肤就知晓了——软体动物独有的性的魅力，像男女交合时黏合的最隐秘的器官——黏膜。生长于女人的身体，是世间最肥沃的土壤。雪绒花的光芒照亮了男人的眼睛。

比女人更迷人的美人鱼——上半身是女人，下半身是未开化的野兽。细柔的嫩肉，包裹在铮铮盔甲般的鳞片里，吸取陆地山川之灵，汲取深海的精液，生长成天地间独一无二的欲望之兽。

我没见过美人鱼，我只见过你，我的妻！

你已使我永生，我看着你——你的身体就是我的信仰——胜过所有真理和宗教。没有人能如此刺激我的眼睛，刺激我的心脏，刺激我的五脏六腑。你让我热血沸腾，亢奋难耐。我想要不顾尊严地向你朝拜，像一只发情的野毛驴见到心爱的小母驴，嘶鸣、露出丑陋的大板牙，四蹄朝天地在稀泥里打滚。

我想要抱紧你，把你塞进我身体里。

你吃了我吧！

木瓢里的水温和地落到她的皮肤上，又吸溜着流窜进木桶里。她闭上眼睛，从发梢到脚趾，水流过的地方，宛若闪电般穿过的水蛇。微小善变的快感，她都感觉得到。上天赋予她的身体极度的敏感，每个毛孔都生长着自行思考的大脑。所以，她的感官与众不同——男人抚摸时的指纹纹理、亲吻厮缠时舌苔上的颗粒状摩擦。她不用眼看，她的皮肤替她看得清楚。就好比，她的毛孔会交合，纹理会交合……她周身上下哪个器官、哪个体表都是活物，它们和触摸过的任何物体、和天地万物相生相合。在水里，就和水交欢；在空气里，就和空气交欢——总归，她是不会有寂寞的时候的。

灵山细致地欣赏她，感慨造物主这双巧夺天工的手。这个女人的身体，怕是连微不起眼的毛孔，都经过一番精雕细琢。“真该拿出去分享给天下男人，才算仁义！”他在心里说了一遍。

昭灵山舀了一瓢水淋下去，抚摸着她湿漉漉的皮肤，来回摩擦。这滑嫩如白玉的触感，令他心潮荡漾。不由得联想起早前和千叶信聊起人生时，探讨过的轮回之说。千叶信说他是相信有灵魂的。当时灵山问：“灵魂是什么？”千叶信想了想，认真地回答：“灵魂就是天地万物之间最有灵气的物什，比如此时的昭灵山和此刻的千叶信。再说宽泛点，一草一木，一风一雨，哪怕一株草它决定活成一株草，都是有灵魂的。”“轮回又是什么呢？”千叶信答：“轮回就是，旋转在生与死、过去与现在之间的不会停息的轴轮。打个最简单的比方，擅长勾引男人的女人，会被咒骂成狐狸精。原因就在于，人们普遍认为这种女人有狐狸的本质。若是按照轮回来说，她的前世，可能就是狐狸。”

灵山闭上眼睛，光用触觉去感觉这女人，温热而滑腻，和水一样的质地。他禁不住就顺着往下想，是什么才会令她出落成今生这般尤物呢？想深了，没忍住就脱口而出：“凝脂，你说你前世到底是什么？”

凝脂不明白他为何突然问出这种匪夷所思的问题，有些诧异地摇头。

“会是什么呢？”她跟着好奇地问。

水荡漾开去，像是细细碎碎的绒毛滑过手指。灵山上下打量她一番，话里有话地说：“我看你……哪里都像吃男人的野兽！”

凝脂生气地拿开他的手。灵山不管她，又把手搭在她肩膀上，在她肩膀到脖子之间的弧线上弹琴。又道：“比如，有的人前世是一只狐狸，她天生就会勾引男人；有的人前世是一条鱼，天生就喜欢水。再比如，长着驴脸、马脸的男人，都擅长……”

“这么说，你是驴子或者马咯？”凝脂打断他，转过头细细看他的脸，突然笑出声，“我看你既不像驴子也不像马！”

昭灵山不说话，握住她的手，一路指引——她触摸到突而蓬勃的坚硬，脸倏然红了。

“这里像就够了。”灵山说。

凝脂目光生野地看着灵山，扑哧笑出声。她噌地站了起来，羞耻的毛发湿漉漉地贴着皮肤，倒真有点像某种兽类的脸。凝脂道：“来吗？让我吃了你这只驴子！”

灵山闭上眼睛，慢慢蹲下去靠近那张野兽的脸。柔软而诚恳，像一盘呈上的新鲜食物。

凝脂周身的器官都在细细咀嚼着“美味”，身体深处正裂开出豁口。她的灵魂从这里飘了出去，飘向了巅峰的空白。

二

小别胜新欢的新鲜劲儿眨眼间就过去了。

灵山又开始向往鲜美的猎物，但凝脂却仍然沉迷于床笫之私，对外面的事情兴趣寡然。她觉得，这世界沉香床这么大就足够了，床就是最大的自由，她在床上，活得就和天地间想怎么长就怎么长的树木差不多。只要床上有个男人，就是跟床一起老去也不可怕。凝脂想：人活着，终免不了一死，长眠才是永恒的。比起死亡，长命百岁也不过是过眼云烟。快活一天是一天。或许，只有欲之乐，能抵过死之痛。

她一天到晚缠着灵山，终于将他纠缠烦了。他厌倦了，腻了，太想品尝新鲜的女色，得到不一样的体验。入夜，凝脂睡着，灵山却闭着眼睛，琢磨着摆脱的方法，不由得就想起那红颜薄命的绝色花魁……继而，他的思绪被打通——寻找女色和替朋友寻女人，这两件事大可以当一件事情，堂而皇之地来做。总归是寻找，再者都是女人。

他想得兴奋了，就忍不住抚摸凝脂的皮肤。手指肚蜻蜓点水地触碰过，连续几次，凝脂的皮肤先于大脑醒了过来。皮肉跟随着拉长的呼吸，颤抖着，汗毛一根根竖起来。屋里光线朦胧，她犹如软体动物般蜷缩着，蠕动着。这时，灵山便停下来。身边的女人也渐渐停止挣扎，平息了。

凝脂意犹未尽地醒过来，抱住他，像没有吃饱的小孩，可怜兮兮的。

灵山发出长叹，好似心事重重的。

凝脂问："有心事吗？"

灵山就等她这句话。他温柔地抱紧她，这才佯装严肃地说道："凝脂，我有件事情必须告诉你。"

"你说吧，我洗耳恭听着。"

她的呼吸打在他耳朵上，痒酥酥的。他们面对面抱在一起。月亮刚升起来，外面秋风萧瑟，刮得树木沙沙作响。

"我欠了朋友一个承诺，君子一言，驷马难追，现在你也回来了，该是我去兑现的时候了。"凝脂不说话，只是静静地看着他，等着他继续说。只听灵山又道："说起来都有些时日了。还是你外出时发生的事情——我偶然结识了一个投缘的日本人，我们志同道合，惺惺相惜。他名叫千叶信，也是受人之托来中国寻人。我答应他，要帮他找到这个人。所以，明天起我可能会经常在外。"

凝脂好奇地问："是个什么样子的人，值得人如此大费周折寻找呢？"

"是个女人。"

"美吗？"

"非常美。"

凝脂面色顿时沉下来，又问："有我好看吗？"

灵山赔着笑脸，圆滑地说：“与你相比，还差那么一点点。”

凝脂知道他是言不由衷，讨自己欢心。但她满意于他的好态度，于是大度地说：“那你就去找吧，这种事情若是我阻止，倒成了我逼着你去做个不讲信用的小人了。只是——”她停顿了一下。灵山屏息凝神，生怕她接下来的话是——让五尘跟你一起去吧。若真是这样，他寻人的积极性至少会失去一半。他琢磨着，若她真这么说出来，要如何既自然，又不让她生疑地应付过去。他正聚精会神地想着对策，却见凝脂莞尔一笑，继续说道：“若真找到了，可得带来给我瞧瞧。我对这女人也是好奇得很。”

灵山大喜，连连保证道：“若真找到，我先领来与你瞧瞧，再去告诉千叶信。你看可还满意？”

凝脂想了想，当即就答应了。灵山赶忙温柔地吻上去，堵住她的嘴，生怕她反悔。

第二天一早，灵山便收拾妥当出门了，车夫早已在大门口等着。自从少夫人回来，灵山就一直陪伴在少夫人左右，他都好些时日没有额外收入了。昨儿大晚上，他接到府里小厮通知，少爷一早要出行，请他准备妥当。车夫兴奋了一宿，很晚才睡着，刚眯了会儿就被妻子推醒，要他赶紧起床，别误了时辰。他妻子去年替一户富贵人家做了一冬的临时工，每日见着那富家小姐裹着貂皮大衣进进出出，像一只目中无人的孔雀，早就羡慕不已。丈夫成了昭家少爷的心腹之人，加上零零散散的补贴，赚钱足够养家糊口，她便不再帮工，专心在家相夫教子。这女人原本是个本分老实的农家妇人，却被丈夫喂成了贪婪之辈。今年，她已经明里暗里说了好几回，想要个皮草披风，管它什么皮毛，有貂皮是最好，其余兔子野狗毛她也不嫌弃。

天刚蒙蒙亮，被夜露打湿的青石板在拂晓的微光下，比白日里还锃亮。车夫喂了马一些干草和水，先伺候这牲口吃饱喝足，不等天亮就出发了。他猜想着，到了府上少爷肯定还未起床，吃点妻子给做的干馍馍，再抽支旱烟是正好。到昭府后却吃了一惊，只见昭灵山早已收拾妥当，容光焕发地站在门口——哪有让少爷等一个下人的道理？车夫吓得浑身冒汗，停好马车下来时，腿脚都瘫软成了面条。他连话都说不清楚了，身子却敏捷地做出了一个下人该有的反应——卑躬屈膝地请昭少爷上车。

好在昭灵山上车后并未说什么，只是提了一嘴：“今儿天气阴沉沉的，看起来好像要下雨呀。”

车夫没听出什么异常，这才镇定下来。他抬头看看天色，西边一大团乌云正蓄势迅猛地追过来，可不是要下雨的样子吗？他便道：“少爷，您今儿可不能去远了。若是少爷被淋雨生病了，小的可担当不起。”

昭灵山摆摆手，道：“不碍事，总有躲雨的地方，到时候歇脚躲避下就好了。”

车夫见灵山如此说，也不再多言，吆喝了一声，马便撒欢地跑出去了。

灵山今日可不是打着找人的幌子寻乐去的。他听耳线说胭脂桥附近一座叫“夏花”的村庄里，当真来过一个外地口音的绝色美人。问清楚地址后，他心急火燎地就去了，不多时就已经到了桥下。天色这时方才完全透亮，远处的乌云不见了踪迹。云层下，太阳渐渐升起，橘色的霞光照得整个河床金光闪闪的，甚是吉祥。灵山撩起帘子，欢喜地说："今儿看来要旗开得胜，乌云都不好意思给我添麻烦，自己跑了！"

车夫见主子高兴，自然跟着高兴，附和道："少爷这是吉人自有天相！"

主仆二人兴致渐高，一路问到夏花村，车夫又去问清楚具体门户。到了门前，却发现那座宅子早已经废弃，空无一人。挨邻的村民说，前些天的确来过一个美艳的女人，进去看了一眼就走了。从进村到离开，前后逗留不超过半个时辰。有个男村民，在讲起那女人的容貌时，眉飞色舞的，竟然用了"宛若仙女下凡"来形容。显然是那美貌早已驻留于心中，反复回味。

灵山听得心驰神往，他原本想带着车夫进宅子里看看，村民却一脸严肃地说："这大宅闹鬼，进去不得。"

灵山问："她一个妇人都敢进去，我为何不敢？"说着就要进去。那男人的妻子却酸溜溜地讽刺道："他们男人见着这等美女，都光顾着犯痴病，哪还顾得上跟人家说这些？等想起时，人家姑娘早都进去了。这群窝囊废都不敢进去，还好那姑娘好端端地出来了。要不可真是作孽！"

灵山瞟了一眼那跟上来插话的女人，长得虎背熊腰，黝黑壮实，这可是个干活的好把式。可是作为妻子，她的男人确实是令人同情。

灵山见那男子羞得满脸通红，也不想为难他，便打算再寻个时间来。他让车夫留了地址，吩咐若是再见着姑娘来，速来通知。

两夫妻对昭府早就有所耳闻，又听车夫介绍这是昭家大少爷，更是喜不自胜。那丑陋的媳妇当即说："我说今早老听到有喜鹊叫，他这榆木疙瘩还说是我耳朵有病！这不是就见着贵人了，可不证明喜鹊当真来过？”

那男人见妻子举止毫无教养，说话又不识大体，窘迫得面红脖子粗。灵山怕是自己再多逗留，那妻子不知还会说些什么不合适的话出来，赶紧上了马车，和这夫妻俩匆匆告别。

折回到镇上，时间尚早，早市还未退去。灵山兴致高昂，便喊了车夫去集市转了一圈，没寻到合眼缘的女人，有些失望地又辗转去了老据点半水街。原本灵山只是想随便进去一家妓院，寻个新鲜货色，也不枉费今日天公作美。岂料，车子经过十里春，他又情不自禁地想念春十娘。那长久潜藏的心思又开始蠢蠢欲动，似是犯了烟瘾的瘾君子，非得见到春十娘这解药。

车夫只听到帘内主子一声叹息，就心领神会地放慢了速度。果不其然，刚到门口，帘子里传来一声“停”。马车适时地停下，灵山利索地下了车，用手遮挡着脸，混杂在三两人中就进去了。到了僻静处，再从楼梯至春十娘的香闺，就是轻而易举的事情了。

灵山站在记忆里熟悉的门口，回想起五岁的自己，第一次窥见春十娘身体的情景，不禁泪水潸然。正在他哽咽之时，门里传来男人爽朗的笑声。他一听，就明白是龙平在里面。他万分失意地正打算走开，却听到龙平说：“你这床，若不是因为是你春十娘睡在上面，那就是一张普通得不能再普通的床。”接下来是春十娘的声音：“我知道你专门制作床，也听客人说起过昭府有张神奇的床，传得神乎其神，但具体有多神奇，还真想象不出来。”——灵山一听这话题，顿时来了兴趣。他索性将耳朵贴着窗户，双手按在膝盖上，拉开了准备长久偷听的架势。

两人的谈话继续着。

只听龙平道：“你还信不过我？我这辈子都在做床。那张床用尽我毕生手艺，算是我的收官之作。制床的沉香木是我托先前给朝廷专贡木材的朋友，费了大功夫弄来苏镇的。但即便是最好的沉香木，也缺少灵性，这真是让我万般发愁。就在这时，好像上天有意帮我，许府派人送来个包裹，我拿出来一看，顿时震惊了。这些都是珍贵的彼岸花。这可不是我们司空见惯的，普通的土地是长不出来的这个味儿……于是，我让昭墨去问明来历，结果更让我震惊无比。它是寒清寺的和尚送来的，这真是一种神奇的缘分。这张婚床一直做到婚礼前一天方才完成，正式搬去灵山的卧房……”

灵山这才恍然大悟，那沉香床散发出的气味不是沉香，而是彼岸花香。他好像又回到了初次偷窥的旧时光，屏息凝神，生怕错过了什么。

屋里的两个人继续说着，话题没有转移，反而越谈越深。

“我真为昭墨高兴，一生能得这样一知己是大福。”

“你说得对。但应该反过来，我能遇见昭墨才更是福气。因为……其实我是藏了私心的。像凝脂这样的女人不是深宅大户能锁得住的，她只是还没认清自己——”

“你说的是，昭灵山的妻子？”

“是的，那女人美得令日月失色。当年婚事刚定下来，我随昭墨去过一趟许府，无意中看见趴在闺房窗边的凝脂。当下我脑海里就冒出来制作床的欲望——这就是那张婚床的由来。”

“原来，你是因为这个女人……”

“坦白说，确实是她激发了我的某种渴望，她天生就是男人的极乐。她若做了妓女，定是胭脂河上又一个顶极尤物。所以，这制床的木头经过我的特殊处理，这些渗透进木纹的彼岸花，有一说也叫‘引魂之花’。”

“可是，她毕竟是昭墨的儿媳妇……”

“你比我更了解昭墨。他根本不介意女人的身份，妓女也只是众多身份中的一种罢了……”

“不，这是他因为喜欢我的时候我已经是妓女了，才故意这么说的。”

“我有暗示过他，这张床上会出来一代尤物。我想他是听懂了的。”

“你这是给自己找心理平衡。”

“十娘你熟悉昭墨和我，应该明白，我俩表象不同，本质却是相似的，否则也不会爱上同一个女人。”

“可是，我只想昭墨平淡地度过余生，但愿你做的床并无奇妙之处……”

或许是两人想法不一致，陷入了沉默。灵山却是听明白了——龙平制作这张床，是因为他尤物般的妻子，是睡这床最合适的人选。他细细回忆起那日龙平来府邸见到这床的情景。他说：这床活了——原来是因为床上的人，养活了这张灵气的床。没准儿，自己枕边当真睡着个天生的妓女。想想老天真是太垂爱自己了，真是缺什么送什么来。灵山抑制不住地激动，还好因为早年时常做偷窥的丑事，手脚早已练成了精。嘴巴刚一张开，手抬起来不由分说地顺势就捂住了。

龙平的声音又适时地响起——“你小看我的技术了，我先给你讲一些往事吧。”“我喜欢听故事。”“这不是故事，是真事儿。”“好吧，但愿你讲完我会相信。”灵山听得忍不住想笑，原来春十娘还有这么孩子气似的较真儿的一面——他嘴巴刚张开，手又是一个巴掌捂下去。

“很久很久以前，我家还在一个小村庄上，人烟稀少。有天傍晚，一位即将临盆的孕妇路过我家门口，我娘见她可怜便让我爹给抱回了家。我娘给她接生，就在我祖爷爷留下的木床上。我祖爷爷先前考取进士，做过翰林，这床是用上好的黄花梨打造的，好着呢。祖爷爷在这张床上搂过他娶的大大小小好几房老婆和小妾。到我爷爷那一辈，光景败下来，再到我爹爹就成了真的穷人。但这床还是好床，跟我祖爷爷当年一样气派。那女人开始一直喊疼，疼得死去活来，躺在床上不多时，竟气色红润，声音竟也变了调调。我见过我爹娘做大人那事，但他们不知道我见过。我的小床就在他们对面，中间隔了一道帘子，每次他们要做那事之前，娘就悄悄掀开帘子看我睡了没，我只要看见我娘偷偷伸过来的手就未卜先知地装睡。所以，他们到死都不知道这个秘密。”

“后来呢？”春十娘饶有兴致地问。

“后来，娘吩咐爹爹去烧热水。娘知道这女人马上要生了，也顾不得那么多了。人命关天呢，何况是两个人。她亲自上阵接生，她也没什么经验，过去她生孩子都是接生婆接生的。但这会儿哪里能马上抓个现成的来呢。我娘大着胆儿学着接生婆的模样，喊她使劲使劲，我爹端来一盆热水，又去紧着烧水，他们都忙得把我忘记了。我藏在我的小床上，从帘子后看见了女人生育的整个过程。那女人毛茸茸的下体被撑开，肿胀撕裂，婴孩柔软黏湿的黑色头发露了出来。神奇的就在这里——那个女人在观者都胆战心惊的场面下，脸上却带着令人吃惊的祥和平静。我好像看见有个朦胧的人影，趴在那产妇的身上，绵软地缠绕着她的脖颈、乳房……这产妇渐渐地闭上眼睛，红润的脸上分明是享受的模样。那声音萦绕于狭窄的房间里，绕着房梁几圈，绕得听到声音的人也晕了。我爹似乎也跟着她，发出了这种诡异的声音。我娘看着产妇的目光，充满了嫌弃和鄙夷。她生下一个女婴，第二天就被我娘请走了。这事让我爹失望了很久。”

“那床长什么样？”

“床身雕刻了数对繁复精细的鸳鸯，床柱上刻了四个女人。”

“听你这么描述，这床……”

春十娘似乎想说什么，但龙平正讲到高潮，不等她说完，就打断了她。春十娘想说的是——她貌似见过那床。只是，那年月她年岁尚幼，记不得太真切罢了。龙平错过了最重要的一句话，等春十娘想起再说时，他与那张床又错过了几年。

“这母女俩离开后，我们一家再没见到过她们。再后来，床也去了别处。但，那已经是三年后的事情了。村里突然来了个男人，出高价买走了那张床。床被人抬走之日，我失魂落魄了很长时间，最后我做了个拯救自己的决定，那就是制作床。我先是跟了个小木匠，他给我很多零碎活儿，但我除了床其他什么都不愿意做，没多久就被赶出去了。流浪了几年后，我找到一家愿意要我的家具厂，这回我学乖了，但凡知道谁分配到的是制床的活儿，我就和人家互换。久而久之，大家都知道我这嗜好，又因为我做的床总是比别人做得好，这事就被默认了。于是，我有了足够的空间和自由来潜心钻研，到我二十岁时，只要是我做的床都能卖出很高的价格，可是那里已经没有我能上升的空间了。我的兴趣大减，精神不振，好像突然迷失了方向，不知如何是好。我觉得时机成熟了，我必须出去开阔眼界。于是我用这些年积攒的钱，游走四方。在旅途中，我遇见了我的贵人，他看上我的技术，把我弄进皇宫，专门给皇室做床。就是在这期间，我顿悟出：床作为人类繁衍生息最直接的参与者，它是有灵魂的。”

“我明白了，你祖爷爷那张床和你做的床，都被赋予了灵魂，所以与众不同。”

“是的，我一直在找给我祖爷爷制作床的师父，可是一直找不到。那匠人定是位高手，即便他已作古，能认识他的后人也是荣幸的事情。可惜我祖爷爷并未留下这床的来历，无从问起。”龙平发出遗憾的叹息声。

“古床倒是很多，我也见着过一些古床，只是，是不是你说的那张还有待确定。”春十娘道。她努力回忆着，母亲嫁的第二任丈夫家里，确实是有张古床，但那时她不过十来岁，那柱子上是女人还是凤凰，她还真记不真切了。前些日子，母亲的忌日，她回去给母亲上坟，还顺便去那早已废弃的宅子看了看。只是那床实在古旧，她都未曾留意它——但龙平显然不认同她的说法——民间留下来的古床多了去了，跟他说的那张岂能相比。

“我记得那个引荐我进皇宫的世外高人曾说过，这世间遗落了一张黄花梨做的绝世之床，是曾经深得皇帝欢心的翰林所有。据说做那张床的工匠曾说，这床上将会出一位举世无双的妓女。我没告诉他，那位翰林就是我祖爷爷……到我父亲那一代家境落魄，我想祖爷爷不希望有人知道他的后代混成这番落魄光景。那世外高人离开京城，云游四方之前和我叙旧，他说：你别着急，有一天你做的床上也会出一代尤物。我那时将信将疑，一直到我告老还乡，方才参悟出做床的魂——生命和欲望、真实和梦境。我想，这就是那张床。所以，我常常想那张床上诞生的女婴现在如何了，算起来她三十多岁了。”

春十娘掐指一算，那女婴的岁数倒是和自己相仿。也隐约听母亲说起过，她是出生在陌生人家的一张古床上，是那户善良的村民救了她们母女。后来，母亲又嫁人了，洞房夜又遇见了那张古床。问起，才知晓是她的新丈夫几年前买下的。只是，关于救命恩人，母亲并未留下更多讯息，她的死去太突然了，至今春十娘想起都觉得像一场醒不来的噩梦。

不知为何，春十娘竟生出自己就是当年那个女婴的想法。于是，趁着这想法还未消散时，她有些激动地说：“有缘你会遇见她的。”

“那女婴长大成了什么都不重要了，或许，我能遇见你，就是幸运的。”龙平感慨地说。

春十娘还思索着女婴的事情，这一刻，真把自己当成了当年的小女婴。她看着龙平的眼神都变了——龙平被她看得着火了。屋内渐渐传来男人和女人亲吻的声音。灵山情不自禁地用手抠开窗户上的纸，将身体里隐藏的眼睛释放了出来。他再次看见她的身体，被压在龙平壮实黝黑的身体下，翻滚着，像一朵煮沸的水花。

灵山看得入神了，恍惚中，他仿佛看见被压在下面的春十娘成了凝脂。

三

车夫接连好几日，每天一早都来昭府门口候着。灵山这次给的封口好处，除了银子，又加了些布料。车夫回家就把布料和银子如数交给了妻子，他的妻子拿着钱满眼放光，那一段布料第二日就被她拿去做衣服了。衣服做好，她穿着出去炫耀了一番，又被左邻右舍谄媚地夸了一番，叫醒车夫这事儿干得也越发带劲，有日竟然凌晨三点就把丈夫给喊醒了。车夫出门看见满天星光，气得咒骂起妻子。但他也就敢在背地里骂骂，当着妻子还是得言听计从。在马棚里陪着马睡了会儿，听到鸡叫就醒了，半刻不敢耽搁地喂马，然后出发。

灵山不在家时，凝脂就喊裁缝上门来比照着做衣服。昭府绸庄每每有了新款布料，总会送些小样给少夫人过目。但凡有她喜欢的，裁缝便会赶着做成漂亮衣服。凝脂嫁来昭家后，每月都在做衣服。衣柜放不下了，昭墨一声令下，把夫妻俩旁边的厢房和卧房打通，整个屋子都用来做衣柜，放衣服。凝脂的衣服多到连她自己都不记得，好在忘忧尽职尽责，打理得规规整整，找起某一件来才不太费事。

这天，裁缝又送来几款新布料。有一款水绿色的绣花布料，她一眼就看上了，便让忘忧上了茶水招待裁缝。她要做一件与众不同的样式。裁缝在昭府待的时日不短，少夫人大婚的嫁衣就是他给做的。他难得见到少夫人如此倾心于一块料子，心底自是高兴得很。所以，当少夫人说出想法时，他听得特别用心。为避免做错，裁缝还特意让忘忧找来纸笔，跟少夫人确定了细节，画了个小样，以便回去参考。

忘忧刚送裁缝出去，凝脂就发现那张图样忘记拿走了，还压在杯子下。她拿着图样就追了出去，刚走过一个回廊，远远就见着一个鬼鬼祟祟的身影。凝脂纳闷地仔细看过去，竟然发现是清心园的兰芷，她怀里似乎抱了个啥东西，以至于走路弯腰驼背，形迹可疑。再一看，她此去的方向正是厨房，那里挨着的就是五尘的房间。她顿时留了个心眼，像一只发现入侵者的母鸡，抖擞开浑身的羽毛。

凝脂想喊她，又怕惊动了其他人等。于是，她急中生智，捡了个石子，朝着她扔过去。石子不偏不倚，正好落在兰芷前面不远处。她回头一寻找，就看见凝脂在回廊柱子后，正朝着她勾手。她四下打量了一番，见没人注意到她，于是拎着裙摆，小跑过去。她们躲在柱子后面，谨慎的模样，像是分享偷来果实的两个贼。

凝脂开门见山地问："是姐姐派你去找五尘的吗？"

兰芷不置可否地点点头。

凝脂又问："她可有让你捎什么话？"

兰芷的手从背后拿出来，摊开的手里放着一个包裹。

凝脂问："这是什么？"

兰芷道："今儿清晨，无花果结出了第一枚果子。我进屋去告诉了小姐，原本是想让她高兴一下。没想到小姐二话没说，亲自到院子里摘下了这枚果子，郑重地放在信封里，包裹好，让我给五尘捎去。"

凝脂纳闷地再次确认："你想想，做这些时，她有没有说过什么话？"

兰芷认真地想了想，摇头道："小姐从头到尾，一个字没有说过。但小姐平日就少言寡语，我倒是习以为常了。"

凝脂见她表情认真，不像是有所隐瞒，也不再询问。她接过包裹打开，果然只是一个普通的牛皮纸信封。她里里外外翻了个遍，也没发现有什么特别之处。无花果也无非是一枚普通的无花果。若非得给它找点不普通的地方，大概就是结出的第一枚果实吧。

凝脂失望地把无花果放进去，按照原来的样子包好，重新交给兰芷。她小声道："不要对任何人说起这件事。"

兰芷眼睛忽悠地亮起来。她紧张地保证："少夫人，兰芷不会乱说的。"

凝脂又道："那你去吧。下回若她还有什么转交给五尘，记得来告诉我一声。敲三下窗户，我就知道了。"

兰芷紧抿着嘴唇，深深地点头。

隔了两日，凝脂就再次见到了兰芷。这次，她送来了一篮子新鲜无花果来，一放下就仓促地离开了，只说，昭姑娘提前吩咐了，不准久留。凝脂理解她，喊忘忧出去送送她。这日灵山也在家，凝脂猜昭清清一定是知晓他在家，才特意送来的。

灵山一边吃着无花果，一边感慨道："这清心园但凡有新鲜果子，姐姐总忘不了我这弟弟。可我却实在想不出，能有什么办法让姐姐也获得幸福。"他说着，瞟了一眼凝脂，试探地问："我看姐姐和你带来的那人很聊得来，何不把他遣去给姐姐使唤，我再给你增派两名，你看如何？"

凝脂一言不发地吃着水果。吃完一颗，她答非所问地说道："你说这无花果是个什么意思？"

灵山被问得莫名其妙，以为自己说错了话，继而更加小心地问："无花果能有什么意思呢？"

"我在问你呢，你反倒是问起我了！"

灵山只得随口敷衍道："无花果，字面意思就是没有花也会结果咯。但究竟是不是没有开花就结出的果，你可以去清心园问问姐姐。"

说者无心，听者却悟出了什么——不用开花就能结出果，若是换成人，不就是——不用同床合欢，也能……

凝脂幡然醒悟，像是自己藏在身上的私有物件被人掠夺过去，昭然示众。那只温柔的盘踞于深处的蛇蝎，转瞬间怒发冲冠。她站起来，一手就将满篮子无花果打翻在地。

灵山以为是先前自己的提议激怒了她，慌忙道歉："你不乐意，我便不遣过去就是了。你用不着为此动气。凡事都好商量。"

凝脂明白他是理解错了，张冠李戴了。很快就转念一想，他误会也好，真相是难以启齿、越解释越麻烦的。她便懒得解释，就让他误会去。

灵山讨了个没趣，窝了一肚子火。出门就唤来车夫，心安理得地出发去半水街，抚慰下自己那颗受伤的心了。

凝脂也不闲着，径直去了清心园。

昭清清正端坐在古琴旁，不时朝屋外打望着，似乎是在等人。她今天穿着水蓝色的斜襟长裙，绣着雅致的兰花，头发难得地盘了起来，插了一支精巧的凤尾钗子。她的面色也较之前红润，整个人看起来容光焕发。凝脂推门而入，见这场面吃了一惊。她细致观察了一番，猜测昭清清还用了胭脂，这真是万分难得。但她不得不承认，昭清清到底是灵山的姐姐，这稍微拾掇下，就光彩照人。

见进门的是凝脂，昭清清愣了几秒，才尴尬地喊兰芷上茶。她窘迫地站起来，不等凝脂开口，有些不好意思地抢先发问："妹妹，你看我这新衣服好看吗？"

凝脂认真地打量了一番，故意酸她："我们清心寡欲的昭姐姐，啥时也注意起仪表来了？你这一打扮，真是令人刮目相看呢！"

她说得隐晦，昭清清也不知是真没听出来，还是装傻，权当凝脂是在夸赞自己。她难为情地说："不怕妹妹笑话，这些女人用的东西，姐姐还是头一次用。若不是兰芷帮忙，我还真能给自己涂个大花脸。"

凝脂憋了一肚子气，也不便发作，克制着说道："姐姐，这常言道，女为悦己者容。姐姐这番梳妆打扮，又是为了取悦谁呢？"

"我能为了谁呢？倒是希望有这样的人。"她话里掩饰不住的失落。

"莫不是我来得不是时候，姐姐等的人没来，我这不该来的倒是先来了？"

"这是什么话？妹妹任何时候过来，都是该来的人呀。"昭清清说得有些言不由衷。

自她鼓起勇气送出无花果后，就每日精心打扮，端坐在古琴前，等待着知音来临。方才凝脂来时，她听到院子里的脚步声，误以为是知音来了，就已经心潮澎湃，但来的却终究不是等的人。凝脂是说对了的——该来的没来，不该来的倒是来了。

五尘没来，自己又以这番模样出现在凝脂面前，令自己颜面尽失。不让别人多想，是不可能的。如此，昭清清对五尘的怨恨又添了几分。

兰芷上来了热乎乎的茶水，给两位主子都倒上一杯。凝脂端起杯子，用嘴小口吹着气，一声不吭。昭清清斜睨她一眼，见她面无表情，似乎并没怀疑什么。她这才稍微安心，端起茶水，小口啜饮。

"姐姐，谢谢你送来的无花果。"冷不丁地，凝脂突然来了这一句，惊得正在喝茶的昭清清差点呛住。

她咳嗽了几声，放下茶杯，心神不宁地说：“妹妹太客气了，果子还多着，妹妹若是爱吃，再摘一些回去。”

凝脂笑着摇头，反问道：“姐姐，你说这无花果莫不是真不开花就能结果？”

“这不过是名字而已。只有不结果的花，哪有不开花就结出的果呢？只是它开出的花藏在肥大的花托里，不显眼罢了。妹妹还真信呢！”她最后那个拖长的尾音，亲昵得好像是跟亲妹妹说话似的。

“那姐姐，你说，人若是不能结果又会怎样？”

昭清清被问得怔住了，一抬头，便对上凝脂那带刺的目光。明晃晃的、腾腾的杀气照得四周黯然失色。她顿时失语了一般。

“姐姐，你说，你倒是说呀……一个人若是不能结果，会不会像这无花果一样，是把那玩意儿给藏了起来？若是藏在肚皮里，也不能开肠破肚给取出来用是不？那这人不能结果，到底是怎么回事？你说呀！”

那嘤嘤嗡嗡的声音，像屏障一样将她圈了起来，似乎是在一方水域，悠然于小船之上，晃来晃去，一片茫然。昭清清茫然地跟着问道：“是呀，人若不能结果，到底是怎么回事呢？”旋即，她站了起来，眼神涣散地走出几步，站在门口的台阶上，她孱弱的背影融化在青天白日里。远处，黛色的山脉流淌向远方，她的影子像是这水墨画卷上，画龙点睛的一笔。

凝脂默默地看着她的背影，良久，小声说：“姐姐，你是不是爱上了没有那玩意儿的人？”

但屋子里的人并未等来任何回应，门口那个背影一动也不动。

四

在这个原本应该是收获的好时节，苏镇这一带却因为受到夏天那场大旱的波及，产量骤减。繁荣昌盛的假象之下，隐藏着四处横溢的饥饿。流浪到苏镇的乞丐，待不过三天就匆忙地辗转别处。就像大病初愈的人，看起来是健全的，内里仍旧需要长期调养方能彻底恢复。

盗窃事件如同瘟疫泛滥，层出不穷。昭府也逮着过两个小偷。

第一个是个十二岁的半大少年，被抓住时吓得当场就尿了裤子。他跪在地上声泪俱下地求情，因为母亲刚生下妹妹，没有粮食吃就没有奶水，母亲和妹妹都危在旦夕，不得已做哥哥的只能孤注一掷。又说，若是能放了他，假以时日，定当涌泉相报。

五尘在一旁听得湿了眼眶，昭灵山也动了恻隐之心。于是，昭灵山规劝了他一番，莫要再做这等偷窃之事，凭着劳动去获得食物，这才是君子的方式。少年眨巴着眼泪花子，点头称是，并发誓永不盗窃。

五尘联想起进许府之前，自己食不果腹，只得四处讨饭的幼年，伤心得泣不成声。送这少年回家前，五尘特意拿出自己的钱，换成粮食，让他带回去救命。昭灵山也好心地拿出几套衣服，说是冬天就快到了，妇人小孩莫要挨冻。少年拿着比偷窃还要丰厚的馈赠，长跪不起。但当五尘将他送至码头，表示要随他一起去看望母女时，他却开始为难，找了一堆理由。譬如，母亲怕生人，妹妹有病会传染，等等。五尘也只好作罢，在码头送别时，一再嘱咐他要走君子之道，少年也再次郑重发誓。五尘走出没多远，想起还未问少年地址，以便日后他再有困难，好及时相助。他惦记着又折返回去，却见少年已上了一艘乌篷小船，正拿着衣服和粮食，向船上的人炫耀。五尘朝他喊了一声，他立即吓得钻入篷内，不敢露面。站在船头的汉子，也连忙将船划走，一副逃之夭夭的嘴脸。五尘眼拙认错了人，失望至极。回去昭灵山问起，也闪躲其词，怕连累他一起伤了心。

第二个小偷是一位老者，貌似老实，五尘却从他怀里搜出一只凝脂的绣花鞋。被捉了个现行，老者也是羞愧难当，一度想撞墙自尽，被府里几个力气汉子给拉住，审问之下才道出实情：原来他在上次龙舟大赛上，目睹了凝脂芳容，竟得了严重的“相思病”。只想求得姑娘一个贴身之物，寻个感情寄托，了此余生。

这事情传到昭灵山耳朵里，众人以为这龌龊之辈亵渎了他年轻貌美的妻子，定会怒发冲冠。却不想他听了只认为发现了新鲜事，竟然兴高采烈地拿出另一只，一起赠予老者。这老者以为是在做梦，双手握着鞋子，放到鼻下心满意足地深呼吸，这才相信是美梦成真。

昭府连出两起令人啼笑皆非的盗窃事件，也加强了防治，派人昼夜巡逻。但即便是如此严守防范，府里却还是丢了东西。这次丢的是五尘，丢失的是他从许府带来的一只旧箱子。这箱子跟随他多年，里面装着他视若命根的珍宝。当然，这些珍宝也只能是在他眼中是价值连城的，对其他人来说不过是废物。他寻遍了屋里所有角落，把周边的院落墙角，甚至府里装垃圾的地方都搜寻了一遍，也未找到蛛丝马迹。五尘不敢声张，只得独自忍受着剧痛，日渐消沉。昭姑娘送来的无花果，他是不敢有丝毫大意了，特意找来一张崭新的手绢包好，藏到了枕头里。他知道昭清清一定在等他回复，哪怕去解释一下也好。他几次有意或是无意走到清心园门口，却总是没有进去的勇气。

天气日渐寒冷，这份勇气还未等他积攒起来，却突发了新的事情——许府来话，老夫人病危，喊凝脂速速回府。

五

老夫人离去那日是立冬。

凝脂一脚刚踏进许府门槛，一朵乌云跟着就在阴霾的天空中飘了过来。似乎是她前脚进去，乌云后脚紧跟着就笼罩了屋顶。碧娘早早地在门口候着她，穿一袭藏蓝色夹棉长袍，头发梳得一丝不乱。见到凝脂，她恭敬地弯下腰身，细声细气道："少夫人好，老夫人、老爷和夫人都等着你呢。"她谦卑而恭敬，眉眼耷拉着，似是提前有了妇人才有的老态。在她旁边，站着一溜儿丫鬟嬷嬷，个个神情肃穆，仿佛许府的天马上就要塌了。凝脂淡淡地点头，跟在碧娘身后，一声不吭地朝老夫人的厢房走去。

门内隐约传来抽泣的声音，凝脂听出来是沈荷的声音，她和老夫人素来感情深厚，情同母女。凝脂轻手轻脚地进去，见到穿着藕色坎肩的沈荷正站在床榻一侧，悲恸地哭泣。她哭也是优雅的，眼泪像断了线的珠子一颗颗砸下来，那从鼻腔里发出的声儿，匀称、规律。她那我见犹怜的哭法，惹得一众人都跟着抹眼泪。

许清源正半跪在床前，他紧紧握着老夫人露在被子外的一只手，好像是要把自己的生命传递给她。

凝脂悄无声息地走到床榻前，她看到老夫人露在棉被之外的手臂，皱巴巴的，灰褐色的大小斑点布满了干枯的肌肤。青色的血管突露着，像刚喝饱血的小蛇。也许是知晓赖以生存的土壤就快坍塌，那些蛇垂死挣扎地游窜着，可凝脂知晓——这具濒死的皮肉，任由皮肉之下的器官如何努力，终归是徒劳的。

屋里的人都看见了凝脂，却没人跟她打招呼，大家只是安静地交换着眼神。沈荷也只是淡淡地瞟了她一眼，就沉浸即将失去亲人的痛苦之中。即便有三两个虚情假意，觉得老夫人的生死只是无关痛痒的闲事的人，此时也佯装悲恸欲绝。这对凝脂来说，真是天大的好事情——每次回来都得收到一箩筐的面子话，这次可真是省了个耳根清净。

老夫人的四周散发着腐朽气息，或许，她的部分肉体已经死亡了。

凝脂敏感地打了个喷嚏，这气味呛得她眼睛发红。许清源听到声响回过头，就对上凝脂发红的眼眶，她眼底清浅的水雾将她装饰出悲伤的模样。许清源欣慰的同时，又有些于心不忍，他站起来，伸出手摁着她的肩膀，安抚她。凝脂低垂下头，一言不发。许清源心想，到底是自个儿养大的孩子，只是性子倔，不善表达罢了，她内心的喜和悲或许超过寻常人也不一定的——他示意凝脂站过来。

凝脂听话地在先前许清源跪过的位置蹲下去。许清源弯腰贴在老夫人耳边说着什么，别人或许没听见，但凝脂是听清楚了，他是说：“凝脂回来了。”她这才意识到老夫人是在等她，发怵着，有点意外的恐慌。她抬起头，冷不丁地发现自己的影子正投在老夫人身上，薄薄的，像一床不祥的铺盖。

说来也怪，先前一直昏睡的老夫人竟然哆嗦了几下，睁开了眼睛。她看见凝脂，笑了笑，气息微弱地对许清源说：“你们都出去吧。”

许清源万分不舍，却还是顺从地退了出去，余下的人也跟着出去了。他从小到大都是听话的好儿子，对母亲百般顺从。沈荷却并不走，好不容易等着凝脂回过头，赶紧用近乎哀求的眼神跟她交流着。凝脂懂，她是让她好生说话，哄哄老夫人，让她了无遗憾地走。但她还未等到凝脂做出任何回应，就被许清源拉了出去。

屋里的人都散去后，老夫人抬起食指指向门，凝脂斜斜看过去，起身去插门闩。冷不丁地看见屋外面，乌云飘在对面的屋顶上，一群人面向老夫人的房间伫立着，乍看过去，似乎每个人头顶都顶着一朵乌云。他们齐刷刷地看着门里的凝脂，可怜巴巴地期许着神迹的出现。凝脂心里升腾起不好的预感，她闷声不响地关了门。转瞬，门闩就像拉下来的闸门，隔绝了外面的天日。

凝脂缓缓地走近这垂死的老者，她的皮囊一半已经死去，散发新生与腐烂融合的气息。她看见她追随着自己的眼睛，在房间明灭不定的微光里一束束猛力地缠绕过来，凝脂恍惚了。她产生一种错觉——仿佛老夫人正等着自己给她解开连接在这人间最后的纽扣。此时，这老妪的眼里，只有迫切的期盼，没有痛苦，也没有恐惧，或许，她是万分喜悦的也说不准——毕竟，灵魂终于可以摆脱皮肉这枷锁，上天入地都将不再是难事儿。这一世相遇的风也好，雨也罢，蚂蚁也好，飞鸟也罢，遗忘也好，记得也罢，都将画上句号了——就连凝脂，也不过是这相遇中的一瞥。

窗棂上响起淅淅沥沥的雨声，大颗大颗的，砸在屋顶上发出结结实实的响声。

老夫人干涩的嘴唇动了动，人快燃尽了，说话也艰难。凝脂体谅地凑近，终于在雨声中刨出来她的声音。她在问："下雨了？"

“是呀，刚下没一会儿。”怕她听不清楚，凝脂提高了音量。

老夫人紧抿着的嘴唇柔软地撑开一个弧度，这笑容就像是雨滴溅开的一朵涟花，令她显出些生机，人也似乎丰润了些许。

雨点渐渐密集了些，打在屋顶的青瓦上，声音洪亮。

老夫人静静地听着雨声，用耳语似的声音说：“你来许家那天，也是下雨的。”

“是吗？我一直想知道，我到底从哪里来的。”凝脂问得很直接。

“你从佛家来的……”

凝脂忽地想起，沈荷曾说她是个有佛缘的人，先前她一直想不透，原来生命的最初已经注定了些什么。她又联想到送给昭清清《心经》时两人的谈话，昭清清当时说：“……妹妹现在还年轻，指不定日后会有什么深浅缘分……”——此刻，老夫人的话像是证明昭清清预言正确似的——她执拗地钻进了牛角尖，心里尽是排斥。

凝脂抗拒地说：“不，我不喜欢什么寺庙……”

“这些呀……都不重要，重要的是——你不亏欠这里什么，这里也不亏欠你的。生死是命，缘也是命。来时珍重，去时坦然……天下雨，雨就要落下来，落在哪寸土地上，由不得雨，也由不得土。到底是雨要感谢土壤的接纳，还是土要感谢雨水的滋润？谁说得清呢！”老夫人连说了这么多话，累得喘息不止。这口人间的气在她嘴里艰难地来回，像是飘来荡去的秋千，荡得太高了，随时有被甩出去停止的可能。

凝脂注意到老夫人放在床榻边上的手，摊开着，僵硬的小拇指茕茕孑立——像极了此时的老夫人——她即将要去的地方，是四季如春，鲜花遍地，还是雾霾重重，一片荒芜，活着的人都不知晓。

凝脂心有不忍，试了几次，终于鼓起勇气，伸出握住了老夫人的手。她感觉到从这双瘦骨嶙峋的手传来的回握的力度，心里却不能自控地想象着，这双手一点点变成白骨的模样。

老夫人沿着凝脂的手，一直审视到她露出来的手臂上，叹息一声，幽幽地说："我就猜那镯子你不会要，也不会戴着……"

"您怎么猜到的？"

凝脂好奇得很，她甚至怀疑，一开始这老妇人就知道她在撒谎。

"你是不想欠着许家什么……"

"这是一层意思。另一层意思，我只想在我身上放属于我的东西。"

"你戴久了，就成了你的，你原本的东西了……"

凝脂还想解释什么，但见到老夫人说话时岌岌可危的样子，适时地止住了。她妥协地说："我回头取来，戴上便是了。"

老夫人侧过头，久久地打量着凝脂的脸，目光深沉、飘摇。窗外，乌云笼罩着整个院子，天似乎快黑了。她见凝脂答应了，淡淡一笑，郑重地叮嘱道："凝脂，你要记得今日说过的话……"——后来，凝脂时常从记忆深处捧出这个场面细细琢磨，琢磨的次数多了，也渐渐懂了——老夫人让她戴着镯子，是有一番深意的。其一，她戴着就会记得老夫人，记得许府的养育之恩，哪怕她还有那么一点良心，便不会去做伤害善良的许清源和沈荷的事情。另一层意思，是在她成为男人朝拜的神后，遇见平夫人，从她无意的谈话中解开的。这是后话了。

屋外下着雨，人们躲到了屋檐下、挤在窗户边，透过窗户，光见着连成一片的乌压压的人影。屋里灰白色的微光，像是从地底发出来的。凝脂俯视着床榻上的老夫人——棉被盖着她瘦削的身体，好像那凹凸的被子也发硬了。她脸上泛着青光，眼珠子在凹陷的眼眶的阴影里一动不动。她正在变成骷髅，可能，已经是骷髅了——尘埃在灰暗的空气里飞舞，像是死神撒下来的泥土。某个闪念间，凝脂觉得，自己也快跟着她一起被吸进土壤里埋葬。

这即将到来的生与死的转换，震慑住了凝脂。这普通的房间里，仿佛隐藏着一种令人敬畏的力量，看不见，却可以上天入地。

她感觉到冷飕飕的，环顾四周，握紧了老夫人的手，小声问：“您……怕吗？”

老夫人平静地摇摇头，笑笑说：“我要去好地方了……”

凝脂发现，老夫人的脸已经成了飘起来的白骨。她使劲眨了几下眼睛，定睛看过去——身形俱损中的老夫人，笑得柔软极了，那腐朽的气息里正飘浮起甜蜜的花香——此时的老夫人，竟有了少女的神态。凝脂想：“或许，是要去见想念的情人了吧。也或者，是去向往的美好的地方吧。”在这将死之人神秘的笑容里，凝脂的悲悯在减少，她察觉不出老夫人的痛苦。

“是什么好地方？”凝脂好奇地问。

“是极乐……”她抬起眼皮，看了眼天色，挣扎出一个笑容。

雨滴持续不断地落下来，砸在它想要砸的任何角落。好像屋里也落进来雨帘，衔接着天与地，衔接着这个世界和另一个未知的地方。这间屋，这张床，这还握着的手，就在这里分别了——这睿智的女人，她苍老的皮肉将她的灵魂擦得太明亮了，像在黑夜中打得透亮的闪电。她的眼皮，开始疲倦地耷拉下来。她终于，可以像鱼一样游泳，像飞鸟一样翱翔。她将化作千万雨滴中的一滴、千万梨花中的一朵。

消声了似的，四周阒然。

凝脂听见从老夫人嘴里吐出的最后一口气息，慢悠悠地就飘去了屋外，她的眼皮沉沉地闭上，和睡着了没区别——她轻飘飘地蹚过了人生的长河。送行的凝脂也是平静的。她知道，她们还会相遇的，这天地万物间，总会有个时刻，她们将一起经过。

凝脂已经不再悲伤，她轻轻地抽开老夫人的手，把她那僵硬的手指尽量掰得自然，神情恍惚地站了起来，去开门。门外站着黑压压的人，每个黑色的人影上都睁着一双眼巴巴的眼睛，这些眼睛都盯着打开的门里的凝脂。

她宣布道："她死了。"

就在老夫人去世那晚，凝脂扣响了沈荷房间的门。她只抬起手腕，另一只手画了个圆圈，沈荷就心领神会地点点头。很快，她就出来了，双手捧着绿莹莹的镯子。屋檐下灯笼的微光照着她，那双又红又肿的眼睛，也似乎成了挂在脸上的一对灯笼。

凝脂当着沈荷的面，将镯子戴在手腕上，大小竟然正好。

六

虽然许家遵循着葬礼一切从简，从四面八方赶来的亲信、朋友依然挤爆了整个府邸。好些人凝脂从来没有见过，但依照老夫人那边的家谱排下来，却是关系匪浅。这些吊丧者中，竟然有知府张瑾的正室平夫人，她带着几个贴心侍从前来奔丧。苏镇的乡绅官府听闻，都专程来吊丧，以表示对许家老夫人的尊重和怀念。

许府忙坏了，下人不够使用，昭家又抽调了十来个手脚麻利的过来帮忙。许清源对平夫人的到来，似乎既有些震惊，又觉得是意料之中——他对她的印象还停留在少年时代：那时家里突然多出来个漂亮姑娘，专门安排了一间闺房，还配了个丫鬟。府里上下都尊称平姑娘，年少的许清源真以为她是自己失散多年的姐姐。他好奇地询问母亲，母亲当时慈祥地摸着他的头，说道："你要和平姐姐保持距离，知道吗？母亲是在救她，等她获救了，就跟我们的生活无关了。"许清源牢记住了这句话。不到一年，平姑娘风光大嫁，离开了许府。他最后一次见到平姑娘，是她出嫁后好几年后的事情了。那时她的夫君已经升了官，她看起来已经是贵妇人的风范了。她在母亲的房间待了一个下午，门关着，不知道她们在谈什么。平夫人出来时红着眼眶，从这天起，母亲的手腕上就多了个翡翠手镯。后来，他在朝廷为官，偶尔从熟人嘴里听到点平夫人的消息，但因为跟她夫君的政治理念分歧越来越大，渐渐疏远了。辞官回到苏镇，身边再没有认识平夫人的熟人，她真就成了记忆里的活死人。

沈荷要腾出自个儿的房间给平夫人住，却被拒绝了。于是，只得吩咐丫鬟们，把凝脂先前住过的房子仔细打扫，将所有用品都换成新的，充当平夫人的临时住所。而凝脂，便搬去了先前招待客人的厢房。不过服侍起居的，还是她先前的丫鬟画眉。

画眉胖了一些，人也沉静了很多。一袭黑色素服，更显得老气横秋，先前的灵光活泼已然消磨殆尽。面对凝脂时，低眉顺眼，一口一个"昭少夫人"。但凝脂总能感觉到她悄悄审度自己的眼神，趁着她喝水，趁着她闭目养神，趁着她做一切寻常事情的空隙——画眉的眼神就像八爪章鱼的触角，悄无声息地穿过空气甩过来。凝脂有时恶作剧似的猛然抬头，画眉的眼神便犹如触角被刀砍断似的，慌乱仓促地收了回去。偶尔收得慢半拍，那生野的、直抵人心的目光，就这么无处可藏地撞进凝脂眼里。画眉促狭地笑笑，若无其事一般忙活去了。凝脂看着画眉伶俐的背影发呆——这丫头，真是让人琢磨不透了。

出殡前的每个夜晚，都由亲属轮换着守夜。第五日的夜晚，凝脂起床小解，经过搭建起来的灵房，却听见阵阵絮语。她原本没在意，却无意中从帘子间窥见说话的竟然是平夫人。她禁不住好奇，便躲在帘子外偷听。透过白色的帘布，她看见平夫人长跪在灵柩前，啜泣着，竟朝灵柩里的老夫人喊了一声“娘”。

凝脂听得心惊肉跳，发出小声的惊叹。虽然她反应迅速地闭了嘴，但平夫人还是听见了异常响动，警觉地站起来环视四周，问道：“谁在外面？”

凝脂弯下腰，唯恐她追出来寻找，却见一只野猫正趴在一株槐树下打盹。她灵机一动，捡起小石子，朝野猫扔过去。猫儿吓得从梦中跳起来，毛发一根根竖起来，后背拱起，发出凄厉的尖叫，四处逃窜。

平夫人见是一只野猫，重新跪了下来，却再没发出声音。

直到出殡那天，昭灵山才来。他来不及歇会儿，甚至来不及和凝脂亲昵一番，两人就马不停蹄地跟着奔丧的队伍出发了。队伍要赶在选好的时辰下葬，一点不能马虎。

天刚麻麻亮，许府已经灯火通明。队伍要从这里出发到山上。老夫人的至亲，是需要三步一跪的。许清源和沈荷，均是一路跪上山，到后面一截路，由于膝盖跪破了皮，几乎需要丫鬟搀扶着才能勉强走路。但作为孙女的凝脂没有跪，人们也并不觉得有何不妥。大家都一致认为，这娇滴滴的大小姐，跪了怕是膝盖都得残废，这太残忍了。人们因着凝脂美好的模样，统统给予了谅解。

接着是程序庄重的下葬，跪着的人群里渐渐响起零星的哭泣，但这点哭声显然寒碜。好在许清源提前找了几个专门负责哭的神婆子，她们也算是凭着本事吃饭，一开始哭，就如同滔滔江河收不住，哭得如泣如诉。一些原本不想哭的，也觉得要挤出点眼泪才对得起和老夫人在世时的情谊——于是，天地间好像只剩下了哭泣，这唯一的声音。

灵山的目光分开空气中缠绕成麻花似的哭泣声，默然聚焦于凝脂。她正紧闭着眼睛，面无表情的脸，就像脚下的大地般坦然。他好奇的、从上至下地审视她，这才赫然发现，她的左手多出个翡翠手镯，犹如一汪碧绿的春水萦绕在她白皙的手腕上。凝脂感觉到这束目光，睁开眼，见灵山正发愣似的盯着她手上的镯子。她抬起手在他面前晃了晃，遽然一笑，沉声说道："老夫人留的念想。我昨晚上取下来了，今早来送她才特意戴上的。"

灵山点点头，却更觉困惑——他感觉不到凝脂有丝毫的悲伤，好像这离开的，是个毫不相干的人。

"不要难过，节哀顺变吧！"他故意说。

凝脂却笑而不语。

两人这细微的对话，恰好被身后的平夫人听到。她见到凝脂的镯子，便时不时地打量起这年轻的女子。念悼文时，墓碑外空地上跪着的亲朋好友们，又开始了哭泣，但这次大都是发自内心的真正的哭泣。凝脂哭不出来，就跪着闭目养神，却总感觉到似乎有束目光，正像羽毛般轻轻地扫过自己。偶尔，她装作不经意地回头，就对上平夫人的眼神。她丝毫不躲闪地看着凝脂，大大方方地朝她点点头，算是打招呼。

凝脂心想，果然是见过大场面的女人，喜形于色而又藏于色，她控制起情绪来毫不费力。

葬礼过后，来的亲朋一拨拨离去，房间跟着一间间空出来。昭灵山因为不习惯睡别的床，留宿了一夜就回去了。凝脂让五尘去送少爷，自个儿还是打算再留一晚上。不知为何，她有种预感——平夫人会来找她。

凝脂早早地就开始盼着夜色降临。

白天，她看见平夫人从她门前经过，总觉得似有深意。遐想了大半日，就等着晚上这个结果。她实在太想知道，为何老夫人的女儿，会和儿子许清源貌似疏离，以至于，这么多年来，自己才第一次见到许家这门权贵亲戚。

傍晚总算是到了，凝脂压着期盼的兴奋，吩咐画眉去准备些上好的糕点和水果。画眉紧接着就去了，厨房里糕点倒是很多。这几日许府来客众多，老爷和夫人一改平常的节俭，把好东西都端出来待客。画眉每一样都拿了些，装满几个小碟子端回去。经过许府后门时，她看见门口那株桂花树，顿时怔住了，忍不住驻足发了一会儿呆——就在这个清晨，她曾悄悄躲在树后，目送了昭灵山离开，并在心里同他郑重地告别。她不禁又想起昨天晚上，她侍奉他洗漱更衣时的画面……她的手都在发抖，有意无意凑近他穿过的衣服。他的气息有股类似麝香的味道，犹如热浪直窜到脑门，眩晕晕的。她定住，陶醉地闭上眼睛，却突然听到昭灵山问："你叫什么名字？"她仓皇地醒来，红着脸回答道："画眉。"——好像那名字是从她嘴里吐出去的告白。没有人知道，她今天一早起来，只为多看他几眼。——她对灵山这份纯洁无瑕的感情，要追溯到她的少女时期去了。那时她还不是许府的丫鬟，又恰逢昭灵山的画像风靡苏镇，无数思春的少女都买来收藏过。画眉就是其中之一。但画眉是个清醒的、有自知之明的人，她清楚自己和灵山之间隔着如同天与地的距离。粗劣的瓦盖儿怎么能搭配精致的青花瓷器呢？所以，她理智地选择了将这份感情珍藏于心中，遥望他，祝福他。

月亮爬上来，皎洁的月光洒向黑魆魆的人间。

凝脂在窗边看了眼天色，吩咐画眉服侍换衣服，画眉只当是她连日来疲惫，要提早入睡。她想也没想就找来了寝服，凝脂看了一眼，眉头当下蹙紧。画眉顿时慌了手脚，迭迭地说道："对不起，昭少夫人，我马上给您换一件！"

画眉脑海里短暂闪过当年毛遂自荐时的画面，凝脂乖戾而偏执的性格她是深有体会。在蔓延的恐惧中，画眉发现自己竟岿然不动地杵在原地——眼前这个女人，和脑海里的凝脂已经对不上了，她周身散发着她丈夫的气息——"这是爱人爱的人呀！"画眉听到自己在心里无比柔软地说。

画眉不动声色中迸射出的一种令人惊艳的眼神，让凝脂十分惊讶。"找件好看的衣服去！"她瞥她一眼，踱步至小桌前坐下，闷闷地吃着糕点。

画眉闻言，方才后知后觉地明白——今晚定是还有客人要来，自己怎么这点心思都没琢磨透呢？画眉为自己的愚笨懊恼不已。凝脂还是姑娘时衣服就不少，这些衣服几乎都留在了府里。画眉挑了先前凝脂还未出阁时，穿的次数最多的两件，双手捧了出去。

这次凝脂终于露出满意的神情。画眉松了一口气，发现自己周身汗涔涔的，但她全然顾不上，跟着又伺候起凝脂更衣。凝脂还是姑娘时的身体，她并不陌生，但如今的昭夫人的身体，就疏陌得很了。画眉眼见着她的身体像从掀开的布里展露出的稀世珍宝，周身雪白丰润，在暗沉沉的屋里发出冰莹的光。一股奇异的香气，或浓或淡地缭绕于屋子里。而就在凝脂身后的不远处，月亮似乎挂到了窗边，膨胀的晕黄光圈照得人醉醺醺的——面前这女人的肌肤里藏了灵山的手、体温、爱和欲望。这个代表着"女人极致之美"的皮肉，好似把她心里惦记的人吞噬了进去。画眉注视着凝脂，恍惚间，仿佛看见昭灵山就站在窗边——在这近在咫尺的"灵山"的气息里，凝脂的实体幻化成了她内心供奉的"昭灵山"的触手可及的牌位。

"灵山……"

画眉酩酊大醉似的，很轻地喊。

"画眉，你喊谁呢！杵着半天了！"

画眉听出她话里的震怒，很快反应过来，仓促地跪下——除了下跪，她不知道还能如何表达她的心虚。

屋里是可怕的阒然。画眉双手贴地，脸贴着手背，肩膀颤抖着，她不敢抬头——她知道，这次自己有罪，喜欢昭灵山就是犯罪。她很想哭，很想告诉凝脂，她只打算在心里偷偷喜欢灵山，不敢有任何冒犯的想法。她吓得发抖，却突然感到手背被温柔的肌肤覆盖住。画眉睁开眼睛，受宠若惊地发现，这次在她手上的不是脚，竟然是凝脂的手。

她惶然地、难以置信地看着凝脂，这个女人凛冽的笑容像是一个温暖的洞穴，洞里是微笑的灵山的脸。画眉的泪水一滴滴地滴落下来，不知从哪里来的勇气，她迅速握紧了凝脂的手。凝脂顺势牵着她站起来，温柔地整理着她额前乱糟糟的头发。画眉泪眼婆娑地看着她，迷离惝恍中，她听见凝脂笃定的声音："你是悄悄地喜欢着灵山，对……吧！"

画眉战栗了一下，低下了头，算是默认了。

凝脂脑海里闪过清晨发生的一件小事，似乎是跟此时衔接上了——清晨她醒来，没见到灵山，跟出去寻找。院子里种了不少花草植物，这个时节里，除了松柏，其余都蔫了。大片枯萎的树木构成了寻常的冬日之景。她环视四周，却冷不丁地发现其中一株粗壮的大树背后藏了个人，从露出来的半截围裙，她一眼认出是画眉。她当时感到困惑又好笑，本想喊出画眉问问：为何一大清早跑去树干后藏着。拐了个弯，却见灵山正在那大树对面的开阔草地上锻炼身体。她喊了声灵山，他立即跑了过来。两人聊了几句，她不经意间又朝那树看过去，却只见到光秃秃的树干，连个人影也没有。不久，画眉屋里伺候她起床更衣，她见到她背后衣衫上沾着些许枯叶，还狐疑了片刻——原来，画眉是躲在树后偷看灵山呢。再联想起自己出嫁之前，画眉勇敢地请求带她一同去昭府。一切就如同云开见日一般澄净了。

"你是愿意为你喜欢的人赴汤蹈火，是……吗？"凝脂又问。

"是，我愿意。"画眉平静地说。她身体里似乎潜伏着一种坚不可摧的力量，让她在此刻，可以直视着凝脂。

"你对我，就完全没有嫉妒和仇视？"

画眉摇摇头，笑得凄艳，笑出日薄西山的悲壮。

“少夫人，你离开两年，我也在这里听了两年夫人诵经。渐渐明白，真正的愤怒开不了口，真正的修行不是剃度。少夫人今日一眼看到我心里去，我便也说心里话。原本我是打算积攒些钱，待他日出了府，找个人结婚生子。却不想少夫人嫁去了昭府，像我这般普通的女子，终于得以机会见到灵山一面。这一面令我又沉迷于少女时代纯洁的感情之中。人怎么走，不外乎死这一个结局，不如由着心走一回。不求任何，只求能为他做一些微小之事。哪怕是为他爱的人做，也感到光荣。”

凝脂惊讶地发现，说这话时的画眉，竟和五尘有些相似。她欣喜地意识到，因这裙带关系，自己又多了一个心腹。

“少夫人，您尽管吩咐吧。其实我都猜到了。”画眉坦荡荡地笑着，又道：“少夫人，您在找人！我愿意……深入寺庙帮你找！”

凝脂诧异地问：“你是怎么知晓的？”

画眉道：“我服侍少夫人的时日不长，却也看出些端倪。一直想不明白，那么好的爹娘，为何不亲近。老夫人赠送镯子，您却不想要，这件事情我也是知晓的。当时觉得少夫人您不近人情，是个薄情之人。后来，老夫人病重，我被喊去给碧娘打下手。老夫人昏睡中喊着，‘菩萨呀，为何要送这个人来……’碧娘赶紧给老夫人喂水，不留痕迹地阻止了她说话。我想了多日，直到有天老爷和夫人在小佛堂上香时，突然说起：姑娘就是佛送来考验我俩修行的。我顿时豁然了——老夫人说的这个人就是少夫人你。佛就更好理解了，老爷和夫人时常去寒清寺。所以我做了个大胆的猜测，少夫人你，不是从夫人肚子里来，而是从佛那里——也就是从寒清寺抱回来的。”

她的分析，真是让凝脂刮目相看。先前只觉得这女孩子有些灵气，两年打磨下来，对人情世故又有了崭新的认知。这真是让凝脂高兴的事情，她当真需要这样的一个心腹。

“你说得对。”凝脂夸赞完，又说，“谢谢你，画眉。”

画眉笑笑，道：“少夫人不必言谢。爱屋及乌，这只是寻常道理。”

两人正倾心交谈中，却听见有人在敲门，喊道：“小姐，有人找你！”许府现在只有五尘会用“小姐”这个称呼。凝脂连忙拾掇好衣服，吩咐画眉去开门迎接。果然，屋檐下走廊里站着一个气质高雅的妇人，不是平夫人又是谁呢。

七

这个冬天，那些原以为不变的，纷纷发生了改变。

凝脂回府后不久，就收到了五尘带来的画眉的信。她于月底前离开了许府，前往寒清寺附近的尼姑庵削发为尼，法号“清欢”。每月望晦日的一大早，住持尼便会带着众尼迎着赭石色的拂晓，步行去寒清寺。大雄宝殿里，僧众一律盘腿而坐，齐齐诵念着《戒本》。嘤嘤嗡嗡的诵经声，如烟如梦、如真如幻地缭绕在檀香迷雾中，而大门外，太阳正从山间升起。

画眉在信中这样描述道：

我在这神圣的、几欲落泪的诵经声里，悄悄地睁开了眼睛。四周都是像我一样端坐着的僧人，分不清楚男人和女人。或许，在这里，性别是失去意义的，每个皮肉之下，都住着虔诚的灵魂——只有我是例外的。但我并不感觉到罪孽，只能说我与他们有着不同的信仰，我也是因为虔诚才来到了这里。晨曦的光辉从琉璃瓦的罅隙里照进来，昏暗中如莲绽放的一束，金色的细小尘埃旋转着、飞舞着。我看着这些尘埃，认为我就是这其中的一个。此时，这个作为“清欢”存在着的我，正旋转在金色的佛像面前。我为“我”这微茫却倾尽所有的生命，感到欢喜，感到自豪。昭夫人，我跪着时的心情，与你分享。

信里也谈到了凝脂最初的丫鬟碧娘。老夫人的离开，使得碧娘失去了她对许府最后的眷恋。她拿了些钱，比画眉还要提前几日出了府。画眉猜测，她或许是去寻她先前喜欢过的私塾先生的儿子去了。她也不无担忧地说，不知道碧娘能否找到他，找到后是否已经失去了当年的感觉。最后也说到自己在庵里的生活，每日早早起床给佛上香，听住持尼讲禅诵经，再周而复始地进行各种劳作，一天嗖嗖地就飞了过去。住持尼是个五十开外的老姑娘，气质高雅出众，丰润白皙，说话细声细气的。听她讲经诵禅仿佛也成了高雅的事情，乐在其中。只是，唯一遗憾是除了望晦日，很难接触到寒清寺的和尚，只能暗地里悄悄打听。但这事情太过陈旧，尼姑庵里并无人知晓。也许住持尼是知晓的，但她凌驾于人上的高雅，产生出一种令人不敢靠近的距离感。直到某日，负责挑水的弟子生病，住持尼将这件事情交给了她。在这里，画眉意外地见到了寒清寺的和尚。原来这口井是两边共用的。画眉欣喜地意识到，这口井就是她的突破口，就是尼姑庵与寺院之间的桥梁。她主动要求，把挑水的活儿都揽了过来，每日在这里守株待兔。功夫不负有心人，她终于逮着了这只兔子——一个看起来不像和尚，却据说是颇有威望的大和尚。他长得肥头大耳，看起来令人忍不住发笑，是个天生喜感的人。

画眉写到这里，似是不解地发问：不知他是如何做了大和尚的？又自问自答地说：怕是我多管闲事了，只要这大和尚资格老，是对此（对她们的目的）有帮助的就够了。

凝脂没有回信，一来是担忧被庵里的人看到，说画眉是别有用心潜伏在庵里，给赶了出去；二来是她不希望这一来二去中画眉付诸过多情感，以免付出与得到不成比例，因此受到伤害。所以，她刻意保持着一定距离，让这份情谊永无可能抵达某种深度。但凝脂心里对她的感激，是一直存着的——这份感激，或多或少，也分了部分给灵山。若不是这个人，画眉哪会爱屋及乌、心甘情愿？她决定要对灵山付出些什么，以此来当作回报画眉。但想了想，还真想不出回报的方式，灵山热衷于皮囊所带来的感官刺激，但完成这件事情的同时，自己也享受其中——并不存在谁回报谁，谁亏欠谁，谁又占了谁便宜。

却不知是为何，昭灵山对床笫之欢的热情，莫名就冷却了下来。他已经连着几次草草了事地敷衍过去，似是在完成一个丈夫的任务。沉香床快速地黯淡下去，往昔纹路里似是要涌动流出来的殷红，蜕变成了暗沉沉的色泽，香气也淡了许多。凝脂有时候躺在床榻上，望着窗外萦绕在屋檐上的低低的云层，产生幻觉——仿佛是床托举着自己飘远了，飘去了云层深处，与她一起成为灵山的遗弃品。

她禁不住怀疑，或许是灵山那方面出了问题。

适逢寒流侵袭整个江南，灵山经常外出，也染上了风寒，终于安分地待在家里，每日晕沉沉地躺在床上。凝脂觉得这是天赐良机，她热心地找来郎中先生，却暗中嘱咐他做其他检查。

郎中一阵号脉，神情严肃，却只开了些风寒的草药。他朝凝脂使了个眼色，就先行出去了。凝脂吩咐忘忧照顾好少爷，急匆匆追了出去。到了偏僻处，她直接把钱袋递过去，郎中见四下无人，眼珠子仓鼠般转动着，接过来就揣进了兜里。随即，他拱手道："少夫人，昭少爷精气旺盛，并无任何问题。"

凝脂纳闷地问："怎么会旺盛？"

郎中皱着眉一琢磨，顿悟了少夫人话里的深意。郎中悄悄地观察着面前的女人，她丰润白皙，美得他正眼看她都感到不好意思。用他作为男人的审美来看，说她是女人美的巅峰，也不为过。和这样的女人云雨之欢，又怎会对其他平庸之辈产生欲望？郎中怜香惜玉地暗示道："许是这精气去了别处，但少夫人莫伤心，就当是我这平凡之人的寻常猜测。"

灵山吃了三服草药，又恢复了昔日的生龙活虎。尽管室外已经寒气逼人，灵山照旧裹着厚厚的狐皮披肩出门，披星戴月，早出晚归。

凝脂想起郎中最后的提醒，再联想起灵山的行踪，总觉得形迹可疑。她私底下不仅跟五尘抱怨过，偶尔一根筋上来，也当着府邸下人的面抱怨。但凡听过的人都对凝脂产生看法，他们共同发出一个声音——像灵山少爷这样的忠贞男人，怕是前无古人、后无来者。万千女人钟情于他，他却只心系一个女人。这个女人非但不感恩，还猜忌上了，她真是太刻薄、太贪婪了。

这事儿渐渐传开，昭府的人纷纷对凝脂有了看法，尤其是那些背地里倾慕着昭灵山的女人，虽然在府里压抑着不敢说，但凡寻到出府的机会，就口无遮拦地往外倒了。但听过的人，并未见过昭灵山本人，他们多数认为：一个男人，若让自己貌若仙女的妻子都产生这样的愤怒，他也必定好不到哪里去。

但另一方面，别说是昭家这等大富大贵之家，就是寻常有点小钱的男人，三妻四妾又算个什么事呢！未必仗着美貌色相，就不准男人行乐，那皇帝还要什么三宫六院！于是，这些人虽然意识到这传说中的昭少爷并不是个好男人，却也觉得他妻子小题大做，过于矫情了。等再跟别的人当谈资讲出来时，也就向着昭灵山，抱怨起这不识大体的女人！

这些杂七杂八的声音，渐渐地被昭清清听到，她一言不发，却比往日更加沉默。

八

若昭府是一片海，清心园就是沉没在这片海里的孤岛。那扇不大的拱门上，缠绕着冬季里枯死的藤条枝蔓，寒风吹过，几片零星的枯叶瑟瑟地颤动着。几间红砖房子淹没在院里半人高的枯草中，许是因经久未修葺，斑驳的砖墙有种日暮将尽的凄美。阴雨天里，这园子看上去死气沉沉的，仿佛是被废弃掉的。遇着好天气，那些藤条投下张牙舞爪的阴影，偶尔几只蚁虫，静悄悄地爬过光影交错的地面，似乎哪里都透着种陈旧的诡异之美。

这里和昭府任何一处的光鲜，迥异又违和，将它单独围起来是不无道理的。这自然是昭清清的喜好，当她发现随着时间流逝，越来越难在现实中寻求到纯粹的美好，便放弃了现实。她越发地喜爱旧物，莫不如说，是喜欢旧物里藏的岁月。但她也并未完全摒弃现实，五尘就是她与现实牵扯的一根线。灵山是自不必说的，只是，对灵山的爱更多是因为身体里那部分相似的血液；但五尘，毫无瓜葛，完全是由心里长出的线捆绑着。

她已经很久没有见过五尘了。自从送出的无花果，换回的是沉默和疏远，她就把自己完全封闭了起来——她把自己关在屋里，关在夜里，关在身体里，关在记忆里，像是一遍遍地转动佛珠去体会佛法之精妙的老和尚，专注而虔诚。但昭府关于灵山的传闻日盛，她不得不从这清净里走出来。对于众口一词的“灵山是个忠贞不贰的好男人”的说法，她从一开始就是不相信的。只是，为那“万一误会”的微小概率，昭清清决定，还是要先找到有力的证据。

一天清晨，昭清清听见围墙外突然人声鼎沸。兰芷好奇得很，站在墙脚下踮起脚眺望，显然她什么也看不到。但她很快就从声音中分辨出了由头，耐不住雀跃地说：“昭姑娘，外面有街头艺人在表演呢！”

正说着，围墙外传来哄堂大笑，昭清清难得地也跟着笑起来，道：“听这声音，人们都爱看呢！”

兰芷怯生生地怂恿道：“要不要，我们也去凑凑热闹？”说完，她有些害怕地观察着昭清清的表情——她轻笑的嘴唇，似是清莹的浅水波动了几下。

“那就去吧。”昭清清说。

兰芷顿时雀跃不已。

主仆二人穿过狭长的走廊，路上一干小厮看见昭清清，都跟看稀奇似的。几个入府不久的下人，没有见过她，只从穿着，以及其余人敬畏的目光中，察觉出这是府里非同一般的人物。而后，听闻其余人喊“昭姑娘好”，方才醒悟，这就是昭府最神秘的那个女人。

沿途，昭清清不经意间东张西望着，眼神游移不定。她知晓自己是在寻找五尘——他不理不睬，她却依然想念着他，巴不得见上一眼也好。到了正门，没寻到五尘，却见到了昭灵山的车夫。他正蹲守在马车边抽旱烟，吞云吐雾，眼睛微闭着，一副喝醉酒的微醺表情。昭清清从他身边经过时，特别留意了他，但他因为抽得忘情忘我，并未留意到这主仆二人。

这次表演的是个耍猴的艺人。那猴子绝大部分的时间里，都是在各色人们的围观中度过的。它既表演，也观察着这些跟自己差不多，只是不长毛的家伙。一番抓腮挤眼做鬼脸，再轻轻松松翻几个跟头、穿几个圈子，这些满脸油光的脸上就出现了各种表情。猴子看着这些笑起来眼睛鼻子挤到一起的脸，也跟看耍戏似的。这比人还精的动物，得意得挤眉弄眼——它一只猴逗一群人，这一群人逗它一只猴，当然是它更划算了。猴子主人约莫三十岁上下，长得瘦嶙嶙的，脸却白皙秀美，一双不大的眼睛炯炯有神。他和司空见惯的耍杂艺人完全不一样，穿着单薄的粗布长衫，陈旧，却一尘不染，倒有几分仙风道骨的气质。他要钱也是文雅的，一手端着碗，一手背在腰后，身板挺得笔直。悠然踱步，绕场子一圈，那些围观的人便纷纷朝碗里扔钱。或许是被这不卑不亢的气场震住了，几乎每个人或多或少都在扔钱。一圈下来，碗就被钱填满了。这艺人站到中央，拱手朝众人鞠躬道谢。

昭清清也是围观人中的一个，猴子一眼分辨出她这张面无表情的奇怪的脸。猴子龇牙咧嘴，兴奋地冲昭清清嗷嗷叫着，它想不明白这张脸怎么就不笑？猴子逗不笑这女人，出于好奇心，竟出乎意料地朝昭清清扑了过来。它双臂抱着她的肩膀，脸凑上去，仔细观察着这张脸。兰芷当即吓得腿脚发软，捂着耳朵尖叫道："救命呀……"

人群纷纷朝这边看。

耍猴艺人慌慌张张地几步奔过来，费了些力气才将猴子从昭清清身上分开。昭清清秀气的脸，就从这一团"毛茸茸"中显露出来，如同一束光晃过耍猴艺人的眼。他微微地怔住了，双手抱拳，不安地道："姑娘，受惊了！"他声音脆生生的，柔软磁糯，像女人的声音。

昭清清抬头惊讶地盯着他。

那耍猴艺人笑笑，小声道："姑娘，我跟你……一样。只是为了行走江湖图个方便，也就只好这番打扮一番了！"

昭清清吃惊地将"他"打量了一番，发现"他"真的没有喉结，也便信了这是个女人。

昭清清点点头，表示理解，却冷不丁见那猴子正滴溜溜转动着眼珠子瞅着自己，龇牙咧嘴的模样着实可爱，便道："我不碍事。"又指着猴子，说，"它倒是看了出热闹戏，笑得欢喜呢。"

耍猴艺人听罢，专注地瞅了眼昭清清，越瞅越是欢喜。"他"压着喜悦，解释道："它这模样吓跑不少人，你倒是第一个看出它是在笑的人。但……它的的确确是高兴着哩！"昭清清被猴子可爱的模样逗乐了，忍不住伸手去抚摸它。耍猴艺人的眼神落在她的手指上，眼前一亮，继而又问道："您会弹琴？"

兰芷尽量站得离那怪头怪脑的猴子远点，却也忍不住插话进来，带着炫耀的口吻道："我们家小姐琴技了得哩！"

"别瞎说，哪有自卖自夸的道理。"

昭清清佯怒地制止，兰芷顿时闭嘴了。

"这姑娘说得对，我一看这手，就知道是弹琴的高手。"耍猴艺人真诚地附和道。

昭清清窘迫地笑笑，朝兰芷使了个眼色，她便心领神会地递过来一些碎银。耍猴艺人不收，这时却出现戏剧性的一幕——猴子伸手抓起碎银来，几下跳去碗边，将碎银放进去。围观的人们纷纷惹得大笑，朝着这只有灵性的猴子起哄喊："再表演一个，再表演一个！"它便当真捡起地上放的帽子，戴在头上，即兴表演起来。人们的目光纷纷被猴子吸引过去。

耍猴艺人瞟了眼猴子就收回了目光。"他"静静地打量着昭清清，眼底有了微妙的变化，只是，连"他"自己都未察觉。

"我要回去了。"昭清清被"他"看得不自在，小声地告辞道。但鼎沸的欢呼声，很快就将她的声音淹没了。

不知对面假扮男人的耍猴艺人听清了没有，昭清清光看见"他"朝自己笑着点点头，那眼睛深处聚拢着一团绚烂的光，意味深长。

九

几日后，昭清清在后门再次遇见了灵山车夫。天青色，浮动着薄雾，似乎是快要下雨了。车夫照旧抽着旱烟，看起来优哉游哉的。他那被夏天晒得黝黑的皮肤褪去了些，头上戴了顶黑色圆顶小帽，文雅了不少。事实上，车夫确实跟昭灵山学了点雅兴。起初，他觉得每日大部分时间都是在等待主子中度过，枯燥乏味。为了消磨无聊的时光，他开始学着观察，一开始只是看来往的漂亮女人，再后来开始盯着各色人，各种风景，一株树，一朵花，他也能观察出乐趣。当然，这经年累月对细节的观察，也让他在不知不觉中多出来新的本事——从一个木讷的车夫，成长为一个察言观色的灵光的人。

昭清清径直走过去，站在他跟前，还未说话，车夫已经赫然看到她的脚。车夫从这双鞋子里察觉了什么，他受惊地抬起头，看清楚面前这女人，旋即从车上跳了下来。

车夫拱手鞠躬道："昭姑娘好！"

昭清清开门见山道："我有事情想问你，但，你得对我句句实话。"

车夫见昭清清表情肃穆，被她身上散发出的凛冽气场震慑住了。但他很快就平静下来，透过昭清清那张貌似与世无争的脸，看穿她对真相的迫切需求。凭着敏感的直觉，他问道："是关于少爷？"

昭清清点头。

车夫像个誓要为主人保守秘密的老好人，为难地说："昭姑娘，虽然我尊敬你，但灵山少爷待我不薄，我岂能背弃他！"他一副木讷的老实人的做派，眼神不躲不闪。

"那你跟我是没什么好谈了吧！"她丢下一句话正要转身，却又被车夫喊住。"等一等。"车夫委屈地又说，"你是少爷的姐姐，随便说说也是无妨的。"

昭清清觉得有些嫌恶，却还是压着脾气，冷静地问：“说吧，你想要什么？”

车夫一听这话，就明白昭清清是个爽快大方之人，他心里窃喜着，却仍旧装作一副士可杀不可辱的忠臣相，急忙辩解道：“我怎么可能为了一些蝇头小利就背信弃义呢？”他叹息一声，余光观察着昭清清，继而又道：“我虽是家境贫寒之辈，一家老小需要我一个人养活，妻子想要一件皮袄，成婚至今也无法满足……即便如此，你也不能伤我对少爷的一片忠心。”

昭清清早已经听出弦外之音——车夫已经明确提出了交换条件：一是要保密，不能伤了他和少爷之间的感情；二是要一件皮袄子。她一方面为车夫的贪婪和心口不一作呕，另一方面还是暗自庆幸着：不管怎么说，还好他不是守口如瓶的真老实人。

“我知道你对少爷好，我是他姐姐，就算知道也是为他好。既然我们都是为他好，也便不存在背信弃义这种事。至于你妻子的心愿，我刚好有一件，反正放着也不穿，还不如物尽其用，赠送给你妻子，也算给它寻了个好去处。”昭清清说得合情合理，也是给车夫一个台阶下。果不其然，车夫当下就松口道：“少爷有你这样的姐姐是福气，我还有什么好担心的呢。昭姑娘有什么疑惑，请尽管问！”

对灵山来说，车夫就相当于他的脚，他去了哪里，车夫比谁都清楚。半水街一溜儿的妓院灵山少爷没少去，胭脂河这一带的村妓渔女，也没少玩。他一五一十，把但凡记得的都详尽告诉了昭清清。其中讲到，昭少爷最宠幸的便是十里春赫赫有名的春十娘，简直到了朝思暮想的地步。昭清清一听这名字，当下就着急了。爹爹昭墨和春十娘的那桩事，整个苏镇无人不晓，到如今，自个儿弟弟又步其后尘。

他不但将父亲花心的秉性遗传了个周全，还青出于蓝地发扬光大。外面浪荡着，家里忠贞着，两不耽误。即便这样，昭清清也厌恶不起来灵山，更多的是担忧他——凝脂看着美艳温婉，却有一颗凶猛如兽的心——她云淡风轻地伸出一只爱抚的手，不露声色中就是要命的。

昭清清装了满腹心事，沉甸甸的，像是地里有磁石，吸着她往泥土里去。她让车夫晚上来清心园取皮袄，面露倦色地先回去了。

薄暮冥冥，依稀可见微明的天光。车夫按捺不住一颗雀跃的心，早早地守候在了清心园外。他站在拱门的阴影里，一只手按住那颗快要跳出来的心脏，小心翼翼地张开嘴，生怕一不留神就激动地笑出声来。他甚至已经开始畅想，自个儿那寒酸的妻子见到皮袄时两眼放光的模样——她会媚笑着，先巴心巴肝地奉承自己一番，而后迅速清洗干净手，再洗一把脸，这才庄重地穿上。她一定还会在并不宽敞的家里走两圈，问他漂亮不！她那风姿摇曳的模样，在他看来还是有几分可爱的。车夫越想越高兴，终于张开嘴，试着发出声音："昭姑娘！"

兰芷听出声音，很快就把皮袄送了出来，车夫在暗下来的天色的遮蔽下，一把抓过皮袄，抱在怀里。他粗糙的手悄悄抚摸着滑软的皮草，跟做贼似的从后门出了府。直到坐在马车上，他方才渐渐平静下来。车夫呆坐了会儿，摸出旱烟，抽了一袋。这才揉搓干净手，把皮袄小心地放在少爷坐的位置上，扬起了马鞭，哼起了小曲儿。

月亮刚升起，月光照着车夫红润发烫的脸。此时此刻，他觉得自己好像拉了一车的梦想，沉重又轻盈。

十

凝脂觉得坠入了重重迷雾里。

悬念在她的臆想中一日日鼓起来，笼罩着她，像是聚拢在头顶缥缈的天空，一朵云也触不到。云层下是一团团的白雾，好像那雾里隐藏着碧瓦朱甍、亭台水榭，又好像是一无所有的荒漠。她一天比一天迷茫，心情好时，觉得灵山说的每句话都是情真意切，心情不好时，觉得不仅他说的话，连他这个人都是假人，欢笑叹息都不过是做戏给她看——他越是滴水不漏，越是形迹可疑。完美过了头，就成了一场不切实际的春梦。

时值隆冬，虽然阳光丰饶，却很冷。一早，灵山已穿戴整齐，打扮得英姿勃发。很快，他就将同往常一样，踏出这个房间，踏出昭府，踏入外面的繁华世界。昭府再大，床上的女人再美，也是留不住他的脚的。

凝脂从床上翻身坐起来，透过镂空的屏风，她斜斜地看见灵山踏出去一只脚的背影。湿冷的寒风吹动着他的衣衫，他融合进屋外天空树木的背影，像是真成了当年画师笔下的人物。凝脂突如其来地感到恍惚、失真，像是即将失去他似的——喉咙深处积压的痛楚，在这一瞬喷薄而出，化作了她嘴里呼唤出的名字："灵山！"

这不轻不重的声音，在灵山听来却如雷炸响，令他惊讶地收回来脚。他以为她做了噩梦，安慰道："不要怕，天都亮了。你再睡会儿吧，早着呢！"

凝脂没有一丝要继续睡觉的意思，她清醒地盯着他，话里有明显的恨意："你还没找到那个人吗？"

“还没有，天下如此之大，找一个人太难了。”灵山沮丧地说完，又坚定地补充道，“但只要她还活着，我掘地三尺也会将她挖出来的！”

“你对朋友真是情深义重。但说起来，这个对你很重要的日本朋友，我都没见过。是不是，应该让我们认识一下？”

灵山回到床前坐下，拍着她的背，哄道：“你真想要见他，我这就尽快约来，只是……”他话锋一转，似有所顾忌地打住了。

“怎么了？”凝脂狐疑地问。

他迟疑了一下，无奈地说：“千叶信来府里小住的日子，跟姐姐发生了不愉快。似乎是伤到了他作为男人的自尊心，也是因为这个原因他匆匆就离开了。之后我几次约他来住处叙旧，他都以忙于生计为由拒绝了。我不能保证，这次他就一定会答应！”

“姐姐那个人呀，从来都与世无争，又如何能伤他的自尊呢！或许，本来就是他太脆弱罢了！”凝脂闻言，很是诧异，对千叶信的好感，顿时降低了不少。

“也不怪他，姐姐也是太任性了。”

灵山又把千叶信在昭府的事情一五一十地告诉了凝脂。原本以为凝脂会体谅千叶信，却不想听完凝脂笑得都快岔气了，完全是当笑话听。

灵山烦躁地站起来，任由她闹，一时又想出门图个清净。

凝脂笑够了，分析说：“千叶信怕不是真的喜欢姐姐，只是没见过这种类型的女人，一时新鲜罢了。姐姐岂能不知这是男人的调戏，她戏弄回去也是合情合理，又岂能上升到伤及男人的自尊？你若不信我的话，回头你见到他好生问问，他一定不再惦记姐姐了。”

“此话当真？我都不敢在他面前提起姐姐，生怕是在他伤口撒盐。”

“你尽管提。他说不来是忙于生计，就是真的忙于生计罢了。一个独身的外乡人，要在陌生的地方生存，确实不容易。你这昭府大少爷，生来就是要一辈子也不愁吃喝，享尽荣华。普通人的烦恼，你是懂不得的。”

“许家也是大户，你能理解吗？”他的意思很明显：咱俩在这方面，不过是五十步笑一百步罢了。

凝脂也被问住了。

她是怎么能懂的呢？五尘讲述的苦痛更像是故事，何况那会儿她还小，又能从中体会到什么呢？但苦难却好像一直存在于心里，似乎不用她去经历一遍，就自然是懂的。就好比春蚕会吐丝，蜘蛛会结网，打雷会下雨……是自然而然就理解的。或者，这是与自己血脉相连的真正的亲人，承受过的一切。她隐约地意识到，她的至亲过得或许并不好。这份牵挂，令她突然陷入了悲伤。

灵山见凝脂脸上风云变幻，转眼就阴云密布，忙哄着她：“不要哭了。我肯定给你把千叶信约来，让你高兴下！”

凝脂柔软地趴在灵山背上，仰起脸，泪汪汪地看着他：“最近，我总有预感，你早已经背叛了我，我总觉得我生活在幻觉里，什么都不真实……”

这话来得太突然，灵山毫无准备，加之眼前凝脂这如同受到伤害的可怜样子，让他一时也乱了分寸。他支支吾吾地反问道：“与你一起，还有什么女人能入得了我的眼呢？”他目不转睛地看着凝脂，真挚地又说道：“你如此问，不仅是伤了我的心，更是轻薄了自己。”

这句兼含责备与夸赞的话，就好比是无边无际的悬念中，终于飘来的一朵云——凝脂迫不及待地把它抓住，缠绕在灵山身上的手臂也随之松开了。

昭灵山长嘘一口气，站起来，在屋子里踌躇了一会儿，很快他那点内疚就被身体里的欲望消灭了。他挣脱了道德的枷锁，大步流星踏出了门。

车夫同往常一样，在后门悠闲地候着。昭灵山心神不宁地上了车，一时脑袋乱糟糟的，想不出去哪里，便吩咐车夫先带着他遛一圈。他只管睁开眼睛，万物就主动进去了他眼里——沿途各种小摊摆满了路边，卖烧饼的、烤鸭的，空气中的香味惹得人垂涎三尺。心灵手巧的剪纸艺人，动一动剪刀，再一抖开，活灵活现的动物就跃然于纸上。一个卖孩童小玩意儿的小贩，摇动着手中的拨浪鼓，引得几个小毛孩站在摊前就不走了，硬是拉扯着爹娘买。堤岸下大大小小的船只，乱糟糟泊成一片，再有开来的，炫耀技术似的摆渡进船与船之间的罅隙里。水草自由地漂浮着，岸边几个人聚拢聊着什么，他们脚边的背篓里，鱼儿正跳来跳去。树不动，倒映在水面上的影子却随波荡漾着——世间万物，都如此坦荡又和谐地存在于天地间，所谓的美与丑，不过是由人眼睛之所见去定义——事物本身对美丑怕是并不知晓。

或许，男人这物种，就好比是播种的蒲公英，而女人的身体就是土壤。男人作为提供种子的一方，也许是因为繁衍所需，才会使得其具有好色的本性。这是物种与生俱来的缺陷，也正因为这缺陷，很少有女人能得到身心忠贞、天长地久的爱——这便是很多女人痛苦的根源。可是，这并非男人能控制的，是“身而为男人”的豁口。可是，金无足赤，人无完人，哪里有十全十美存在呢？残月因凄美更有韵味，美玉也暗藏瑕疵，就连这投影在河面上被水波搅乱的树影，也有一种破碎的美感。完美，只存在于想象之中。

“也许，这并不是我的问题，而是女人自身的问题，是女人和男人两个物种永恒的矛盾，不是一个男人能改变的。我这样做，也不过是众多男人中寻常的一个罢了。”灵山这样想着。

马车走了多远，他思绪也飘了多远。

不觉地就到了码头，昭灵山喊了声“停下”，车夫便立即将车停下了。灵山跳下车，他打算站在岸边吹吹风，透透气。密密麻麻的船屋泊在岸边，低矮不一的桅杆凌乱地点缀着。他眼尖地发现几艘挂着彩色纱帘的乌篷船。那双生长在他体内的好色之眼顿时本能地睁开，他那点“男人的缺陷”又蓬勃长出来，占据了身体。

灵山顺着斜坡走到岸边，一只手放在额前，打望着河面，寻找着挂着彩色门帘的船只。却见远处河面上，一艘小渔船正朝岸边驶来。从船头站着的身影看来，那摆渡的是一位年轻女子。船缓慢地前进着，由此判断出这是个纤细孱弱的女人。船桨在她手中定是重若千斤，才会显得如此吃力。

各种源头不明的声音，汇成绵软的靡靡之音，扔进昭灵山的耳朵里。他置若罔闻，只一门心思盯着由远及近的女子。那女子的影像随着距离的拉近渐渐清楚，脑海里一闪而过一个女人的模样，很快就和现实中的女子重叠上了。灵山欣喜地发现，这个女人，正是他人生中遇到的唯一的处女——菱芰。看见老熟人，昭灵山兴奋地追了过去。

菱芰开始只是好奇这狂奔的男人，近了，也认出是昭灵山，急忙摆桨朝着相反的方向划去，有意回避。但无奈船只太多，加之她技术不好，越是想快点逃走，却越是将船划进了进退两难的绝境。菱芰徒劳地划着双桨。昭灵山觉得这简直是天赐良机，顾不得体面，跳上邻近的船，再翻越到另一只船——这相连的船组成了一座船桥，将灵山送到了女子的船上。

菱芰眼见着灵山上了自己的船，大惊失色地躲进了棚子里。

灵山跟着钻了进去，猛地将她抱住，新鲜感和对旧情谊的怀念，终于演变成身体里轰隆隆炸开的欲望。先前还有所挣扎的女子，在他的亲吻中渐渐绵软下来。隐藏在她皮肉之下，被憋了太久、近乎消失的情欲，也被唤醒了。

菱芰悄悄伸脚过去，用脚趾夹住脏兮兮的帘布，将它放下来。棚子里瞬间暗了几分。灵山意味深长地笑着，压下去……这突如其来的饱满令她沉醉地闭上眼睛，蜷缩起身体，跟发作的瘾君子吃到一口鸦片似的满足。她的身子翻滚着，毛孔咆哮着……如同刚出炉的馒头，白晃晃地冒着热气。灵山稍加动作，她便亢奋地手脚并用试图抓住木板，却又徒劳地空留下几条新鲜划痕。

船摇晃起来，藤编箩筐倾斜着倒下，还没来得及拿去卖掉的鱼儿蹦出筐来，在地板上欢蹦，跳到杂物的缝隙里，落下来就掉到菱芰的胸脯上。或者跃起来，窜进腋毛里抓痒痒。跳到昭灵山脚边的，顺着就钻进了裤腿里，张嘴啃着他的小腿肚，痒得昭灵山大笑。又一条巴掌宽的鱼腾空跃起，落在菱芰的大腿根，昭灵山压下去，它夹在中间被撞晕了过去。鱼儿欢蹦乱跳，乌篷船也摇摆得欢实，他们的身上沾满了鱼鳞，好像两条交配中的人形鱼。那暴露在外的皮肤，闪烁着五光十色的复杂的光泽。

船随着两人的节拍摇晃，咯吱作响，水面的涟漪一圈圈延伸出去，在触不到的远处归于平静。

靡靡之音里，突兀地多出来对话声。“你看那条船摇晃得好生奇怪？”“是不是有人在……”“小声点，咱们悄悄过去看稀奇！”随即，船桨划过波浪的细碎声响由远及近。

昭灵山动作迅猛，快速攀越上情欲的顶峰。他常年纵欲，只在女人的肚皮上留下区区几点。正好一条鱼跳起来落在了她的肚脐眼上，当成是好东西吃了进去。

菱芰意犹未尽地爬起来，整理着凌乱的衣服，捋了捋垂在眉眼前的发梢，抱着只剩几条死鱼的箩筐弯腰出去，蹲在船头清洗。她故意使了很大力气，使得整个船随之一浪一浪地摇晃着。摆渡过来看稀奇的两个人，远远地望见是个女人正在清洗箩筐，沮丧着又摆渡了回去。女子看着远去的小船，捂着嘴偷笑。

等她再次进到棚中时，看见昭灵山正盘腿坐在湿漉漉的地板上，手里拿着个木雕人偶发呆。他的旁边，又多出几条已经不再动弹的、只有翕开的嘴一张一合的鱼儿。

“你在哪里弄到的这个人偶？”昭灵山把人偶举起来问。这雕刻的是一个衣着华丽的花魁，他一看便知出自千叶信之手。

“前些日子，有个男人拿这玩意儿换了我两条鱼。我看它好看得很，给了他三条鱼。”

“他换了鱼就走了吗……”

菱芰矜持地低下头，斜眼偷偷看他，小声地说：“没有……”

昭灵山轻笑起来，留下不走才符合千叶信的性格。

“我认识他。”

“原来这样，那我也没什么好隐瞒了的，被他说到你耳朵里，我反倒成了两面三刀的人——这也没什么难以启齿的。”

“我怎会觉得你两面三刀呢？”灵山怜惜地说，停顿了下，又问道，“也不知道你这些年过得怎么样，当年的事……我仍念念不忘……”

“——不要提那事了！”菱芰突然粗暴地打断他，怨怒地说道，“我早就成婚了！”

灵山愣了下，尴尬地笑笑：“他对你还好吗？”

菱芰沉闷了半晌，渐渐眼里噙满了泪水，道：“我丈夫早就不在了……”

“是因为发现你不是……”

灵山小心翼翼地观察着她的表情。

菱芰垂下头，沉默了一会儿，这才缓缓地开口道：“不能说跟那事无关，但也不全是那事导致的——我丈夫是同村的渔夫，人憨厚老实却很有气节。洞房之夜他发现我不是处女，便很少碰我，除非憋得他忍受不了，匆匆完事就把我扔一边，所以……我一直得不到满足。也许，他看出来我欲求不满，怕我和别的男人苟合，便把我禁足在家里。这样的生活一直到去年大旱过去，下大雨涨了水，我借口肚子里的孩子需要营养，引他到河边捕鱼熬汤。我央求他带我一起去，他见我婚后逆来顺受、从无怨言，答应了。我偷偷在船上凿了个孔，用木塞堵住，放上鱼篓遮挡。到了深水区，我悄悄拔出木塞，船不久就涌进来满满的水。我们相继跳下船，他会游泳，于是我死死抱住他，打算和他同归于尽。很奇怪，他也没有放开我的意思，反倒把我拽得死死的，但我就是不配合。我们在水中扑腾了很久，他精疲力竭，大概也明白了我的企图……这时，那船已沉入半截进水里，他不再管我，用尽最后的力气，把船上一块平日用来坐的木板抱出来。他把木板推向我，我立即明白他的意思，抱住木板。他一松手，就沉了下去……”

“……我不知道该说什么，道歉这样的话，我是没资格说的……”

昭灵山听完，顿时明白了菱芰躲避自己的原因。这女人为失贞付出了巨大代价，可这不正是他昭灵山造成的吗？他的确没有参与这出悲剧，却是酿成这出悲剧的源头。所幸苍天把她及时地送来了，仿佛就是专门要他看见自己犯下的罪孽似的——他突然萌生出奔赴这场生死轮回，去赎罪的念头。

“这是命……别说这种原谅不原谅的话了。我和孩子挺好的。”

“要是你不介意的话，我还真想认你孩子做干儿子，能补偿一些是一些。”灵山诚恳地说。

“再说吧。”大概想尽早结束这悲伤的话题，菱芰随口扯到一边，“你那朋友好像过得并不怎么好，也许你应该关心一下他了。”

“是呀……他找不到他要找的东西，所以一直郁郁寡欢……”

“咦？”菱芰声音拖长上扬，困惑地看着他，问道，“他找什么呢？”

“你不懂，他要找的也不是想找就能找到的。”

昭灵山闷叹一声，把木雕人偶塞进女子手里，自己留下一个，打算拿回去送给凝脂把玩。他爬出棚外，站在船头木板上，抖着沾在袍子上的鳞片。远远地，看见车夫和马都在原地等着他，百无聊赖。他看看天色，这才意识到自己在这儿待的时间不短了。

“回头帮我给我朋友捎个话，让他来一趟昭府，有人想见他。”

“难道，你是……”

“昭灵山。我先走了，改日我还会来找你的。”

菱芰光是看着他，一时忘记了说什么。等她回过神，他已经走远了。她低垂下头，眉目含情地轻抚着沾着他余味的木雕人偶。

未等菱芰捎去话，千叶信自己先动了去昭府的心思，起因是他自己雕刻的人偶。

有天中午，忘忧端着一盆水擦洗梳妆台时，不小心把人偶碰掉进了水里，等到擦拭完台面，方才发现。她急忙忙捞起人偶，却为时已晚，木偶上被浸湿，颜色花掉了。人偶是灵山少爷赠送给凝脂的小玩具，每次她给凝脂梳妆打扮，凝脂就把人偶捏在手里把玩，很是喜欢。忘忧当时就吓坏了，把人偶藏在衣服里，偷偷溜出去河边清洗，她双手冻得通红，却越洗越脏，成了一块人形的花木头。

忘忧见洗不干净了，哭丧着脸，忧心忡忡地去找五尘商量对策。

五尘反复看了几遍，也无可奈何。他思索了一会儿，说道：“这制作人偶的人，我记得是上次来府里小住过的千叶信。我听昭少爷说起过，他不仅画画了得，做出来的人偶也栩栩如生。我觉得呀，要让我家姑娘看不出来，只有你想个借口，亲自跑一趟。他为人热情豁达，只要你讲明原委，他定会帮你的。”

忘忧问了地址，却为难地说：“我实在是想不出有什么办法，能出去小半日不被察觉。”

五尘索性好人做到底，道：“你尽量傍晚前赶回来，其余我会见机行事，挡过去的。”

事到如今，也只好依此计策。担心守门的盘问，五尘特意将忘忧送到门口，故意当着守门的说道："去办完事早点回来，少夫人还等着呢！"

忘忧连连应着，走路带风，不多会儿就不见了踪影。

五尘随即去找了凝脂，厢房里没人，他猜测她是在二楼堂屋。果不其然，隔着老远，他就看见凝脂趴在栏杆上。她旁边是昭清清，中间的小桌子上摆放着些零嘴。两人正边吃边聊着什么。她们身后是朱红色的雕花窗户，金灿灿的琉璃屋檐，再远一些，是飘荡在屋顶的缤纷的云朵。云朵不断变换着各种瑰丽的颜色，仿佛是凝脂双手舞动时，展开的水袖。

五尘伫立在院中的桂花树下，仰头望着天。他一时忘记自己是受人之托，更忘了，在她旁边，还坐着令他尴尬的昭清清——那枚无花果他一打开就知晓意思了。他既感激，又厌恶这种表达方式，好像随时提醒着他"是个存在着严重缺陷"的男人。加之他对凝脂的感情如同信仰，坚不可摧——他早已放弃了自己的人生，莫不如说是，凝脂的人生等同于他的人生。"昭姑娘，我是注定要辜负你的！"五尘在心里说。

说笑间，昭姑娘的目光静悄悄地扫过院子，一眼就将树下的五尘揪了出来。她一时愣住，落在他身上的目光，生根了，发芽了，结出了籽——面前的凝脂也好，火炉里嗞嗞作响的木炭也好，树梢上飞起的鸟也好，都消失了，只剩树下的那个男人，沿着她的眼长进了心里。

凝脂顺着她凝固的目光看过去，就看到正从明亮处穿到树的阴影里的五尘。他低低的背影，不知道是因为心事太重，还是被树影压弯了，显得老态龙钟的。

傍晚之前，忘忧便回来了。千叶信真是个大好人，他一见晕染开的人偶，二话不说，拿起画笔就开始描绘。他画画当真了得，三下两下的工夫，人偶就恢复了先前的模样。为了使颜料能尽快干，他特意找来火炭，很有耐心地将人偶烘干。忘忧蹲在旁边，见他自始至终都心无旁骛地忙碌着，很是敬佩。孤男寡女共处一室的氛围，令忘忧无所适从，偶尔她也没话找话说上两句，千叶信便有板有眼地回答一句。这完全不契合的对话，加重了尴尬，忘忧不适地站起来，冷不丁地就看到了墙上挂着的画像。她站在画像前，仰面看了会儿，忽然随口道："这人真是面熟呀……"听到的人却如同被踩了尾巴的壁虎，迅速站了起来——千叶信认真地问："你认识画上的人？"

忘忧困惑地点头，又摇头道："看着像是认识的，但又想不起来是谁。"

千叶信黯然地又坐回了火炭边上。忘忧也在他旁边蹲着，似乎还在琢磨画像上的人，时不时地瞟一眼画像。

火炭越烧越旺，屋里温暖极了。或许是千叶信也意识到屋里安静得尴尬，便找着话茬子，问道："你是把人偶掉水里了吗？"

忘忧说："这原本是放在梳妆台上的，我干活儿时不小心，将它弄掉到了水盆里……"正说着，她似乎想起了什么，指着那画像，兴奋地说道："我想起这画像像谁了。"

千叶信惊喜地问："像谁？"

"像我们少夫人。我每天早晨给她梳头，画中人那神态、动作真是像极了镜子里的少夫人。"忘忧说。

千叶信闻言，不由得想起昭灵山第一次见到这画像时发呆的模样，分明也是惊讶到了。他突然有种守得云开见月明的喜悦，又有种千山万水走遍，那人却在云深处的豁然。但为了慎重起见，他还是问了些细节，诸如少夫人的娘家背景等等。当忘忧告诉他，少夫人是苏镇许府千金时，他顿时就泄气了。他寻思着灵山一定也把凝脂当成过百合，但因为凝脂是他的妻子，他对她的家境了如指掌，所以也就打消了这种不切实际的念头。

"也许，只是个相似的人罢了。"千叶信失望地想。但他仍旧打算去拜访昭府，因忙于生计，他已经很久没和昭灵山叙旧了，甚是想念。

冬天的太阳沉得快，眼见就快落进地平线，忘忧坐不住了，不时出门去看看天色。千叶信把烤得还有些发烫的人偶交给她，又嘱咐道："还没太干透，最好别长时间拿着玩。"

忘忧千恩万谢地走了。

到了许府，刚进了院子就见到正等着她的五尘。五尘见她跑得气喘吁吁，笑着说道："不用着急，我们家姑娘一下午都忙自个儿的去了，根本都没留意你。"

忘忧长嘘一口气，悄悄进了卧房，把人偶神不知鬼不觉地放回了梳妆台上。

入夜，凝脂回了卧房，照旧坐在梳妆台前，像往常一样拿起人偶。忘忧屏息凝神，生怕少夫人发现什么异样。幸好凝脂只是把人偶拿在手里捣鼓了几下，就放回了原处。

第五章　泅渡

一

小雪一过，就下起了雪，天地万物都铺上了浅浅莹白。苏镇的人都说，老天给了一次大旱，是要用瑞雪来补偿，来年定是好收成。

好收成也好，坏时节也罢，对根基深厚的昭府来说，都是无关痛痒的。日昭绸庄的布料照旧源源不断地卖出去，偌大的作坊里，工人们夜以继日地劳作，才能供应上需求。他们的主要客户除了朝廷，则是江南一带的官宦富贾。每年临近年末，都是布匹热销时期，越是有钱的人家，似乎越是缺衣服缺得厉害，布料买得也越多。

昭府自是要添置新衣衫的。光凝脂一人就定做了数十件，件件精美绝伦。忘忧将堆成小山的衣服抱进来，几乎都看不到她的脸。她把衣服一件件地放进衣柜里，凝脂眉头都没抬一下。

忘忧放好衣服，站在蔚为壮观的衣服面前，她作为女人的艳羡都写在眼神和表情里了。忘忧不知晓，此时的凝脂，也正在一旁静静地、羡慕地看着她——穿新衣服的欢喜，对凝脂来说，得追溯到她十岁前去了。在许府时，偶尔有中意的衣服还会淡淡高兴下，嫁过来昭府后，要件新衣服就跟吃饭一样平常，哪还会有什么惊喜。成长和失去，失去和得到，想来都是矛盾共存的。

凝脂被忘忧看衣服时炙热的眼神打动了。她指着那一柜子的衣服道：“有喜欢的就拿一件吧！”

忘忧紧抿着嘴唇，那双小眼睛里闪着激动又狡黠的光。半晌，她才难以置信地道：“少夫人，您……”

“快过年了，你服侍我也不短了，当我送你的新年礼物吧！年休时，正好可以穿着回家，也好让你亲戚朋友都知道，你在这里过得很好。”凝脂边说边站起来，亲自走到柜子前，挑出几件在忘忧身上比试。

忘忧觉得像是在梦里，凝脂身上那股子若有若无的香气，像是空气里生出来无数细小的手。她瞅着围着自己比试的凝脂，动也不敢动。在这拘束的气氛中，忘忧感受到更多的是自身的寒碜。

凝脂比试完，道：“就是这件了。”

她挑中的是一件藕粉色的斜襟长裙，袖口和领口卷边处加了一圈绣花。颜色在素雅和丰饶之间，既有成熟女人的妖艳，也不失姑娘家的清秀。忘忧去裁缝处取衣服时，一眼喜欢上的就是这件了。她捧着衣服，站在镜子前——镜子里的女人干瘦、胆怯，那小老鼠似的脑袋从衣服后畏畏缩缩地露出来，那衣服好似都在嫌弃她。这落差，令她越发觉得自己丑陋。此刻，这件她心驰神往的华服，像一面镜子照出她所有的缺陷——自卑、自负、贫穷、嫉妒……她从未像这一刻般喜悦，也从未像这一刻般厌恶自己。这厌恶，最终令她流出复杂的泪水。

这次凝脂是真看走眼了，她以为小姑娘是被感动了。她有些诧异地想，穷人的感激为何会如此廉价？她轻飘飘地看过去，眼神中透着施舍似的优越感，手一挥道："只是件衣服而已！"

忘忧红着眼点头，面前美好高贵的女人像是升到了云端。她突然感觉到剧痛，握着衣服的手指咔吧脆响。莫名其妙地，她竟然有想杀了这个女人的冲动。此时此刻，不是该感激的吗？但"谢谢"两个字，她无论如何也说不出口了。

凝脂却当她过于激动，头脑空白，把礼节都忘记了。

翌日，五尘拿着一封尼姑庵捎来的信，早早地来敲门。凝脂打开门，一见五尘手里的信封，心照不宣地穿上衣服，跟了出去。出门前，她体贴地对灵山说："你再睡会儿，我出去会儿。"

灵山睡眼蒙眬地问："你去哪里？"

凝脂随口编造道："昨晚饭菜不合胃口，没吃多少，今儿一早就饿了。"

灵山一听这寻常小事，翻了个身，又睡过去了。

两人一起来到书房，五尘站在门外把关，凝脂关上门，这才谨慎地打开信封，安静地阅读起来。这次画眉的信是喜悦的，她在信里写道：

道光二十九年，寒清寺方丈莲生大师，带领一众弟子东渡日本。途中遭遇了一场大海啸，幸存者仅三人。佛法交流结束，在回国的江户渡口边，曾捡到过一个幼小的婴儿。我推算了时间，正好是少夫人你出生那一年。我猜，当年那个婴孩就是少夫人你。只是，虽然我竭尽全力想打听到更多关于那场海啸、关于在日本发现婴孩的始末情况，却奈何知情者皆守口如瓶。目前打听到这些，均归功于上回提及的大和尚。

信已经看完了，凝脂盯着信上的字迹，陷入了沉思。如此，“东南大海”这四个字就有解释了。自己竟然真的来自遥远的日本岛。继而她不由得联想起千叶信，目前身边之人，除了养父母认识的僧人与日本有关，就只有灵山认识的千叶信了。再联想起千叶信是寻人而来，莫不是自己就是他要找之人？

她被自己丰富的联想，悄悄地，吓了一大跳。

灵山起床就发现房间空了。其实房间还是原来的房间，只是因为少了凝脂，因此像是空了。他倍感孤独，不禁想到自个儿成天外出的时日，凝脂又是如何度过的？能感觉到和他一样的孤寂吗？或许，女人习惯了宅家里，总能找到打发时间的有趣事儿吧。他如此替自己开脱着，却还是着急忙慌地唤忘忧出去寻人。

忘忧顺着昭府迂回流转的走廊来来回回，走得认真，寻得也认真，但就是不朝书房的方向去。事实上，她一早就看见少夫人跟五尘去了书房，但没来由地，她心里就是抗拒着什么，就是不朝对的方向走，不觉竟走到了清心园外面。兰芷正站在梯子上摘新鲜的蜡梅花。她不经意间就看见了墙外的忘忧，便喊道：“忘忧，是少夫人找昭姑娘吗？”

忘忧正想摇头，却听见后面传来昭清清的声音。

“少爷今儿在家？”

“在家呢。”忘忧想了想，快速衡量了利弊关系，诚实道，“少夫人一早不见了，也不知是去了哪里。少爷让我出来找，这不，到处找不到，我寻思着少夫人和姑娘关系好，就自作主张过来了。”

“你先回去，让少爷单独等着我。”昭清清说。

忘忧琢磨了下“单独等着”的意思，其实就是命令自己不要去寻人了，给她和弟弟单独的空间。或许，是有不方便少夫人听到的话要说呢。

“我这就回去了，少爷要吃八宝羹，我得去吩咐厨房做。”忘忧不露声色地找了个台阶便回了。她慢慢走着，边走边猜想，这古怪的昭姑娘有何要紧事要跟昭少爷说呢。

忘忧前脚刚回去，昭清清后脚就去找昭灵山了。灵山听见敲门声，以为是凝脂回来了，只穿着寝服就去开门了。打开却见是昭清清，吃惊不已，但很快他就反应过来，热情地将姐姐迎了进去。

昭清清站在屋里，环视四周，顿时被那张神奇的床吸引住了。她认真地注视着床，这床的颜色真是诡异：是那种血迹干涸的颜色，看久了，就像是这床刚吃过肉似的。她早听闻过这床的神奇，也知晓它来历不凡。虽然她早有心理准备，乍见到如此邪魅成精的床，却还是震惊不已。她感到隐隐的不安，盯着这张床，不知为何就想起了灵山和凝脂的洞房夜，继而想到——这床满身的红色，莫不是凝脂的初夜染红的？

她此行的目的，原本是想避开凝脂，劝说灵山要么规规矩矩的，要么坦坦荡荡的。

“凝脂不是个一般的女人，她性子烈，没准就干出什么无法收拾的事来。”她在心里想好了劝说的话。但见到这床，打好草稿的话就忘了。她听到自己缓慢而失真的声音：“记得有次去拜祭娘，当时你也跟去了，还在山上摔了一跤，流了很多血，你当场吓晕了过去。爹爹说是你年纪小，胆也小，但我其实很清楚，你只是害怕见到血而已……你大婚那晚上，姐姐是一宿没睡，老担心恐血的你，如何能撑过去……怕是遭了不少罪挺过去的吧。”

灵山见姐姐连自己幼时的缺陷都牢记于心，惦记着是否因此受到了伤害。他大为感动，不假思索便说：“姐姐，你多虑了。凝脂压根儿就不是处女。”他说着躲到屏风后面去穿衣服，等他收拾妥当出来，却见昭清清脸色煞白，整个人跟霜打过似的冻结在圈椅里，睫毛上似乎还挂着刚结出的冰花。

他不安地问：“姐姐，你怎么了？”

昭清清一动不动地坐着，那脸上的表情是抗拒一切的。她僵硬的肉体是切断了所有，隔绝天地的。灵山因为心疼姐姐，免不了战战兢兢地琢磨着，自己是不是哪里说错话了。还未等他琢磨出个结果，却听见窗边响起打喷嚏的声音。灵山叫了声：“有人偷听！”几步过去开门，却见屋外空荡荡的，哪有人的影子？莫不是自己想得入神，产生幻觉听错了？灵山颓丧地折回去。昭清清已经从圈椅里站起来，似乎是要走了。

灵山不舍地说：“姐姐，你难得来一次，不再多坐一会儿吗？”

昭清清抬头仰视着高出她很多的灵山，惨淡地笑笑，说：“弟弟呀，凝脂不是适合做妻子的女人。你记住姐姐的话，要好好过……幸福地过……”她说完，蜻蜓点水般拥抱了灵山——这是昭清清和灵山从小至大，最亲近的身体接触——记忆里，和姐姐连牵手都没有发生过。

灵山怔怔地看着昭清清摇摇晃晃远去的背影，像是站不稳，像是要飞远了。

二

就在那天晚上，清心园消失了半年的琴声，突然响起，如泣如诉。整个昭府的人，都被这妙如天籁、悲伤入骨的琴声唤醒。忙碌了一天的人们，静静地听着琴声，这才想起，昭府还有个举足轻重却神神秘秘的人物，叫昭清清。厨师在飘满各种油烟味、调料味的屋子里，静静地想着老家的妻子。丫鬟在狭窄的下房里，怀念着乡下田间奔跑的少年。蜘蛛挂在细细的网上，听得睡着了，误以为是自个儿弹奏出的美妙声音。

五尘也听见了琴声，他从床上爬起来，穿上衣服，红着眼魔怔似的，跟着琴声就去了清心园。

那扇拱门在黑蒙蒙的夜色下，透着阴森绝望之美。寒风从狭窄的门洞灌进去，门里仿佛铺着清莹的月光。五尘走进去，方才发现先前以为的“月光”，竟是穿着白衫，正在抚琴的昭清清。他投下的阴影，庞大无边地覆盖过古琴，覆盖过昭清清——于是琴声，戛然而止。

昭清清仰着脸，直直地看着五尘。她似乎是笑了，牙齿散发着白森森的光；又似乎是哭了，那张坚定得如同凝了冰的脸上，黯惨莹亮。五尘想象不出，一个女人的脸，怎会有这般表情。这表情令他也变得坚定而诚实。

“我是来坦白的。”他说。

“我等你来，等了很久了。”

昭清清脸上的冰随之融化了些许、柔软了些许。

五尘近一步，站在古琴的面前，柔软却带着铿锵的力度，说道：“你送的东西我收到了，意思也知晓。从心里来说，我很感激你对我……不嫌弃。但，我是只能选择辜负你的。”

昭清清沉默着，眼巴巴地望着五尘，努力维持着在他的话语中快坍塌的脸。

“——我今天过来，是想告诉你原委，不求你谅解，也不是感恩于你的错爱。只是，对我们这段情谊有个交代——我在进昭府之前，是吃百家饭，地为床天为铺的流浪儿。我不知我从哪里来，也不知为何会存在，好像从有记忆起，就是孤苦伶仃一个人。像鸟儿，像鱼儿，像一只虫子、一只蚂蚁似的活着，就是活得不像个人。有次饿极了，见有家院子里长满了柿子。翻墙爬上了树，青柿子苦涩苦涩的，连吃几个，好像嘴、舌头、喉咙都吃没了。只有胃里舒服了些，感觉抓到点踏实的东西。我本来是打算吃饱就走的，当时又惦记着下一顿没着落，就想着再摘几个。也就这时，被发现了。我急于逃脱，从树上跳去围墙时，没落准，掉了下去。当时树下正好有把锄头，我不幸地摔在了上面。只感觉到下身剧痛，就失去了知觉。我以为是死了，醒来却是在舒服的床上，伤口被包扎好了，也不怎么疼。有人给我送来好吃的饭菜，一口口喂我吃。那是我第一回感觉活得像个人。床边还有个小女孩，一直握着我的手，那女孩就是凝脂。救我的是她的父母。我怎么来到她家的，就是听人说的了——那户人家怕惹事，把我悄悄抬去了河边，被路过的村里人看见，也是以为我死了，就放到一艘废弃的木船上。结果晚上下起暴雨，河水涨高淹没了河岸，木船顺流而下，遇见了正在河边放花灯的许家夫人，还有凝脂。老爷夫人说，这是天意，就收留了我。给我取名五尘，说我是生于污垢、生于苦难，所以，更应该纯粹地活着，活得一尘不染。许府上下的人都说，我注定是要追随许府的。但后来当我长大了，我才真正明白，我注定要跟随的，绝不是许府，而是凝脂。我的伤不久就好了，如你看到的，从此我却没有成长为真正的男人。”

他站在斑驳的月影下，好像突然从地底长出来，沾了满身的淤泥。那张隐匿在逆光里的脸，被光影映照出坚硬的线条，眼睛在阴影里似是窟窿，深不见底。那闪烁在幽暗深处的光点，就显得更加明亮了。这种力量之美，令她着迷。

昭清清目光直接地、犀利地望着他，问道：“我知道你是个真汉子，告诉我，你是如何成为男人的？”

五尘惊异于她观察得仔细，安静地说：“这就是我此生追随的原因，是她让我成为男人。但——这是属于我和凝脂共有的部分，不外说了。”说这话时的五尘，冷酷成固态的冰，毫无缝隙。

昭清清知道，在抵达这个男人要誓死捍卫的隐秘处时，他们共有的部分也真正结束了。从此之后，她与他，就犹如云朵触摸不到的大地，寒冬拥抱不了的夏天。她成了追随过风，又不得不停留的落叶；成了驻足在花间，却必须离开的露珠。天大地大，她唯独想要扎根生长的男人，却嫌她是多余的。

“你走吧！”她站起来，泪汪汪地说。

五尘礼貌地深深鞠躬，头也不回地跨出了拱门。

昭清清目送他消失，颓然地坐下来。这世界对她来说，从此再无悬念，再无挂碍。

那天深夜，很多人听见了琴弦断裂的脆响。很多人在梦里听见猴子诡异的嚎叫。翌日醒来，大家讲述着同样的梦境，方才知晓，这并不是梦。也就是那天清晨，给清心园送饭菜过去的丫鬟，率先发现了昏迷中的兰芷。

而昭清清，不知去向。

三

关于昭清清的失踪，众人议论纷纷却莫衷一是。昭府派出大批人马，四处寻找。因为有过在尼姑庵被找到的前车之鉴，昭墨派人去寺院蹲点了很长时间，对来往的香客、寺里的尼姑逐个排查。确定寒清寺既无女扮男装混进去的和尚，尼姑庵也没有新增的尼姑，遂将范围扩大到了整个江南的寺院，却仍旧查无所获。

不久就到了新年，昭府的新年是在一片混乱中度过的。昭墨内疚加上思念，一病不起，一夜之间满头白发。潘玉蛾又老了些，看起来憔悴又隐忍。唯一知情的兰芷，从昏迷中醒来却变了个人，疯疯癫癫的，听见猫叫狗叫，就说有人要来抓走小姐，站起来疯疯癫癫地一通拳打脚踢。五尘哑了，成日地缄默着，却仿佛蛰伏着惊人的力量。他凛凛的眼神看谁一眼，都叫人发毛。清心园死寂沉沉的，只住着兰芷这个疯丫头，真成了昭府谈之变色的禁区。

昭府笼罩在灰蒙蒙的气氛里。阴天，雨天，晴天，横竖都是乌云密布的，压得人透不过气来。这中间，千叶信来过一次苏镇，原本因为听菱芰说灵山要见他，正好找他叙叙旧，也好见见他妻子。未料想，刚到苏镇就听闻了昭府大小姐失踪的离奇事件。他禁不住想起在昭府小住时的种种，昭清清的音容笑貌犹在眼前，令他泪湿眼眶。

千叶信顺着昭府朱红色的围墙根走着，禁不住在唏嘘中感慨生命的无常。走到一段墙脚根下，他停下若有所思，这才不经意间发现这段墙对应的里面正是清心园。不觉就到了后门，他正要进去，却被守门的小伙子拦下。

“我找昭灵山少爷的。”千叶信说。

这小伙子并不认识千叶信，看他打扮得一副落魄穷酸样，心生怀疑，道：“来府里找昭少爷的，个个光鲜体面……可是你……”

千叶信本来心情就不好，受这守门的仆人一番鄙夷，自觉自尊心受到伤害，也不想再解释什么。“告辞。”千叶信愤然说道。

那守门的见他颇有节气，举止也风雅，也怕万一真是少爷好友，要是给得罪了，就闯下祸事，赶忙追上去解释道：“你听我说完呀，我们少爷带人去找他姐姐了……要不这位客人请留下名字，少爷回来我告诉他！”

“不必了。过些日子我再来。”

千叶信长叹一声，颓然地打道回府。

春天接踵而来，漫山新绿，春暖花开。但昭府却仍旧在漫漫寒冬中跋涉奔波着，好像春天的光芒，迟迟照不进来。

有天，灵山和凝脂同时想念昭清清，便一同前往清心园。园子长期没人修剪打理，植物长得荒野。通往房间的小路也被植物覆盖得寻不见了。兰芷这疯丫头，光着脚在荒草里跳大仙，咿咿呀呀地哼着疯子才听得懂的疯话。现在，她仿佛成了昭清清的遗物，被供奉在清心园里用以缅怀——所以，府里并未喊她家人来接走，到点按时给她送去食物。她正常些的时候会斯斯文文地吃，但更多的时候，就是用手抓。跟几月大的孩子似的，吃得满身都是。五尘每日傍晚会过来一次，拿来干净的衣服让她换上。她也会乖乖地去屋里换，再把脏衣服递给五尘。她现在只认得五尘。而五尘对她照顾有加，更多的是出于对昭清清的内疚，他心里很清楚，若那晚上他温情一些，或许昭清清不至于离开——但昭清清对自己来说，似乎不介于爱和不爱之间，若说对她一点儿没好感那是假的，大概更多的就是“知音”似的情意。五尘总是怀念着最初他们锦瑟调和的日子，要一直那样该多好呢？只是，他也知道这只是他一个人美好的心愿罢了——男人和女人之间，很难产生纯粹的友谊。

凝脂和灵山伫立在院子里的荒草间，触景生情。兰芷嘻嘻哈哈笑着，围着他俩转了一圈，又跳到别处去了。她脚踩过的地方，惊起数只栖息在草间的麻雀。

灵山无限感慨地说：“也不知姐姐现在过得怎么样，我有天梦见她浑身脏兮兮的，都怀疑她已经……”他说不下去了，言外之意不说也了然。

“不要说这种不吉利的话。换个思维想，或许她早已厌倦了昭府的生活，她和这里一直格格不入。也许，她现在终于过上了自己想要的生活……不管怎么样，我们祝福她吧。”凝脂仰面朝着天空，真诚地说。

“你说得有道理，但愿吧！我是不是该吃素念佛，以此替姐姐祈福？”灵山若有所思地问。

凝脂不以为然，扑哧笑出了声。

“当然可以，如果你放得下美味的鸡肉、鱼肉……”

灵山耸耸肩，表示对肉食动物来说，这是一项很大的挑战。

凝脂又道：“其实这些都过于形式化了，我即便听到，也觉得你不过是随口说说而已。”

灵山缄默着。他想，凝脂说得对，若早一点儿关心姐姐，让她感觉到不是被这个家孤立的，也许不至于发生如此糟糕的事情。千叶信不过是要好的朋友，对他的托付自己都能全力以赴。为何不能分一些心思和时间，花在姐姐身上呢？灵山感到深深的内疚，不禁想起最后一次见到昭清清的情景。过了这些许日，记忆反倒越发清晰——此时，他分明看见姐姐惨白而绝望的脸。最后一句话“凝脂不适合做妻子，你好好过”，也似乎是有所暗示。在这一句之前的对话，是关于凝脂的初夜——这个问题，灵山其实也是一直想问的，只是苦于未曾找到契机。

灵山慢腾腾地走着，在脑海里反复思量，却越想越困惑。他停下来望着凝脂，认真地问道：“凝脂呀，我一直想问你一个问题，在我心里藏了很久了，你的初夜……到底是给谁的呢？”这个问题，就像晴空万里中骤响起的雷鸣。凝脂毫无思想准备——在她看来，昭灵山这种性格的男人，或许一辈子都不会问起这个问题。她眼神闪躲不定的，底气不足地反问：“给了谁重要吗？”

她这细微的变化给这问题增添了神秘的色彩，灵山更加好奇，总觉得这里面藏着大文章。他锲而不舍地又说：“你大概不知道姐姐离开前一晚来找过我。她莫名地问起我自小晕血，洞房之夜面对女人落红，是如何度过的……”

“她知道我不是处女了吗？”凝脂谨慎地又问。

“是的。我想姐姐也是关心我，就告诉她了。”

凝脂听出弦外之音，有些生气地说：“这是我们认识之前的事情，如果你当初没介意，现在就更不要来问我。”

灵山一时失语，不知道这话题如何继续下去。那勾起来的好奇心，却丝毫未减少。他闷闷地穿过杂草，打算去屋里看看。凝脂没有跟上去，她也在思索着，为何昭清清离开前，会莫名其妙地问起这件事情。

两人各有所思，谁也不再说话。连兰芷也突然不再疯疯癫癫说话了，她正蹲在一株树下，抱着个枕头一遍遍地抚摸着。寂静中，不合时宜地响起刺耳的鸟鸣。凝脂循声望去，看见无花果树的枝头，正站着一只长相奇特的小鸟。浑身黑色的羽毛，只有额头一撮白色的毛发，长得有些像白头翁。她觉得眼熟，情不自禁走到树下仰面观察。猝不及防地，小鸟竟从树梢俯冲下来，落在她肩头。

此时，灵山刚迈过台阶，一回头就目睹了这不可思议的一幕。他折回去，几步走到凝脂身边。这才发现她已经将小鸟捧起，眼泛泪光——凝脂很少哭，即便哭也多是用眼泪来伪装出女人的柔软。但这次灵山看得出来，她是情真意切的，只是因为悲伤而哭泣。

“怎么了？”

灵山想不明白，为何人触碰不到的底线，一只鸟会触到。

凝脂抬头凝视着灵山，那一刻，她突然做出决定，告诉他一个秘密——用这个秘密，代替她初夜的秘密。这对灵山来说，是一种平衡，对自己也不失为找到个发泄的出口。她下了决心，整理思绪，开始了讲述。

那华丽外表下隐藏的，关于身世的黑暗洞穴，像退潮之后丑陋的淤泥般翻滚出来。

四

那是六年前的五月份发生的事情了。

——原本是个好天气的清晨，看起来再正常不过了。但到了正午，天色突然骤变，晴空里刮起狂风，俄顷下起大雨。从天而降的巨大雨点，犹如冰雹砸得震天响，闪电伴随着轰隆隆的雷鸣，声声撞击耳膜。我从书房的窗户望出去，天地万物转瞬笼罩在黑暗中。我正感到恐惧时，一个闪电落在了窗边，我瞬间看真切了：屋檐边上被雨点打得七零八落的树枝随风摇摆着，像是跳舞跳疯了的风铃。窗棂上原来藏着一张蜘蛛网，沾满水珠的网丝被照得亮晶晶的，一只灰褐色的蜘蛛正在摇晃的网中央挣扎，又一股风刮来，它便一声不吭就坠落进了黑暗里。几只蚂蚁爬过门框，眨眼钻进了墙壁的罅隙里，像是几粒芝麻掉了进去……往常我很少注意到这些细节——就在这个寂静而黑暗的时刻，在这唯一的光亮里，我的眼睛不由自主地去搜寻，最初的恐惧已经不见了踪影，我好像发现了什么好东西，莫名地感到好奇、感到颤栗。我摸索着，在闪电过去的黑暗中自由地走动，简直有些亢奋。雷电来一次，就像触及我的兴奋区，我就哆嗦一次。

我预感，这个寻常又不同的一天，将会有不一样的事情发生——事实也证明，我是对的。

初夏的雷雨来得快，去得也快，就跟川剧里的变脸似的。乌云散去，太阳跟着就从云层里钻出来，日光在收拢的小雨里倾囊洒下。我站在门口，惊喜地发现一道彩虹正架在不远处的屋顶上。更令人惊奇的是：一只小鸟突然从桥里飞了出来，穿过支起的窗棂，优雅地落在了书桌上。我不可思议地盯着它看，它很快扑打着翅膀站了起来，红色的脚丫只走了几步，就从桌上掉到了地面。

它是受伤了，我原本也是打算去帮助它的。我张开双手悄悄地靠近它，但也许我张开的手，在它看来是有威胁性的爪子。它受到惊吓，拼尽力气飞到了最近的书架上——我没想到它会躲开，身体随它条件反射地扑了过去——我把我自己当弓箭射了出去，撞击在小鸟停留的书架上，书顿时落了一地。那只鸟连呻吟都没发出一声，小小的身躯便淹没在书堆成的小山丘里，像一座新生的坟茔。

我用我的手——小鸟误认为的、事实上是我前世留给我的——真实的爪子，刨开书堆：它被压成扁扁的一小团，之前因为恐惧竖起的羽毛此时服服帖帖地包裹着它，尖尖的嘴张开着，不晓得是笑，还是哭。我心情复杂地看着它发呆，就在这时——我视线的余光扫到书掉出来那一层空书架，定睛一看，靠着墙壁竟放着个盒子。这盒子太特别了，红漆脱落了大半，铜扣磨得光可鉴人，但它在我眼中却闪闪发光，如同遇见某种信物。

我完全忘了我脚下的小鸟，我踩过它的身体，一把抓起这箱子。箱子上了锁，我没有钥匙，扫了一眼书桌和书柜，没有发现任何有用的工具。就在这时，那冥冥之中的力量又助我一臂之力——我发现地上有一根小树枝，是小鸟从桌子上跌落下来时，从它嘴里掉落的。神不知鬼不觉地，我拿起了那根树枝——它在我眼里，就是个钥匙的形状。我把树枝插进锁眼，盒子真的开了。真相在消散的细碎尘埃中，跟随着打开的箱子显山露水：里面有一块猩红的绸布，包裹着什么东西，我拿起包裹，发现下面还压着一封发黄的信封。我的手开始发颤，我不知道为何在见到这些来历不明的东西时，内心会涌出那么多的悲凉和温暖……绸布在我的手心一层层摊开，一块质地坚硬、颜色暗沉的不明物露出来。那展开的绸布呈现婴孩肚兜的模样。我的泪水不能抑制地涌出来，哆哆嗦嗦地打开了信封。那些深埋在岁月里的秘密在落下的尘埃中，终于重见天日——

暮雪，生于道光三十年（1850），农历五月十九日。

卿本平凡女，命运多沉浮。

身动心不动，心动身难随。

奈何，奈何！

本是天赐宝，怎堪难自保。

愿遇有缘人，慈悲度成人。

千恩，万谢！

东南大海，化石瞭望，双姝分离泪千行，化泪入海海上云。

不修今生求来世，日月长伴不分离。

凝脂原来是爹娘给我的名字，生母给我的真名是暮雪。我想起有年我过生日时，沈荷突然走神，喊漏嘴说了声：暮雪。当时爹爹大惊失色地解释：你娘的意思是没雪，今年不会下雪。我当时觉得他俩奇奇怪怪的，为何会在五月去预知冬天的天气。那一瞬间懂了，她是不小心喊出了我的真名。我猜测我亲娘是个极美的女人，只有这样的女人才能起如此诗情画意的名字。我真是爱死了我的真名：仲夏时节，暮色时分，大雪纷纷。多有意境，多么悲凉。

那时的我，尚且看不懂这信的全部内容，但我明白了肚兜里的不明物是什么。它是我从母体里带出来的脱落的脐带，很久很久以前，它曾经将我和娘血脉相连。我伸手触摸着它，就哭了。脐带沾了水，颜色亮起来。或许，这只是我的错觉，我愿意相信它是找到了真正的主人，向我展示亲昵。

我把它包裹进红肚兜里，像拿出来时那样压在信封上，再把箱子原封不动地放置好。这里我超强的记忆力帮助了我，我把那些掉落的书按照爹爹原先的排列重新放置好。至于那只小鸟，我将它和衔来的树枝，一起烧成灰烬，撒在了胭脂河里。我忽然就明白了自小和爹娘不亲的缘故——没有血缘的感情，只是一盘散沙，失去凝固、黏合为一体的溶液。我对他们来说是一枚煮熟的种子，他们的付出是注定不能收获的播种。

后来的日子里，我时常试图从母亲的信里，破解自己的身世之谜，但我能知晓的始终有限：我的母亲在挨着东南大海的地方，我翻阅了相关的地理书籍，只是东南大海涉及的地域宽广，无从确定。我还有一个姐姐或者妹妹，母亲在危难中只能留下一个，以骨肉分离的痛苦，保全双姝的成长。我的亲娘啊，她多伟大！每次我想到在这混沌不堪的世界里，还有一个和我血脉相连的姐妹，就感到生生不息的希望。也许，有朝一日，我们能再次相见！

在凝脂讲述的时候，昭灵山脑海里不时冒出关于千叶信讲述的故事。两个原本毫不相干的故事，在他脑海里自行融合、揉搓、咀嚼——当它们重合凝成一个整体时，昭灵山开窍了：东南大海指的就是日本，百合就是凝脂想要相见的妹妹，她们的娘是流落日本的暮春——暮冬，暮雪，连名字都是至亲才爱用的这种同字排序。但昭墨为何不这样给姐姐和自己起名字，让人一听就知道是至亲呢？难不成父亲在自己出生时，就未卜先知，自己将和姐姐是背道而驰的两种人？

那么，凝脂和百合，是相似还是相异多呢？“双姝”这两字，大概是说明暮冬暮雪是双胞胎，也难怪上次看见千叶信那幅画像，总觉得似曾相识。越是回想，还越是相似呢——下一次，该过去好好确认下。只是，那倾国倾城的花魁百合、红颜薄命的暮冬，竟然是如此可悲地划向了宿命。凝脂将来又会有什么样的宿命呢？会不会也像她的姐妹一样成为名妓？灵山顿时又联想起上次在十里春偷听到龙平的话——他制作的床上，会出天生的妓女，而暮冬也正是日本名震一时的花魁，再把凝脂这女人送到个天生就喜欢妓女的自己面前——这么多巧合，到底是为一个什么目的呢？头顶好像有双名叫命运的手，冥冥之中引导主宰着，不可抗拒的力量。

灵山陷入深思之中，却听到耳畔响起鸟儿婉转的鸣叫。他扭头，看见鸟儿也抬头望着他，那双米粒儿似的漆黑小眼睛，狡黠又熟稔。它尖巧的小嘴划出的弧度，都好似洞若观火的微笑。这还真是一只不同寻常的小鸟，灵山万分好奇地问：“难道你是重生了吗？”

小鸟目光转去了别处，似是嫌弃他愚昧的问题，又似是全然不懂人语。再一看，这不过就是一只寻常无比的小鸟，且越看越平凡。他便又想，或许，是凝脂发现自己身世秘密那天，就碰巧遇见一只叼着树枝又受伤的小鸟而已。这只，也就是刚好和先前那只，长相酷似罢了。

“自古总有人说‘冥冥之中天注定’，但所谓的注定又是什么呢？”他自个儿问完，又自个儿回答上了：“不过就是，我们没法去改变的事，于是就成了注定。”

凝脂抚摸着小鸟的羽毛，逗着它。似是回应灵山，又似乎是自言自语：“天注定也好，机缘巧合也罢，这些其实都不重要。”

灵山单手揽过她的肩膀，道：“确实，这些都不重要。重要的是，你对那只鸟的感激是真心实意，才会将和它相似的鸟，都当成神迹。这样也好，只是难为你这些年，独自隐忍着这天大的秘密。你应该知晓，你有你的不幸，却终究是幸运的。”

“不，不知晓。”她很认真地反驳道，“将来，谁知道幸运是幸运，还是不幸是幸运，还是幸运成了不幸。”

“是呀，将来的事情，还真是说不清楚的。”灵山附和道。

凝脂高举起小鸟，将它投掷向天空。小鸟头也没回，穿过树梢，很快就飞得不见了踪迹。

五

始料未及地，肉食主义者灵山，突然就抗拒起所有的肉食，成了素食主义者。没有任何征兆，就是有一天，潘玉蛾把他爱吃的烤肉端到他面前时，他无意间，闻到一股犹如香灰似的怪味道，一刹那没回过神，产生处身于清心园的错觉。

“趁热吃，趁热吃！”潘玉蛾催促道。

灵山木讷地看了眼母亲，又木讷地夹了一块肉放进嘴里。香灰的味道在口腔里缭绕，他怔住，再看着那盘泛着肉红色的烤肉，突然觉得恶心，肠胃里翻江倒海似的往上涌。他仓促地放下碗筷，如同孕吐的妇人般，呕吐不止。从此之后，他便吃不得荤腥了。

潘玉蛾觉得这真是一件匪夷所思的事情，一开始她只当是灵山肠胃出了问题。她心急火燎地找来郎中，检查了个遍，却未有任何异常。昭墨见大夫摇头，查不出病因，一声不吭就退出去了。门口的台阶并不高，他一只手扶着门框，费力地抬起腿才踏了出去。

这几个月，他是真的，是彻底的老了。昭清清离开后，他后知后觉地开始怀念她，怀念起生她的女人。他想，她是他以昭墨存在着的任何时候，最爱他的人了。这个想法一旦确认，是万分可悲的，对立的另一面是——这世上，再不会得到这样的女人和这样的爱了。世间蚁虫般繁多的人，能将男女之爱和对他人之爱，升华到这般境界的，怕是屈指可数。他这个寻常的男人，也因得到过这样一份爱，仿佛拥有了非同凡响的人生。

再说到昭清清——昭墨曾经以为对她的爱更多的是出于责任与血缘。这几月里，仿佛拨开乌云看见澄净时的本质。他对这女儿，对女儿生母的爱，从未改变过。只是随时间惹了尘，但在尘里面包裹着的爱是亘古的——因为见到昭清清就会想起她的生母，想起就会难过，难过就更想与她亲密。这渴望源源不断，而这个他孕育出的生命，将她对生母所有的感情，都整合成了对他的嫌恶、抵触。为了避免伤害，为了彰显他男人的尊严，他隐藏起作为父亲深沉的爱——这爱太想有个出口倒出去，却没有入口——昭清清关闭了一切可能的通道。先前那种关闭，只是关闭了昭清清自己。而今，她像死去一般，关闭了天上人间所有的路。

昭墨在忏悔和思念中，一日日消瘦下去，他看起来老态龙钟。他以为自己把什么都看开了：女人，情欲，贫富，时光，生老病死……不过是一瓶醒好的酒，穿肠而过、醉生梦死中，一个人就走到了人生的山穷水尽处。这一生，无论繁华还是荒芜，冷清还是热闹，爱或是恨，所有的……都会在念念不忘中殊途同归的。

他想，或许过去那个凡事看开的“昭墨”，正是因为凡事都看不透。

他佝偻着身体，一步步慢慢地穿过回廊，沿途各种树木投下斑驳树影。他低着头，踩过形状各异的阴影。一只蜈蚣爬到台阶上，他用脚蹬下去，蜈蚣立即张牙舞爪地钻进了旁边的青草间。鸟儿在院子里啾鸣，却看不见踪影。回廊两边不知名的野花旁若无人的，开得煞是欢喜，有没有人观赏它都不管。风吹过树梢，树就动一动，没有风时，就那么悠然地站着。天高云深，万物和谐，为何人要有这么多烦恼呢！或许是因为相比这些，人要复杂多了。一个人的心繁杂了，快乐就少了，简单了，烦恼就少了。

昭墨在这个春天的清晨，第一次正视自己的灵魂。他觉得这个自己亲近又陌生，却像平地而出的太阳，赶走了阴霾，照进去亮堂的光。

六

一段时日下来，灵山只吃素食成了尽人皆知的事情。府里厨子丫鬟，私下都偷偷说，灵山少爷是要做和尚了。但后来，昭府真出了位德高望重的大和尚，却不是灵山。

傍晚，天边的晚霞如火如荼，在鱼鳞似的云层里翻滚。红色，橘红色，金黄色，蓝色……变幻莫测的颜色涌动着，仿佛在天的深处，有座瑰丽的百花园。刚吃过晚膳，凝脂和灵山站在院子里看日落。今天的晚霞美得不像话，也撩拨了他们的兴趣。两人决定出去遛一圈。

他们顺着昭府朱红色的围墙根儿悠闲地散步。凝脂突然问："你猜，我在想什么？"

"看不出来你在想什么。"

灵山迅速瞟她一眼，一副心事重重的样子。

"我一路都在想，你不吃荤腥，好像和天生晕血是一件事情。"

"也是，生命才有血肉，我都恐血了，不能吃荤腥自是必然的事情。前面这些年，是赚到了。"灵山调侃完想了想，又反问道，"可是前些天你还说，我只是随口说说的。现在我可是当真去做了。"

凝脂笑笑，那声不屑的尾音没有发出来。

"难道你说的那会儿，不是随口说说的吗？"

灵山便嘿嘿一笑，说："我也不知为何突然看见肉食就想吐，但明明很想吃，越想吃越想吐。"

凝脂指指天空，故作神秘地说："天在看，天才知道吧。"

灵山顺着她手指的方向望过去，只见在那天地相交的深处，几朵乌云正迅速地飘过来，那依稀透出来的阴影，仿佛是在百花丛中修葺的亭台楼阁。没准真住着什么控制天机的神仙，也说不准的。他脸上泛起无以名状的温柔笑容，赞叹道："真是神奇呀！"

"看样子，是要下雨了。"

"太阳雨，下也下不长的。"

“我不想淋雨。”

凝脂站住不走了，他们原本是计划包着昭府绕一圈的。

“这多简单，现在回去就是了。”

凝脂就等着这话。但她觉得这话得灵山说出口，约定是他破坏的——后来，凝脂对自己的人生有了新的期盼时，这一招早就驾轻就熟了——翻手之间，她自己心意已决的事情，顺理成章成了别人施加的迫不得已。

两人沿着小径，踩着夕阳气数快尽的薄光，往回走。不觉就到了清心园的位置，但围墙都长得一模一样，他俩谁也没有留意。是围墙里突然传来的一声女人的尖叫，引起了两人的注意。

“好像是兰芷的声音。”凝脂说。

她话音刚落，又传来夸张的笑声，接着是渐渐弱下去的呜里哇啦的疯癫话。灵山紧张地问：“是不是发生什么事情了？”

“姐姐不见了起，她就这么疯疯癫癫的，还能有什么事情？这对她来说，是再正常不过了。”

“我还是过去看看吧。”

灵山没听劝告，拔腿就往回走。

凝脂朝着他跑远的背影喊道：“你等等我，真有事府里一堆人会处理的。”

但灵山好像没听见似的，他两只腿飞快翻转着，拐了个弯就没了踪迹。

清心园的声响，其余人是听不见的。若非从墙根经过，灵山也不会听见。几场春雨过后，冬天里枯掉的藤条又生机盎然，疯了一样长开。枝叶蔓延到它能伸展去的任何角落，层层叠叠，绕来绕去，绿森森的一片堆积在围墙上，像是厚重的绿云。拱门处有个刚好能进去一人的入口，枝蔓长出来，灵山便将枝叶拨弄去两边。他也不会剪掉它们，大概是以为这园中任何一物，一草一木，一花一树，一虫一鸟，都可能是昭清清。想想，真是很奇怪的现象——先前昭清清在清心园时，这不过就是一个园子。到如今，她不在了，却是日日见到她。

对清心园最上心的五尘，也未发觉这奇异的声响。实则是他住的地方，离这里太远了，传不过去。

灵山侧着身穿过拱门，院子里空无一人。几日没来，野草长势旺盛，都没过了人腰。昭清清住过的几间房子，也仿佛被大自然这生生不息的绿色吞没。那露出在外的半截墙壁窗棂，以及屋顶，被快要燃尽的晚霞包围着，辉映出一种新旧交替的悲壮之美。也难怪，昭清清对陈旧着迷——旧的感情，旧的事，旧人旧物，就如同静水之中不时泛起的涟漪，没有变数，却从不单调。

灵山双手拨开杂草，一步步朝薄暮中的屋子走去。正屋的门敞开着，地面暗沉沉地泛着微光，见不到底似的。他仿佛看见了昭清清，颜色纷杂的光轻飘飘地托着她，她端坐中央，粲然而笑。灵山迫不及待地奔过去，明知是错觉，却仍然想要抓住。哪怕再见一面也好——但屋子里并没有什么人，兰芷也不在。他正打算回去，却赫然发现地面角落里散落着物什，旁边还有个旧得扔大街都没人要的木箱子。

他好奇地捡起来，发现都是女人用的陈旧的亵裤和红肚兜。灵山展开亵裤，看见布料上还残留着干涸的血迹，大约是时间太久了，像是印上去的。这显然是有人刻意收藏的，可是这些东西会是谁的呢？他困惑地展开肚兜，惊讶地发现，肚兜下摆处，竟刺绣着“许凝脂”

三个小字。他当即大吃一惊——凝脂怎么会有如此破旧之物，他从未见她穿过……很快他就想到，这可能是凝脂曾经拥有的旧物，也或许，是从许府带来的。许府过来的人就两个，一个凝脂，一个五尘。

想到五尘，他又情不自禁联想起昭清清。五尘应该是姐姐唯一喜欢过的男人了，不管是出于友情还是男女之爱，姐姐这么倾心的男人，就这么一个。好像，那些黏稠而错综复杂的经脉逐渐清晰起来，他的思维顺着这条逐渐开阔起来的大路，狂奔着冲刺——昭清清最后一次见面的场景再度出现，她突然煞白的脸，以及转瞬间变得明朗的表情，都指向着明确的答案——昭清清是在听到凝脂不是处女时，迅速地将这亵裤上的血迹联系了起来，这才做出了离开的决定——五尘就是凝脂初夜的真相。

雨淅淅沥沥地下起来。

兰芷不知从哪里又跳了进来。她看到灵山，就跟见到冒犯的贼般勃然大怒，尖叫着冲上来，力道很大地把灵山手里破破烂烂的箱子抢了过去。她把它抱在怀里，发狠地盯着灵山手里的红肚兜。她眼里凝聚着灼热的火焰，头发乱蓬蓬地根根竖立着，不再像是人。

即便灵山是个挺拔的男人，要躲开这个癫痫中的女人，也是有难度的。他逃到院子里，不消一分钟，就被大颗大颗的雨点淋得浑身湿透。绸缎贴着皮肤滑溜溜的，这种黏稠密集的触感，令他厌恶又懊恼。兰芷那丫头的一只手，生猛地又抓住了他的衣服。此刻，他就像落在手里急于挣脱的泥鳅。

“你不要拿走，你在杀人……杀人！”兰芷说着，又发出让人悚然的笑，笑着笑着，又大声哭起来，嘴里重复说着“杀人”。

灵山敏感得汗毛都根根竖了起来，他站住不动了，令他自己和兰芷都想不到的——灵山突然反身过去，迅速抱住了兰芷——一个疯了的女人，像他施舍过恩惠、向他祈求宠幸的任何女人中的其中之一。此刻，他对付女人的万般手段帮了他，疯女人他也想试验下。

兰芷突然就安静了下来，眼神柔软了，身体也柔软了——她茫然的眼神里，霎时落进去璀璨的星光。这光辉的尽头，是某一天，凝脂在她额头落下的一个抚摸。再往后，是昭清清失踪那晚轻抚过她脸颊的、温暖的手……猴子的叫声在梦里遥远又清晰地传来——她在迷离中，却迎来了短暂的清醒。

“你告诉我……谁杀人了，谁被杀了……”

“姑娘……姑娘说，这箱子里的东西，会杀了她……”

“箱子为何会在这里？”

灵山的胸口起伏着，好像滚滚巨雷碾压而过。

“小偷扔进来的，小偷说尽是些垃圾，白给都不要，他倒霉了才偷到这箱子破玩意儿……”

“告诉我，是不是五尘的箱子？”

“不知道……姑娘说箱子里的垃圾是他的宝贝，她说不明白为何活着……猴子在叫，猴子也喜欢她……”

“猴子是什么？”

“猴子就是猴子呀，猴子有一张鬼的脸……鬼脸的猴子……”

她说着，又发出那种号叫似的笑声，似乎又要疯癫了。情急之下，灵山将她抱得更紧了，近乎绝望地问：“她去哪里了？”

“我不知道，好好活着……要好好活着……”

这一句话，将灵山彻底激崩溃了，他无力地放开兰芷，眼看着她抱着空空如也的木箱子，蹦蹦跳跳像只猴子跳进了草丛里，又跳进了屋子里。大概姐姐也告诉她，要好好活着。她也要他这弟弟好好过……她过得好不好，没有人真正关心过。他曾试图去关心她，但遇到点挫折就放弃了她。

“姐姐怕是真的已经不在了……”他想。

愧疚和痛苦摧毁了他的意志，他虚脱地瘫软在青草间。灵山仰起头，遥望着天上的乌云、雨滴和院中的树叶，好像哪里都可能是昭清清，却哪里都看不见。草和枝蔓缠绕着他，黏稠得令人作呕，拽着他往土壤里去，像是要将他埋葬了。

凝脂打着雨伞，踩着雨花进来，他也没看见。或许，他是看见了的，只是陷在这突如其来的真相的打击中——他不是没猜度过要走凝脂初夜的那个男人。关于那个男子，固定的形象是清雅高贵的，或许是途经苏镇的京城高官之子，也或许是某个著名的文人骚客——他怎样也不会猜到是五尘。

灵山双手摊开仰望着天空，像一根融化殆尽的蜡烛，任由雨水浇打。那沾着岁月的亵裤和肚兜，此时正挂在青草尖，像是旧战场上荒废的旗帜。但凝脂还是一眼认出了，这是属于自己的东西。她蹲下去，反复看了几遍，“许凝脂”三个小字像罪证似的赫然醒目。

她震惊地后退了几步，在灵山身边蹲下来，脸上是似笑非笑、似哭非哭的表情。她丢掉了手里的伞，语气坚定而平和地说：“灵山，你不用猜了……这些就是姐姐离开的原因。跟五尘有关，连带着跟我就有了关系。来，来，进屋去，你想知道的我都告诉你……”

七

来，来，来。我来给你讲一个故事——

从前有对夫妻俩，他们正在河边放花灯，却撞见了一艘破船，船上睡着个昏迷受伤的小男孩，慈悲心肠的夫妻以为是河神的旨意，就收留了他。他们有位养在深闺的小姐，这小姐第一次见到男孩就心生好奇。在他养病的那段日子，小姐每天来陪他，听他讲他流浪的故事，讲他如何和虫鸟抢吃的，如何下河摸鱼抓虾吃，讲他睡过的田地，桥洞，屋檐下……她百听不厌，不觉就有点崇拜了。小男孩开启了一个她或许一生无法知晓的世界。这里面每天都在发生丑恶、贫穷、流浪……像野蛮的动物一般生存着。小男孩病好，小姐成了他最忠实的听众，他也做了他最盼望的事情——小姐的专属仆人。

这仆人比小姐只大一岁，却如同大哥哥般照顾侍奉她。她冷了，仆人二话不说，替她脱下鞋子就把脚丫子放怀里捂着。寒冬腊月，他冷得瑟瑟发抖，肚子上那点温暖全传递到了她的脚丫上。她热了，他更冷了，清鼻涕淌到嘴唇上，仆人吸溜下，鼻涕又钻进了红彤彤的鼻孔里，隔会儿又溜出来，仆人更用力地吸溜进嘴里、咽下去。小姐看得乐和，仆人哆嗦着小身板也跟着乐。这任性的小姐无聊了，仆人就给她讲故事，但他的故事听过无数遍了，小姐发腻了。仆人就扮作各种动物，极尽所能地逗乐她。有次为了得她一个笑容，他索性真翻爬进猪圈扮演猪崽，惹得母猪追着他叫。他在猪圈里爬来爬去，沾了一身臭烘烘的猪屎，母猪拿嘴用力一顶，仆人滚到一堆猪崽里，惹得一群小猪哼哧哼哧乱窜——小姐终于笑了，仆人的腰被母猪顶破了皮，血流不止。

小姐去哪里，仆人就跟到哪里。小姐出门，仆人怕给她丢人，总是收拾得一尘不染。他没有亲人，仿佛从天而降，他把小姐当成了全部。可是这小姐应有尽有，哪能想到这些！有阵子，她觉得天天都这仆人陪着，发腻了厌倦了不理他了，嚷着爹爹给她找个新玩伴。仆人在旁边听着，悄悄地躲开了。

爹爹给小姐找来的新玩伴，哪里受得了她各种捉弄，见她就畏畏缩缩地躲避。小姐十一岁来的月事，发现时正是夏天，她正在园子里的小池塘边玩水。小姐太顽皮了，觉得用手打水仗不过瘾，见四下无人，就翻到池塘里玩。池塘水很浅，她玩得浑身湿漉漉的。觉得这样还不过瘾，又萌生出在水里骑马的念头，新玩伴弯腰下去呛了一大口水，爬起来哭哭啼啼不玩了。小姐生气了，威胁他，要告诉大人他打了她。新玩伴被威慑住，不敢哭了，心里却悄然生了恨意。小姐踩着水往岸上爬时，他悄悄伸出一只脚，把她绊倒了，一头栽进水里。淤泥打滑，她挣扎着站不稳，感觉就要被淹死了。但她运气很好，被及时地抓了起来，只是憋气太久，站稳时呼吸急促、惊魂未定。就在这时，小姐发现她站着的水边漂浮起丝丝缕缕新鲜血液，小姐以为自己受伤了，站着不知所措。救下小姐的，正是被她抛弃的旧仆人。他把她抱出水池，临走时狠狠地瞪着小姐的新玩伴。

这小仆人把小姐抱回了他自己的住处，检查她的伤口。但小姐哪里都好端端的——鲜血从大腿根淌出来，仆人太心急了，害羞地撩起她的裙子——湿漉漉的亵裤上沾满了新鲜的血迹，还有些红得惹眼的血块。他太着急、太害怕失去她了，顾不得身份替她脱下来亵裤……仆人第一次知道女人尿尿地儿长啥样，小姐也第一次把这隐秘给一个“男人”看——这秘密就像钢筋铁绳，将两个人捆绑在了一起。

小姐的新玩伴儿，在某个平常的清晨，突然就死了。人们晚上还见到他好端端地给老爷养的鸽子喂食，第二天就漂浮在水池上，被人打捞起来时僵硬成雕塑。府上的人都甚觉奇怪，这顶多及成人大腿根的水，如何就淹得死人？众说纷纭，无法解释的事情最后都被说成是中邪了。府上人心惶惶，没几日这池塘就被填了起来，种上了辟邪的桃树。

小姐很快就知晓了真相，她围在一大群人里，看见她曾经的玩伴安详地睡着了。她不经意间，瞅见他紧紧拽着的手心里，漂浮着几缕泛黄的头发——这是她先前的仆人独有的。府里的人总笑话他，这头发半黄不黑，没准是个杂种。

小姐没有将这发现告诉任何人，连仆人也未曾告诉。她把这个秘密深藏于心。只是，再见到那仆人时，眼神就不一样了。

又过了三年，小姐发育长开，成了半大姑娘。她娘喊人给她做了好些肚兜，每个都绣着名字。仆人也长大了，却长得白白净净，越来越像女人——他终于发现，他长成了和所有男人都不一样的少年。

少年时期的仆人很自卑，见到女人总低着头躲避。只有和小姐在一起时，他才是正常的。这时的小姐懂事了好多，他的自卑她看在眼里，可她不知道如何去帮助他。直到有一天，她去找他玩，在门口时，突发奇想要捉弄他——她推开门，蹑手蹑脚地走进去，惊奇地发现仆人正趴在床边研究着什么。小姐目光越过他的后背看过去，看清了，是郎中用的人体图。画得很粗糙，男人的器官硕大无比。她难以置信地，踮起脚俯视下去——只见，仆人的裤子已经脱到了小腿上，正双手摆弄着胯间之物。他拉扯着，却仍然只有成人食指般粗细。他锲而不舍，发疯似的拉扯，扯成又长又细的面片，扯得都不像是肉……小姐惊恐地步步后退。这是她第一次见到真实的男人，或许不能称之为男人……它的模样既不伟岸也不雄壮，像她在轿子里撞见过的，站在街边不知羞撒尿的小孩子。

仆人听到响动，扭头看见小姐就蒙了。他嘴唇张开着，浑身筛糠似的颤抖。一句话说不出来，裤子堆在脚背上，那双不知道发生啥事的手，还卖力地拉扯着。顶端细小的孔洞赫然挂着血滴。这是小姐，第一次目睹一个人绝望的羞耻感。那种感觉，就像亲自扯下人皮，露出惊悚的骷髅架子。白森森的肋骨里，藏着可怜兮兮的灵魂——骄傲的灵魂对寄生的容器，难以启齿的羞耻感。小姐完美的躯体，令他更觉得自己丑陋。

小姐就是那一天无师自通，懂了男女之间的玄机。她坚定地上前，抱住了不知所措的仆人。她很快脱下衣服，扯下新肚兜，皮肉贴着皮肉，莫名的黏稠而沸腾的感觉，心跳像风声贯穿而过。过了很久，小姐感觉到肩膀上温暖的水滴。仰头就看见她自卑的仆人，终于笑了。

小姐到了十五岁，美得家人都诚惶诚恐。许府之外的男子，鲜少见到她真人的。

有年伏天，奇热无比，空气里就像有无数张嘴在哈热气。大半夜，小姐被热醒了，悄悄溜去园子里纳凉。不觉就走到了仆人的房前，她敲门喊醒了他。为躲避巡夜的管家，他们溜到了后院儿的一块荒地里。凉爽是凉爽了，蚊虫却多得惊人。不知从哪里跳出来几只蟾蜍，呱呱叫着。仆人担心小姐坐草上长疙瘩，立刻脱下身上的衣服给她当垫子，自个儿就站在周围打蚊子。小姐瞌睡一来就睡着了，鸡叫时她醒来，发现仆人正盘腿坐在自己旁边，也睡着了，但手还不忘时不时地，在空气里挥舞一把——他是在替她赶着蚊蝇呢。

小姐心里暖融融的。

拂晓朱红色的光芒穿过黑暗。草木树影在渐渐亮起来的人间，黑黝黝的，只见到轮廓。小姐凝视着仆人，惊讶地发现，他此时的模样，看起来就像打坐的佛。她慢慢地靠近他坐着，将头靠在他胸口。她顿时感到被庇护一般，安心又踏实。也不知那天是出于什么原因，或许是，对家里接二连三前来提亲的抗拒，小姐触碰到上身赤裸的仆人时，身体悠然之间，有了反应。神差鬼使地，她的嘴唇贴到仆人的嘴唇上——仆人是被小姐吻醒的，他刚吃惊地张开嘴，小姐灵巧的舌头就滑了进去。她的手摸索下去，惊奇地摸到一处微小灼热的坚硬——好像神迹出现似的，他们的第一次注定是要给彼此的。

小姐引着这刚冶炼好的小铁棍，去它该去的地方。

身体被打开的刹那，疼痛微小而真实，好像地上的蚂蚁爬上来咬了小口，之后便是若有若无的饱胀感。他们的身体在红色的光芒下迎合，拉锯。谁都没有说话，连喘息都是平和的，就像是饿了太久，吃进去一碗温热的稀粥般恰到好处。那小铁棍在小姐初打开的身体里跌跌撞撞没几下，就软塌塌地滑了出来。她站起来，这才发现垫着的是仆人的衣服。那天他穿的正好是一件白色棉纱制作的衣服，钱币大的一块红色血迹，衬托得分外醒目。

以后，他还有没有过坚硬，小姐就不知晓了。时间过去了几年，小姐想起，当年那玩笑似的付出去的贞洁，也不是没后悔过。但从此之后，仆人成了一诺千金的真正汉子，一切又显得那么值得了。

“灵山，那小姐就是我，仆人就是五尘。你看见的亵裤上的血迹，其实是我初次来月事时穿的，你看见的肚兜，是我发现他秘密时脱下来，扔在他床上的。我没想到，五尘会统统当宝贝一样珍藏，他比我想象中更在乎我。”

凝脂的故事是在漫天大雨中讲述完的，就在清心园正屋里。门敞开着，风穿堂而过，凉飕飕的，思维却异常清晰——她清楚此刻在做什么——她是背叛了和五尘共有的秘密，不但连根拔起，连根茎周围的土壤也牵连着一并掘了出来。

密密匝匝的雨点，在地面上溅开千万朵水花。青草在风雨中东倒西歪，水汽升腾起来，似是笼罩着一层厚重的烟雾帘子，虚实不清。凝脂还是坐在老位置，旁边昭清清常坐的位置换成了昭灵山。此刻，灵山正僵坐着，不知他在思考着什么人生大事。他浑身湿漉漉的，水滴顺着发梢淌到脸上，像是笼罩在一层黏稠而封闭的薄膜下。凝脂想，在灵山凝滞的身躯之下，思维定是潮汐涨落般剧烈的——他安静思考、冷若冰霜的模样，终于和他的姐姐有了相似之处。

凝脂产生错觉，像是和失踪的昭清清在倾心而谈。

“也许，我的过去让你蒙羞了……”她怯弱地试探地问。

灵山呆滞不动，良久，才摇摇头，道：“那是你我认识之前的事情，我无权颠覆过往。只是，想起一些困惑的往事，突然清醒了。”他终于转过来面对她，眼睛凝视着眼睛，道：“洞房那天装在小盒子里的血块，是你打算用来蒙蔽我的吧？想来真是奇怪，老天怎么就把失贞的你，送到了恐血的我身边呢？这样来说，再特别的都应该有与之匹配的更特别的，为何就不给我姐姐也配一个？老天爷真是偏心的。”

“你又想念姐姐了吧？”凝脂道。

灵山诚实地称是，继续道：“我先前觉得五尘真是奇怪。倒不是说他长得怪异，而是觉得怎会有对主子那么好的男用人，你大概不知道——我们洞房夜那晚，你出去那阵子，我出去找你。碰到个下人，上来再三嘱咐我要对你好，不能伤害你。那语气，就好像是交接仪式，令我深感困惑，也深为感动。现在回想起来，怕是那晚上他是提心吊胆，彻夜失眠度过的。并且，他长得那么秀气，相处中又总觉得有着某种惊人的力量——这些都够奇怪的，更奇怪的是，许家也是体面人家，啥人不带，女儿大婚要带个五尘。现在是明白了，也明白姐姐听见我说的话，当夜就不见的原因。想来，她那时就知道，你的初夜是给了五尘的。”

“你会因此恨五尘吗？”凝脂谨慎地问。

灵山笑笑，道：“恨说不上，喜欢也不可能。有种感情就是，不远不近，不喜不厌。”

“已经很好了。”她微微一笑，道，“说实在的，进来时我还在想，若试探出你对五尘是个危险之人，我这就带他离开了。”

灵山一副不可思议的表情，难以置信地问道：“这么重的分量？”

“他是我能确定的，完全忠于我的人。你不是。”

灵山不置可否，道：“你说姐姐知道五尘的秘密吗？”

凝脂万分笃定地说：“她知道——正因为知道，很长一段时间里，她都将五尘当成了匹配给她的那个特别的人。只是，她低估了五尘的决心和倔强。但，这个箱子为什么会在清心园出现，就实在奇怪了！现在，可能只有兰芷知道真相了，只是……兰芷疯疯癫癫的，怕也说不清楚的！”

“好像是某个愚蠢的小偷盗窃错了，随便丢弃在了清心园……不过，这些都无关紧要的。我只是觉得姐姐实在太可怜了，她要是像我一样看得开多好呢。”

灵山悲从中来，哽咽了几声，打出个响亮的喷嚏。他顿时感到周身绵软，像是着凉感冒的前奏。

“你和姐姐，还真是完全不同的两个人。一个要精神的极致契合，一个要肉体的极致享乐。也不知我的姐姐或者妹妹，跟我有几分相似，现在又在做着什么……”她神情黯然，从牙缝里挤出几乎听不到的话，“也许……”

灵山遽然联想起红颜薄命的百合，一时冲动，也便口无遮拦了：“你还记得千叶信寻找一个女人的事情吗？”

“记得。”

她瞥见他目光里的深意。

“你也猜测是我，对吗？”

灵山点头道：“我也是你告诉我身世，知晓你本名叫暮雪，这才联想到的。有件事情我老早就想告诉你了，只是一直没有找到合适的契机。今天我们就敞亮了说吧。其实……千叶信远道来寻人，也是受人之托。托付他的女人，与你仅一字之别。她叫暮冬……你们的母亲叫暮春。”

凝脂眼底湿润润的，呼吸仓促地哽咽：“暮春，暮冬，暮雪……”

“是呀，据说暮冬也美丽极了，倾城倾国……我想，你们的娘一定更美！”

“她们都还好吗？”

灵山见凝脂眼巴巴地望着自己的目光。他踌躇片刻，于心不忍地敷衍道：“这些细节……千叶信没有说，我也没问……下次你可以当面问他。他要知晓人找到了，会高兴疯掉的。但是——”

“但是什么？”凝脂迫切地问。

“他也是有私心的，你知道他是一个文身师。其实，他暗中一直在找世间最美的皮囊做画布。”

“当然可以的——他是连接起家人和我的桥梁，我愿意做他的画布。”

凝脂欣然答应了。

灵山安静地打量她，喃喃道：“我想，这大概也是你本人的意愿吧！”

凝脂默而不语，只是笑。

两人各自思索着问题，静谧像撒下的大网，将他们罩在其中。雨渐渐收拢，熙熙攘攘落下几滴。暮色悄然栖息在远处，重叠起伏的山峦阴影在黑边中泛着白光。近处一只乌鸦停在屋顶，发出令人胆战的悠长叫声。

灵山说：“你母亲应该很喜欢雪……才给你起了这样的名字。”

“如果我是出生在冬天，也会这么想。可是呀……我偏偏出生在五月。我娘对我爹又只字未提，也许，是藏了道不出口的委屈。谁又知道……但愿他们都过得好。”

“暮雪，将来不管发生什么，你都要好好的。”灵山怜悯地劝慰道。

那个女人，第一次听到有人喊出她真名，就笑了。嘴唇紧抿着向两边微微翘起来，如同一弯新月落在水波上的倒影，水雾荡起，转瞬就不见了踪迹。

八

不知是无意还是刻意，打这之后，在任何能遇见五尘的地方，灵山都会多留意他几眼。他觉得不可思议，怎会对一个卑微的下人，产生如此大的兴趣。他强迫自己像从前一样正常，可是眼睛却总是不听大脑的命令。有时候，他会产生一种奇怪的念头——就好像自己成了潜伏的偷窥者，自知而隐秘。更让他觉得神乎其神的是，在这连续不断的、反复而深入的观察中，五尘的形象非但没受损，反而日渐伟岸起来——在他脑海里，形成一个被困在小罐子里的顶天立地的汉子的形象。

五尘走路昂首挺胸，翩然儒雅。对外界异样的目光从来不卑不亢，目不斜视。他会读书会弹琴，知恩图报，忠贞守信，鞠躬尽瘁。除了身体和身份，哪里都优秀于其他男人。灵山刚知晓五尘是个有巨大缺陷的人时，对姐姐的眼光很不理解。这些日观察下来，他不得不承认，姐姐不但眼光不差，更是世间最了解自己所需的智慧之人。灵山对记忆里储存的姐姐的形象有了陌生感，对他自己分析出的姐姐却日渐清晰。

有时候，灵山闭上眼睛，就感觉好像姐姐站在面前一样生动。

渐渐地，灵山发现，他不是在了解五尘，而是——透过五尘，去探索他未及了解就不知踪迹的姐姐。他看到五尘，竟感到难得的心安。

他和姐姐虽是同一个父亲所生，却完全处于两个极端。姐姐追求的精神信仰，和他追求的肉体欢爱，一个藏于内用心感受，一个显于外用身体体会，仿佛磁石的正反面，他并不知晓哪种才是对的。也或许，这对错的临界线本身就是模糊的。在这日复一日的思考中，灵山不知不觉对凝脂也有了新的认识。他反复琢磨着姐姐那句“凝脂不是适合做妻子的女人”，总觉得另有深意。以姐姐的智慧，她一定是早看清了他未曾认识的真相，以此暗示着自己——现在，或者将来的玄机。

春暖花开的时日里，沈荷和许清源突然来昭府。起因是沈荷前些日子做梦，梦见凝脂被狗咬了，那条狗长得像极了狼，或许就是一头狼。她一会儿说是狼，一会儿说是狗，后来干脆又说是狼狗。这“狼狗”一口一口慢慢撕咬着凝脂吃，最古怪的是，梦里的凝脂好像不疼，那“狼狗”吃她一口，她就嘿嘿笑几声。沈荷从噩梦中醒来，惶恐不安了几日，梦里的情景挥之不去。于是，也没有通知一声，直接就来了昭府。虽然两家隔得很近，但除了偶尔特殊节日来一趟，平日极少来往。适逢昭家老爷夫人都在府里，一阵寒暄，中午又特意设了宴席。为照顾吃素的两人，满满一桌子菜竟没有一道荤菜。席间昭墨几次三番提起凝脂，赞不绝口。沈荷见昭府上下一致喜欢凝脂，心里暗暗欢喜。但凝脂却对自个儿爹娘的到来，却表现得极为冷淡，说话客客气气的，早早吃完饭，就以身体不适为由先行退席了。

沈荷倒是习惯了她这冰冷冷的性子，当真以为她是病了不舒服。灵山跟他爹都陪着许清源，她寻思着正好跟凝脂单独聊天，便也先行退了。忘忧引着沈荷来到厢房，她一进门就注意到卧室正中那张气派的沉香床，屋里四处横溢的诡异气味令她双腿发软。走进了，再一看这满床的春宫图，沈荷当即臊红了脸。她惊恐地问凝脂："这世上怎么会有如此奇怪的床？"凝脂见沈荷面如土色，笑笑道："这床自然是独一无二的，有钱也买不到的。"

沈荷忧心忡忡地问："这就是那小鲁班做的？"

凝脂道："这自然只有他能造出来的。我每日躺在这床上，云里雾里的，跟成仙儿似的。"

沈荷注视着凝脂——坐在这床中央的女人，浑身散发着与空气里奇异的香气如出一辙的妖邪气息。不知是她滋养出床散发出这魅惑人的气味，还是这气味滋养出了这床上妖艳的女人，两者竟浑然天成。她越看越陌生，凝脂笑起来的神态，竟和她梦里的狼重叠在了一起。这满屋的香气，以及这满床猩红的色泽，令她不由得又想起善忍给的形似女人的瓶子——好似那瓶子里的红色液体都渗透进了床里面。

沈荷呆滞地杵着，凝脂出嫁不到三年，却像是完全变了个人。她心碎地想：这姑娘是我养大的女儿吗？怎么像是不认识了！

凝脂见沈荷面无表情，以为是她感觉到冷遇，受伤了。她尽量微笑着，尽量热情地说道："坐一会儿吧，要不我让忘忧泡壶茶？"窗棂格子里照进来光，屋里半明半暗，亮的极亮，暗的更暗。满床猩红托举着凝脂，像是有淡淡的红色潮水正在流动着，凝脂身上浸染上了一团一团的红色，好看极了。她笑起来时，白森森的牙齿上也映着一团红色，像是刚吃了一嘴新鲜的肉。

沈荷一时分不清是在哪里，好像还在那可怕的梦里。

她连连后退，嘴里喃喃地说："救我的女儿……"

正在这时，灵山推门而入，顿时发觉屋里气氛异常。他以为是母女两人又闹了别扭，热情地招呼道："娘，您老坐！"沈荷这才如梦初醒，她原本想着让凝脂换张普通的床睡，最好再讲讲她做的那个可怕的梦。但屋里就剩下小两口，加上这雕刻着春宫图的床，她感到浑身不自在，简单叮嘱了几句，就先行离开了。

灵山跟出去相送，沈荷突然停下，拉着他的手嘱咐道："灵山，凝脂自小就野，你一定要约束着她。放开了，不知道她要惹出什么事！"

沈荷眼巴巴地望着他。

灵山心里想着，凝脂岂是我能管得住的。但见到沈荷这可怜兮兮的眼神，于心不忍，只好口是心非地说："您放心吧，我会管着她的。"

到这月的初十五，沈荷因为老想着沉香床的事儿，虽然身体不适，还是强打精神，跟着许清源一早去了寒清寺。在山脚的茅屋里，夫妻俩和善忍又坐在了一起喝茶闲聊。清风徐徐，漫山野花开得正是时候，许清源和善忍愉快地探讨着佛经，沈荷却一句也没听得进去，始终心事重重的。终于，善忍注意到了她的异常，问道："许夫人气色不太好，是不是遇到什么事了？"

沈荷道："善忍师父，前些时日做了一个梦，总感到不安。"

许清源道："我来说吧——我都听她说了十遍不止了。夫人梦见一头似狼非狼，似狗非够的野兽，一口口吃掉了小女。我这一想，凝脂嫁去昭府也快三年了，府里冷冷清清的，夫人怕只是思女过度导致的。"

善忍安慰道："夫人，这只是说明凝脂与这野兽有缘，另一层意思来说，这梦是指凝脂野性难驯！她先前是不是这样，老爷夫人怕是心里清楚的。”

许清源叹息一声点，点头默认了。半晌，才合掌道：“阿弥陀佛！”

三个人都不再言语，各自默默地喝着茶。茶水有些凉了，沈荷木讷地坐着，没有要去添水的意思。屋外，适时地传来几声婉转的鸟鸣。

沈荷放下茶杯，很突然地问道：“善忍师父，可否还记得当年凝脂大婚赠送的瓶子？”

“自然是记得的。”他诚恳地看着沈荷，又说，“这事儿，我一辈子都会记着的！”

“阿弥陀佛！”沈荷合掌道，“那瓶子里的香气真是特别，我前些日子去昭府看望了凝脂，她那屋里头都是这气味。凝脂坐在床上，那神态真是像极了我梦里见到的野兽。我万分费解，为何那瓶子里的东西用在了床上，床会变得如此奇怪？”

“阿弥陀佛！”善忍意味深长地笑笑，道，“做成床就对了！”

沈荷好奇地审度着善忍，他那双飞起来的眼睛，像是一弯神秘的月亮。她不由得又产生了幻觉，喃喃道：“凝脂睡那床呀，也像是活的……”

善忍惊出满头汗，那光溜溜的头看起来锃光瓦亮的。

“当年接到莲生师父的信，光说是在回国途中捡到个女婴……”沈荷盯着善忍，顿了顿，又问，“善忍师父，是你捡到的吧？”

善忍点点头。

沈荷笑笑：“是你捡到的，也就对了……”

九

灵山总觉得凝脂在酝酿着什么——她身上散发着一种烈性的东西，好像身体这容器已经快兜不住了，随时要喷薄而出了。他观察她，发现她时常抚摸自己，有时候还会悄悄伸出舌头舔自己。灵山猜，她也许是在拿自己周身的肉做实验，寻找最刺激的地方。他对这个同床共枕的女人越来越好奇，一次偶然的机会，却令他在无意间就抵达了凝脂灵魂的内核。

那天正好是三月的最后一天。府里玉兰花、栀子花、杜鹃花次第开了，满园子繁花似锦。灵山从外面回来，还在院子里，就听见熟悉的声音。他下意识地循声走进堂屋，惊愕地看见凝脂正在屋子中央跳舞。屋里乌沉沉的，仿佛是某个陈旧的舞台。凝脂扭动着柔若无骨的腰肢，手臂和手指好似游动的水蛇。那双美妙的脚轻巧而灵动，仿佛是在云端漫步。这是灵山第一次看见凝脂跳舞，她穿着白色的纱衣，起舞时，那纱衣飘飘然然，如同一对半透明的翅膀扑扇着。她轻歌曼舞，巧笑倩兮，美目盼兮，让人不免联想起下凡的七仙女。

灵山忍不住鼓掌，夸赞道："跳得太好了……真是美成七仙女下凡了！"

凝脂听到声音，停下来，扭头就看见了正站在门口的灵山。她开玩笑道："哪有人见过什么牛郎七仙女？万一很丑呢？我岂不是亏了？"

"人人都说七仙女好看。"灵山说。

"人各不同，人人都说好看，有嗜痂之癖的人也觉得好看，那我不成了怪物了。况且，谁也没见过真正的七仙女什么样子！"凝脂不屑地笑笑，又补充道："史书上记载的美女多如繁星，她们才是人间真正的仙女！"

灵山不经意地说了句："说不定一百年后，你也成了史书上记载的美女。"

听者却听进了心里，凝脂坐在圈椅上，认真地问："灵山，你说我有夏姬美吗？"

灵山转了几个弯，终于想起了——有日他进去书房随手拿了本书，那书有一页被折叠了起来，他当时大致看了下，本以为是好色的爹爹做的记号。而今，他才幡然醒悟，原来记号是凝脂做的。他对这个女人，唯一记得的就是妖淫成性。就是在那一刻，他似是受到了启发，仿佛是费了千辛万苦终于撬开了厚重冰层，看见水最澄净的模样。

灵山试探地问："这是历史上你喜欢的女人吗？"

"我怎会喜欢她？只是年少时看《列女传》第七卷，一些传奇女子中，单单就她让我感到震撼。因此，经年过去，仍然印象深刻罢了。"凝脂不自然地笑笑，倒更像是欲盖弥彰——年少时看过的，连第几卷至今仍记得，显然是喜欢的。

灵山困惑地问道："她有什么过人之处吗？"

凝脂踌躇了片刻道："夏姬最大的长处，就是她能用女人这身肉，控制天下男人。"

当天晚上，灵山辗转难眠，大晚上悄悄起来，踱步去了书房。他轻手轻脚地点燃蜡烛，从书架最顶层取下《列女传》，翻到第七章《孽嬖传》，伏案阅读起来——陈女夏姬者，陈大夫夏征舒之母，御叔之妻也。其状美好无匹，内挟伎术，盖老而复壮者。三为王后，七为夫人。公侯争之，莫不迷惑失意……

读罢，灵山站起来，在书房中央踱步思考着。

屋外万籁俱寂，偶尔传来一声鸡叫，几只便跟着叫，热闹闹几分钟又偃旗息鼓。烛火在窗户吹进来的微风中跳跃，跟随跳跃的光线映照在墙壁家具上，好像墙壁扭曲了，家具也扭曲了——记忆里的凝脂也跟着变形了。

此刻，他得到如此安静的环境和时间，躲在暗处静悄悄地观察着记忆里的凝脂。也许，让一个男人像女人那般，去树立一座贞操牌坊，并非她的终极目的。或许，她是野心勃勃，渴望征服更多的男性……所以，姐姐才会留下“凝脂不是适合做妻子的女人”这样的话。一个沉迷于床笫之私，且以征服男人为目标的女人，当然是不适合做妻子的。这样的女人，天生适合做妓女——这正好又契合了龙平的寓言——他做的床上会出一代名妓。

“莫不是，成为像暮冬那样的名妓，才是凝脂真正想要的人生？”灵山想。

他听到自己肯定的回答，倏忽间，从心底发出。

灵山决定去找春十娘，越快越好，趁着他头脑发热、浑身发热的这股热浪冲击之时。他一刻也不想耽误这最佳状态，也不觉得他即将付诸的行动是伤害了凝脂——他只是好心地去帮她打探下如何才能成为名妓。这样的问题，当然只能问有名的妓女。这十年，江南一带有名的妓女，除了春十娘，还有谁能与之并肩呢？

他欢喜雀跃的，自觉名正言顺、理直气壮地出了昭府。他甚至没有喊车夫，潜意识里，他觉得这件事情，只能全程他自己来做。他一路狂奔着，像一只撒欢的狗，一蹦一跳地就冲进了半水街。月色溟蒙，倒映着月光的河面似明镜，路两边黑黝黝的树影，似乎成了夹道欢迎的黑压压的人群。星星挂在天边，看起来仿佛并不远……视线所及，尽是美好与友善的。

灵山不由自主地哼起小曲，快乐地砸着十里春的大门。他快乐地同出来开门的老鸨吵架，快乐地一把推开她，冲了进去，站在了春十娘的门口——他伸出手，快乐地砸着门。走廊一溜儿房间的门次第打开，一些嫖娼的男人，以为是来了一伙入室抢劫的人，吓得到处藏钱。会水性的从窗户一跃跳进了水里。整个十里春乱糟糟的，煮成了一锅粥。

灵山只管砸门，这晚上，他是有多快乐呀！

开门的是龙平，他诧异地看着门外站着的年轻人。走廊里铺满了月光，铺到了年轻人脸上，他稍微细看，就认出是昭墨的儿子昭灵山。他因为被吵醒气恼的脸，瞬间舒展自然。

楼梯口一阵杂乱的脚步声，老鸨和保镖等一众人怒气冲冲地出现在楼梯口。龙平朝他们挥挥手，道：“你们都出去，他是我的客人。”众人都松了口气，边走边朝打开的各个门里喊话：“没事了，大家该干吗干吗去！”于是，夜又有了夜的模样。

龙平进去跟春十娘耳语了几句，出来了。他对门口站着的两眼杀红似的灵山说：“我跟她说好了。我先跟你说几句话，你再回来找她，可好？”

灵山光点头，跟在龙平身后，来到空无一人的甲板上。夜风吹过，河面上摇曳着灯火的倒影，夜里的水雾凉飕飕地拂面而来，灵山顿时清醒了些。龙平毕竟是长辈，又是父亲的挚友，此时站在他身边，灵山才感到拘束。

“你来这里，是因为凝脂吧？”龙平开门见山地问。

“不，我是为春十娘而来的，当然，凝脂或许促使了我尽快来完成这件事情。但的的确确这是我多年来想做的一件事情。”灵山趁着这时还未完全清醒，还有那么一丁点冲动的勇气，他快速地讲完了此行的目的。

“你对春十娘有意思，我早就知道了。你爹爹做的那件事，我也知道。春十娘是你见识过的第一个女人，也是你年幼时关于女人回忆的全部，我就知道你迟早会来找她。我成全你，等会儿你自己进去，我今晚不在这里住了。”龙平道。

“你去哪里？”灵山对自己鸠占鹊巢的行为，感到内疚。

“我跟你一样，不缺钱，不缺女人，更不缺睡的床。”他痞里痞气地笑。

“这么说，你和我爹爹，还有我，我们都是同一类人。”灵山也笑笑，顿时觉得放松了许多。

龙平的笑声却忽而停止。即使被夜晚无边无际的厚重黑幕遮挡着，灵山仍然能看到他络腮胡子飞扬跋扈地竖立起来，包围了中间迅速严肃起来的脸。“现在，我们不说春十娘，我对你的女人很好奇。我们就说她。”龙平道。

“我知道的，都可以成为你知道的。”灵山也仗义地说。

龙平也便不客气，直入主题，问：“你是不是发现，你的女人跟其他女人不一样了？”

“她有着无与伦比的美丽，这点毋庸置疑。她某方面像野兽、像男人似的，好像期望着操控一些东西，甚至荒唐地要求我对她忠心不贰，树立一座男人的贞操牌坊……真是要把乾坤都颠倒的野心勃勃。并且，就在昨天，她突然跟我提起夏姬。我晚上起来查看了《列女传》，方才幡然醒悟——或许，她是想要成为夏姬那样的女人。那可是历史上以荒淫著称的美人呢！”

“很好。虽然我没见过夏姬，但她的这身肉，一定不会比她差的。”龙平声音洪亮地笑起来，胡须都微微震颤着，“放了她吧，哪有把野兽关在笼子里养的道理，放她出去，男人们会为她疯掉的！”

灵山冷不丁地想起沈荷握着他的手叮嘱说“一定要约束着她”，顿时犹豫了，他瞻前顾后地问：“她家人会受不了的。”

“一个人的本性，哪里是这些能束缚得了的？”夜色下，龙平的眼珠亢奋地转动着，他拍了拍灵山的肩膀，嘱咐道：“快去找春十娘吧。但千万记得——今晚你就是昭墨。”

这个夜晚，长大的成熟的昭灵山，终于亲手摘下他五岁播下的种子结出的果实，再双手捧着送给了自己。他一脚踏进了春十娘的卧房，门到床的咫尺之间的距离，他走得轻缓而沉重——他爬了很多年的梯塔，终于快接近顶端的太阳了。他面朝上是炙热的情欲，面朝下是思念堆积出的万丈深渊。他一步步走向床，灵魂在退变，到床边时，他已经成了五岁的自己——那双小男孩偷窥的眼睛，占据着灵山的身体。被他意淫过千万次的女人，此刻就在眼前——月光洒满她盖着被子的身体，起伏的线条如同崇山峻岭。她的乳房凸起一寸，这山就长高一寸。她的腰肢凹陷一寸，这沟壑就塌陷一寸。黑夜和棉被丝毫无法遮挡，她浑然天成，和他年幼偷窥时的一模一样。

他贴近她的脸，感受着她的气息。分辨出这气味里有上好的葡萄酒，有晚上吃进去的莲藕，有胭脂河盛产的小鱼……它们在她的肠胃里发酵，酝酿成淡淡的酸味儿，和经年累月积攒的情欲，揉捏出一股子骚腥味儿。

灵山闭上眼睛，真切地吻下去。

“昭墨。”暗沉沉的光线里，他听到春十娘发烫的呼唤，未等他应声，她的双臂柔韧地缠绕了上来。灵山迅速反应过来龙平嘱咐他“最好把自己当成昭墨”这句话的含义——先前龙平进去时，一定悄悄告诉了她，等会儿昭墨会来找她。这女人误把自己当成了爹爹，于是，作为儿子的昭灵山就这么被迫成为爹爹的替代品。

“昭墨……我不会是在做梦吧！”他又听到她带着哭腔的低低的呼唤，灵山想说点什么，她已经迅速地摸索到他的嘴唇，用手捂住了。他看不清楚她，光听见她惶恐的声音：“你别说话。我怕你一开口，梦就醒了，你就不见了。”她说着蜷缩进灵山的胸口。灵山顿感颈窝处湿漉漉的，又凉又暖——她好像哭了，身体也在发颤。

灵山忍了又忍，将攒了多年的话硬生生吞了回去。这种被当成替代品的滋味并不好受，和他幻象中的美妙体验有天壤之别。现实里的灵山如同当头一棒，被打得想要逃走。五岁时的灵山却不肯放过他的梦想，四肢暴躁地动起来。

春十娘却把昭灵山突如而至的僵硬和暴躁，理解成了隐忍太久的无所适从。她紧紧地抱住他，钳子似的抓紧他，整个人像倒挂在他身上的猴子。窗帘被风吹开，月光透进来一些，亮了些。灵山被风一吹，清醒了，他睁开眼睛，赫然看见春十娘后仰向地面的脸，在浑浊的月光下显得比白天还要明亮——她的脸膨胀在他的视线里，灵山看清楚了——她已然松弛的皮肤，像是河面细碎的褶皱。乌黑黑的头发乱糟糟一捧，好像顶了个鸟巢。现实里的灵山大吃一惊，他难过得想哭——她老了，她年轻时的好时光成全了他脑海里美的回忆，他这傻瓜，却硬是要闯进来现实，以至回忆也被弄脏了。

“以后，再也不用对春十娘朝思暮想了。”他悲伤地想着，挣脱开她的手臂，把她放下来。这梦游似的女人，仍然紧闭着眼睛喊着：“昭墨，不要走……”

她一把将准备离开的灵山抓了回来，身体渐渐往下蹲，脸凑近，张嘴吞了下去。一道闪电划过身体，又一道划过。灵山陶醉地闭上眼睛，轻飘飘地飞到了云端。

他伸手拨开层层迷雾，就看见五岁的自己，一笑就露出缺了两颗门牙的豁口。

十

你知道吗？

这世上最深的绝望并不是背叛，而是你交出的信任种子开出了谎言的花朵。最大的失望也并不是来不及兑现的誓言，而是，你以为最重要的不过是早已被他人舍弃的。你是被扔下、被抛却的人，却一直在自己勾勒的幻觉里前行。你以为你的手还牵着——你牵着空气、虚无、假象，你却以为那是硬如磐石的根基——突然有一天，有人解开蒙在你眼睛上的布条，你终于看到真实的模样：你住在漏风漏雨的篱笆棚下，你欣赏过的鲜花，是你被残砖瓦砾扎破流出的鲜血；

你放飞出去的白鸽，不是希望，而是从你蓬乱生虱的头发里掉落的头皮屑。

你以为圣洁的高贵，脏兮兮的，廉价到掉地上他人伸手都懒得去捡。

灵山自以为这件事做得天衣无缝，他还蒙在鼓里。凝脂早已了如指掌。

那晚上，灵山前脚出门，后脚凝脂就跟着起床了。她跟着去了书房，远远躲着看他毫无头绪地在屋子里转圈，又看着他急匆匆地冲进夜色里。凝脂踏进书房，就看见桌上摆着的《列女传》，摊开的页面，正是第七章。凝脂叫醒了五尘，凭着直觉，让他速速去半水街找灵山。五尘赶到时，错过了灵山和龙平的对话，却看见了春十娘的窗户上，两具享乐中的剪影。龙平见到五尘，当下拦住了他："现在已经晚了，你回去如实告诉少夫人，少爷今晚和春十娘在一起。"

五尘敬重龙平，听从他的话转告给了凝脂。他以为凝脂会崩溃，可是她脸上连悲喜都看不出来。

隔了好一会儿，她颓败地垂下头，喃喃说了句："原来，我也同姐姐一样，只有我才是我的药……"

五尘闻言，心如刀割，他的戾气砰砰地膨胀着，脸也夸张地扭曲了。仇恨正编织出一张大网，将他罩住，钉在了柱子上。

他一天到晚沉默着，像是凝固的墙壁，将自己和唏嘘作弄的外界封闭了起来。这封闭的世界里，只有凝脂。从沼泽泥泞中爬出来，终于站到一朵出尘不染的美妙花朵之上的五尘，又跌落了下去。并且，他站立其上、当作信仰的美妙之花，也一并受到了污染。他沉沦了进去，先前吃百家饭，像野人般活着的残暴本性，在这肮脏的养分里又活了过来。

五尘沉寂了几日，开始变得万分忙碌。

但昭府并没有任何人留意到五尘这些细微的变化，他太寻常了，好像他的来去与存在，对任何人都不会有改变。加之他是少夫人身边的红人，从他入昭府开始，就享受着来去自由的特权。他就像风一样，愿意什么时候吹进来就进来，想什么时候出去就出去，围墙也奈何不了。

一日，五尘忙到晚上才回府，进门就遇到正候着等他的凝脂。凝脂问："你天天早出晚归，是跟灵山一样，找到新的好去处了吗？"

她这一问，五尘随即红了眼眶——凝脂对灵山的不信任，终于演变成了对所有男性的不信任。

"五尘生死都是……"

五尘直接地看着她，就好像他的忠心都摆列、摊开在眼睛里，就怕她看不到。

"你的生死，说白了，终究只是你一个人的事情呀。"

"可是小姐，你的事情就是五尘的事情……"

"对，我的事情就是你的事情，但你的事情未必是我的事情。比如，若是你杀了人放了火……这即便是为了我，又跟我有什么关系呢……"凝脂有意无意地，便一语道破她知晓五尘少年时杀人的隐秘，丝毫不费力地就将这罪名和自个儿划清了界限。

五尘感到喜悦的剧痛，就像是自己即将去世，既希望被遗忘以免亲朋悲伤，但若真的没人再记得，自己又会万分心痛。他此时对凝脂，便是这样的心境。于是，在这复杂的心境之下，他凄惘地说：

“是呀，这本来就跟小姐你没有任何关系的……”

“但……你这样做，是很棒的事情！”她留下模棱两可的夸赞，先回去了。

五尘站在原地，目送着她离去。她一身白裙，长发和夜色糅合成一团，仿佛是剪下来的一截清丽的月影。五尘竟以为是昭清清回来了——那一时刻，他明白了——凝脂之于他，就像是一切美好的奠基石，她活着，美就不会坍塌；而昭清清是这奠基石之上重建起来的美。这两个女人，原本承上启下并不矛盾。究竟是何原因，就走到了这一步？

五尘默默质问着自己，却整理不出任何头绪。他日趋平静的表象下，隐藏着不堪承受的巨大压力，而这发泄的根源，不管是他主动还是被动，都直接将矛头指向了昭灵山。此时的五尘仿佛一座休眠了千百年，将再度喷发的火山。“如果他死了该多好呢……”五尘想。

这处在危险深渊中的昭灵山，却是未有半点察觉的。

龙平唤醒了他内心深处对女性的某种渴望，而凝脂恰好契合了这点。有时候，灵山半夜睡着睡着，就想到龙平的话，立即兴奋地爬起来。他举着蜡烛，像鉴赏文物似的，一寸寸观察凝脂的裸体。烛光下的女体莹润发光，那种光像是从身体内部迸射出来的，她好像被床托举在夜色里，或许是因为夜色也美不过这个女人，只好羞愧地隐匿了起来。灵山这么想着，越发觉得这烛光下的女体，美得不可思议……更奇异的是，他对着如此美好的肉体，竟然失去了欲望。那种感觉，就好比是僧人见到了佛像。

“或许，这个女人天生就应该是受男人膜拜的。”灵山这样想着，越发坚定了龙平所说的话的正确性。

他这样用烛光照着欣赏还不过瘾，又伸出舌头舔。半梦半醒的状态下，凝脂浑身燥热，仿佛是上百只蜗牛同时爬过肌肤，黏糊糊的、痒酥酥的。柔和的烛光下，灵山觉得面前的是一尊闪闪发光的镀金佛像。他既像是在审视她的欲望，又好像是在怜悯她的肉体。在这奇异的感知里，凝脂如同魔怔了一般，僵硬得无法动弹，发出沉醉的咿呀叫声。灵山随即熄灭了蜡烛，轻手轻脚地爬上床。

连续的好天气，万物似乎长疯了。道旁的藤蔓长势旺盛，似乎就快要牵绊住行人的脚。柳条垂下来，满枝的新绿，在风里大大方方地起舞。院儿里随处可见的马尾巴草，毛茸茸的穗儿上挂满了露珠。蝴蝶飞得自在，累了就随便找朵花休息。就连被虫咬了一半的树叶，也顽强地生长着——然而，灵山在这蓬勃的“生”之中，却莫名地联想到承上启下的“死”。他没来由地感觉到时间迫切，有时候，他站在岸边观察河面。阳光随着波纹闪烁，偶尔一束强烈的目光晃过眼睛，他就感觉到慌乱，好像时间在催促着自己。

他晚上起来的次数越来越多，为此，他还专门准备了不少蜡烛。他秉烛而行，或者就呆坐着盯着凝脂的裸体看，看着看着天就亮了。那情景，就像守财奴打开他藏满金银珠宝的箱子，一个人躲藏在夜幕厚重的帘子下陶醉。可是，守财奴是生怕他的宝贝被人偷去，灵山却完全相反——他无数次假想自己拱手让出妻子的情景。他每次这么想时都感到亢奋。把她推向所有男人的床，推向女性魅力的巅峰，这是他发自内心的渴望！

“这真是一个疯子才做的事情！你怎么能有这种想法呢……”灵山边想边不可思议地质问自己。

一日，灵山坐在车里，被车夫拉着前往码头。这趟他是打算去找千叶信的，除了告诉他所寻之人已找到，更重要的是想跟他商量，齐心协力造出个传奇名妓的事情。他想，千叶信对此一定是深感兴趣的。一想到千叶信，他就跟条件反射似的想到在人皮上作画……继而想到让千叶信在私密处文身的妓女。

“要是凝脂那美丽的肌肤上，也长一个独一无二的文身，该多迷人呀！”他禁不住臆想连篇。

到了码头，车夫下岸去叫船家，灵山坐在车里等他安排，却听到旁边站着两三个人，在讨论着什么。他百无聊赖，注意力就集中在耳朵上，把他们的闲聊听进去了。他们正在讲镜子——讲得玄乎其玄。说是某个晚上有个女人照镜子，竟从中看见自己的前世，吓得疯掉了……说者只当摆的玄龙门阵，却启发了灵山的灵感。他想起早前书房里看过的一篇文章《古镜记》，正是讲的镜子照出原形的故事。《西游记》里也有一把令妖魔闻风丧胆的照妖镜。如此说来，镜子除了照见人的面容，还能照见灵魂，早就不是什么新鲜事了——若是他那张神奇的沉香床上，再放一面镜子……

他觉得这个想法棒极了，简直是天人物合一的万全之策。当下，他跳下马车，站在码头边喊着车夫。先前闲谈的那两三人见突然冒出个一惊一乍的公子哥，吓了一跳，立马散了。

灵山兴趣盎然地回了昭府，喊来车夫，让他带几个小厮去找制作镜子的匠人。这镜子要按照他的要求完成，一来要和沉香床大小一致，合拢上去天衣无缝。二来镜面要平坦光滑、毫无瑕疵和拼缝，摸上去如同女人细腻的皮肤，一根头发的倒影都必须清晰可见。所谓重赏之下必有勇夫，这令人望而却步的高要求，照样有人愿意接单。接下这笔买卖的，是个年纪轻轻的娇小女子，淡眉杏眼，颧骨略高，长得不像司空见惯的江南女子。她见了灵山，只胸有成竹允诺：做不出来愿拿命抵换。灵山敬佩她豪迈大气，酬金又翻了一倍。那女子也不言谢，接过小厮递过来的契约，爽快地按了指印就告辞了，动作利落干净如同铮铮汉子。

灵山禁不住对这女人感到好奇，她身上糅合了女人和男人共有的特质，令他感到着迷。他那一身好色的肉又开始游窜出欲的火苗。这火苗，终于令他像这春天里司空见惯的“生”，又有了活着的盼头。他迫切地希望见到她。于是，离约定提货的日子还差几天，他已经等不及，带着车夫和三两小厮，提前去了姑娘地址上所写的小渔村。

远远地，灵山看见大大小小的晃眼的光团，晃得人睁不开眼。这光和水天交相辉映，像是传说中的蓬莱仙岛。灵山等人大为惊讶，走近才发现，这些发散着奇异光束的物体，正是大小、形状各异的镜子。

女人听见声响，从一间茅草屋里钻了出来，笑容可掬地望着他。光斑在姑娘黝黑的皮肤上闪烁，她笑起来的牙齿也是白森森的，闪着亮光。看起来丰润健康，非常性感。她先开口道：“这么快就来了，是迫不及待要使用吧！”

被她盯着，灵山难得面露羞涩，话里有话道：“确实是……迫不及待呀！”他更多的是指等不及想要见她——但姑娘不知是装傻，还是无法会意，全然没有理睬灵山那双发热的眼。她赤着脚，大大方方地绕过他，指着不远处的一面镜子道：“那一面就是你要的……你可以去检查一下，是否符合你的要求。”

灵山一挥手，车夫就带着小厮奔过去了，他的这点小心思车夫是懂得的——他们只在镜子面前装模作样地看了一番，就躲去了灵山希望他们躲去的地方。

天气晴朗，碧空里传来飞鸟的婉转鸣叫。女人穿着粗布薄衫，光着脚在镜子间穿梭。于是，灵山看见她穿行于一束束光和一地地影，间或明灭之间，这个女人仿佛也跟着虚实不定。

灵山蹲下来，目不转睛地看着她。他发现她每到一面镜子前，都会仔细检查一番，并拿汗巾将镜面擦拭得锃亮。每每擦完一面，她都面向河流深处大海的方向，微笑着招下手。这热情又奇怪的举止，让灵山也为之动容——显然，这年轻姑娘并不只是把做镜子当成一门维持生计的手艺，她是真心喜欢镜子。但，为何会产生这种嗜好呢，莫不是在镜子里看见自己被感动了，以至于深深迷上了镜子——这么说，她是在镜子里见过另一个自己吗？倒是不妨问问，灵山便道：“姑娘，你好像很喜欢镜子？”

女人从一面镜子前站起来，落落大方地回答：“是呀……镜子多美啊！”

灵山调侃道：“怕不是镜子美，是姑娘迷上了镜子里的自己吧！”

他这么一说，女人立即羞红了脸。但在她看来，一个女孩子，折腾一堆镜子就是为了看里面的自己，这得多自恋呢！她见这公子哥不像个使坏的人，便解释道：“我爹爹有个同父异母的姐姐，早年就从这里出海，再也没回来过。我爹爹听说镜子可以招魂，就成了制作镜子的工匠。后来，这技术传给了我，这等待也传给了我，包括我的名字，暮茗，爹爹说后边该是‘前来’……只是，这么多年过去，姑姑既没前来，我们也没找到，音信全无……”

灵山一怔，认真地问：“你刚才说你叫什么？”

“暮茗。”女人见他表情严肃，不好意思地又说，“是觉得这个名字很奇怪吧？可是，我们家的的确确姓暮呢！”

“你等的姑姑也姓暮吗？”

暮茗扑哧笑出声来，道：“是呀，我的亲姑姑当然姓暮。她叫暮春。”

灵山一惊，难以置信地发出小声的惊呼——面前这女人，竟然是凝脂真正的亲人，也就等同于是自己的亲人。他心里一阵欢喜，却又旋即感到悲伤，暮春和百合的遭遇令人痛心。他实在不知如何讲述这沉痛的消息，能让她少难过一些。另一个层面来说，自己感兴趣的姑娘成了亲戚，相处起来就拘束了——这是多么让人失望的事情啊。

“你想她吗？”灵山小心翼翼地问。

暮茗摇摇头。

对于她的反应，灵山当下就震惊地问：“怎么可能？”话毕，却冷不丁见暮茗一猛子扎进了自己的视线里，笑盈盈地，看不出是假装的高兴。他纳闷地自言自语道：“这可是亲姑姑呀！”

暮茗诚恳地说：“那是我爹爹和姑姑之间的情谊，到我这里，就真的变成故事了。所以，为了告慰爹爹，我继承了这份工作，但，其实我是在等一个大结局……姑姑回来才是我从小听到大的故事的结局。”

“假如，等不到呢？”

“等不到，每个镜子里便都是我的故事了……这也是最好的结局之一，你说是吧？”暮茗说。

灵山闻言，豁然开朗地笑笑，如释重负。他想，就让这姑娘将这些镜子写成她自己的故事吧。

“是呀，这当然是最好的结局了，再没有比这更好的结局。”灵山说。

十一

灵山一时找不到置放镜子的地方，要是公然搬回昭府，定会招人怀疑。不说府里人觉得怪，就是凝脂也会被吓一跳。千叶信的小木屋太小了，放下镜子，他连睡觉都成问题。思来想去，正在一筹莫展之时，却突然想起昭府常年停泊在岸边的大船屋。船上爹娘住的那间屋，就有一张大床。他喜出望外，当下命车夫去测量床的大小。尺寸竟然和镜子等同，仿佛天赐宝地。灵山当下就命人将镜子搬去了船屋的大床上。为了避人耳目，他又使唤人将船开去了别处。

这船停靠的地方，也是他精心思考过的。他失去他男人贞节的小湖湾就是不二之选。一来，他愧对于菱芰，来这地方他能直面灵魂深处的忏悔。二来，这里风景秀丽，地处偏僻，人烟稀少，也好讨个清净。

主意打定，当日他就悄悄喊来两个心腹家佣，将停在码头附近的大船开去了小湖湾。这里生长着大片芦苇蒿子，鲜少有船家摆渡进来。在这春夏交替的季节，芦苇长势猗蔚，一片片树叶如同利剑，形成天然的绿色屏障。“若是与美丽佳人在此野合，真是别样的体验。”经过时芦苇时，灵山心想。

到了狭窄支流处，大船只能直接从芦苇上碾压过去，苇秆子七零八落地折断，有些露出来一枝半截，有些整个塌陷进水里。灵山又命令人把旁边的移过来栽种在前面，遮挡住塌陷的芦苇。

他吩咐车夫和小厮傍晚时来接他，便支使他们先行离去了。此时，时候尚早，太阳高悬在天边。灵山头枕在交叉的手臂上，望着河面闪烁的光影发呆。如此耀眼的光点，为何一点不刺眼呢？再盯久一些，颜色也变得复杂起来，红橙黄绿蓝……变化莫测地在眼底盛开。床上的镜子被光照着的部分，折射出惊人的亮光。他产生睡在光里、躺在云端的错觉。周围静悄悄的，偶尔芦苇被风吹动，发出呼啦呼啦的低吟。灵山感到自己跟随着波浪，跟随着呼吸声，平静下来，是来自内心的真正寂静。

他在这静止的现实里审阅着回忆里的自己——出身于显赫世家，又是唯一男丁，加之长相俊美，从小就备受宠爱。听说昭家老太爷，也就是灵山爷爷还在时，但凡谁弄哭他，是要雷霆大怒的。爷爷去世时，他还不会走路，父亲对他的疼爱并不比爷爷少，为满足儿子私欲，不惜做出违背伦理之事情。就是这样，在近乎畸形的溺爱中长大，不知不觉中就成为这个家族微妙的、颠覆性的存在。就好比他的容貌，映射出这个家族惊人的美好，却又一如他的性格，潜伏着重重危机。或许，他的存在之于昭家，就像是一艘航行中的巨船上，长出了一窝白蚁。

灵山思考完自己，又不由得在脑海里畅想起，他的妻子凝脂成为名妓暮雪的情景。昭家未来的准夫人成为苏镇的妓女，那可真是奔走相告的大新闻。他的亲人们在这场风暴中会如何应对呢？传统保守的娘，想必会认为是家族和儿子的羞耻，悲恸欲绝。爹爹呢，是欢喜还是沉默……他实在难以捉摸爹爹的心情，虽说龙平自信地认为昭墨不会难过，他还是忍不住担心。毕竟，这是他自己的父母，除了自己，他们真正的痛楚，其余又有谁能感同身受呢！

想起慈爱的爹娘，以及昭家祖上几代绵延至今的辉煌，灵山顿感于心不忍，竟不觉泪水涟涟。此时，昭清清那句“好好过”，也拷问着他的良心，令他左右为难。一时又想，索性休了凝脂，娶个真正贤良淑德的姑娘，守家固业。至于千叶信，就告诉他那“众里寻他”的人找到了，让他领走。这样岂不是既成人之美，又使得昭家平静安宁？

“这个决定，你还满意吗？”灵山问自己。

心里和嘴里都没有传来回应。他坐起来，稍微低头就看见了镜子里的男人。他被泪水润泽的脸，显得通透干净，好像连毛孔、褶皱都被刷洗了个干净。黑溜溜的眼珠子转动着，眼眉不甘地上翘，目光有种挑衅的意味。显然，另一个昭灵山是不愿意因为家人阻止他的计划的。

他矛盾重重，身体里两个小人互相厮打，使得他筋疲力尽，只得暂时将所有的想法都放空。他想，还是等深思熟虑之后再行动，这毕竟不是他一个人的事情，是事关昭家世代的大事。他懊恼地出了屋，来到甲板上。此时，河面的光又成了橘红色，芦苇树叶被光照出毛茸茸的质感，乍一看，仿佛是绿色屏障上铺了一层细雪。

“大概，这世间从来不缺少美。美是可以令人感觉到安全的，只是，为何凝脂的美会让人感觉到危险呢？”灵山凭栏眺望着远方，百思却不得其解。

不久，船夫划桨而至，来接灵山回府了。他从船屋来到小船上，躺在乌篷里，思绪仍然一刻不停地想着事情。一只小船和他们擦肩而过，只听船夫随口说了声：“嘿，这船家真怪，这大好天气穿蓑衣戴斗笠是要做啥呢？”灵山略微抬头，没有见到那个奇怪的船家，转到身后看见了——只见，一只远去的小船上站着个身披蓑衣的船家，他的背影就像栖息在小船上的鸬鹚。

“果真是奇怪呀！”灵山目送那船家消失，也禁不住感慨道。

十二

灵山坐着马车一路颠簸着回到昭府，天已黑尽。月亮悬挂在天边，偌大的府邸笼罩在夜色中。俗世烟火气息和月夜交融，就像发酵好的糯米酒，甜腻得像是醉酒一般。

忘忧端着桂花糕从走廊里过来，见到正往厢房而去的灵山，鞠躬问道：“少爷吃饭了吗？”

灵山摇摇头，倒是她盘子里的糕点勾起了他的食欲，便道：“是给少夫人送去的吗？”忘忧忙不迭地应是。“她在房里？”灵山又问。

忘忧面露难色，扭捏不语。

“她到底在哪里？”灵山一脸不悦，怫然问道。

忘忧踌躇片刻，指着清心园的方向，怯生生地说：“少夫人今儿下午带个郎中去了清心园，那人临近傍晚才走。少夫人却一直待在那，晚饭也没吃，这不我给她送点糕点过去。”

灵山想，难道是凝脂特意请过去治兰芷疯癫病的吗？这么说，她还是个慈悲之人。灵山闪过一丝喜悦，便道："我给她送过去吧，你顺便再拿点米酒过来，再上几份下酒小菜。我们今晚就在清心园用餐。"

"忘忧这就去。"她双手捧起盘子递给灵山，迈着小碎步朝厨房跑去。

或许是受到夜晚美景的影响，也或许是桂花糕软化了灵山内心某部分的锐利。他咀嚼着满嘴的软糯芬芳，穿过回廊，不觉联想起给杨贵妃送荔枝的唐朝皇帝——寻常百姓人家的丈夫，给妻子、情人送美食的不在少数，但自己给凝脂亲自端东西是极少的。临近清心园，他反倒有些惴惴不安了。这不安，就好似是偷偷摸摸给情人送去窃取之物似的。

穿过清心园的拱门，院子里黑森森的，只有堂屋还亮着，从格子窗棂溢出的微光，照得门前若明若暗，面向光的花叶部分，如同洒了细细金粉。此情此景，激发了灵山文雅的一面。他单手托举着盘子，从容地穿过杂草，似是穿过觐见皇上的红毯，那门前的柔软光也成了金銮皇宫里的圣光。

他在脑海里构思着诗赋，心里默默念着，想着等下进门，像模像样地扮一回文人骚客。

明月夜，清风拂晚灯，幽暗帘帐处，她顾影自怜。

芳草间，满堂桂花香，月烛镀金纱，他信步窗下。

云烟过尽，红尘成尘，只旧人最相思。

云烟深处，红尘成尘，那旧人近眼前。

灵山吟诵完一遍，边走边在脑海里修改细节。如此雅兴，加之美人美酒将至，他早已把下午在船上的困惑遗忘掉了。他故意放慢放轻脚步，想要给凝脂一个惊喜。行至屋檐下，他不由自主地站在窗下，隔着破旧的窗棂朝里望去——老实说，此时的灵山是没有偷窥想法的，在这个被雅兴包围的时刻，他仅仅是想事先知晓凝脂正在做什么。

这清心园长年不修葺，窗户破破烂烂的，昭清清称之为"时光的伤口"。这一习惯，到目前也保留着。于是，要从这布满大小洞口的窗户往里看，是轻而易举的事情。让灵山始料未及的是，这一看，他简直受到了惊吓——只见，凝脂正端坐在古琴前，拉开弹琴的架势，在她旁边站着位丫鬟，竟是疯了的兰芷。此时，她乖张地站在一侧，头发梳理得一丝不乱，就跟先前正常时一模一样。好像这疯掉的时日里，只是演戏，或者只是梦游了一场。

灵山作诗写赋的雅兴一扫而光。就算来的是神医，也不可能这么快让疯癫之人恢复正常，难道是使了什么邪门之术？他忍不住好奇心驱动，迅速切换到偷窥状态——不远处，凝脂双手在古琴上抚过，许是怕发出声音被人当成昭清清回来，引起惶恐。她只是指尖挨着琴弦，却没有落下去。灵山对弹琴不是行家，却也略知晓二三。凝脂的指法娴熟，表情生动，若是动真格弹出声，也未必会差。她嫁过来时日不短，若非今日偶然所遇，他全然不知道凝脂会弹琴。至于兰芷，就更是奇怪了，前几日他过来时，还在院儿里扯青草吃，今儿怎就好了？

正在灵山一头雾水之时，听到拱门外传来细微声响。他立即反应过来——忘忧送东西过来了。他整理了情绪，敲响了门。前来开门的正是兰芷，她目光呆滞地看了眼灵山，又退回了古琴边安静地站着。灵山觉得她眼神怪怪的，那眼珠子动也不动，像是死去的鱼的眼睛，空洞无物。倒是凝脂，一看进来的不是忘忧，而是灵山，吃了一惊。

“忘忧呢？”凝脂怫然不悦地问。

“我路上遇着她，听说是给你送来的，就亲自送来了。”他一脸委屈地说，“我还让她去拿些酒和小菜，应该就快到了。”

正说着，门口就传来敲门声。兰芷又过去开门，这次灵山留意起她来，她双脚藏在长裙下，像是飘游过去似的。

忘忧进门，仓促地瞥了一眼灵山，面向凝脂，鞠躬道：“少夫人，请用餐。”

凝脂点了点头，忘忧方才把酒和几碟小菜小心翼翼地放在桌上，随即就出去了。就像战场上被敌军追杀的逃兵，一眨眼的工夫已经听见她穿过拱门窸窸窣窣的声响。

“兰芷好了？”灵山纳闷地问。

凝脂似笑非笑地站起来，站到兰芷面前，伸出一只手，轻轻摸了摸她的额头。兰芷木讷僵硬的脸上柔软了些，眼神也柔和了。“看出什么了吗？”凝脂问。

灵山诚实地摇头。

凝脂继续抚摸着，兰芷竟微微笑着，闭上了眼睛。

“兰芷喜欢爱抚，不可思议吧……”凝脂神秘地小声说。

“这么私密的事情，你是怎么发现的？”

灵山虽然兴致勃勃，内心却顿感失落——上次在小院儿里他每抱紧一次，兰芷反应都会不同。他沾沾自喜以为是自己作为男性的巨大魅力。原来，只是这姑娘天生喜欢爱抚。“那么，和这样拥有天生敏感肉体的姑娘合欢，会是什么感受呢？”灵山脑海里，刹那闪过这样的念想。

灵山眼中一闪而过的光，凝脂看在眼底。

她鄙夷地一笑，继而更加详尽地描述道：“我第一次来清心园，对姐姐还有些成见。我心里很清楚，一个府里容不下两个秉性相同的女人，要么成为朋友，要么便是敌人。所以，为了知己知彼，在看到兰芷时，我就产生了把她调过来伺候我的打算。离开清心园时，兰芷来送我，我戏谑似的抚摸了下她的额头，她当时流露出陶醉的表情，令我反感了很久。后来，我和姐姐相处融洽，也便没了这打算。因为第一印象并不好，我一直以为兰芷是个见风使舵的人。但这次姐姐失踪，她竟然会疯掉，我才开始正视她。我留意了她很久，发现她对身体直接接触的物什尤为热爱，比如枕头、内衣等等。于是，我试着去抚摸她，她竟然非常享受——于是，我先前的困扰也都解开了。原来我误会她这么久——她给予我的特别的好，只是因为初见时，我逗她的那个抚摸。”

灵山听完，视线已经完全不在凝脂身上，他盯着兰芷——此时，她已经完全沉溺在凝脂的抚摸里，呼吸缓慢，竟有些像是交欢中快活的表情。灵山从兰芷的脸往下看，他第一次仔细观察这女人的身体——脸确实不算美，却也不至于丑陋。身体却是有些看头的，她的骨骼很小、很细，身体却丰润圆实。以他对女人的阅历来说，这样的女人定是周身柔软无骨，暖香如玉的。他凝视久了，竟不自觉发生了生理反应。灵山有所察觉地跷起二郎腿，以此来遮挡蓬勃起来的裆部。但——凝脂自然是看到了的。

她笑里藏着肃杀，轻蔑地又说：“再告诉你个秘密。”

“是什么？”

灵山快丧失心智了，他跳起来，含住了她垂下来的鱼饵。

凝脂狡黠地笑笑，手指轻描淡写地扫过兰芷隆起的胸部。兰芷的身体竟筛糠似的颤抖了一下。灵山连忙猛吞下一口口水。

“兰芷疯癫后，考虑到五尘照顾女孩子，每个月总有几天不方便。特意叮嘱他，若是特殊时候，就让忘忧过去帮忙。可是，后来我问忘忧，五尘一次也没有找过她帮忙……于是，我约了个郎中今天来府里，一来是看看她这病可有得救，二来也是为了检查下……结果，真应了我的猜测，兰芷是个石女。”凝脂说完，见灵山惊诧又懵懂地看着自己，接着解释道：“石女就是实芯子，外形看起来和其他女人一模一样，但却没有……那个功能。所以，她不会落红，月事也就不会有了。”

灵山两眼放光，禁不住心猿意马地问道：“那么，照你这么说来，她还是个处女？”

凝脂道：“是呀，她跟着姐姐时间可不短，据说身世相当可怜。但这也不至于成为她喜欢皮肉爱抚的原因吧？”

灵山对兰芷的兴趣一发不可收拾，不免怜爱地替她说话：“也许，正是因为从小缺少温暖，渴望被温柔相待，才会生出这种奇怪嗜好。”

“郎中也说，兰芷这种属于突然受到某种刺激造成的疯癫，或许一下就好了，也或许永远都这样了……不过，我倒是豁然开朗了，既然不能治，只是抚摸几下就能看起来像个正常人，总好过疯疯癫癫的！”凝脂想了想，佯装焦虑地说，“这样固然好，只是……每天要人这么抚摸，也是件麻烦事！”

“找个人来负责做这件事就行了。”

灵山面部肌肉兴奋地抽搐了下，心里早已忍不住跃跃欲试。

凝脂看出他动心了，故意问道：“那你说，喊谁好呢？”

“啊，这个……五尘和忘忧都可以，若是他们不方便的话，其余经常过来的人都可以。就算是我，过来若凑巧遇见她发疯，也是可以的。这是做善事，何况在兰芷眼里，我们这些人都一模一样。”为了表现得更加自然，灵山停顿下来喝了一口酒。

“难得你这么菩萨心肠……”凝脂怆然一笑。

“念及她伺候我姐姐这些年，没有功劳也有苦劳。现在姐姐不在了，我这做弟弟的加以照顾，不过是情理之事，哪里能算得是菩萨心肠！”他浮想联翩，竟没听出来是凝脂酸他的话。

“好吧，那就这么说定了，谁来碰到就谁来做。”

她妥协的语气里，既有得逞的快乐，又有失去的空落。

但灵山受到自身情绪的影响，只听出了凝脂妥协里的平和。酒精的挥发，更使得他情绪如同脱了缰绳的野马般，失去控制。他得意忘形地用目光挑逗着兰芷，又沾沾自喜地开始吟诵起那会儿脑海里构思的诗赋。兰芷麻木地盯着他看，偶尔嘿嘿傻笑两声，灵山就以为是她在赞美自己。他情绪高涨地站起来，把酒言欢，到兴头上还唱上一段小曲儿。

凝脂坐在桌边，默默地观察着她的夫君——他正在疯子面前卖力地展示着自己，活脱脱一个跳梁小丑，但他自我感觉是很好的。他被他自己陶醉了。凝脂一阵反感，不露声色中敲了三下桌面，又指了指窗外，兰芷立即幽魂似的飘了——兰芷替昭清清送无花果时，凝脂和她有个约定，敲三下窗户，就表示找她有事。这个事她原本早就忘记了。下午，她带郎中先生来，推门手指敲击在门板上，不经意间发出了三下声音，没想到疯疯癫癫的兰芷就跟听到命令似的，不知从哪里冒了出来——凝脂看着似是从天而降的兰芷，半晌才回忆起先前的约定。她当下感动万千地意识到，也许，在之前的时日里，兰芷曾无数次盼望过这个暗号响起。即便疯掉，都牢记于心。

屋里就剩下清醒的凝脂，和喝醉疯癫中的灵山。

凝脂就着小酒一边吃菜，一边欣赏着“大诗人”昭灵山丑态百出的拙劣表演。面前这个男人好像突然跟她毫无关系似的。即便她想起他们之间的种种过往，也像是事不关己，看了一出逼真的戏剧而已。甚至连先前一些她认为珍贵的，也在他这副形象面前，土崩瓦解了。速度之快，连回声都没来得及发出。

十三

连日下雨，碧瓦朱甍笼罩在细雨中，墙壁上的苔藓绿得发光。这真是个润物无声的好时节。

灵山内心的霉菌似乎在消弭，变得明朗而积极。但他心知肚明，与其说是好时节，莫不如说是因为一个特别的女人。他总是情不自禁就漫步去了清心园，好像那个地方有种牵引力——这引力就是兰芷。灵山自己也纳闷，怎就对一个相貌平平的姑娘着迷了呢？他一方面鄙夷着自己一落千丈的审美，一方面却按捺不住对兰芷产生强烈渴望。现在，在他看来，兰芷的任何动作表情都是有所深意的。比如，他若是看见兰芷躺在草地上，就忍不住想，是不是青草尖尖的叶子刺激了她哪里觉得舒服才躺着。兰芷蹲着捣鼓花朵，他也忍不住想，这是什么气味的花，会不会是一种类似抚摸的味道？

在这猜度中，灵山发现不知不觉之中，自己对兰芷多出了别样的感觉。

终于有一天深夜，他逮着了好机会。那天晚上，凝脂喝了点小酒，上床就昏沉沉睡了过去。他喊了几声，她都没反应。灵山从床上悄悄爬起来，穿上衣服就偷偷溜出去了。他的影子在窗户上匆忙闪过，随着门轻微的声响，又投影在草地上、树枝上，快速地朝着清心园奔去。

屋里黑灯瞎火的，凝脂伸手摸了摸空荡荡的床，突然笑起来。这个一瞬而过的笑容，像是刚撒出去就迅速收拢的渔网。她翻了个身，四肢犹如舒展开每根触角的八爪章鱼。那根艰难维系着他们关系的稻草，就在灵山奔向兰芷这一刻，被切断了。凝脂冷笑两声想，马上就有好戏看了——疯癫的兰芷，是比五尘更卑贱的存在，灵山会因这卑贱，跟着成为卑贱的人。

他将失去在她面前唯一的优越感。凝脂半点悲伤也没有。就算想象他们合欢的画面，她也不会为之产生任何触动了。灵山和春十娘的风流事，犹如一把大火迅速燃烧过她的身体，烧干了所有她对他能称之为感情的东西。每个夜晚，她躺在床里，好像正在朝着深渊里沉沦，在那看不见的黑暗里，像是筑着高墙，挂着铁锁。她和灵山并排躺着，沉香床发出的香气腻到想作呕，灵山仿佛是刚从下水沟里爬上来的，一身新鲜的脏。她张大嘴，在心里拼命呐喊着："救救我！"——没有人听见，哪里好似被踩踏了，陷下去一块，难看的豁口裸露在夜里，却只有她知晓。她难受得厉害了，就咬他，咬着咬着，两人就纠缠在了一起。颤抖呀，抖个七零八落，你榨干我，我榨干你，像是生死博弈中两只野兽。风箱拉出来，推进去……身体开合中，情欲就犹如水母飘去了巅峰。

好得像是要死了，好像是要把恩怨都忘了。

她越快活，越觉得灵山的存在失去了意义——他成了纯粹的生理工具，离她的心越来越远。等烈火烧尽了，她从火里走出来，就开始迅速厌倦起灵山。她莫名地渴望着新鲜的男人的身体——到底是自我修复能力太好，还是根本就是个冷漠的人？她反问着自己的同时，又自我安慰道，是他先辜负我，将来我无论怎么辜负他，也并不是我的错。

凝脂很快就说服了自己。

她坦然地接受并抓紧了薄凉。这薄凉，就好似天赐了一副刀枪不入的钢筋铁甲护身，直接剥夺了任何人伤害她的权利。现在，她要做的就是守株待兔、瓮中捉鳖了。当然，这个事情，她是不可能亲自去做的。她穿上衣服，平静地走进夜色里。院子里芳草萋萋，中间的青石板比白日里显得更明亮，发出白惨惨的冷光。院子对面是一间小厢房，为了方便照顾主子，忘忧就住在这里。

凝脂认得忘忧的房间，她站在门口踌躇了片刻，叩响了门。忘忧警惕地问："谁？"

凝脂细声道："是我。"

很快就听到门里响起窸窸窣窣的声响。俄顷门便开了，忘忧头发凌乱，衣服也没穿利索地站在门里。她仓促地整理着衣衫，不好意思地鞠躬道："少夫人好！"

“你收拾一下去找五尘。你俩一起去下清心园。今儿那郎中说起个邪术：在有月亮的晚上，让兰芷站在院子里，由一男一女，按男左女右的位置，分别在她左右手心画圆圈。说是长期坚持，没准她的疯癫会不药而愈。这连着多日雨天，刚才我起夜，瞅见外头月亮大好，方才想起这桩事。寻思也不麻烦，就想让你和五尘去试一个晚上先。”

凝脂这一番通情达理的话，使得忘忧又觉得少夫人是个亲切的人。能对仆人的病这般上心的主子，能坏到哪里去呢？今日她对亲戚的丫鬟都能如此这番好心好意，他日若自己遭遇不幸，定也不会置之不理。她心里氤氲起淡淡的喜悦，柔软地说：“我这就去叫五尘，少夫人真是慈悲心肠。”

“我这不过是尽人事，听天命。”凝脂停顿片刻，又叮嘱道，“记住要悄悄进去，千万别打搅了兰芷，她特别容易受到惊吓。”

忘忧闻言，周身暖呼呼的，联想起前一些日子以来，自己对她的误解和排斥，不禁心生内疚。忘忧犹豫了片刻，红着脸说道：“少夫人，兰芷能遇到您是福气，忘忧就更是好福气了。忘忧会好好珍惜这份福气的！”

凝脂不动声色地、不屑地冷笑了一下。她上前一步，主动抱住忘忧，凑在她耳边小声说：“去吧，照顾好她。”

在这蜻蜓点水般不远不近的拥抱里，忘忧的戾气和偏见随之烟消云散了。她禁不住想起几个月之前，她在窗边偷听到灵山和昭清清说话，知晓凝脂嫁过来时就不是处女的事情——原本，她是打算将这秘密找个时机抛出去，在昭府炸出一场硝烟的。这迟来的羞愧令她面红耳赤，也就在这一刻，她决定好好守住这一秘密。

另一边，灵山终于如愿以偿，有了和兰芷单独相处的机会。

夜阑人静，清心园里只有虫鸟的夜啼声，灵山那颗雀跃的心也跳个不停——这么多年，除了他自己，没人知晓他是着迷处女的。姿色平庸的菱芰，能成为他念念不忘的女人之一，正是因为她处女的身份。虽然那是一次糟糕的体验，但这并不影响他时不时拎出来回味一番。他经常气愤地想，为什么老天创造女人要让她们落红呢，其余正常男子当然求之不得，好像那落红是打了胜仗悬挂在城墙上的旗帜。但像他这种有着先天缺陷的男人，也想获得这面光荣的旗帜，却因先天缺陷，可能一生无法体会……老天这不是欺负人吗？所以——灵山经常幻想，若是有个不会落红的处女该多么好呢。当然，他权当是瞎想。却未曾想到，天下竟当真有这样的女人，就在他的眼皮底下。这怎能不令他朝思暮想？

灵山打着灯笼，慢悠悠边走边寻找着兰芷，他早已兴奋得快飞起来了。堂屋没有人，他猜测兰芷还睡在她先前的房间。转而再去，那屋里同样是空荡荡的。灵山心慌慌地一间间屋寻找着，连犄角旮旯也没放过，却仍然人影都没见着。

“清心园就这般大点，莫不是她疯疯癫癫，跑到院子外面去了？这样千载难逢的好机会，若是因为找不到人而错失，也未免太作弄人了。”灵山忐忑不安地想。加之他计划的事情本身就见不得光，因而，稍微听见点声响就胆战心惊。虫鸟的唧鸣啼叫，风吹过呼啦乍响，都能吓得他脊背发凉。他正打算去外面找找，却听到无花果树下传来轻微鼾声。

灵山提着灯笼奔过去，见兰芷已经在树下的草地上睡着了。她穿得轻薄，腰带也没系紧，灵山几乎能肯定，只需他伸手一掀，这副未曾被污染过的女体，就如同盒子被打开露出来的珍珠。就在她的周围，油绿的野草像是盖着的被子，大朵小朵的月季簇拥着她。她好似成了万花丛中沉睡的仙女，美得不像话。灵山将灯笼凑近她，她立即笼罩在一层红彤彤的光芒里，在夜幕的覆盖下好似被圣光托举着。此刻，她的疾病，也似乎成了她区别于天下女人的优点——她的疯癫是纯洁的。她处女身份令她彰显出冰清玉洁般的神圣——在灵山的眼里，这相貌平平的疯女人，俨然已成为天地间最有灵气的一物。

灵山蹲下来，用石头固定好灯笼。他觉得蹲着不太舒服，换成了跪的姿势，就好像和尚虔诚地膜拜一尊沉睡的佛像。他先激动地触摸了她的脸，梦里的兰芷很享受地露出可爱的微笑。他便放开胆子抚摸起来，兰芷就像得到宠爱的小狗，来回磨蹭着他的手心。这温柔的动作，加剧了灵山的怜爱之情，他很轻地掀开了她的衣服——兰芷渐渐露出来身体在夜里通体发光，比他想象中更加美好，她平凡的脸简直配不上。灵山为她感到愤愤不平，又忍不住庆幸地想，还好凝脂告诉我这真相，否则岂不是错过这稀绝珍贵的身体？

他身体前倾，舌头犹如一把崭新的锄头，开垦着娇嫩的土壤。他小心翼翼地舔着，兰芷的身体也发生着变化——她的身体时而猫一样地拱起，时而蚂蟥蠕动似的舒展开，时而扭曲成一团麻花辫……那纯洁的双眼，却始终紧闭着，像是沦陷进一场死都不愿醒来的美梦之中。灵山感到哪里突然柔软了下来，他脱光衣服爬上去……颠鸾倒凤地抱在一起。月光下，两个赤裸的身体首尾相连成一个球形，散发着粉红色的肉感的光泽。他们翻滚过的地方，野草倒伏一地，花朵碾压一片。鸟儿惊飞了，蜘蛛网破碎了。

就在这时，拱门里响起惊呼声，但沉沦于极致观感享受中的灵山，即便听到，也只当作是墙脚的夜猫。等那惊呼声再次响起，他方才清醒过来，赫然发现自己正赤裸裸地躺在月光下，而五尘和忘忧从天而降似的站在跟前。这是忘忧初次见到男人的裸体，她窘迫而羞赧，脚却像扎根进泥土似的岿然不动。她一面催促着自己闭上眼睛，一面眼球都不忍转动一下。灵山充满了力量与美感的身体，令她看得入迷。

倒是旁边的五尘，怒目瞪着灵山。他眼白里浮窜出鲜艳的血色，手指愤怒地握紧，要掐死灵山的心都有了。他周身剧痛，却发不出声来，好像快被活生生地憋成行尸走肉了。

兰芷也醒了过来，但她的醒来和睡去并没有本质的区别。她坐起来环视四周，潮红还未退去的脸上展露出笑容。她傻笑着，梦呓似的说："嘿，你们都在呀，我刚刚做了个好梦哦！"她说完，又倒了下去，双手叠放在胸前，一脸幸福地闭上了眼睛。大概，还想继续先前的美梦吧。

兰芷的话，不但没有使灵山感到羞耻，相反，他觉得他男人的自尊心得到了极大的满足。尤其，在身体都不能称之为男人的五尘面前，他简直得意忘形了。灵山就这么赤条条地站起来，慢条斯理地开始穿衣服，边穿边埋怨地问："你俩为何来这里？"

"少夫人让过来，给兰芷姑娘治病的。"见五尘一声不吭，忘忧只得回答道。她迅速瞟了眼灵山，随即面红心跳，像是干了什么亏心事。

"你俩回去吧，就说我今儿来刚巧遇到兰芷犯病，我给她治病了。"灵山毫无愧色地说，他低头看了看地上睡着的兰芷，眼神柔软下来，又说：“你俩把她抱到床上睡，这晚上天凉，地上湿气又重，感冒可不好。”

灵山穿好衣服，这才将目光正式移到五尘身上。这瘦削的仆人，苍白的脸上挂着通红的眼睛，就像白墙上悬挂了两个红灯笼。他似乎正在努力关闭自己，嘴唇紧抿着，拳头紧握着，兴许这时扎一根荆棘进去，这人就会爆炸。

灵山脸上不自觉浮现出一种轻蔑的、戏谑的笑容。不消对着镜子，他也能从脸部的僵硬以嘴唇拉扯开附近肌肉产生的酸痛中知晓，自己这笑恐怖极了——五尘的精神似乎正在这不知羞耻的笑容里瓦解，他绷不住了，脖子上、手背上的青筋一根根凸起来，脸上的表情在月光下丰富地变化着。他眼神阴鸷地看着灵山。那眼里像是有匕首刺出来，杀气腾腾。

在这昭府，从没哪个下人敢用这样的眼神挑衅灵山。灵山被五尘放肆的眼神激怒了，他不由得又想起昭清清。到底这男人给了她怎样的绝望，才会令她一声不吭地放弃这个家，放弃他这个弟弟？他又对凝脂做了什么，才会让她做出，假使他被伤害，便立即离开昭府的决定？难道自己真的不如这不男不女的家伙吗？

“别告诉你主子，她若被气死了，可没人给你撑腰了……”灵山报复似的，又补上一刀。

五尘上下牙齿摩擦出咯嘣声响，小身板含羞草般渐渐蜷缩起来。他盯着灵山的眼珠子，照旧一动不动，泪水却从他布满血丝的眼眶里滚出来，像是在流血。“要是他死了该多好！”五尘脑海里又蹿出来先前被他赶跑的念头。

灵山眼见着他神形涣散、瞬间快成疯魔，却好像长在身体里的毒瘤被一刀切除似的，从未有过的畅快。

十四

翌日，五尘因为不知如何面对凝脂，选择了逃避。

他不打招呼出了府邸，也想不出来能去哪里。他漫无目的地溜达，走了很久，发觉周围的景致越发熟悉，这才惊觉自己已经走到了许府。他便打算进去看望下老爷和夫人。凝脂是很少回府的，她曾经对五尘形容这段关系——就像煮熟的种子播撒进肥沃的土地，不管如何除草灌溉施肥，注定是什么也长不出来的。五尘先前不能理解，昭清清的离开却让他懂了——感情这玩意儿，与努力和获得都无关。对于爱者，弃如敝屣也心甘情愿，但换了不爱者，卑躬屈膝讨好也是无济于事的。五尘感慨地长叹一声。四月难得的艳阳天，也驱散不去他心头的雾霾。

不觉就到了许府，五尘却不敢进去的。他唯恐遇见二老，免不了会谈起凝脂近况，万一说漏了嘴，只是徒增新的烦恼。他绕着许府的围墙徘徊，睹物思故人。快到许府门口时，却见许清源搀扶着沈荷正出来。两人都老了不少，许老爷头发都白如霜雪，沈荷枯瘦如柴，走路佝偻着，颤巍巍的。看起来病得不轻呢，五尘一阵悲凉。却见跟着出来个和尚，隔得远，看不真切，但凭身形和举止，他判断出是寒清寺的善忍大和尚。许家老爷和夫人与善忍交情匪浅，这事儿府上人尽皆知。但这和尚亲自下山拜访，倒是头一次。也不知是为何，五尘和这和尚只见过一次，却印象颇深，他自己都说不清这熟稔从何而来。

五尘藏在一株大树后，听见他们在门口道别。

许清源道：“善忍师父，还劳烦您亲自登门来给我夫人看病，真是万分感激！”

善忍道：“阿弥陀佛！不劳烦，倒是许夫人您肝胃亏损，要好好静养，切不可操劳生气。快扶夫人回去吧！”

许清源道：“师父慢走，下月等夫人好些，我们还上山去！”

三人短暂地寒暄完，善忍告辞了。

五尘心绪杂乱，没来由地，脚步不由自主就跟上了善忍。令人意想不到的是，善忍竟去了昭府。他站在昭家的墙脚根下合掌默念了一阵。当日，他穿着土黄色僧服，闭目合掌的侧影像是巍然的金色亭子。五尘不近不远地注视着他，不由得回忆起上次去寒清寺的情景——千叶信曾说起过日本的净闲寺，善忍说那地方他也去过。如此说来，凝脂如何从日本来到中国，又如何从寒清寺去的许府，他是最清楚内情的人之一。可是，如今凝脂已嫁人，生活富足安逸，他又为何会在昭府出现呢？

善忍徘徊了一小圈，没有打搅府里的任何人，悄悄地离开了。五尘远望着他的背影，陷入了重重迷雾之中。

第二天一早，忘忧捎话给五尘，凝脂正在书房等他。他匆匆赶过去，紧张地站在门口。凝脂听到跫然足音消失在门口，却迟迟不见人进来。她迅速走过去开了门。五尘满面愁容地站在门口，一天不见，他似乎整个人都黯淡消瘦了。凝脂愠怒地先开口：“你昨儿跑去哪里了？”

五尘发现她说话时，唇角下垂，牵扯着鼻唇沟也跟着耷垂下来。这往昔欢喜的一张脸，硬生生成了苦相。他难过得想哭，忍着心痛说：“回小姐，是我嫌府里太闷了，出去透气了一圈。”“昨晚上……兰芷好些了吗？”——她终于是提到那事上去了。五尘真想和盘托出，却又想起灵山说的话，“气死了可没人给你撑腰”——他怎会害怕没人撑腰呢，不过是害怕生命中最重要的人发生不幸罢了。

他躲闪不定地说：“兰芷很好……”

“是按照我说的方法给治病的吗？”凝脂咄咄逼人地又问。

五尘感到像是有一面厚重的墙迎面压了下来，他连逃跑的机会都没有，就被压了进去。胸口好像正被堆积的残砖断瓦压着，憋得喘不过气。五尘憋了半晌，才惴惴不安地说：“我的确什么都看见了……但原谅我，既不能对你撒谎，也不忍心告诉你。请让我保持沉默吧。”凝脂盯着痛苦的五尘，僵硬的脸竟浮现出笑容。五尘诧异地看着她在自己面前笑得花枝乱颤，怔住半晌，方才惊慌地问道：“小姐，你没事儿吧？”

凝脂摆摆手，说：“我没事儿，忘忧都告诉我了，只是想试探你会不会说真话。你来之前我都想好了——如果你给我善意的谎言，我会以它为绳索勒死我们的情谊。所幸你没有这么做。”她仍然笑着，完全没有心碎之人该有的悲痛模样。

五尘听完，越想越后怕，慢悠悠吐出一口气。胸口积压的重量被搬走了，他这才感觉能像个正常人一般呼吸了。

“小姐，看你安然无恙，比什么都好……”

“是呀，发生如此侮辱人的事情，我却丝毫感觉不到痛苦……也许，只有全府都知晓我受的莫大委屈，才能在人云亦云中感受到一些悲伤情绪罢了……”

五尘被这句话点醒，再联想起自己和忘忧进去清心园撞见灵山丑事的一幕幕，似乎是明白了点什么。他顺着她的意思，试探地往下说道："这事情小姐想隐瞒也隐瞒不住呀，当天忘忧和我都是证人，兰芷疯疯癫癫的，没准哪天自己说漏嘴也不一定。只是，若这事被众人知晓，小姐这么骄傲的人，成为被同情的对象，我实在于心不忍……"

"可是，为什么要介意他人的看法，而不是更在意自己的感受呢？"

她说话时挑起的眉眼，都闪烁着欢喜。

五尘一开始担心是凝脂的自尊心在逞强，细细观察后，发现她是真的没当一回事——他甚至有更进一步的想法——这次的事件是凝脂故意制造的。郎中交代的男左女右月夜下画圈治病，或许也是凝脂自己杜撰出来的。她应该早就知道灵山的去处，故意让忘忧和他去撞见……这样，人证物证便都齐全了。

意识到这是凝脂精心布置的局，五尘反倒对这个自己照顾长大的女人，多出来一种说不出来的欣赏。她那点恰到好处的"坏"，似是画龙点睛的绝妙之笔。他并没觉得凝脂是被污染了，相反，他认为，这是一个女孩成为女人真正的临界点——他每根毫发都清楚地感觉到，凝脂正在发生着变化，类似王朝的改朝换代，又或是枯木逢春这样令人欣喜的事情。

她不需要同情。怜悯才是该被唾弃的。

"是呀，也许获得不如小姐的人的同情，是一次独特的体验呢。为何不去试试？"他如释重负地笑起来，心底那株含羞草蜷缩的叶子正一片片舒展开。

“那就不妨试试吧，不知道还会有什么新鲜事情发生，真是令人期待呀。”

“不出意外，这个丑闻很快就会尽人皆知的，小姐得扮几天受害者了。”

“难道我不是受害者吗？”

“是，小姐当然是受害者。”

“当然……只有成为受害者，才天经地义该得到补偿。”她笑了笑。

那笑里，是掩饰不住的某种强烈的渴望，但看起来却又温婉柔美，像一只无辜的小白兔。

五尘本还想告诉凝脂，沈荷病重，毕竟是养母，还是回去探望的好。但又唯恐破坏了她好不容易阴转晴的心情，只好作罢。

一切如同预期。

灵山和兰芷的丑事不久就传遍了昭府，像一场大暴雨，哪个角落都洒遍了。没人知晓谁是第一个传播者，只有各种据说的版本。比如，有人说是兰芷体验到那回事舒服，跑出清心园到处找男人，自个儿说出来的。又据说，少夫人带着丫鬟去清心园缅怀姐姐，却无意中捉了奸，险些因这巨大羞辱而自尽……事到如今，真实性似乎不再重要了。人们津津乐道于仪表堂堂的大少爷怎会对普通人都难以看上的兰芷，产生兴趣。女佣们除了对凝脂表示同情，更多就是对兰芷赤裸裸的嫉妒了——兰芷被灵山少爷“临幸”，就好比被天上掉下的馅儿饼砸中这等美事，换成府里任何一个女人，都是求之不得的。

为营造悲伤效果，凝脂足不出户地憋在屋里。灵山整日小心翼翼的，唯恐这是大地震来临前的安泰祥和。凝脂越是沉默不语，灵山越觉得形迹可疑，好像这美丽的女人成了危机四伏的陷阱。即便五尘不再跟着自己，他也规规矩矩的。她似乎连触碰他的欲望也没有了，她背朝着他躺着，闷闷的，像空了的洞穴，太深了，回声都发不出来。她那沉默的身体却比以往更动人，好似包裹在一层冰莹的玻璃之下，散发着一种不可侵犯的美。灵山忍不住想要触碰她，亲吻她。她一动不动，偶尔抬起眼皮，面无表情地看他一眼，旋即又垂下眼皮。灵山一边亲吻，一边随口问道："我要如何做，你才能高兴一点呢？"凝脂眼神空洞洞的，叹息一声，道："我对你是麻木如草芥的了……"这是灵山意料之中的事情，他短暂悲伤了会儿，就平静了下来。他退到一旁平躺着，头枕在臂弯上，形形色色的女人在他脑海里万花筒似的绽放。他不由得理解地说道："也是，这么久你就碰我一个男人，也是该麻木了。"凝脂哪里被触动了一下，她翻过身，认真地问道："灵山，那你说说，一个女人要如何做，才能想换男人就换掉？"灵山不假思索答："女人想随意换男人，怕是只有妓女能做到了！"说完，他自己先激动了起来，翻身坐起来，半开玩笑半认真地说道："让我做——你的第一个嫖客，好不好？"

似乎是哪个阀门被拧开了，她动了动，跟着整个人都灵动了。

她坐起来，面对着灵山，那眼底好似落进了星星，又或者是轰隆隆地正绽放着烟花，一簇簇的光，亮晶晶的。灵山就这样看着她在自己眼前抖擞出一个春天。他听到她娇媚柔软的声音在问："那……你倒是说说，你拿什么当嫖资呢？"她说话时显然压着一种强烈的东西，以至于脸上的神经都在轻微抽搐。

"你觉得多少嫖资合适呢？"灵山问。

凝脂害羞地垂下头，再抬头时粲然一笑，伸出一个手指头，道：“一座楼，一座春楼。”

灵山笑笑，问：“你是认真的？”

凝脂狡黠地说：“你认真的我便认真，你若是开玩笑，也便当我是开玩笑好了。”

两人面对面，静默地注视着彼此，继而，心照不宣地相视一笑。凝脂冰冻的皮肤号叫着融化、苏醒过来，她凑近灵山，笑盈盈地将他推倒在床上。

半个月后，凝脂才从屋里头出来，顿时觉得昭府哪里都不一样了。但凡见到她的人，都谨慎而缄默。她往哪里一坐，周围立即弥漫着悲伤的气氛。她一声不吭，丫鬟们私下便说是少夫人悲伤过度，已经达到无法开口的地步了，即便她笑，也会被当作是内心痛苦不堪的苦笑。她的一举一动……都变得富有悲剧色彩。

这件丑事仿佛让整个昭府，陷入了一种奇妙的高潮——男人们借着议论这事，堂而皇之地对丫鬟评头论足，谈论起那令人面红耳赤的床笫之事。女人们也充分找到了满足感，谈论的时候长吁短叹，却一脸眉飞色舞的表情——是呀，普通女人经历的伤痛，这美得不像她们同类的女人，也会经历嘛。少爷情愿和疯癫丫鬟过夜，也不陪她，那不是说疯丫头都比过她吗？府里任何一个女人，似乎都从兰芷身上找到了优越感。所以，丫鬟都愿意谈这件事情。谈笑叹息间，即便是昭府最卑下的女人都感觉超越了凝脂，已经凌驾于“美”的巅峰。这真是痛快淋漓的事情！

然而，这快感并未持续多久。

男人们很快意识到，他们除了辛苦干活以换取点可怜的俸禄养家糊口，也就只有在梦里抱抱女人了。而女人也并没有好到哪里去，她们照旧卑躬屈膝地讨生活，未来是一眼望到头的辛苦。而那个被所有人都同情的叫凝脂的女人，却仍旧过着养尊处优的生活，甚至比先前更美了。美得所有人见着她，都被她夺目的光彩晃得眼睛疼。

灵山从外面回来，还未到门口，就看见常年替昭府送菜的小贩站在门槛边，正和府里的小厮议论着他的丑事。他一惊，旋即悄悄地逃离了昭府。他一个人来到小湖湾的船上，和衣躺在床上，思索着对策——凝脂要的贞操牌坊，他再撒千万个谎也无法给了。以她的性格，离开是迟早必然的事情。离开昭府，她会做什么呢？许府她定是不会回去的，也没有别的亲友故旧可以去。他想起前些时日，凝脂半开玩笑半认真提出的春楼——那就给她造一座蔚为壮观的春楼吧。理由他不费力就想好了：凝脂受不了这奇耻大辱，不要他了。作为一个有头有脸有道德的丈夫，他先做了对不起她的事情，补偿是必需的。人们至多是说他好色花心，但这对男人来说，都不是个事儿。没准因着他的慷慨大方，反而成就一桩美谈也指不定的。

接走凝脂这件事情，他打算交给千叶信。这样，既兑现了允诺，也替凝脂完成了心愿之一——她向往着成为传奇，以她的聪慧不可能不知道，千叶信的文身会增添奇妙的一笔。至于他自己，完成这两件大事，他便是功成身退，开始崭新的人生。只是，不管他做什么，他都希望能见证，他放出牢笼的这只野兽，将要如何开启她的人生巅峰。

再回到府上，他连夜给千叶信写了一封信：

众里寻他千百度，兄所托付寻找之人，却正是弟之枕边人。人各有命，她的命就是成为男人的乐土。我已想明了，与其作茧自缚来捆绑她，不如慷慨成大家之美。兄勿念及是弟之妻，顾虑重重。她本人未尝不想成为传奇。

翌日，灵山将信托付给车夫，让他转交给千叶信。并嘱咐他，务必把船屋的具体位置告诉他，这是他刺青的好地方。送走车夫，他让忘忧去约爹爹昭墨到书房见面。却不想，忘忧回来告诉他，老爷已经在书房等他多时。原来，这件事情早已传进了昭墨和潘玉蛾耳朵里。灵山这丑事，若真是传闻所说的没把持住侵犯了丫鬟，只是小事一桩。但以他之见，怕并不是如此简单。

昭墨正坐在圈椅上喝茶。他脸色不太好，见灵山进来，压着怒气问道："事已至此，你有什么打算？"

灵山在他对面坐下来，说："她是不会再和我过日子的了。"

"关键是……灵山，你还留恋她吗？"

"我眷恋她的身体，原来我以为，那就是男人的极乐。后来才知晓，还有比过她的……说出来也许都没人相信……"他自嘲地笑笑，又说道："……就是这次大家传说中的兰芷，她长得的确不美。却不知为何，我体验到一种类似返璞归真的快乐……我自己都觉得费解。府里人的谈论我听得多了，却因为捕获了这样一种体验，麻木如草芥。爹爹说，这是为什么？"

昭墨喝了一口茶，说："人各有各的豁口，也许，那个姑娘刚好能填你的豁口。只是，爹爹希望你浅尝辄止，仅仅当作一次体验。爹爹这一生，在女色之间兜兜转转，到头来和你娘相依相守，才豁然开朗——爱和欲望，它随时可能发生，也随时可能死去。就像尝遍山珍海味，最后你会发现，只有顿顿吃白米饭才不会生厌。”

灵山思索着昭墨的话，不禁想起那张特制的沉香床，他困惑地问：“既然如此，爹爹你为何又大费周折做这沉香床呢？”

“话是说白米饭好吃，但自己吃过的最好吃的，也还是忍不住想要最爱的人品尝呀！你是我儿子，爹爹当然希望你体验到作为男人的快活……”

灵山鼻子一酸：“爹爹，你就没想到，这样的女人或许也想有更多的体验……爹爹，你明白我的意思吗？”

“这么说来——不论这件事情发生与否，你和凝脂都是不会长久的。”

“我怎么能拴住这么野心勃勃的家伙？就算能，我也不想成为这根绳子。凝脂是早已厌倦了我的，也许，这对我俩都是好事情。”

“也便是只好如此了……”昭墨见灵山紧抿嘴唇，似是欲言又止，又问道，“你是在担心她今后的人生吗？”

“我只是想，了断夫妻情意之前，我能给她些什么？”

“你既然说出来，怕是已经想到了。”

“爹爹果真最了解我。我想……给她一座春楼。”

昭墨短暂的惊愕后，问道：“有一座楼做旅馆、做饭店，什么买卖都可以，为何要做春楼？”

灵山无奈地笑笑。笑得像是天冷了，挂在藤上忘了摘掉的熟过头的苦瓜。良久，他才搓了一把脸，幽幽地说：“凝脂就是给她一座皇宫，她也会做妓女。这是她的命。”

为了快刀斩乱麻，尽快开始不一样的人生，就在当晚，灵山约凝脂到清心园外面的亭子里谈话。月色朦胧，凝脂坐在亭子里的椅子上，静静听着灵山讲述在那个夜晚和兰芷发生的荒唐事。椅子旁边的草地上，月季开得一簇簇的，她随手摘了一朵，一瓣瓣撕着花瓣玩。蹂躏完一朵扔了，又摘一朵新的。

“……事情就是这样，我没有为自己辩解的资格。自古以来都只有男休女，这次我们开个先河——你休了我吧，凝脂！”他如释重负地说完，不经意间看见她脚边七零八碎的花瓣。他蹲下来，莫名心疼地将双手放在她的膝盖上。

凝脂抬头瞥了他一眼，柔声说：“灵山，还得是你休了我。”

“我没有资格休你，你恪守妇道，没有做错任何出格的事情，但我却让你蒙受了耻辱……”灵山以为她在开玩笑，这个时候还考虑他作为男人的脸面，他感动地寻到她的手握住，“以后莫要轻信谁，好色乃男儿天性。以后若是还有谁答应会给你一座贞操牌坊，你也不要信。男人爱着时句句真心不假，不爱时字字虚假也是个真！”

“灵山，我忠贞并不是为了你。”她静静地又说，“性别是天意，不可逆，但忠贞只是一种选择。男人天生好色，女人生而淫荡，这本就是性别赋予的自然而然的特质。好色若不是缺点，淫荡也不能成为罪过。我可以选择忠贞，我也可以跟你一样选择‘快活’。”

“是，你可以选择。你这么说，我也不再感到亏欠你什么了。我早就看出来了，一个男人是成全不了你的。”

两人沉默了一会儿。

“灵山，这不是成全……”凝脂神情黯淡，先开口道，“爱是澄澈无垢、心甘情愿的，这种态度是感觉不到被麻烦、被强迫的。”

“或许吧。除开男人这先天缺陷，我并未哪里对不起你……但话说回来，你要的澄澈无垢，就是没有豁口的男人。我个人觉得，正常男人是做不到的。”

“是呀，俟河之清，人寿几何……我不能再做追日的夸父，拿有限的生命去追求无限之物。我是想明白了，灵魂就该端着架子，云里雾里好好当个仙人，肉体就该吃吃喝喝，好好做个牲口。这身肉生来就是卑贱的，吃喝拉撒……无一样而不浑浊。或许，浑浊到极致就是快活。”

“‘此刻’之外，哪里还有快活呢！”

灵山长叹一声，站起来走到亭子中间站着。月光铺在他身上，像是镶嵌了一层晶莹的边，显得俊美而清亮。

凝脂聚精会神地看着灵山，这张英俊的脸足够令她心生不舍。她心软了下，禁不住想：也许自己说一声不计较这次的丑事，事情就会过去。她继续被锁在这昭府，过着一成不变的生活，日复一日，一眼就望到老去——真是可怕的人生呀，过完一生就像只过了一天！她听见一声恐惧的惊叹，滴落进心间，涟漪似的一圈圈扩大，形成吞噬掉她人生的漩涡。她下了决心，严肃地说：“灵山，非得是你休了我——只有这样，我做什么，才都会是情有可原的！”她这不轻不重的话，惊得灵山半晌才回过神来。

他似乎明白了什么，眼里渐渐噙满泪水。

灵山轻轻地问：“你是要让我成为罪恶之人吗？”

凝脂狡黠地笑笑：“灵山，我想做什么都出师有名——只有你能做这个‘名’。”

“我明白了，我会休了你的。”

他说着低垂下头，泪水顺势落下来，滴落在地面的花瓣上。满地的玫瑰花瓣，七零八碎的，像极了那被一个器官打得稀烂的感情。

第六章　狼魂

一

千叶信收到信，闷闷地思考了三天。第四日的大清早，他决定去昭府见凝脂。木桨划破霜雾弥漫的河面，水声淙淙。芦苇如利剑一样锋利的叶尖上，露珠在渐渐明朗的晨光中滚动着。船经过的地方，露珠簌簌地落下来，似是下了一场小雨。

到了苏镇，千叶信轻车熟路地到了昭府。门口车夫正在候着他，点头哈腰殷勤得很。千叶信正惊奇于灵山的判断准确，却听车夫道："自从几天前，我把信捎出去，便每天一早在门口等候。我已等您三天了。"千叶信闻言脚步却突然停下，踌躇不前。车夫以为自己说错了话，不安地问："是哪里不舒服，走不动了吗？"千叶信眼泛泪光，回答道："我万万没想到，会是好兄弟的妻子……这些天我日夜思考，终于下决心来，却仍然充满了罪恶感……"他说着，蹲下去失声痛哭，一时又冲动地产生远走他乡的想法。

车夫只听出来这事儿跟少夫人有关，至于面前这大男人痛哭的原委，他完全没闹明白。越闹不明白，他便总觉得起因跟自己刚才说的话有关。车夫大惊失色，唯恐少爷知晓，迁怒于自己。他老练地央求道："你就同情下我，我在门口等候您三天，今儿终于等到人，却因为一时多嘴，导致您又离开。我可无法对少爷交代了……您行一下好，亲自去一趟，哪怕打个招呼您再离去，我也算完成了任务。我一家老的老，小的小……"

千叶信见他长相憨厚，说话真诚，也便不再为难他。千叶信站起来请他带路，虽然他知道怎么走。到了灵山卧室门前，车夫对千叶信礼貌地鞠躬，退到了一边。但他仍没有离开，一直看着千叶信敲响门，听到灵山少爷从屋里发出的回应，这才放心地离开。

想到千寻万寻的女人就在门里，千叶信心中对挚友的内疚，被迫切的期盼淹没了。他矗立在门口，万分紧张地整理着衣衫，伸出手查看是否清洁。除了这些，这庄重的第一面要如何打招呼，如何介绍自己，都是他思考的重点。他在门外紧张地准备、练习时，灵山已经坐了起来，急匆匆地往身上穿衣服。凝脂慵懒地问道："外面是谁呢？"

"我先前跟你讲过的日本朋友。"

说话时他已经坐在床边，开始穿鞋子。

凝脂突而从背后拉住他。他一时怔住，回头看她："你不是想见他吗，起床收拾下吧！""他是来找你的吗？"凝脂笑着反问，不等他回答，又说道："要是来找我的，你就不必跟着去了——我今后的人生，不需要你了，灵山！"

灵山鼻子一酸，仰头躺到床上。凝脂顺势爬上去，骑在他肚皮上。"灵山，你可能是我这一生中，唯一忠贞过的男人了。我想劝你一句话，或许对你将来是有好处的——不要轻易允诺，你所有没兑现的承诺，都会在日后成为你背负的债。"

她咧嘴笑着压下去，乌黑的头发流淌在灵山的胸膛上、脖颈上。好像某种水生植物，缠得他提不上气。他艰难地从浓密的发丝间钻出来，就对上她妖娆的目光。那翘起来的眼尾，像是两把朝天的匕首，真能将人魂魄勾走。他突生不舍，又不愿意将她拱手让人了。灵山抱住她的腰："我不想在休书上签字了……"

"当然，你可以言而无信，反正你素来擅长此道。"凝脂戏谑地注视着他，又说："我们之间信任是不会存在了，又靠什么捆绑在一起？床笫之欢吗？那玩意儿做着做着就厌倦了、就老了，做不动了。虚假的话，虚伪的人，某天我老了，记忆里再堆积出一座虚假的海市蜃楼——好像什么都有过，又好像什么都没有过。这样的一生，才算是真正辜负了……灵山，什么时候，你能学会一诺千金呢？"

"那你离开得到的，就都是真实的吗？"

"就像你从各个女人那里得到的快活，至少——身体感受到的，一根汗毛都不会撒谎。"

灵山停止了啜泣，知晓一切已成定局，他无奈地说："好吧，都说定的事情，也不好再生变！"

正说着，门外又响起了敲门声。凝脂从灵山肚皮上下来，撩拨着长及腰下的头发，就这么赤裸裸地、挑衅地去开门。门渐渐打开，她被青丝包裹的身体，被突然涌进来的光照得晶莹剔透。灵山看着她的背影，不舍的泪水夺眶而出。他第一次清楚地意识到——从此，无论上天入地，这女人都跟他昭灵山没关系了。他想站起来，从背后抱住她，就当着千叶信的面，就在阳光下，坦荡荡地欢爱。可是，这样的念头冒出来，连他都忍不住鄙夷起自己。他沮丧地蜷缩起身体，失去她的痛苦俨然点滴中吞噬着他。

凝脂站在门缝里，面向光的来源方向，明晃晃的皮肤虚化进光芒里，好像从深海里爬上岸的美人鱼，长发是未脱去的鱼尾巴。她抬起下巴，直勾勾地注视着千叶信，带着一种侵略的笑。千叶信怔怔地注视她——面前这个和暮冬长得极其相似的女人，狂野而妖艳，有着和暮冬截然不同的气质。这见面的场面，他在脑海里幻想过成百上千次，却无论如何也想不到，会是在挚友的家门口。他被一种罪孽的喜悦刺激得战栗，一刹那的恍惚间，他觉得正站在日春屋的门前，再一刹那方才回过神，想起是身在中国。在这时间和地点的短暂错觉中，新人与故人，新时光和旧时光，回忆和现实……竟奇妙地衔接在了一起。面前这个女人，成为这一切的、至关重要的衔接点。

千叶信红了眼眶，嘴唇嚅动着，先前练习的话都忘记到了九霄之外。良久，他听见自己发出最直接的心声："走吧。"

"你等我下。"

凝脂重新折了回去，穿上白玉色的对襟长旗袍。亲自打来水，把热水倒在盆子里试了试水温，仔细地清洗脸。忘忧想要进去帮忙，却被制止了，她见门口站着的千叶信，狐疑地退到了一边站着。她隐隐不安地意识到，或许要出什么大事情了。

凝脂梳理整齐头发，顺手盘成个松松垮垮的发髻，再插入一支凤尾银钗，就算是拾掇好了。她彬彬有礼地说："灵山，我走了。"这突如其来的恭敬，产生一种不和谐的疏远，咫尺之间仿佛隔开千山万水。

灵山坐起来，想哭又强忍住，他喊住她，轻声问："你……没有什么话想对我说吗？"

凝脂想了想，由衷地说："灵山，谢谢你。"

灵山这才注意到，凝脂嘴唇上涂抹了鲜艳的口红，妖娆到了极致。她之前很少化妆，化妆也从不涂抹口红。从现在起她不化妆，只涂抹口红——她要吃男人了。屋里半亮，惝恍之间，他好像觉得这房间成了舞台，门成了幕布，外面是人山人海的男人，一个个振臂欢呼着，都渴望着成为她的猎物。他茫然若失地看着她，热乎乎的身体凑上来，拦腰抱住了她。

他很轻地问："你爱过我吗？"

"你说呢，灵山。"

她坚决地、温柔地推开了他。

灵山双手低垂着，脑袋耷拉着，无能为力地看着她消失在门里。

忘忧看着一身素服走出来的凝脂，被千叶信牵着手领走了。她像是明白了什么，光是流眼泪，却不敢出声。她一直追着凝脂到大门口，站在门里观望。同样一样注意到这幕的还有府邸里的几个小厮，他们纷纷站到了门口。

门前正停着一辆马车，见凝脂和千叶信一起出来，车夫忙跳下来鞠了一躬，道："少夫人请上车，我送你们！"凝脂摆摆手，斜睨了大门口一眼，苦着脸大声说道："别叫我少夫人了，我已经被你们的灵山少爷休了。"见人渐渐多起来，她抹着眼泪，又说道："我呀，就是一个被夫君休了的苦命女人，日后还不知道如何讨个生计呢！"说完，这才痛哭着，上了马车。

车夫叹息一声，扬起了手中的马鞭。

门口的小厮听闻，惊愕不已，纷纷表示不能理解。这么美的女人，怎么说休就休了，休了也就罢了，还要把接手的下一任都找来——这就是赤裸裸的羞辱，别说凝脂这种倾城倾国的大美人，就是小户人家的普通女子，也难以忍受。他们围在门口窃窃私语。忘忧猜，用不了一天“少夫人被休”这件事就会像菌种，长满昭府的任何一个角落。她失魂落魄地往回走，站在女人的角度，她对少夫人充满了同情。可是，她一个下人除了毫无作用的愤怒，又能做什么呢。

沉香床发出一阵浓烈呛人的香气，突然淡下来，若不仔细吮吸，仿佛闻不出任何香味。灵山麻木地瘫软着，像被抽了骨骼的人皮，软塌塌地贴着床睡着了。不知过了多久，他迷迷糊糊地醒来，听到院子里有人在说话。嘤嘤嗡嗡的，听久了，倒像是蜜蜂在耳朵眼飞舞似的。

忘忧说：“少夫人跟少爷的日本朋友走了。”五尘忙问：“什么时候的事情？”忘忧回答：“就一早的事情。少夫人今天美极了，比往常任何时刻都好看。”声音停顿了片刻，再次响起——“少爷呢？”“少爷还没起床呢……我们少夫人真是可怜，这么漂亮的女人，就这么被休了，还被一个砢碜的异乡人带走了……”“你是说那个叫千叶信的日本人？”“是呀，车夫说是少爷吩咐他来接走少夫人的……真是想不到，少爷如此绝情……”“我们家的姑娘绝不是遗弃物品，就这么任由着人随意转手……”五尘一生气，嗓门一提高，听起来就有些像女人的声音。“嘘，小声点，少爷万一醒了听见可不好了……”经忘忧这么一提醒，五尘警惕地压低了声音，称有事情要办，急匆匆就离开了昭府。

四周又恢复了宁静。

灵山惯性地伸手摸过去，枕边空落落的，他的心也跟着没了着落。他的手先于大脑产生愤怒和冲动，迅速地脱下裤子，发疯似的来回拨弄着那器官。可无论他速度多快多用力，那平日里动不动高塔般耸立的玩意儿，就是软趴趴地纹丝不动。他双手齐上阵，拧扯揉搓折腾得剧痛，它却可怜兮兮地蜷缩得更加厉害了。

灵山怔怔地盯着死去一般的命根子，惊恐地意识到——失去凝脂的自己，一觉醒来竟然成了废物。好像时间停止了，一切意义都正在消失——他提前老了。

“就算死也要在她身边，像个男人一样倒下。”他想。

灵山抓起衣服穿上，迅速跑到屋外。骤然开阔的视野里，翻滚的白色云朵下，依稀可见淡淡的金色光辉，空气中犹如撒下细细的金沙。他情不自禁联想起凝脂烛光下的身体，也是被金色笼罩着，那些金色的细小沙粒明灭无序地在她周围闪烁，就好似供奉着的金像。他可悲地发现——自己已经开始了绝望地缅怀。

他追随着凝脂的足迹，一路狂奔。但狭长的街道里，哪里还有两人的踪迹？灵山失魂落魄地站在街边，双手按在膝盖上，喘着粗气。却见一位托着钵盂的老和尚迎着稀薄的阳光走来。他走到灵山面前，双手合十，印堂佛光闪闪。

灵山以为他是化缘的，取出钱要放进钵盂里，却被老和尚的大手给推了回去。“施主是贫僧今年下山施舍的第一人，算是缘分，送你一句话：三日内莫要出门，请回屋去吧！”

“多谢师父！”

灵山礼貌地谢过，却完全没当一回事。他心想：没有了凝脂，和死又有什么区别？如今，都到了这般地步，还有什么好惧怕的！他没有回家的意思，别过老和尚，心急火燎地朝码头奔去，长衫下摆忽上忽下地拍打着他的脚后跟。

河面平静如镜，远处的码头停泊着几艘渔船。灵山奔过去，刚下码头石梯，却见一艘乌篷船不知从哪个犄角旮旯冒出来，不偏不倚地开过来。那站在船头的摆渡人，披着蓑衣戴了笠帽，奇怪得很。但灵山已经顾不得多想，将双手拢成个喇叭，朝着船夫放声大喊：“船家，劳烦走一趟！”

船夫很快就将船划了过来。

灵山撩起长衫，正欲翻越过栏杆，却惊讶地发觉自己像被钩扯住似的无法前进。他拽了拽衣服，还是被紧紧地拉扯着。他惊慌地扭头，就看见先前遇见的老和尚表情凝重，紧紧拽着他不放手。“去不得……”他近乎哀求道。

“我这样活着也没有意义了，你别拦着我。”

灵山目光里肃杀的责备，令老和尚无奈地松了手。他刚脱离了束缚，便像只灵活的兔子，几步跃过河岸，上了船。

穿过一排繁茂的芦苇带，一艘气派的船屋赫然显现在不远处的水平线上。鎏金屋顶，金色漆柱闪闪发光，屋檐下五彩雕花美不胜收。在这荒凉的湾流处显出一种不相符合的壮美，就仿佛是末代帝王，在日薄西山中颁布最后一道圣旨。

千叶信停泊好小船，小心翼翼地牵着凝脂上了船。前些天，送信的车夫告诉了他船停放的具体位置。今日顺利找到，他一眼认出这艘船就是先前船头站着个姑娘，他一路狂追，却最终错过的那条船。

果然是有缘自会相遇。他在心里发出感慨。

凝脂站在甲板上凭栏远眺着天空，有些怀念地说：“去年我跟老爷、夫人乘这船回来时，我还留意到这一带的芦苇，没想到灵山会把这船开来这里停着。”

旁边的千叶信闻言，不由得喃喃道：“原来，那天没追上的女人，真的是你呀。”

“什么？”

“没什么。”

千叶信迅速看她一眼，淡然一笑，顺着她的视线望过去。不远处的天边，正飘来一朵巨大的白云，像腾空跳跃的鲤鱼，又似盘坐的僧人。千叶信的思绪，不觉飘到了江户那片热土上，飘到了净闲寺——“师父，众里寻他千百度，那人已在眼前了！多谢师父！”他面朝向日本的方向，在心里说着。

两人来到船上最大的一间屋，正中摆放着一张威风八面的大床，床上铺着崭新的绣花床罩。小朵小朵的野花，开了满床，平展展的，一条褶皱都没有——显然是特意准备的。千叶信被床罩上绣娘精湛的手工吸引，伸手去触摸，却不经意间触碰到坚硬的东西。他下意识地掀开床单，一面巨大锃亮的铜镜呈现眼底，他惊讶地观察着镜子，却无意中看见了镜子中的自己——头发长了许多，鬓须如戟，却多出来一种先前没有的东西。千叶信瞅着这张脸，半天想起，这脸上多出来的东西是慈悲——时光将他原本冷傲的脸，变成了温暖慈善的脸，这真是幸事一桩。

“灵山真是大好人呀！”千叶信在心里说。

凝脂也站在床前，低头看着镜子，她伸手触摸着镜子里的自己，小声问：“你像什么呢？”

千叶信闻言，走过来站到凝脂身后。他双手环抱住她的腰，脑袋从她肩膀探出来，于是镜子里，好像凝脂长了一雌一雄两个头般诡异。千叶信打趣道："这样看，像个男人和女人合体的怪物。"

"我很认真的。灵山说你的文身能让人找到灵魂。我今天就要看看，你要让我找到的灵魂是什么？"

"你确定我看见的是对的？"

她回过头，正对着他的眼睛，点头说："我相信你。"就这样，她双手托着自己的皮肉呈交了上去。这份沉甸甸的信任，让千叶信看到自己以"文身师千叶信"而存在的意义。

"你到床上躺着，衣服都脱了。"千叶信说。

凝脂脱了鞋子，爬上去，半跪在镜面上，取下银钗。她乌黑的头发流得肩膀、背上、胸前都是，黑黝黝的一捧捧。衣服跟着一件件脱去，她赤裸的肉体悠然绽放在暗沉沉的船屋里，像是纯洁的雪莲花。千叶信被这女性肉体的美深深地震撼着，眼睛一眨也不眨。

许是长发摩擦得皮肤细痒，凝脂想也没想，侧头伸出舌头舔头发。这不经意间条件反射的动作，投影在镜床上——千叶信捕捉到这细微的一幕——那闪过的动作，就像是舔着毛发的野兽，或许，这只兽已经躲藏在静谧处，蠢蠢欲动了。

凝脂平躺在镜床上，四肢舒展开，眼望着屋顶的木板，小声说："灵山曾经说，有些女人像狐狸，天生就会勾人。还有些男人像驴子，天生就……"她声音轻下去，侧过头看着千叶信，问，"那你看我是什么呢？"

千叶信站在窗边，徘徊着观察着她的身体，"你是吃男人的猛兽……"

"我喜欢猛兽。"

"你准备好了吗？等下，会有一些疼……"

“我从出生就开始为此准备着，够了吗？”

“够了，我也是如此。”

千叶信起身关闭了窗户，拉上窗帘，屋里转瞬黑了。千叶信围着床沿摆满蜡烛，一支支点亮，顿时好似无数莲花托举着中间的凝脂，她是如此的冰清玉洁。

二

远处的水天交界线上，光芒穿过翻滚着升腾的低矮云层。金色的阳光抹过河面，河面波光粼粼地闪烁；掠过岸边某处废弃的茅草屋，茅屋亮堂堂如同佛殿。飞鸟冷不丁发出惊蛰一鸣，偶尔一条受到惊吓的鱼跃出河面，扑通一声又落在逐渐缩小的水花里。远处的村庄飘起袅袅炊烟，如同白棉花插在低矮的房子上，虽是人间烟火，却美出几分仙气儿。

昭灵山坐在狭窄的乌篷船里，不得不尽量弯曲着身体，不多时就感觉僵得疼。他换成了半躺的姿势，后脑勺枕着双手，将脚跷到乌篷外，视野顿时开阔了，身体也舒服多了。船桨拍打着河面，发出淙淙的水声。灵山留意到船头打扮怪异的船夫，忍不住问：“船家，这大太阳天的，你为啥一身蓑笠？”

船家头也不回，单伸出一只手指着天空，灵山顺着他的手望去——天空斜挂着烈日，只看了一眼就晃得他眼睛疼。他完全没搞懂船家让看天空的意思，却注意到船夫白皙瘦削的手。再一观察，蓑笠下的身材也单薄羸弱，他暗自猜测是个女子。

“你是说阴晴不定，有备无患？”

他主动搭讪，好色的一面开始显山露水。

那船家点头，继续摇桨。灵山发现这人划桨的动作生硬得很，完全没有女人的柔软。光看这动作，就能想象蓑笠下的躯体有多僵硬，想来五官也应该平平无奇，至多算是平庸姿色——灵山刚燃起的兴致顿时骤减了一半。

“船家，你是刚干这行没多久吧！看你动作还很生疏。为何突然干上这男人的营生呢？”

船家腾出一只手，摆了摆。

“你是哑巴？”

那船家再次点头，遮挡住他大半个脸的笠帽也跟着点了下。

灵山讨了个没趣。这一大早尽是遇见怪事，先是化缘的老和尚，再是这打扮怪异的哑巴船家——他突然一个激灵，闪过老和尚最后那句“去不得”时的画面——老和尚说这话时分明目光是落在乌篷船的船家身上，也就是眼前这个“女人”，也就是说——那去不得的地方正是这乌篷船。他越琢磨越觉得诡异。而人一旦心中留下阴影，内心世界也会随之颠倒。灵山再看阳光倾城的天气，顿时觉得波谲云诡。那一簇簇水草就像盘踞在水底的蟒蛇，再看河岸两边，不知不觉已经过村庄。小船向着前面越来越狭窄的小河流摆渡而去，轻易就绕过了半人高的芦苇蒿子，前面荒无人烟，一户人家也见不到。

灵山这才发现，这船也和平日司空见惯的船只不一样，足足窄了三分之一。难怪刚才他躺进去时觉得有些异样，又说不出哪里怪异。此时才发觉，这船明显是特别制造的。水上奇怪的船，水上——不知怎的，灵山突然联想起许府池子里离奇死去的仆人……

灵山瞬间觉得脊背凉飕飕的。

他悄悄靠近船头，观察着水中那“女人”的倒影。船桨拍打过河面，荡起层层波纹，把那“女人”露出来的小半截脸分割成一条一条的。他费力地将每一条歪歪斜斜的条纹拼凑起来，再把单独的部分器官整合在一起，共同组成一个执拗倔强的名字——五尘。

“船家，这路不对呀！”灵山开始慌了。

船夫压低笠帽扭过头装作无意窥视着他。就在这时，附近传来女人嘹亮清脆的山歌，穿过越来越高的芦苇蒿子，回荡在碧水蓝天里——

春光春水好时节
我的那个哥哥在远方
亲哥哥不及那个情哥哥
咿呀哟喂——
摇桨划船把歌唱
我的那个哥哥在远方
藕断丝连情绵长
咿呀哟哟——呀哟喂——

这声音听着熟悉，灵山搜刮干净记忆却也寻不见出处，是何人能拥有这媲美百灵鸟般的动人歌喉呢？罗列出几个喜欢唱歌的女人倒不费劲，只是尽是露水情缘的烟花女子，偶尔听见她们藏捏着轻哼几句，说不上难听，但他也不认为好听。

不知是突然而至的歌声，还是灵山那句开始警惕的问路，船夫越划越慢。趁着灵山侧耳倾听歌声时，船夫迅速抽出船桨，只听“哐啷”一声巨响。等灵山反应过来，终于看清船夫的模样时，连声音都没来得及发出，半个身子就栽倒在船沿上了。他的双臂和脑袋耷拉挂在船身外，随着船的波动晃悠、晃悠。新鲜的血浸湿了头发，顺着脸滴滴答答落进河水里，染红了一片河水。几条鱼儿兴奋地游过来，越来越多的鱼儿成群结队地游来。歌声断断续续又唱了两段，再没响起过。

船家若无其事地站在船头，继续划船。芦苇蒿子比他高出来半截，形如拱门，他腰也不用弯就穿了过去。一直划到荒无人烟的岸边，他泊好船，拖着昭灵山的一条腿上了岸。岸上的青草地里用木头架着个长方形支架，支架下堆放着整齐的干柴垛。船家漫不经心地走过去，站在柴垛边上，双手将灵山的一条腿提起来，再用膝盖朝上顶起他软塌塌的腰，用力一甩，昭灵山就飘到了支架上，像一片干枯的树叶般躺着。船家盯着灵山看了一会儿，他温润的脸上似是铺着水光，瘦小的身躯微微佝偻着。尽管他的手上还沾着血迹，看起来仍然干净温和，好像他和受害者才是一伙儿的——此人，正是乔装打扮的五尘。

“对不起了！罪孽都让我担了吧！”

他点着了火把，扔进了干草垛里。干柴遇到火呼啦啦地燃烧起来。五尘迅速折回乌篷船上，划桨返回。一朵巨型白云正对着他，这云朵乍一看像跳跃的鲤鱼，再一看又形似打坐的僧人。再一看，那云团里夹杂着三两个暗团，竟犹如睁开的眼睛。水声淙淙，一溜儿的小鱼受到惊吓四散窜开，游到芦苇拱门的根茎里躲藏起来。

山歌在远方似有似无地再次响起。

火堆上，灵山手指动了动。

晴天里，突然下起暴雨，大颗大颗的雨点如同冰雹般狠劲砸落，打得芦苇蒿子七零八落，河面同时砸开千万朵水花。雨水砸在船屋关闭的窗户上咚咚响，像一只忘我工作着的啄木鸟。

床四周摆满了点燃的蜡烛，烛光被镜子反射出满屋光辉。千叶信手中消毒完的手针明晃晃的，针头蘸了墨汁，好像流出来的黑色血液。凝脂裸体横陈于镜床上，像条搁浅的鱼，周身泛着鱼鳞光泽。“这真是一具好皮囊，天生的妓女才配拥有的皮囊！”千叶信在心里赞叹着。

“你不要有顾虑，放手做吧……”

“这样娇嫩的身体，我还真有点下不去手。虽然早已胸有成竹，可毕竟受疼的是你呀……”

“大概你不知晓，事实上我对痛有些着迷。说来你或许不信，我经常会悄悄拿指甲掐自己的肉，那种瞬间的痛楚，就像是平地惊雷，整个人为之一震，真是使我万分着迷。但我并不敢明目张胆地做，我一般会选择他人看不见的指甲缝。这里没人知晓，却又疼得最分明！”她说着举起手，掰开指甲边缘的嫩肉，果然那一小块皮肤都结了痂。

“你的‘爪子’很锋利！”

“没有你手里的针锋利！”

“你那‘爪子’是要吃人的，我的针哪能吃得进人！”

千叶信的手指划过她的胸部、小腹，视线跌落进黑暗的深处——就是这里了，欲望的发源地。

——你知道吗，妓女？

你的身体就是照妖镜，男人爬上来就显了原形，是人是兽，是善是恶，一清二白。你这永垂不朽的名妓，遗落在人间的摄魂镜。你不要动，谁来照一照，谁今生前世的魂儿都现出来了。

好大喜功的男人，自以为是龙，爬上来一看，咋是一条软塌塌的小虫子？他就泄气了、发怒了、要死不活了。道貌岸然的伪君子，爬上来一看，不过是淫荡猥琐的好色之徒，他就义愤填膺地训斥起镜子：这东西竟然把我照得这么丑，是什么破玩意儿？

镜子呀，世人都说是你的错。可有谁知晓，若没有妖怪，哪有照妖镜？若每个人都活成他的灵魂，又何必恐惧摄魂镜？

凝脂高耸的胸部晃悠悠向两腋摊开成圆球形，腰肢收拢，均匀地连贯到胯骨再打开成扇形。那一束点缀在白皙皮肤上的浓密毛发，也是美得恰到好处的，像是一扇通往秘境的铁门，令人遐想连篇。他分开她的腿，看见黑暗中冉冉升起的红日。红日深处，野兽猩红的舌头吐出来，像蟒蛇贪婪索要的蛇信子。

“它现在就想吃东西了呢。”

“饿了就吃呗！”

“它流口水了。”

“看见好吃的了呗！”

“对，它看得见……我得给它先长一双眼睛。”他的手移到小腹上，轻轻摁下去，“疼吗？”

“有点。”

“这下面是子宫，种子从这里生长、萌芽，生命从这里诞生。这是身为女人，身体上最伟大的器官。那么……就让它的眼睛长在这里吧。一个人最大的秘密，欲望、灵魂，生和死，全在这里了……再没有比这里更适合的地方了。”

“我听到它告诉我，很喜欢这里……”

“这很好！”

“它比我还要迫切……”

“那我先让它眼睛见天日，让它看见自己是如何生出来的……”

信手里的针落在凝脂的小腹上，尖锐的刺痛传来，血液蹿着往外涌，热的痛的冷的，妙不可言的感官刺激。镜床的温润冰凉和小腹不断传来的热气通融贯穿，好像回到了亲娘的子宫，另一个自己正在抱住她。她们共生共体，正在穿过亲娘产道的途中。她感觉到暮冬的气息，好像她就在这里。

大雨倾盆，没有停息的意思。不知从哪里飘来清浅的歌声，夹杂在哗啦啦震天响的水声中，时断时续。觉得真实时，仔细一听又没了；觉得是幻觉时，又从雨声中飘来一两个音调。疼痛像是快马加鞭在小腹上奔跑的小马驹，在开合的呼吸里，好像真有涌动的生命——她看见自己艰难穿回来的灵魂——暮雪，你就要回来了。

“暮雪，暮雪。”她在心里默默念着。

雨淅淅沥沥地下着，打在船顶唰唰地响着，像万千只春蚕咀嚼着桑叶。暮雪双眼盯住天花板，开始哼起不知名的小曲儿。那只野兽的眼已经长在她小腹上，刚生成的瞳孔闪着咄咄逼人的红光。

“有血的味道，真香！”

“是你自己的鲜血吧？”

“是外面雨里的，是空气里的……甜得发腻，真好闻！”

“野兽都喜欢血……”

她侧头看着镜床上自己的脸，好像虚化的沿线外，当真隐约可见一头野兽，它竖立着耳朵，尖尖的嘴里生满白晃晃的獠牙。

“暮雪……”

又有人喊她。

这次更奇怪了，谁的都像，谁的都不像。回声像是来自腹腔深处，来自小腹下的子宫。或许，来自那双新生成的狼的眼睛里。河面上飘来隐约的钟声，先是急促的，接着声声拖长、余音拉成缥缈的丝线穿入云霄。一声，又一声。

“寒清寺的暮钟响了，外面快天黑了……”女人闭着眼睛默默数着。

三

雨停了，暮色来了又去，天黑了，月亮出来了。远处的树木只见得树梢剪影的形状，仿佛是从浅橘色的云层里凭空长出的。村子里公鸡一只叫，几只便跟着叫。狗也来凑热闹，叫几声，停顿下听动静。蟋蟀不甘落后，比拼着叫唤，唧唧啾啾。人们睡了，万物却醒着。

千叶信终于完成了最后一针。他瘫软在镜床上，一动也不动。良久，他爬起来，两眼通红地跪在那头野兽面前缄默着，泪水滴滴答答落下来，却一点声息都没有。凝脂默默看着他，她很清楚地知道，这个男人，将他毕生的才华都奉献给了这野兽。她闭上眼睛，感受到它正慢慢融合进她的身体之中，血脉相连——那头盘踞在凝脂身体里的野兽，终于和暮雪同时新生了。

她试着张开腿，那狼也跟着张开嘴巴，猩红的舌头露了出来。就在这时，突然响起一声尖叫，她抬头就看见千叶信不知啥时跪在了小腹上的狼面前，正举着他的右手。鲜血滴滴答答的从手上滴落下来，落在狼的嘴上。千叶信魔怔似的看了她一眼，眼里闪烁着狂喜的光——他像个修成佛的圣人，不再像个人。

“它活了，它终于活了……”千叶信笑着哭了。

她沉默着爬起来，手脚支撑着身体匍匐在镜床上，这个姿势让她能清楚地看见它——这是一头英姿飒爽的狼，目光如炬，威风凛凛。它也注视着她，四目相对，好像老熟人似的付诸轻笑。她没有对它说任何话，她也没听见它说话。这原本就是命中注定的重逢，能说出口的就算不得深情。

“谢谢你，把它放出来了。”

她说着，伸出舌头舔着扫在脸上的发丝。不知为何，她越来越频繁地、条件反射地做出这个动作，也或许是腹部的狼发出的动作——它被藏了太久，迫切地想要活动筋骨了。可这有何关系，她和它合起来才是暮雪这个女人。

“不，我得谢谢你，你成全了我。”

“你的手要紧吗？”

“不要紧，只是以后大概是不能作画了……”

千叶信从后面爬上她的身体，覆盖在她的身体之上。从这个角度，他刚好能透过她的发梢看见那头狼。镜子里的狼也看了他一眼，猩红的舌头淌出黏糊糊的液体。这一刻，仿佛是在遥远的吉原，在日春屋的榻榻米上，他只差那么一点就得到的暮冬呀——这简直成为他这些年的心结。他强烈地思念起暮冬，坠入一种类似梦游的状态。悲喜如同白昼和黑夜的更替，映射在千叶信沧桑的脸上。

“暮冬……”

他嘴里迸出来轻柔的呼唤，快燃尽的蜡烛发出暖和的光芒，令他的脸看起来温柔极了。

“我和她有几分像呢？”

“外形大概只有七分像，但偶尔的表情神态却有十分像。暮冬曾说，你俩是双胞胎，前后只间隔了几分钟。”

“你看起来很爱她的样子，她是你曾经的爱人吗？”

“是就好了……我都不敢爱她，甚至不敢表明心迹……”

“那她是不是已经成婚，成了别人的妻子？所以，你大老远跑来中国寻找她的替身，也就是我……”

凝脂思维转得飞快，很快就编出一出爱恨离愁、感人肺腑的情爱故事。她原本是想逗千叶信笑笑的，却不想勾起了他更大的悲伤。他先是克制地抽泣着，继而像寒风中枯萎褶皱的落叶，耷拉着脑袋，含胸缩立着，肩膀剧烈颤抖地哭个不停。

“要是这样就好了，暮冬……她切断了所有通往她的路，天上人间，哪里都不再有她了……哪里都没有她了！”

她怔住了，发抖地小声问：“是死了吗？”

千叶信光是点头。

她黯然下来，先前期盼的侥幸忽闪间泯灭了。此时，就像是怀抱着快熄灭的小火炉，奔跑在狂风骤雨的夜里，四周死寂。

“是，暮冬……还有我的母亲和子，全都没有了……全没有了……”千叶信抱住她，小声道，“只有你了。”

凝脂心中希望的小火炉跟随着熄灭了。千叶信的体温传递到她的身体里，他铿锵有力的心跳如同敲响的钟声，温暖着她……痛苦似乎正在远去，食欲、物欲、情欲……虚假的真实的，你是谁我是谁谁是谁。在这拥抱着取暖的此刻，她感觉到过去的那个自己正在远离，新的肉体正在自行重建修复着，像枯木逢春般长出了新芽。

蜡烛燃尽了，屋里漆黑一片。

“总是要活下去的，太阳还会升起的。”她心想。

不知过了多久，千叶信感觉到怀里的人柔软地趴在了镜床上，他也躺下去，从背后抱住了她。

他听到她在黑暗中说话——“很早的时候……那时我还是个小姑娘。偶尔会感到莫名其妙的痛，有时我在大笑，突然想哭，有时我在哭泣，又不自觉蹦出几声笑。我养父母以为是我身体上有病，郎中诊脉却正常得很。直到有一年，是在夜里，我梦见大火，就要被烧死了，满口说着胡话。后来据我养父母说那夜我毫无征兆地突发高烧，浑身滚烫。若不是郎中来得及时，我可能就烧死了。可是祸福总是同时到来，大病后我突然就正常了，那种奇怪的情绪和感知再没出现过。”

“是同治五年（1866）的事情吗？”

“是。”

“那年吉原发生了大火，暮冬经历了那场火，但没有成为幸运者。”

“是的，我梦见大火焚烧那晚，真不像是个梦，到处是火，到处疼，周身没一处是不疼的。醒来三天没开口发声，我爹娘以为我烧坏了脑子……第四天清晨起床，我喝了一大碗凉粥，不药自愈了。我十五岁时知道我不是养父母亲生的，我原有个娘，还有个姐妹，在很远的东南大海。那时其实我就明白了，我先前的不正常，实则是心有灵犀导致的。病好后，这种感觉突然消失了，当时就有不好的预感，兴许她已经不在这世上了……但人总是这样擅长自欺。我总是会朝着相反的方向劝说自己：她过上了更好的生活，很幸福，幸福到和我断掉了心灵感应。”

“她们的确都很爱你，没有一天不在想念你。”

“我能感觉得到。”

凝脂哭了，像剥壳的蜗牛露出最柔软的嫩肉。无毒无害，楚楚可怜，像极了温柔的暮冬。夜风吹过河面，月影如打碎的镜子，微光闪闪。白日里被雨水冲淡的血迹，蒸发到空气里，整条胭脂河上都弥散着香甜的血腥。凝脂肚子发出咕噜咕噜的声响，那头狼闻到新鲜的血液饿了。

四周寂静。他，她和它，开始小声说话。

她在说：你硬了。我看得见你悄无声息涨起来的小山丘，褶皱加深一寸，小山丘就长高一寸。我可真饿，一座山也吃得下去。

他在说：你湿了，我看见潺潺溪流从山涧流下来。黏糊糊的，像新鲜莲藕扯出的万缕千丝。溪水流淌出一滴，就潮涨一次。我在池塘里，遮天蔽地的莲叶，无边无际的莲藕。蜜蜂要采蜜，花朵要交配，叫作人的这株会走路的植物要开花，要结果。

它在说：我饿了，我要吃肉。我要吃肉。

他心甘情愿、感激涕零地站到它嘴边——你吃了我吧，被你吃掉是我的福分！

灵山福大命大，一场及时雨浇灭了燃烧的火堆，他仅烧伤了几处皮外伤。更难得的是，菱芰经过时发现了血迹，寻着找了过去。她发现了草垛上躺着的竟然是昭灵山，原本以为他遇害了。她贴着他的脸悲伤哭泣时，却惊喜地发现他还有游丝般的一口气。她连忙将他拖到船上，带回了家。她一路鬼鬼祟祟的，就跟从皇宫里偷了稀世珍宝的贼似的。

趁着天麻麻亮，菱芰费劲地把灵山背回了家。她生平从未这么有劲儿过，背着这壮实的男人，竟然能脚下生风——她生怕有人追来再次谋害他。她闯进了家，把灵山放在床上，这才感觉自己快要散架了。但她顾不上，旋即爬起来，插上院里的大门，把屋里的门也插上了。这还不放心，又让幼小的孩子去院门口守着，不让任何人进入。

安排妥当，菱芰心急火燎地去找村里的郎中，她谎称家里孩子不小心受伤了。郎中和菱芰一个村，早就认识。他给她配了药，听她的描述，似乎伤者的伤情不轻，好心地说："你一个人照顾孩子太不容易，要不我随你去一趟吧！"菱芰慌张地拒绝道："孩子怕生，哭起来会加重病情，你还是不要去的好。"郎中看出她神情怪异，只当是"寡妇门前是非多"，以为屋里还有别的男人不方便。他摇头笑笑，将药递给了她。菱芰拿了药，诚惶诚恐地奔跑回家，一路不时回头，生怕这郎中看出什么破绽，跟踪而来。

她把灵山烧得七零八落的衣服脱下来，他满是伤口的肉体呈现在眼前。她一边哭，一边小心翼翼地给他擦拭身体，敷上药，眼泪一刻也没有止住过。她将他包扎得像战场上下来的伤员，小心地横放在床上。孩子进来看到，怯生生地问：“这是谁？”

菱芰短暂地想了想，道：“这是你的父亲。”

对父爱的渴望，使得小男孩克服了陌生和恐惧。他走上前，轻轻地握住灵山的手，心疼地问：“爹爹疼吗？”

“应该很疼很疼吧，所以……我们要好好照顾他！”菱芰忍住泪水说。

在母亲隐忍的泪光里，小男孩似懂非懂地点头。

次日一早，菱芰将灵山换下的面目全非的衣服包裹好，悄悄划桨去了小河湾。她将小船停泊好，上了岸。天空清朗干净，均匀的灰白色像一大张刚染好的素布，看不到一片成形的云朵。柴堆燃烧了小部分，黑色的灰烬被雨水冲洗成墨色，四处横溢。一些顺水冲到了河边，和水中的植物搅和在一起，引得一群手指大小的鱼儿躲藏其间嬉戏玩耍。菱芰警惕地四下张望，确定周围没人，这才从肩膀上取下包裹，掏出零零散散的布头碎块，往柴垛的周围随意扔下。如此，所有人都会以为灵山被烧成了灰烬。

“灵山，我会一直照顾你的。”菱芰在心里想着，轻轻地哼起了歌谣——

春光春水好时节

我的那个哥哥在远方

亲哥哥不及那个情哥哥

咿呀哟喂——

……

数日后的一天夜里，灵山从昏迷中醒来，一眼看见和衣趴在床边睡着的女人。她拽着他的一只手，月光照亮她露出来的小半张侧脸，温暖又安静。他感觉自己做了一个冗长的梦，差一点就没有醒来。脑海里依然混沌，可是他并不恐惧。面前的这个女人，让他感到脚踏实地的轻松。

他几乎没有任何别的想法，就把她当成了至亲。菱芰见他醒来，一度以为是做梦，很快她就心慌地想到，灵山万一不听她的说辞，执意要回昭府怎么办，那些害他的人看见活着的他，再次加害他又怎么办？她日夜盼着他醒来，可是，当这个时刻真的到来，她却并未感到狂喜。相反，在对失去灵山的恐惧中，她几乎溃不成军，哆嗦地问："你醒了……这是在做梦吗？"

灵山摇头，温柔道："我是睡了很久吗？"

菱芰啜泣着点头。

"你没做梦，这回我是真的醒了。谢谢你！"他主动握住她的手，菱芰以为这是告别的前奏，不舍地哭出声来。

"你不要害怕了……以后，我来照顾你。"

菱芰一听不对劲，她压着那万分之一侥幸的喜悦，试探地问："我叫什么？"

灵山盯着她的脸，冥思苦想，混沌的记忆令他万分痛苦。最终，他只能充满歉意地摇头道："我不记得了，对不起……"

菱芰高兴得心跳加快，但她还是极力克制着，尽量平和地说：

“我不介意，我记得就好了。”她温柔地捧起他的脸，眼泪一滴滴滚落出来，笑着道：“你叫重生……我，我……是你的妻子，菱芰。”

她搀扶他站起来，来到小床边，又指着床上酣睡中的可爱男孩，道：“这是……你的儿子。”

一个月后，这个叫作苏重生的男子身体康复了，在妻子菱芰的劝说下，举家搬离了苏镇。

四

同治九年（1870），胭脂河上诞生了最具传奇色彩的名妓——暮雪。

暮雪挂牌出道这年，苏镇发生诸多离奇事件。东边昌盛几世的昭家的唯一继承人，突然人间蒸发。整个府邸上下倾巢出动，三日后终于在下游僻静小河湾，发现了他烧成残片的衣服。这衣服所用面料是专供朝廷的，整个苏镇用这布料的，只有昭墨父子。昭府大夫人潘玉蛾，当夜就用其中最长的一段残片，在灵山的房间上吊身亡。留下字条——

> 未曾识见花开合，寂无声息落脂河。
>
> 流光处惜昨日景，良宵美景处处伤。
>
> 脚步空踏，踏不进昨日昌盛，悔矣！
>
> 韶华待成今日恨，脂河落雨泪倾盆。

春风吹来良子去，暮色难掩万千思。

沧江落幕，今世爱恨化蝶飞，陪他去！

同一月，昭府大兴土木，倾尽几世家财。不消半年，就建造出一座气势恢宏的宫殿。鎏金翘檐，朱红色墙面分外惹眼，悬挂着的巨大招牌上，烫金字写着“暮日冬雪阁”。全苏镇人都知道这是一座妓院，却没人晓得这幕后的主子是谁——光看架势，这人也是大有来头。只有昭府几个家仆心知肚明，这里的主子正是昭府曾经的少夫人。

江南大批妓女前来投奔，但这里考核森严，除了长相身材，才艺方面也要求颇高。暮雪听从千叶信的意见，招来一批修养很好的姆妈，专门调教妓女。一些年纪小却有潜力的，她甚至亲自出面培养。千叶信给了她极大帮助，把吉原那一套方法传授给了她。到后来，就是这里随便一个不起眼的小妓女，换到别的地方也能撑起门面。但这些，对暮日冬雪阁来说，只是寻常。暮雪的房间，才是这里最大的玄机。这是由几间屋打通的房子，用屏风纱帘分隔出多个区域。萦绕的帐帘深处，静静地放置着一张举世无双的沉香床，床面镶嵌着一面镜子——这就是男人们的梦想之床，也是后来名垂后世的沉香镜床。

为契合名字，暮日冬雪阁选在隆冬开业。正式营业之前，暮雪最后一次以凝脂的身份回了娘家。她态度谦和地侍奉完全蒙在鼓里的许家二老吃饭、更衣。丫鬟、嬷嬷们见到突然懂事的凝脂，无一不唏嘘、同情。昭府这一年来发生的各种事件，全城皆知。人们都说，凝脂经历了磨难，成熟了。石头开花了。许家老爷和夫人终于盼来了孝顺的女儿。

对于凝脂的变化，沈荷既欣慰又心痛。她几番提出意见，希望凝脂回到许府，由家人照顾她，均被拒绝。这一天，见凝脂神态温婉，一身喜气，沈荷踌躇再三，鼓起勇气又道：“姑娘，别在外面受苦了，回家吧！”

“哪里是我的家呢？”

她温柔的脸上转瞬长出一根根荆棘。

“你这孩子说什么傻话！被休了不是什么丢人事，我和你爹都不介意。许府永远都是你的家！”

沈荷眼巴巴地盼着她的回复，岂料当下就发生了剧变——凝脂站起来朝外走去，冷笑着说：“你说得对，我是该回自己真正的家了！”

沈荷闻言，觉得哪里不对劲，她一时语塞不知如何是好，那眼巴巴注视着凝脂的眼里，顿时泪水涟涟。她茫然地跟着凝脂走出去，许清源搀扶着她，两人佝偻的背影投影在斑驳的墙壁上，有种相依为命的凄凉。五尘一言不发地跟在凝脂身后。这次回来，他也不像先前那般热情，与府里的旧相识似是有意在保持距离。许清源预感最坏的事情即将发生，想支开沈荷，自个儿去送行，便道：“夫人，你身体不舒服，先回去休息吧！”

沈荷强颜欢笑，说道：“姑娘难得回来一次，我这当娘的还是去送送吧！”

出了大门，下了台阶，凝脂转身站住。此时，许家二老正站在门槛上，正欲下台阶。凝脂突然双膝跪下行大礼，未等两人缓过神，她率先开口道：“爹，娘，从此莫当养过凝脂这女儿。暮雪谢过许家大恩。”原来这苦苦隐藏的秘密——她早已经知晓。

面前跪地仰望的女人，散发着凛冽的美，再不是她当心肝养大的那个姑娘了。沈荷灵光一闪，不由得想起善忍，那似笑非笑的笑容里，仿佛镌刻着无尽的秘密。凝脂的笑，和记忆里善忍的笑容重叠。她终于明白了先前看见这和尚就会产生奇怪感知的真相——他们的笑，还有他们飞起来的眉眼，是一模一样的。

凝脂迎上来的目光似闪电将她劈成两半。

“事已至此，都随你……”沈荷凄然地说。

她跟许老爷耳语了几句，很快许清源便从书房取回来一个箱子。凝脂一看，立即明白了。她上前双手接过箱子，抱在怀里。五尘旋即从马车里取出事先准备好的箱子，跪在凝脂旁边。箱子打开，尽是真金白银。主仆二人连磕了三个响头，不等台阶上的二老开口，留下箱子便匆忙辞别——从此，许凝脂从这世界上彻底消失。

沈荷受到剧烈的刺激，肝肠寸断，苦苦支撑着目送凝脂走远，便一头栽倒在台阶下，一病不起。

十二月初，暮日冬雪阁正式营业。全苏镇的人倾巢出动，街头巷尾水泄不通，码头的大小船只绵延了几里。这里迅速成为男人们的梦想之地，也成了大批传统守旧的女人们厌恶唾弃的地方。昭墨混杂在大批看热闹的民众里，远远看见暮雪站在三楼的拱形阳台上，日光将她周身披上云霞，像是极盛中美的神灵。她当众弹奏了一首曲子。琴声清若溅玉，颤若龙吟。整个苏镇似乎都沉醉在琴声里，仿佛一直传到了广袤的天空，遥远的云层之外。原来，她早前学琴是学会了的，只是想要气走教书先生，故意乱弹的。后来在清心园，五尘和昭清清交流弹琴时，她也听着，并暗暗牢记于心。只是因为在昭府，弹琴是昭清清的标志，她才从未弹过。

琴声停止，沉寂了半晌，人们才纷纷回过神来。前面有人认出暮雪正是昭家少夫人，他兴奋地喊道："少夫人好，我是给你家送菜的张小三呀！少夫人……"旁边有人纳闷地问："昭府少夫人怎么会做妓女？你认错人了吧！"被喊作张小三的汉子不满地解释道："少夫人早就被少爷休了，少爷又死了！她做寡妇，还不如做妓女呢……少夫人造福男人来了！"他跳起脚来喊。

议论声波浪似的扩大。男人们振臂欢呼着，声音震耳欲聋。高处的暮雪，不动声色地冷眼微笑着，翻云覆手之间，彰显出气吞山河的气势。

这样的女人，又岂能是灵山能驾驭得了的？昭墨摇摇头，驼着背，艰难地分开人群。就在这时，却看见两个熟悉的身影：龙平和春十娘也站在人群里。龙平大笑着，络腮胡子一颤一颤的；春十娘衣着朴素地依偎在龙平身边，俨然已经是个普通妇人。

昭墨打算躲着走，他用手挡着脸，生怕这寒碜的模样被春十娘发现。但越不想她看到，却越是被人挤到了她面前。

他惊慌地想：实在被发现了，也只好装作她认错了人，打死不承认。又一拨人挤来，直接将他挤到了春十娘身上。他正手足无措，却见春十娘只是嫌弃地看了自己一眼，立马扭过头，跟着疯狂中的龙平一起欢呼——她认不出他了。

昭墨怅然若失，人群将他推到东，他就到东，将他挤到西，他就到西。就像被河水抛弃的石子，被水冲到哪里就是哪里。他已泯然于众人，没有人认得出他就是曾经名震苏镇的昭公子。人们看着他，只当是再寻常不过的糟老头儿。

他艰难地穿出人群，茫然地穿过熟悉的街道。在他的身后，一派繁荣昌盛的景象：年轻的男子像潮水般涌动着，欲望是喉咙里的呐喊，是挥发在风里的汗液。整个苏镇都因为这个女人熟透了，结出沉甸甸的果实，散发着欲的香气。但凡看见过暮雪真容的男人，如同鬼邪附体，日夜寝食不安，梦里皆是那倾国倾城的美人。有一位打鱼的年轻小伙子，挤在门口闹哄哄的人群中，看见暮雪不经意朝他露出的微微一笑，思念成疾，竟受不了这痛苦，跳河自尽。

到了晚上，一行轿子出现在半水街，停在了灯火中的暮日冬雪阁。下来的竟是知府张瑾大人以及平夫人。大堂里有人认出了这是知府大人，吃惊地拱手高喊着："张知府好！"其余苏镇的乡绅权贵们闻言，无一不惊愕，他们赔着笑弯腰鞠躬，态度谦卑恭敬。旁边作陪的小妓女们也识相地鞠躬。大堂里瞬间鸦雀无声。暮雪从大堂深处的贵妃椅上站起来，轻巧地穿过人群，来到平夫人面前，笑笑道："平夫人好。"又看向张大人，柔声说："知府大人好。"平夫人微微颔首，和善地牵着她的手，三人一起上了楼。这一幕，真是令所有看客唏嘘不已。后来的传闻便是，暮雪在朝廷都有人撑腰，根基深厚着呢。

张瑾大人和平夫人，当夜就留宿在暮日冬雪阁。那娴静威严的平夫人，举止文雅，虽上了年纪却仍然风韵犹存。她戴着翡翠耳环，手腕上戴了个醒目的翡翠玉镯，显得富贵逼人。张瑾大人对她相当体贴，随时都保持着牵手的姿态，吃茶也要先敬夫人。人们想不明白，为何如此有权势的恩爱夫妻，会来捧一个妓女的场。并且那情景，就像是家里出了觐见过皇帝的状元，仿佛成了光耀门楣的事情。

事情还得追溯到许老夫人去世。

平夫人在临走前一晚，果真去了当时还是凝脂的卧房。两个女人相见恨晚，把酒言欢至天亮。凝脂也从平夫人嘴里知晓了她与许老夫人感情深厚的原委——平夫人还很小时，家里出了变故。她被寄养在舅舅家，但随着舅舅吸上鸦片，这个家也毁了。她被舅舅拐骗去卖进了青楼，做了小丫鬟。长大后，顺理成章就做了妓女，艺名青果。那时张瑾还不是知府，官职都不在品级之列。他随当时的州同许大人，也就是许老夫人的夫君一同巡视。当地的乡绅安排了宴席，妓院选派了不少美女过来作陪，小妓女青果是其中之一。她初见大场面，内心忐忑，倒酒时洒了许大人满身。陪同的老鸨，当即就发火了。张瑾见她小小年纪，吓得发抖的模样着实可怜，动了恻隐之心。得到许大人的允许，他亲自把小妓女青果叫到了身边。老鸨见有大势客人撑腰，也便没了脾气。宴席中途，张瑾去茅厕，青果悄悄跟上了，站在茅厕门口等他。张瑾一出来，她便跪下求他带她走。张瑾既同情她，又唯恐被人发现，闹出丑闻。情急之下，他只得一把将她抱起来。青果双臂顺势缠绕住他的脖颈，整个人便轻飘飘地飞了起来。闭上眼睛，就好像小时候坐在秋千上，一旁是摇着她的母亲。恍惚中，她产生一种从未有过的眷恋。在被他放下站稳时，她不知从哪里来的勇气，出其不意地亲吻了他。

“我们在一起后，我曾问过张瑾，是什么令他突然改变并接受了我。张瑾说，就是那个吻。他是如此形容的——‘在臭气弥漫的地方，突然而至的一股清流，从未见过这样大胆热烈的女人’。真的，是我命好，我那不知廉耻的下流动作居然拯救了我自己，改变了我的人生。”平夫人曾感慨地这样说。

后来就是顺理成章的事情了，张瑾也爱上了小妓女青果。但苦于她出身卑微，家里又有家境不错的夫人。即便他强行娶了她，也难免受欺负。这期间的青果非常痛苦，日日盼着爱人的音讯。许大人回去后，那散发着酒味的衣服被夫人发现，询问之下，他便将小姑娘敬酒洒了自己一身的事情，当成一则小故事讲了一遍。那天他兴致很高，说完又凑过去夫人耳边，神神秘秘地说道：“我们张瑾好像看上人家小姑娘了，回来魂不守舍的，前日府里招待客人他喝醉了，喊了两遍小姑娘的名字。我猜呀，他这次是动了真情了。”许夫人听完，沉默了很久。过了几日悄悄派人去赎回了青果，安置在府里住着。打这之后，张瑾便以各种理由频繁出入许府，许夫人细细观察了张瑾，觉得他是诚心诚意喜欢青果。为了撮合两人，她不顾青果出身卑微，将她收为义女，赐名平字，意为平安、平顺、平和。如此，小妓女青果摇身一变，成了州同大人的义女许平。

平夫人在许府住了将近一年，到第二年五月份，张瑾上许府提了亲。择了良辰吉日，大办酒席，许府也置办了不少嫁妆。因为那年月的张瑾，还是区区一个小吏，能娶到州同大人的义女，也是攀龙附凤了。张瑾家里几个夫人都不敢造次，加上平夫人性格泼辣，没多久正夫人就被架空成了摆设。从此，张瑾官运亨通，一路扶摇直上升到知府。人们都说平夫人长了一副旺夫相，张瑾对她一直宠爱有加。大夫人因病过世后，平夫人接替了她的位置，张瑾此后也再没纳过妾室。

但她当年的恩人一家，却又是另一番景象。州同大人最风光时官拜三品，其子许清源也不负众望，考上了进士。一家春风得意，每日拜访府邸者络绎不绝。后来，却因为党派之间的斗争，为人刚正不阿的许大人被人陷害，锒铛入狱。许清源颇费周折才救出父亲，对朝廷心灰意冷，也便放弃了仕途，辞去官职，带着一家老小回到了这风光秀丽的苏镇。

“我听到许家发生变故，清源辞官回乡，一直想来看看。但想到干娘或许会不高兴，也便罢了。干娘心里应该是恨我的，她改变了我的人生，如同再生父母。我却没能让张瑾站到他们这一边——可是，对女人来说，夫就是天，虽然内心有愧，我也并不觉得自己做错了。如今干娘作古，我也可以堂堂正正来看望她老人家了。”

“那这个镯子呢？”当时的凝脂，举着手臂好奇地问道。

“镯子是我最后一次去看干娘时送给她的。本来气氛还不错，提到了朝中某个大臣，就发生了变化。干娘劝我转告张瑾，离那人远点，不要走太近了……因为意见不合，我们发生了点争执。猝然间，干娘喊出了我的艺名，她说：‘青果，你已经改头换面，以后就不要再来这个家了！’我当时怔住，眼泪都快掉出来了。她见我一脸惊愕、痛苦至深，又说，‘道不同不为谋，你走吧’——从此，我再没有踏进过许家半步。但后来证明，张瑾是对的，否则他也会同我干爹一样的下场，牢狱之灾是免不了的。”

“你不踏进这家是对的，总觉得，我奶奶这个女人呀，不会因为怜悯就收下你。”

“干娘是真的慈悲，我们多年不见面，也是因为道不同。这道，是我们女人理解不了的男人为官之道。”她顿了顿，斜睨了一眼凝脂手上的镯子，纳闷地又说：“只是，她把镯子传给你，真是让我万分费解。我原以为，她会传给许清源的。”

“她怎么会让自己的儿子戴着妓女给的东西呢？或许在她的心中，你永远都是当初的妓女青果。”凝脂仓促地冷笑了一声，一语点醒梦中人。

平夫人只觉得哪里突然疼了一下：“可是，为何又要传给她的孙女你呢？”

“她大概是早就看出，我天生适合做妓女吧，何况，她早就知晓我不是她亲孙女。当然……这镯子我也不会一直留着。他日若你收到，定是我也做了妓女！”凝脂说完，狂妄肆意地笑起来。

平夫人愕然怔住，心中五味杂陈，说不出来半句话。

暮日冬雪阁开业之前，凝脂下决心做个颠覆妇道的妓女，正式换名为暮雪。她取下手腕上的翡翠手镯，装在包裹里，让五尘给平夫人送去。平夫人打开一看，立即懂了，她收拾得体体面面，央求丈夫陪同她一起去，谎称这是当年欠下义母的承诺。张瑾万万想不到堂堂许大人的孙女，许清源的女儿，会去做那万人唾弃的妓女。他心痛而内疚，怀着一种赎罪的心态，和平夫人一起演了这出荒诞的捧场戏。

翌日一早，张瑾大人带着平夫人，趁着天光未亮，悄然离开了苏镇。留下题字——“色比沉鱼落雁，百年难遇；貌若闭月羞花，千年一出”，装裱在镀金的画框里，挂在进门的大堂墙壁上，暮日冬雪阁从此名声大噪。日后，随着张瑾官职的升迁，暮雪和这座妓院的名声，也跟着传到了京城。

五

自凝脂许府最后一别，沈荷没几天就怄气伤肝，卧床不起。苏镇里关于妓女暮雪的传闻不断，沈荷是不知晓的。许清源不允许任何人告诉她，独自承担了下来。他身心俱疲，日渐消瘦。有一天，许清源听闻苏镇一年轻男子，见了一面暮雪，神魂颠倒跳了泪桥的消息。他大受刺激，在自家佛堂跪着，不吃不喝忏悔了两日。出了佛堂，他吃了小半碗梅嬷嬷端来的粥，昏沉沉睡了一天。醒来起床就变了个人，每天乐呵呵的，除了沈荷他似乎谁也不记得了，高兴的忘记了，不高兴的更忘记了，真活成了个没心没肺的人。府里奴婢都同情许清源，但沈荷却说，许清源这并不是疯，而是切断了所有的痛苦。他到老，活成了小孩子，这是福气。

十二月下旬的某个傍晚。

薄暮下的天空，骤然降起初雪。沈荷半躺在床上，旧疾加新伤，一月不到，疾病已将她折腾得面目全非。她被棉被盖着的身体瘦骨嶙峋，脸色蜡黄，只有眺望向窗外的眼睛，还是往昔般的生动。

光芒收拢的天边似是镶了一层金边，霜雾叆叇，天地混沌一片。沈荷不由得回忆起和凝脂初遇的场景——那天，她和清源就是踏着麻麻亮的霜雾奔赴去的寒清寺。到了佛堂大殿，天就下起了雨，莲生正抱着襁褓里的婴孩等候着，他身后还跟着几位僧人，善忍也是其中之一。沈荷上前从莲生手里接过孩子，那襁褓里的婴孩肤若凝脂，不哭不闹，睁着清澈的眼睛打量着她，瞳仁漆黑。沈荷从未见过这样澄净的眼睛，她难以置信，这漂亮的孩子就将属于她了。“从此以后，她就是我的女儿了。”她激动地想着，眼泪情不自禁地落下来。

她小心翼翼地从莲生手里抱过来婴儿。许清源合掌鞠躬，谢过莲生。其余和尚们，主动诵起祝福的经文。沈荷听到耳畔风一样吹过的诵经声，长明灯的光辉映照得婴儿分外白皙。沈荷在这神性的、初次体会到身为母亲的时刻，情不自禁地将脸贴在婴儿脸上磨蹭，却不料婴儿突然大哭不止。

一旁的莲生师父，继而面向佛祖，发出一声叹息。

想来，也许那时的莲生，已预感这是一段苦缘的开始。可即便是苦缘，沈荷自始至终也都心怀感激。她嫁入许家时，正值碧玉年华，头一年就怀孕了。她不懂规矩，重阳节硬是和一帮姑娘去登高，不小心跌入山下，幸被莲生救下，保住了性命却从此丧失了生育能力，但也因此结缘佛教，成了俗家弟子。后来许家发生诸多变故，淡泊名利后的清源，也开始吃斋念佛。两人锦瑟调和，过着神仙眷侣的日子。奈何许家老夫人年事已高，求孙心切，又适逢东渡归来的莲生大师抱回个幼小女婴，仿佛命中注定，她得以做了回人母，也遂了老夫人心愿。

人一旦到回光返照，身体即将扬帆远行，灵魂却似乎更加留恋尘世。一个人一生中最清醒的时刻降临，记忆长河浑浊的水恢复到初生般清澈，那些沉淀在河底的时光得见天日。沈荷在回忆里探寻着真相——那日，在佛前完成生命交接之时，凝脂哭闹不止。所有人都束手无策，这啼哭却戛然而止。沈荷一直以为是她看见莲生，停止了哭泣。在回忆重现的往昔里，她终于看清醒了——就在莲生的背后，善忍的脸正从他的肩线外露出来。善忍朝襁褓里的凝脂眨巴了下眼睛，她立即不哭了。

隔着几十年苍茫岁月，沈荷下意识地望向脑海里逐渐清晰起来的善忍。他面如死灰的脸上，细长的眉眼却散发着善与魔交融的奇异光辉。沈荷如醍醐灌顶，凄然一笑。善忍才是凝脂真正的有缘人，从她还是婴孩时，她就认出他——根和种子不可言说的情深义重。

雪细细碎碎地飘下来，几片雪花落在沈荷的手心里，渐渐融化。她蓦地想起凝脂的真名：暮雪，暮雪……是个怎样的女人才能生出这样美的女儿，起出这么美的名字？比起那个女人，拥有凝脂二十年、做了二十年母亲的自己，已经算幸运的。

沈荷继续放任回忆朝前走，漫长的人生旅途浓缩成时光里渺小的点，化为从天而降的一片雪。雪里生长出一张可爱的女孩的脸，笑盈盈地喊着娘。院子里铺了浅浅的一层雪，屋檐下的灯笼亮着。床榻上的女人，手指用力地动弹了几下，重重地垂了下去。

院子里干枯的桃树下，原本手舞足蹈的许清源突然安静了。他凹陷的眼窝里淌出清清淡淡的泪水，双腿发软，重重地坐在桃树下，双手自然地耷拉在膝盖上。大雪无休止地覆盖在他身上，他再没动过。

梅嬷嬷端着药汤从厨房出来，老远就见到桃树下打坐似的背影，她纳闷地喊："许老爷，快起来，别到屋外面胡闹了，天冷别感冒了！"那背影纹丝不动地屹立着。雪花一片片落下来，在他头顶、肩膀、背上堆积出一层毛茸茸的白色，像是披了件白色的皮草。

梅嬷嬷想，莫不是许老爷走火入魔了，大雪天还不忘打坐？她着急得护着药碗，快步奔过去。刚摇晃了两下肩膀，那背影就像打翻的雕塑，轻飘飘地斜栽进雪地里。半晌，梅嬷嬷反应过来，她尖叫着，手一抖，汤碗跌落在雪地上，褐色的汁水四处横溢，像宣纸上新画的泼墨画。

沈荷和许清源逝于同一日，即同治九年（1870）十二月二十九日。

消息传去暮日冬雪阁，暮雪扔下众人独自上了楼。她关上门，在里面待了很久很久，没有人听见任何响动，叹息也好，哭声也罢，死寂一般。

从此以后，每一年的这一日，暮雪都会避开所有人，不吃不喝，安静地待上一整日。

六

“春水落花去，春花又当时。赏花日，谁睹凄凉，旧人新泪湿半水。”

暮日冬雪阁以破竹之势，迅速开启了属于它的盛世。十里春衰败下去，新的浪潮把它拍到了岸边，粉身碎骨。就像健忘而绝情的男人，不消几日，便没有多少人再记得春十娘。半水街的辉煌随着十里春的没落，日渐萧条。直到有天对面店铺的掌柜，像往日一样开店迎客时，赫然发现天地空了，再一看顿时惊住了——那矗立在半水街数十年，且寄托了一代苏镇男人梦想的三层船屋，被拆成了一堆腐朽的木柴。有人在牌坊上写了这样一首诗，插在十里春的废墟上，想必是曾经仰慕春十娘的人。但一场雨后，这木头牌坊就倒在了泥土里。

人们对十里春的仓促结局，只是唏嘘了几声，没几日就习惯了。再几日，就忘记了。现在，男人们嘴里谈得最多的就是暮日冬雪阁，以及名妓暮雪。春十娘就如同雕刻在历史上的死去的鸟，消踪匿迹了。不久，龙平也行踪不明。

胭脂桥附近，一个叫“夏花”的小村庄里，却多出来一对身着布衣的寻常夫妻。这对夫妻煞是奇怪，进村就径直去了本地人谈之色变的老屋。那里早先住了位乡绅，他一生娶了五个女人，每一个都年纪轻轻就死去了，于是这里再没人敢把女儿嫁给他。他便花高价从外地买来个不知情的小姑娘，但好日子只过了半年，这小姑娘便从村里人口中知晓了前几任的悲剧，逃得不知去向。乡绅派人四处寻找未果。有天晚上，乡绅喝得酩酊大醉，当夜就用小姑娘留下的亵裤自缢身亡。大宅便沦落为众人传说中的鬼宅，无人敢进去。

这一对外乡人进去不久，本村人围在高墙外面窃窃私语。约莫过了一炷香时间，大门颤动着打开了，那长得美艳的妇人面露喜色跑了出来。众人围上去，那妇人连忙取出一大袋钱，请人帮忙拾掇老屋。几个见钱眼开的汉子站了出来。

屋子收拾好了，这对夫妻住下就不走了。打这之后的每个夜里，这宅子里就发出一种类似猫叫春的诡异声音，持续了半年之久。

不知从哪天起，夜晚又恢复了以往的静谧。村里人这才恍然想起，好久没见过这对外来人了。附近几个长舌妇女耐不住好奇，结伴去了老屋。大门没关严，轻轻一推就开了。院里几棵参天古树张牙舞爪地伸入云霄，树下一大一小、一黑一白两只野猫，旁若无人地交配着。掉了毛露出长斑的粉红色肌肤的老黄狗，夹着尾巴、瞪着一双琥珀色的眼，悄无声息地穿过院儿里半人高的野草。

厢房的窗户用木头支撑着，一股腐烂的恶臭飘了出来。

妇人们壮着胆子往里看——褪色的红木雕花屏风上沾满了血迹，屏风外的地面上是一摊摊血迹，血块都干了，长满了密密麻麻的霉菌。几个妇人尖叫着，魂儿都吓飞了，跑出来时都疯疯癫癫的。

村里人这才意识到出大事了，全村男人抄着家伙赶过去。这才发现，屏风内的古床早已坍塌，残木断梁下压着两具裸尸。男的仰面朝天，眼珠瞪得快掉出来了，女的以八爪鱼似的叠在男人身上。一根横梁从两人腹部穿过，如同串起来准备上架的烤鱼。

他们把横梁拔出来，细小的蛆虫一窝蜂地从那窟窿里往外涌。胆小的当即跑到屋外呕吐不止。剩下几个胆大的，试图将两人分开，却怎么也分不开。仔细一查，方才震惊地发现，这对男女互相亲吻的嘴里，是咬断的舌头，而他们的下半身仍旧如胶似漆地合拢在一起。

几个汉子一边抓一个，拔河似的用力一扯。这对男女的四肢犹如豆腐一样散掉，身体却依旧无法分身。从来没人见过这样离奇且令人作呕的死亡方式，连村里号称“天不怕”的汉子，都吓得跑了出来。

最后，人们决定把这房子砸烂，让它坍塌下来，再挑来泥土覆盖上。于是，一座巨大的墓茔凭空而生。村里人人自危，附近几户人家吓得晚上都不敢出门。为了消除这种恐惧，德高望重的村长特意派人去寒清寺请来僧人，诵经念佛，超度亡灵。

善忍便是这次法事的实施者，他带领着十来个弟子来到夏花村。一见这坍塌的古床上，四个柱子上的美人雕刻依然栩栩如生，毫发无损，他顿时震惊不已。他询问村长这床的来历。年迈的村长回忆道：“很多年前我倒是听他（乡绅）说起过，这床原先属于一位翰林，他有幸去他家做客时见识过。当日喝醉了酒，被好心的主人搀扶去这床上睡了一觉。从此，他便对这床念念不忘。好像是后来翰林家道中落，他几经辗转，终于找到翰林的后人，将这宝物买了回来。”

善忍闻言，袈裟下的身体站不稳似的晃了晃，他短暂地走了神——还是东渡日本途中的事情，他在海啸中幸存下来，和一个叫宵虔的老者结下不解之缘。宵虔曾说：“很多年前，我和一位翰林关系匪浅，曾经制作一张床作为礼物赠予他。那张床的四根柱子上，各雕刻了一个女人。那时的我，对女人和肉体尚未有更深的认识，以为那是每个男人梦想的极乐世界。”——见物如见故人。善忍伸手触摸着床，仿佛回到了那难以忘怀的道光二十九年（1849）。他当然不曾知晓，这死在床上的名叫龙平的男子，此生都在寻找宵虔。

这床最后的拥有者，也就是那位有钱的乡绅，正是春十娘的继父。

她的母亲是乡绅的第四任妻子。洞房之夜她一眼认出，这张床就是她生下春十娘时那户老实村民家里的。她感激于缘分的神奇，对夫君说：“我当年生姑娘就是在这床上，这床和你我都有缘，姑娘便也是你的有缘人，你要好好待她。”却不料只过了两年幸福的生活，就猝死了。那时的春十娘尚且年幼，继父见她长相乖巧，控制不住对美色的向往，坚持认为春十娘也是恩赐给他的女人。他便动了邪念，一心只等着她长大就娶她。在被继父侵犯后，她仓促地逃了出去。过了几年，当年被性侵的小姑娘，摇身一变成为十里春的头牌，被万千男人仰慕的名妓“春十娘”。

同治十年（1871）的初春，决定隐退的春十娘，特意去了夏花村的老屋。她欣喜地发现，当年的古床不仅还在，雕刻的图案正是龙平所描述的。由此也证实了，她初来人间就认识龙平了。神奇的缘分，使得春十娘和龙平，更加惺惺相惜。他们索性隐居在了夏花村，好成了一个人，日也行乐，夜也行乐。有天，他们正在床上狂欢，龙平惊讶地发现，床柱上的四个女人飘了下来。四个绝色裸女闭着眼睛，跳起美轮美奂的舞蹈。龙平兴奋得两眼放光，他抓住一个女人，激动地拍打着她的屁股。原本梦游状态的女人，竟睁开了眼睛，其余三个女人跟着醒了……四个女人齐刷刷飞回床柱——那张古床瞬间就坍塌了。

一条断裂的横梁坠下来，先是刺穿了龙平，接着迅速地刺穿了春十娘。整个过程都是在坍塌那一刻完成的。轰响消停，床上的男女已经成了床柱上的“烤肉串”。但他们都没有死去，这剧烈的痛苦让他们迫不及待想要结束生命——于是，龙平撬开春十娘的嘴，两人互相伸出舌头，同时用力咬了下去。

善忍让弟子们将两人埋葬在了一起。这是宿命钦点的缘分，没有人有资格将他们分开。葬礼结束，善忍和弟子们一起念起：南无阿弥多婆夜，哆他伽多夜，哆地夜他，阿弥利都婆毗，阿弥利哆……

法事结束，村里人准备了隆重的素宴款待善忍。直到天色将晚，善忍这才谢过乡亲们的挽留，率众弟子打道回寺。

就是在这天回去的途中，善忍和昭墨遇见了。那时，昭墨正站在泪桥上远眺——夕阳就快落下，像人终究将熄灭的生命，坠落向寂静的夜。可是明天，太阳会照常升起，那些死去的人，又会到哪里呢？这桥上遗留下如此多女人的冤屈和痛苦，这桥也未曾因怨恨而改变什么，倒是这些香消玉殒的女子，用时间和生命来证明的贞洁，无足重轻，令人痛心。

正想着，听见诵经的声音，木鱼的敲打声飘向天际。

昭墨扭过头，就看见善忍领着一行僧人走上泪桥。众僧穿着统一的青灰色僧袍，手持佛珠，敲打着木鱼。他们的眼睛，像开合的呼吸般宁静。夕阳将这行人镀了一层神圣的光辉，昭墨不由得朝为首的善忍合掌鞠躬。善忍看见这凭栏而望、孤苦伶仃的老者，怜悯地合掌鞠躬。

昭墨如同窥见一片崭新天日，豁然开朗。已经独自度过无数个失眠长夜的他，脸上难得浮现笑容。就好像千帆过尽，终于得见阳光和希望，得见信仰和寄托。当下，他不由自主地跟上队伍的末尾，奔赴寒清寺，一心只为落发为僧。

剃度仪式上，善忍俯视着跪在佛殿中央的昭墨，回想起十七岁时第一次进寒清寺的情景。那时的他，还是刚失去爱人梅青的俗家少年马竹。莲生洞若观火的慧眼，一眼望见他的不甘。而现在，当年那叛逆的马竹，已经改头换面成了寒清寺为数不多拥有九个戒疤的高僧。

他站在莲生曾站过的位置，敲响了木鱼。随着“咚——”的脆响，黑白参半的头发纷纷落下。檀香萦绕中，新的佛家弟子觉空诞生了。

七

次年春暖花开，画眉的信方才收到。写信日期是年前冬至前夕，但因为她把信照旧捎去昭府，而这里早已人去楼空，一众奴仆早都另谋生计，直到先前在这里做事的车夫发现信，辗转再送来时，暮日冬雪阁门前栽种的迎春花，已开得黄灿灿一片。想必写信那时的画眉，并不知晓凝脂和灵山都已经消失，活着的是个叫暮雪的女人了。她在信里写道：

不觉得已在这里整年有余，日出而作、日落而息的生活已经习惯。种菜、挑水、诵经、读书，日子清苦却乐在其中。这种清心寡欲的日子，稀释了我的欲念。有时候，我想起灵山，觉得那仿佛是活在天上的人，与我并没有什么关系。倒是因着主动请缨，要助少夫人达成的心愿，更多惦记着少夫人您，也因此时常怀念我们共同生活过的许府。虽然，少夫人一直不喜欢那里，但于我而言，流经过那里的时光，是真真切切沉淀下了。反而是先前，我能记得的少之又少。时常产生错觉，好像时间被莫名偷走了。那些脑海里大片大片的空白区域，像是森森白骨堆砌成的山丘。我犹如一株微茫的小草，站在山下仰望，望断脖子也望不到头。这种感觉令人彷徨，仿佛想要获得司空见惯的蓝天，都是可耻的、贪婪的。于是，我又不自觉地心疼起少夫人您——我对空白的时间尚能生出如此之多的恐惧，而连自己的生命从何而来都无从知晓的您，惶恐自是无以复加的！我简直不能想象，一想就感同身受般地剧痛。

说了这么些所感所想，来说一个让少夫人您高兴的事情。近来，我时常似是无意却刻意地，在井边守株待兔，运气很好，又碰着那个长得令人忍俊不禁的胖和尚。我准备了些糖果糕点，这是节日里住持发放的。我偷偷藏了起来，就为了投食给他。也许是吃人手短吧，我们坐在田埂上，他乐呵呵地边吃边陪着我聊天。他讲话明显不如先前硬气了。他谈及一个东渡日本小插曲：善忍在我们准备回国的小船边，捡到一个婴儿。航海中途，那婴儿要喝奶。可是三个大和尚，谁有奶呢？就只能给她喝米糊。有时候她实在哭得可怜，中途若停泊休息的岛屿村落有哺乳妇女，便请求人家喂孩子两口。那婴儿很爱哭，也就只有善忍能哄住她。

说者无心，我这旁听者却忍不住多想——怕是您的母亲，与这抱走孩子的和尚，或多或少是认识的。

暮雪读罢，惊叹于画眉的天赋异秉，相比一年之前，这文字和对人生的思考，均是质的飞跃。她吩咐五尘从箱子里取出母亲的亲笔信，把两封信摆放在一起。其中一句“东南大海，化石瞭望”引起她的思索。按照字解应是：我就在这大海东南方向的日本，化作石头遥远地看着你。“愿遇有缘人，慈悲度成人”，这句已经非常明显的佛家语气，而善忍又正好是佛门子弟。

“我娘这封信是用汉字写的。在日本，怕是认识汉字的人很少。退一万步说，她不会写日文，也大可以找人代写。她明确地用汉字来写，也就是说，她很清楚，这艘船是要前往中国，即将捡到信的和尚是看得懂中文的。并且——我娘似乎很确信，会是一个和尚捡到我。”暮雪指着她认为能作证的文字，认真分析道。

五尘便也说起一桩小事：“我也想起一件事，兰芷出事的第二天，我不知道如何跟你交代，我百般痛苦，不觉就走回了许府。在那里，见到了正在门口和老爷、夫人告别的善忍。我情绪低落到极点，唯恐遇见熟人，也不知道去哪里，莫名就跟上了善忍。你猜他去了哪里？”

“这长腿的人，我怎能知晓他要去哪里？”

“是呀，你一定是猜不到的。他来的正是昭府，顺着围墙绕了一圈，时而张望，时而驻足诵经。你说奇怪不奇怪！现在看到画眉的信，我倒是豁然明朗，小姐的母亲一定和他认识，也许，不只是认识这么简单的关系。画眉的猜测，我认为是完全正确的。”

暮雪不置可否，在房间里来回踱步。暖春的阳光透过窗户，暗红色的木地板上，人与花树的影子复杂地重叠起来。房间里四处悬挂着亮晶晶的光斑，仿佛云雾散开，倾泻进来的是希望之光。

“这么说来，不管善忍这个人跟我是什么关系，都是最核心的人了。”

“是的，我建议直接去找他相问吧。不管是出于跟小姐母亲，还是养父母的关系，我想善忍都是不会拒绝的。”

“一个人索要她生命的来历，这本来就是天经地义的事情呀。”

暮雪说着，把两封信叠好，一并放进箱子里。尘埃细细碎碎地浮动，褪色的过往长出翅膀，随着升腾弥漫开的陈旧气息盘旋着飞舞。那个令母亲讳莫如深，不留片语只言，形同虚设却又真实存在过的父亲，又会是谁呢？

一想到“父亲”，单是这两个字，暮雪已经红了眼眶。一直渴望着从男人身上获得某样东西，虽不知道这样东西具体叫什么，却很清醒地知晓，它是安全而永恒的——就像这皮囊里包裹的心脏，皮肤下流动的血液，甚至是头发、指甲这样貌似无用之物。但这样的东西，似乎从未得到过——养父对她不能说是不爱，但他那种近乎完美、人人夸赞的爱，让她压力巨大。没有漏洞的爱形成的只能自知的疏离感——并不是她不想走进，而是他们形成了一种令她抗拒排斥的气场。于是总是无意或者刻意想惹他生气，探及他的底线。

“也许，跟自己的亲生父亲，会有不一样的感觉吧！他不至于讨好我，而我也不至于压着乖戾气息。”她想。

她越来越深刻地认识到，自己对男性的不屑，根源就在于从未得到过生父的爱。因为这份生来就被赐予的最安全的爱的缺失，才对男人这个群体充满了愤怒。

“可是，不该获得原谅吗？”她自我开脱地想。

暮雪首次提笔写了一封信，命五尘捎去。信里她刻意用了温婉的语气写道：

> 读完你的信，颇为欢喜。不仅是我们的目的有了崭新的进展，仿佛终于冲破黎明前的黑暗，窥见拂晓的曙光。更因为你自身的日臻完善，虽然任何生命都无法抵达完美，却正是这缺陷，令一切有了无限的可能。谢谢你为我所做的。我将于三月下旬去一趟寒清寺，也会顺道去一下庵里，届时候见。

一周之后，信被庵里下山的小尼捎了回来。理由是，画眉已不在庵里，未留下去向。暮雪失落了几日，猜测她写信之时，尚且不知道灵山出事、昭府发生巨变。这定是在她知晓之后，不告而去的。她先前在信里写着灵山是“活在天上的人”，却终究还是为了这个不可触摸的人，抛弃了自己。很多年后，画眉终于圆了一生的心愿，找到了已改名“重生”的昭灵山——这都是后话了。

这个时刻，暮雪把画眉写的信一封封找出来，扔进烧得正旺的小火炉里。她看着这些字迹在大火里挣扎，卷缩，皮屑似的抖搂成一堆焦黑灰烬，有种泄愤的快感。但想起自己初读这文字时的欢喜，当时内心不断涌出来的温柔，又感觉被捉弄似的苦涩。

这戾气令她消沉了几日，连从远方赶来一睹她芳容的客人，也未出去会见。到了约定的时间，她还是决定上山，拜访善忍和尚。

善忍听寺里小和尚来报，念及是故人的女儿，也是跟自己渊源颇深的女子来访，他禁不住产生美好期望——这女孩幼时就漂亮得不同寻常，如今定已出落成一番大好风景。但同时，他又是忐忑惶恐的。这个女孩身上太多与他有关联的巧合，虽然潜意识里总是劝慰自己这不过是巧合，但理智总是提醒他——所有的巧合都有内在关联的必然性，因而，他对与这女子见面，左右为难。

但作为一名德高望重的僧人，善忍还是礼貌地让小和尚将女施主领到山脚下的茅屋先候着。他的修养告诉他，只有沉着自然，事态才会朝着好的方面发展。他刻意把会面地点安排在了许家二老生前常住的那间屋，也是有所深意的。正值三月下旬，油菜花开遍山野，黄灿灿的招蜂引蝶，支起的窗户里飘进来甜腻的花香。门口的树荫下，一只附近村民养的小狗，正悠然自得地趴在菩提树下晒太阳。

善忍站在门口踌躇了片刻，推门而入。小和尚早已将暮雪领来，此时，她正端坐在条凳上等候。善忍进门就认出了她：五官和体型都长开了，还是小时候那模子。她穿着一身水蓝色的衣服，领口和胸前有蓝三彩的祥云团花，像极了她的人，沉静优雅，却流动着令人琢磨不透的东西。

两人互相打量着彼此，谁也没有说话。

五尘和小和尚几乎同时感觉到一种尴尬的气场，两人悄然退到了门外院里。五尘百无聊赖，逗着小狗玩耍。但这只懒惰的小狗，只是睁眼看了他一眼，又打起了瞌睡。他摘来马尾草，拨弄它的鼻头，小狗着急了，龇牙咧嘴发出低吠。他回头，看见暮雪扭过头瞪了自己一眼，他便立即安静了。

木桌上摆放着一壶新沏好的茶水，善忍亲自给暮雪倒上。她礼貌地鞠躬道谢，温顺乖巧，但那束明目张胆扫过来的目光，早已令善忍慌乱不已。他一边吃茶，一边佯装镇定地说："这间屋子，施主父母在世时经常住。我们时常在这里喝茶聊天，现在真是睹物思人呀！"

暮雪环视着四周简陋的木头柱子，窗棂和屋顶上大大小小的蜘蛛网，某根木头上不易察觉的蚂蚁洞。她道："这里的生活真是清苦呀，若不是心中有信仰，真是不适合居住。"

"是呀，你父母都是有信仰，值得尊敬的人！"

"他们确实值得人尊敬。只是，不知师父是如何评价我的生身父母的？"

善忍一惊，仓促地否认道："我如何能认得你生父母？"

他的慌乱令暮雪更加确定了自己的想法，她平静地又问："善忍师父既然是佛门高僧，我们就面向佛祖，说真诚的话。我可是在日本被你抱上船的？"

"那天是我们出发回国的日子，一早我就去了码头，然后遇见了你。确实是我将你抱上船的。"

"那么，我母亲留的字条，想必你也是看过的。是用汉字书写的。说明她知道，这个抱走我的人必定认识汉字。有一句她写道'慈悲度成人'，这已经是非常佛家的语气了，刚好师父您是佛门弟子……我不得不认为您认识我母亲。"

“你分析得有理有据，可是换言之，如果那日早起过来的是我师兄，也是既认识汉字又是僧人。符合这两点的太多，并不就是有关联的人呢。”善忍的解释似乎也说得过去。

她无法推翻他的说辞，虽然他将她推得远远的，但内心却莫名地更加确定。咫尺之隔的僧人，貌似平静地喝茶，但那端着的茶杯里倒映出的扭曲的脸，却分明心神不宁。

“师父说得极是，是我太冒昧了，很抱歉。”暮雪以退为进，慢悠悠地吃了一口茶，看起来似乎是不再纠结这个问题了。

“你想寻找亲生父母，也是合情合理的事情，并没有什么需要抱歉的。”

善忍放下茶杯，僵硬绷紧的后背松弛下来，话题转到别的，他也变得自在了。

“今天看见你，又在先前与故友常聚的地方，做着同样的事情，真是万分怀念呀……你的养父母，是天底下最好的人。我想，即便是在另一个世界，他们也无时无刻不在关注着你。凝脂，你应该时常去看看他们！”

暮雪细细审度着他，耐心很好地听他说完，纠正道：“凝脂是过去式了，你还是叫我暮雪的好……”

“是的，这才是你本来的名字，我还记得。”

她搅弄着自己的头发玩，冷不丁抬头，笑道：“师父，那你知道现在这个名字，在江南很有名吗？”

善忍困惑地望着她。

“男人都巴不得见到我，女人都害怕我。”她冷冷地干笑两声，又摇摇头道，“算了，师父还是不要知道的好。”

“我光听说昭家巨变，苏镇出了个美艳妓女……”

“就是我！”

暮雪皮笑肉不笑的。

“这么多路可以走，为何偏要走这条路……”善忍痛心地问。

“师父，除了这条路，还有哪一条路，能像男人控制女人那般，随心所欲地控制男人呢？所谓的道德、牌坊、贞洁……哪个不是男人制造来拴女人的？”

“可是，男人和女人，终究是不同的。”

“师父，你不懂……”她凄楚地笑笑，又道，“暮雪想这么活……”

善忍闻言怔住，面如死灰，眼眶似乎也红了。

见他因此难过，暮雪却突然感到莫名地兴奋，她恶作剧似的又问道：“师父，你猜猜我母亲姓什么？”

善忍眼皮眨巴了几下，睫毛的阴影落在茶水里，像是蚊蝇的脚跳动了几下。半晌，他疲惫地摇头。

“我认识的人，很少有随母姓的。但我就是这稀少中的一个，我母亲也姓暮。”

她轻描淡写地道出了母亲的姓。

善忍绷紧了神经——他有种预感，那个存留在脑海深处从未遗忘过的名字，会从这个女人的嘴里蹦出来。他一方面期盼着什么，另一方面又强烈地恐惧着。最终，这复杂的心绪令他发出诡异的苦笑声。善忍缓缓道：“是呀，‘暮’确实是罕见的姓……”

他说话时，太阳穴两边，像是被人抓住咽喉而垂死挣扎的小蛇，汹涌地跳了几下。暮雪看在眼里，她觉得，那两条游窜的蛇，似乎是逃跑去了他光溜溜的脑袋里。这是被他的心魔惊扰出的蛇影，她看得一清二楚。暮雪故意替他开脱，道："可不是吗？这过耳不忘的姓，善忍师父若是连这样奇特的姓都记不起来，怕真是不识得我母亲了。"

"那真是太遥远的往事了，你都这么大了……我想不起来了。"

善忍双手合掌，声音细小得失去了力量。在他心里，其实是万分感激她的。那个只说了一半的名字，就这样成了无关紧要的事情。尽管已成为历史的事实，会永恒地存在。但也因为，"有"或者"无"都还在意念之间，这间隔的距离，便是足够安全的。为了这"安全"，善忍放弃了和她继续谈话的打算——眼前的女人，很有可能是仅存的罪证。更糟糕的是，他因为某种可能的关联，深深地挂念着这罪恶的根源。与其说是他对暮雪无能为力，不如说是对自己。

暮雪见他神情焦虑，猜想他已经是一刻也不愿意多停留。果不其然，很快，她就看见善忍盖上茶盖，神情镇定道："茶已经凉了，今天就到这里吧！"

他站起来，将坐得发皱的袈裟整理平整。再次双手合掌，鞠躬告辞。踏出几步，他停下犹豫了片刻，又折了回去。他眼睛又热又红，语气近乎哀求地道："暮雪，好好做人，阿弥陀佛！"说完，他面朝暮雪合掌鞠躬，这才真的走了。

暮雪坐在原地，看着善忍弯腰穿过茅草屋低矮的门，走进外面的大好天日里。莫名地，她感到鼻子发酸，像是要哭了。

八

过了些天，来寺里时日不长的觉空和尚因为不习惯寺里饮食，吃坏了肚子突发痢疾，病情严重。善忍开了药方让弟子去煎药，却唯独差了一味“白茅”的草药。善忍唯恐弟子不会识别，弄错了药耽误了病情，便背上箩筐，亲自去采药，却不想在山脚处又碰到了暮雪。她站在一株上了枝叶繁茂的老槐树下，若无其事的样子，但她实在是太惹眼了，过往香客都忍不住看她一眼。与上次素雅的穿着不同，这次她显然是要所有进去出来的人，都注意到她——她梳得一丝不乱的鬓发上插着一朵野花，一袭宝蓝色长裙，宽边上绣着繁杂的云纹，整个人亮堂得扎眼。善忍远远地看着她，他的目光似乎和任何轻浮的男人一样，但只有他知晓这是出于什么原因——自上次见面后，那先前盘萦在头顶的悬念，似乎趋于明朗。在这缩小的悬念中，他越发渴望着遇见她，又越发恐惧着她，希望她永远不要出现的好。

但见着她，善忍却好似了却一桩牵挂似的，舒展地笑了。

“女施主，是来拜佛求愿的吗？”他先打招呼。

“我只是想来这里转转。”她瞟见他背上的竹筐，好奇地问，“师父这是要出去？”

“是啊，要去采药，有弟子生病了。”

“是什么病，要紧吗？”

“突发痢疾，人都虚脱了……我得赶紧去河边采摘些白茅草。”

“这夏天就是吃的东西易坏，指不定身边就有人吃坏肚子需要这药了。天晴带伞，有备无患。我跟着你摘一些回去！”

暮雪走到他身旁，主动要替他背竹筐。善忍赶紧跳开，离她远远地站着，双手合十，嘴里默念着“阿弥陀佛”。她笑个不停，故意调侃道：“师父，您是佛门高僧，难道还会看不开男女性别吗？众生平等，你把我当作芸芸众生中微不足道的一个，就不会产生授受不亲的想法了。何况，我拿这草药，也是为了日后救人，这不是好事一桩吗？”

“施主说得极是。”

善忍一时找不到拒绝的理由，转身就走。走出几步，见身后没有动静，忍不住又回头，却见暮雪正跟在自己身后，一边走一边调皮地数着步数——善忍没来由地感到欢喜。

他们一前一后下了山，顺着胭脂河岸走，寻找着草药。天色将晚，层叠山峦笼罩在半黑半白的天光下，如同女子黛眉上的一抹哀愁。他们的脚步惊扰了栖息的青蛙，扑通跳进水里。螳螂和蟋蟀蹿出老高，又落进绿草间。善忍手里握着一根棍子，用它分开茂盛的花草，半弯着腰仔细寻找着。他的布鞋上沾满了稀泥，一步一滑，艰难地挪动着。

“看样子，你似乎懂医学？”暮雪停下来问道，青草在她脸上投下绿色的阴影。

“是呀，我父亲是郎中，我打小跟他上山采药。这一带有药用价值的植物，我都认得。”他间或跟她闲聊，却一刻没有耽搁找草药。

“悬壶济世，这多好，为何又做了和尚呢？”

“发生了一些事情，让我明白救人的身体，不如挽救人的灵魂。何况，当和尚也不耽误治病。”

“这么说来，真是救命、救心两不耽误，师父真是慈悲为怀！”

暮雪的赞美是发自内心的。她远远地看着善忍穿梭在青草间，草从分开又合拢，他始终不紧不慢地猫腰找寻着。他的影子移动在夕阳金色的光里，又半藏进蓊郁的青草间。她莫名就柔软下来，即便是两个人互相都不说话，她也不觉得尴尬。好像有种温情的物质萦绕在空气里，静悄悄地将他们衔接起来。

“救人是本能，每个出家人都会做这样的事情。”

他说话的同时，刚弯腰采摘起一把草药，随手扔进背上的竹筐里。

“兴许我娘是个薄凉的人吧，我才遗传了这样的性格。”她突然感慨地说道。

善忍默不作声地继续采摘起草药。

“师父，你对我不好奇，不想听听我走到今天的原委吗？”

“姑娘，知晓了原委，能改变现状吗？”善忍抬头问。

暮雪认真地摇摇头。

“那就不要说了……”善忍弯下腰继续采药。

暮雪并不知道他是因为心痛而回避。她深感失望地想，终究是不在意才会拐弯抹角的敷衍吧。她也是自尊心极强的人，对方既然不希望她多谈自己，她便也打消了这念头。虽然善忍和尚的接话令人尴尬，但似乎并不影响温暖的氛围。她没话找话地说：“师父，把你采摘的药草扔给我一些，好吗？”她柔软的声音像是蒲公英被风吹散的种子，轻飘飘就飞出去了。那语气就像是讨要零嘴的小女孩。

“唉，当然可以的。”

善忍应声着，冷不丁瞧了瞧，就看见暮雪坐在草地里一块石头上，晚风拂过她的长发，夕阳的光芒落在她漆黑的发丝间，像是栖息着闪烁的萤火虫。他忍不住就多看了几眼。

暮雪注意到他看过来的视线，大胆地甚至是有些挑逗地问：“师父，我很好看是吗？”但后来在知晓善忍与她的关系后，她更愿意将这当作对世间所有与“美”有关的事物的欣赏。

“你非常美。”

被她发现，他倒是坦然了。他的眼神仓促地从慌乱过渡到真挚自然，他欣赏着她——女性的这种美好，是同山水、同日月星辰……一样的存在。

“你的回答毫无新意呀。大家都这么说，我从小听到大……”

“因为大家看着你都是美的，我看着也便是美，不能为着标新立异而不诚实。”他呵呵笑着。

西沉的太阳被河面托举着，勉强露出了大半截。橘色的晚霞飘浮在天上，倒映在河面，仿佛天地怀抱着一团温暖的光球。暮雪的目光追随着善忍，面前这男人，似乎真是踩着金色祥云，让人产生莫名的安心。她思绪一闪，不觉就想起了温厚的许清源，未免又心中酸涩。

“摘得足够了，我得赶紧回去了。”

他把背篓背到肩上，蹲在岸边，清洗着手上的泥土和草汁。

暮雪站起来等他，无聊地眺望着远方。湖光水色，美不胜收，那太阳似乎又下沉了不少，远处的水天交界处一片微光，暮色已至。岸边的草地里，大朵小朵的野花一簇簇绽放着，河面上睡莲也开了。春天的晚风吹过，像是一双无形的手掌，温暖而轻柔地爱抚。她脑海里突然闪过母亲的名字——暮春。大概就是在这样的时节里的这样的时分吧！她想。

“也许我娘就是在这样的时节出生的吧，真是美好。”她忍不住叹息道。

善忍背着背篓跨过小水洼过来，就听到她幽幽的自言自语。阳光照出她温润而立体的侧脸，忧愁像爬山虎缠绕着她纤细的脖颈。她那期许的目光，令善忍感到难过。

“你是美的，你娘也应该很美。”善忍不经意间接过话茬儿。

“是呀，春天的傍晚这么美，我娘暮春能不美吗？”暮雪轻描淡写地说出她娘的名字。却见善忍突然停下脚步，一种惶恐的战栗悄悄在他身上蔓延开去，更糟糕的是——伴随着这窒息般绝望的真相，却涌出来更强烈的爱。好比坟茔里开出的瑰丽花朵，美得再心颤，也是惊悚而妖邪的存在。

面前这个女人，成了他过去罪孽的证据。他是多么害怕她，可是在这毛骨悚然的焦灼中，他惊讶地发现，自个儿比想象中更深地爱着她。他的视线竟然一刻也舍不得挪开前面的女人，她的美好加剧了他的罪孽感。就在那一刻，和尚善忍突然萌生出了生无可恋的冲动。

暮雪敏锐地捕捉到了他的异常。在他痛苦而温柔的目光里，她感觉到排山倒海般扑面而来的爱的海啸。若非她的直觉是对的——这正是被困在神性的信仰里，深爱着女儿又无法相认的父亲。他泪水涟涟的眼睛刺痛着她的灵魂，她蓦然想起她娘暮春——很多年前，娘是怎样绝望又无奈地和面前这男人分离，又是怀着怎样的剧痛将她放在即将远洋起程的船边。暮雪只体会了一点这样的无能为力，就已经痛苦不已。

父亲无言的泪水，毒死了她体内那只盘踞的毒蛇。她发觉，自己从未如此柔软、清澈过。这世界如此美好，她沉睡的记忆在爱里苏醒过来——某个冬日清晨，沈荷端着荷包蛋进来，满屋子甜腻的香气，热气在冰冷的屋子里升腾。沈荷身后，像是拖着一条乳白色的尾巴。

似乎冬天也不冷了——不觉又想起某个晕沉沉的午后，被教书先生罚站。阳光白得泛黄，她眯着眼睛渐渐睡去，却听到有人在耳边小声喊她。半睁开眼睛，就看见许清源站在面前，指着守着她的教书先生偷笑，原来教书先生自个儿也睡着了。她轻声说了句，我困。话音刚落，就被许清源抱了起来，晃悠悠地荡去了睡房。那真是睡意蒙眬的一天，许清源的怀抱是摇篮，睡房也成了摇篮，她睡着的床飘来荡去地摇曳着，摇曳着。

那么多温情的瞬间，怎么就忘记了呢？比起爹娘这种本能的爱，获得毫无血缘关系的人的爱，才更加难能可贵呀！暮雪想。

夕阳的光辉照亮了善忍的背，他在逆光阴影里的脸，却显得更柔和了。暮雪突然上前一步，像个几岁小孩似的张开手臂。善忍情不自禁地奔过去，但他只是象征性地拍了拍她的肩膀，就退到了男人和女人、僧人和女人，该保持的不失礼节的距离。

他眼里噙满了泪水，注视着她那双和自己一模一样的眼睛，细长的眉眼在夕阳里像是镶了金边的蝴蝶，微微震颤着。他动情地说：“暮春的意思啊……不是春天的傍晚，而是在艰难的生活里对生的希望。对，是希望………”他说着从背上将竹篓放下，抓了几把药草抱在怀里，把剩下的草药连背篓都推到她面前，“暮雪，你是因为爱才存在的……”

善忍噙着泪，双手合十，深深地弯腰鞠躬。

暮雪紧紧抿着嘴唇，释然地幸福地笑起来。她默默地背上背篓，走进太阳的余光里，也走进崭新的希望与爱里。

九

那些带回去的草药救了觉空。

凌晨他感到绞痛消失了，饥肠辘辘的，肚子里咣咣空响。他有气无力地问守着他的师兄要吃的，一口气将师兄端来的两碗热粥都喝光了。他若无其事地劝师兄回去睡，他的病已经好了。师兄刚离开，他便悄悄下了床，摸黑去佛堂大殿。这几天他几乎不敢吃东西，身体随时在崩塌的边缘，好像那些血水都是他身体融化掉的一部分，是他作为昭墨存在时储蓄在体内的污浊和毒素。

终于干净了，得救了。觉空这么想着，决定去佛堂大殿感谢佛的庇护。大殿里昏暗暗的，佛台上摆放的长明灯在黑暗中凿开一小团幽光。佛像前的蒲团上正跪着个人，他的背影好似也在发光。觉空认出是善忍师父，一阵欣喜，悄悄走过去，在旁边空的蒲团垫子上跪下。

寂静中，善忍听见一个声音说："师父。"

他听出是觉空。

"以后但凡是您的事情，吩咐一声，无论任何，觉空都会去做的。"觉空又说。

善忍闻言，侧过头认真地看着觉空，继而发出一声叹息："觉空，这话本该师父对你说……"

"师父，是您救了我。"

"觉空，救人是本分……"

两人各自闭上眼睛，合掌在心里默默诵经。偶尔蹿进来一声蛙鸣鸟叫，也不突兀，和谐地回荡在大殿里。

隔了会儿，觉空忽然问道："师父，你经常半夜来诵经吗？"

“不经常。”他停顿了片刻，又补充说，“心里不踏实才过来。”

“师父……”

“回去吧，好好养病，最近别吃生冷的，要早睡早起！”

善忍说完，面朝佛像深深地三个叩首，站了起来。觉空看着他走进门口明晃晃的月光里，觉得他好像是要踏进一个不知晓的世界里去。

就在那天半夜，善忍悄然离开了寒清寺。他下了山，顺着夜色下的胭脂河畔失魂落魄地游荡着。

这样的夜晚，这样的河畔，勾起了他对往事的回忆。他不禁又想起了暮春，想起与她在与世隔绝的孤岛上共生死的岁月。她宁愿在岛上过野人一样的生活，也不愿意与他分离。但——对心中信仰的向往，使得年轻的善忍选择了辜负。在江户渡口分别时，他看见夹杂在旁边路人里的暮春，那垂死的眼神令他一生也不能忘记。

空蒙的天空里，月朗风清。那高悬的明月，似乎成了一双忧伤的眼睛。他定睛一看，蓦然发觉，竟像是暮春动人的大眼睛。她是在哭吗？是在恨吗？一定是在哭、在恨吧！善忍这么想着，罪孽感漫过了头顶。他环视四周，蓦然发现，这个地方正是傍晚时分和暮雪一起待过的地方。那真是个美丽的姑娘，任何人做她的父亲都是荣幸之至，她理应比任何人活得骄傲。可是，只要有他这样的父亲存在，她就永远是对信仰亵渎的罪证。也许，正是因为自己当年的错，才惩罚作为他女儿的暮雪做了妓女。

她不该成为罪证！我死了，她就是光明的！

他下了决心，躺了下去，躺在草地和水洼里。昆虫爬上来，蚊蝇环绕过来，水蛇游窜过来……几只萤火虫在他眉眼边飞舞。

善忍平静地闭上了眼睛，陈旧的记忆像潺潺的溪流，浸润过脑海里枯萎的荒地。